有爱的青春陪伴者

范月台 —— 著

原谅她

〈上册〉

江苏凤凰文艺出版社
JIANGSU PHOENIX LITERATURE AND
ART PUBLISHING

图书在版编目（CIP）数据

原谅她：全2册 / 范月台著. -- 南京 : 江苏凤凰文艺出版社, 2025.7. -- ISBN 978-7-5594-9686-7
Ⅰ. Ⅰ247.5
中国国家版本馆CIP数据核字第2025VN7090号

原谅她：全2册

范月台 著

责任编辑	王昕宁
特约编辑	娄　薇
责任印制	杨　丹
出版发行	江苏凤凰文艺出版社
	南京市中央路165号，邮编：210009
网　　址	http://www.jswenyi.com
印　　刷	天津睿和印艺科技有限公司
开　　本	880mm×1230mm 1/32
印　　张	18
字　　数	572千字
版　　次	2025年7月第1版
印　　次	2025年7月第1次印刷
书　　号	ISBN 978-7-5594-9686-7
定　　价	65.80元（全2册）

江苏凤凰文艺版图书凡印刷、装订错误，可向出版社调换，联系电话025-83280257

作者前言

《原谅她》这本小说是一个关于轮船、海洋、冒险和自由的故事。

长期以来,我一直想塑造一个自由洒脱、一往无前、拥有冒险精神的女主。

这本小说的创作延续了我之前的写作风格,剧情主要聚焦于女主的成长,着重于描绘女主的蜕变。女主从一开始的失忆,再到一步步揭开被人误解的过去,再到成长为一名独当一面的船长,展现出了女主对海洋的向往和对自由的呼唤。

这本书在设定剧情上,不管是关于女主的爱情、亲情,还是友情,其关系背景都涉及航海相关行业。例如,男主是开邮轮旅游公司的、男配是船员大副、女主的两个女性好友也都是海员等等,这也是文章的一大特色,借助配角们的剧情,向读者们揭开海员生活的神秘面纱。同时,这也为女主成长为真正的船长做了大量铺垫。

另外,需要特别说明的是,《原谅她》作为一部虚构的冒险题材言情小说，故事中涉及的邮轮航行、航海探险、淘金寻宝等情节，均经过艺术化处理。我国邮轮有严格的安全保障程序，小说中人物在冒险过程中的行为选择，并非完全符合现实情况，而是特定剧情设定下的虚构创作，广大读者切勿模仿。

希望读者们在享受阅读的过程中，能够理性区分艺术虚构创作和现实生活，让我们一起跟随女主的视角，进行一场奇妙航海的幻想之旅吧。

范月台

上册目录
CONTENTS

第一章 · 001
海浪新涌

第二章 · 017
小生意

第三章 · 035
追逐

第四章 · 051
她的礼物

第五章 · 078
连煜的淘金之路

第六章 · 096
前男友的来信

第七章 · 124
第一桶金

第八章 · 146
金屋藏娇

第九章 · 166
一人一个回忆版本

第十章 · 193
到底还心疼谁

第十一章 · 213
祝连煜生日快乐

第十二章 · 236
久违的家

第十三章 · 243
劣迹斑斑

下册目录

C O N T E N T S

第十四章 · 281
今晚我就要去远航

第十五章 · 311
新来的劳动力

第十六章 · 339
原谅我

第十七章 · 365
商曜的难言之隐

第十八章 · 398
再次出海

第十九章 · 428
金矿和妈妈

第二十章 · 453
北极死里逃生路

第二十一章 · 486
一直追随你

第二十二章 · 509
连船长满载而归

番外一 · 539

番外二 · 552

番外三 · 561

第一章
海浪新涌

连煜已经连续一个星期，在第九层甲板的首舷观景台看到那个男人了。

他西装挺括，挺拔傲岸，面部轮廓立体漂亮，眉棱锋利，英气逼人。三十岁左右的样子，衣冠楚楚地站在那儿，眼波毫无晃动，浑身上下沉稳斯文。

连煜借着拖地的空闲，侧目窥探男人。莫名地，她打了个寒战，脸烧成海天一线的晚霞。

她将拖把甩进桶里，熟练地一按，桶内滚轮迅速转动，自动清洗拖把头。她提着甩干的拖把，边拖地，边鬼鬼祟祟地靠近——心头小鹿乱撞，终于来到了男人身边。

"先生，让一下，拖地呢。"她头一回和这男人搭讪。

邵淮微微转头，目光落在跟前的保洁员身上，又迅速移开。锃亮的皮鞋也跟着掉转，让开位置。

连煜继续拖地，直白地打量着男人。

熨烫得一丝不苟的西装裤，再往上瞧，左手自然地垂在身侧，骨节匀称，修长白净。她起先以为男人的无名指上戴着戒指，但端详后才发现异常。他无名指上环有一圈骇人深疤。疤痕有些年头了，伤口泛白，规整地绕了指骨一圈。远远看着，像戴了一枚婚戒。

不等她继续打量，男人挪了步，准备走了。

连煜抓住机会，扯开保洁员专用的工作帽，俏脸一抬，声色清亮而俏皮："嘿，认识一下呗，我叫连煜，你呢？"

001

男人眼睫垂下，冷冷扫视她一眼，什么也没说，转身就走了。连煜满腔热情被泼了冷水，恍惚间，隐约看到男人眼中的厌憎和漠然。

她将拖把撑靠在腰上，有点儿窘迫，慢条斯理地戴好工作帽，自言自语地给自己找补："看不起清洁工啊，还不理人，没礼貌……"

第九层甲板所有公共区域，都由连煜负责打扫，她忙得很，没空失落，继续拖地。她将走廊、观景台等都拖干净后，将拖把放回工具间，又取出大号黑色塑料袋，沿着甲板外围廊道，清理更换每个垃圾桶的内袋。

连煜是这艘名为"灯山号"环球旅行豪华邮轮上的保洁员。

灯山号从中国江州市的邮轮母港——凤泽港口出发，将途经三十三个国家和地区，停留五十八个目的地，进行历时一百二十八天的环球旅程。

连煜不是正儿八经应聘上船的海员。她没有海员证、船员服务簿……别说这些海乘该有的基本证件了，她连身份证和护照都没有。

半个月前，灯山号抵达东非的坦桑尼亚。从桑给巴尔群岛港口出发进入公海的第三天，邮轮上的水手在一艘破败的救生艇上，捞上了昏迷不醒的连煜。船医给她检查了一番，初步认定她头部受创，轻微脑震荡，导致暂时性失忆。

没人知道她从何而来，唯一能够辨识身份的，是她身上穿着一件国产潜水衣，上面扣有一枚胸牌：A72 连煜。

胸牌上的名字是中文，结合连煜醒来后，开口第一句也是中文，暂时认定她是中国人。

邮轮正航行于公海，没法确认她的身份，她自己也一问三不知，也不可能自行离开。没办法，让船医给她做了基本的健康检查后，事务长暂时给她安排了个保洁的工作，让她跟着邮轮走。

连煜清理完第九层甲板的垃圾桶后，继续往下。从第六层到第十层甲板的公共区域都由她来打扫，这可不是一件轻松的事。

灯山号，是国内为数不多可以走环球航线的邮轮，奢华煊赫，气势浩大。排水量10.5万吨，总长303.6米，船宽31.8米，共有13层甲板，相当于二十层楼的高度，可容纳四千多名游客。

连煜来到第八层甲板拖地，后背隐约发烫，像有人盯着自己。她转身看过去，那个把她的心撞得节拍错乱的男人，又站在观景台上。

隔空遥视，两人有个浅短的对视，连煜喜溢眉梢，朝他挥了挥手。

男人神色冷峻地看着她，不苟言笑。他眉骨高，瞳仁漆黑，眼眶深邃。

连煜自讨无趣，弯腰继续拖地。她实在无聊，没有手机，没有电脑，没有朋友，像漂在阔海上的一叶扁舟。半个月来，她偷看第九层甲板上那个男人，是唯一解闷的乐趣。可惜，到现在都不知道人家叫什么。

甲板上的客人信步漫游，逍遥自得。连煜穿着保洁服游走于人群，又闷又热。连续两个小时，连煜把自己负责的区域都打扫干净，夕阳悬成线，一点点消失在海天相接处。

她将清扫工具归置好，坐员工电梯来到第四层甲板。她顺着廊道，来到靠近左舷处的员工餐厅。

不少员工已经过来吃晚饭了，连煜排在队伍后面，要了一份套餐，两菜一汤：芹菜炒牛肉、红烧茄子、冬瓜排骨汤。

她端着餐盘，逆着人流寻找，终于来到尤舒边上。尤舒是她的室友，她在医务室躺了两天后，事务长给她安排了个保洁的活儿，住宿安排到员工区，和尤舒一个宿舍。

"你来了。"尤舒淡声道。她看起来很疲惫，在这种环球邮轮上工作，任务繁重，每天工作十个小时以上，在漂泊的海上总是睡不安稳，还要倒时差，很容易产生疲惫感。

通常海员出一次远航，上岸后都要休整一两个月。不过工资挺高，像尤舒这样跑环球航线的国际海乘，底薪有三千美金，折合人民币有两万多，再加上小费、公司给的各种远航补贴，每个月能有三万人民币的收入。

除了工作，尤舒话不多，的确是太累，她在第十层甲板的幻梦餐厅工作，客人众多，每天得走三万步以上。

"我刚拖地的时候，又看到那个帅哥了，特别帅的那个。"连煜边吃边说。

尤舒打开自己从国内带来的酸豆角罐，拧开盖子，取出一小勺倒在米饭上。连煜眼巴巴地看着她的动作，咽了咽口水，继续说："你知道他是谁吗？我好喜欢他啊。"

"不知道你说的是哪个。"尤舒心不在焉，也挖出一小勺酸豆角给她。

"谢谢，谢谢，谢谢。"连煜连说三个谢谢。自从登船后，她身无分文，是真的一分钱也没有，员工餐是免费的，但其余的零食、饮料等得花钱买。

连煜囊空如洗，手机也没有，又失忆了。一个人晃晃悠悠没个去处，她干完活儿之后只能跟在尤舒身后，偶尔能蹭点吃的喝的。

尤舒也有难处，她家境不太好，大部分工资都寄回家了，自己也得省吃俭用，不能帮衬连煊太多。通常情况下，尤舒买一瓶饮料，自己喝了一半，回头看到连煊可怜兮兮的模样，又把剩下的小半瓶给她喝。

"你不是盯他很久了吗？怎么不去搭讪？"尤舒不冷不热地道。

"有啊，我今天和他搭讪了，他没理我。"

尤舒："第九层甲板上都是总统套房，住在那里的，身价估计不菲。"

连煊明了，尴尬地摸摸耳垂："也是哦，我只是个保洁。"

"你说说他的特征，说不定我能猜出他是什么人。"

"特别帅，简直是贴着我的心窝子长的。"连煊眼睛又亮了，神色鲜活灵秀。

尤舒一歪头，无奈道："这船上的帅哥，我每天都见到十来个。"

连煊沉吟片刻，想起今日看到的特征："对了，我看到他无名指上有一条疤，挺深的。"

她放下勺子，右手手指在左手无名指上比画了下："就这里，有一条很深的疤。我刚开始以为他戴了婚戒呢，凑近了看，才看到是疤痕。"

"不知道。"尤舒摇摇头。

坐在一侧的年轻机工朝她们凑过来："在第九层甲板的帅哥，无名指上有疤的，那不是我们董事长邵淮嘛。"

"邵淮是谁？"连煊问道。

机工："皇家焰冠邮轮公司的董事长，咱们这灯山号就是焰冠旗下的邮轮。灯山号首次走环球航线，董事长亲自来跟航呢。"

连煊暗暗窘迫，日思夜想的男人，居然是这艘邮轮的老板，她一个保洁，怎么能追得上人家？

"你喜欢我们老板？"机工眉飞色舞。

"我喜欢人家，人家又不喜欢我。"连煊悻悻道，"对了，他单身吗？有没有女朋友之类的？"

机工在脑中搜索自己知道的消息："没有吧。我在焰冠工作一年多了，没听说我们老板有过什么伴侣。不过，这也不是我们能了解到的，人家的私生活保密得很。"

尤舒看了眼时间，对连煊道："快点吃吧，吃完还得上班呢。"

"对哦。天天拖地，拖得我都腰疼了。"

机工笑道："拖个地还累，你去机控室干我那些活儿试试，累不死你。"

吃过饭，三人一起去乘电梯。

路上,尤舒买了一瓶椰汁,也就三百毫升。平时在陆地上才五块钱,在这邮轮上得卖二十五块钱。

连煋跟着进商店,琳琅满目的饮品、零食映入眼帘,口水泛滥,可她一分钱也没有。

尤舒拧开盖子,先喝了两口,嘴巴没碰到瓶口,然后把喝剩的一半递给连煋。这里的椰汁是两人最喜欢的饮料,但太贵了,尤舒也就隔三岔五才买一瓶,自己喝一半,剩下一半给连煋。

"谢谢!"连煋连忙接过,小小抿一口,没舍得喝完。她拧好盖子揣进兜里,打算等会儿到工作区了,兑点水进去冲一冲,可以多喝几口。

邵淮站在老地方,船长室的观景廊往下看,天已经黑了,甲板上灯光融融。

他又看到连煋重复着之前的工作,拖地、清理垃圾桶、擦拭栏杆。女孩的身影在他瞳孔中翻涌,逐渐清晰明亮,交叠成记忆中的影子。

"又在看呢?"身后一道声音响起。

大副乔纪年叼着一根烟,脚步懒散地走过来,歪歪斜斜地靠在栏杆上,泛着金属冷光的打火机发出清脆响声,烟雾腾升缭绕。

乔纪年叼着烟,视线也看向下方的连煋,含糊道:"你和她啊,永不相见是最好的谅解。就凭她对你干的那些事儿,是个人都不可能原谅她。"

邵淮沉默不语,无名指上环绕的疤痕,在悄然发烫。

乔纪年半开玩笑地继续道:"如果我是你,她对我干了那些事儿,我肯定得弄死她。"

身侧傲然不动的男人,眼神终于出现微妙的起伏,冷冷扫了他一眼。

乔纪年皮笑肉不笑:"不过这毒妇命挺大,还以为她死在公海了,居然被咱们捡到了,真是造孽。"

乔纪年吐出个漂亮的烟圈,挥手朝下方喊:"嘿,保洁,上来这里,这儿有地方要打扫。"

连煋直起身子,循声望去。那个熟悉的男人身上沐了层柔光,清俊疏离。

乔纪年又喊:"我是这船的大副。这儿的垃圾桶满了,快上来,给你小费!"

下午搭讪被冷拒,连煋不禁尴尬,不太想面对邵淮。可大副说的小费,让她心痒难耐。她身无分文,赚钱才是主要任务。灿烂笑容显现在脸上,

005

她大声回话:"好的,我马上去!"

她放好拖把,跑到工具间取了垃圾袋。她太急了,没坐电梯,顺着楼梯跑上去,气喘吁吁地来到观景廊,看向两个男人:"您好,需要更换哪个垃圾桶?"

"那个。"乔纪年随手一指。

连煜弯腰工作,口袋里掉出一瓶椰汁,滚到乔纪年脚边。乔纪年捡起,摇了摇,居然没出水声,瓶子满满当当的。

"这是你的椰汁?"他问道。

连煜扭头看,笑着伸出手:"抱歉,掉出来了。"

"怎么这么满,你在哪里买的椰汁?"

连煜挠挠头,耳垂发红,挺不好意思地说:"我兑了点水进去。"

"为什么要兑水?"

"可以喝久一点。"

乔纪年剑眉微蹙,拧开瓶盖:"我可以尝一口吗?"

"哎,我还要喝呢。"

不等连煜阻拦,乔纪年仰头喝了一口,精致五官顿时皱起:"你到底兑了多少水进去,一点儿味都没有。"

他又笑了,挑眉看向邵淮:"她现在都不骗人了,说兑水就兑水。哪像以前,兑了辣椒面,还骗人说是兑水。"

连煜听不懂他们在说什么,把椰汁抢过来,发怨嘀咕:"你干吗啊?我还要喝呢。"

邵淮嫌恶地瞥了一眼乔纪年,下巴微抬,指向一旁的饮料柜,嗓音淡淡地对连煜道:"想喝什么,自己拿。"

连煜连忙跑去拉开立柜的门,精亮的眼珠子滴溜溜地转着,又问:"能拿几瓶?"

"随便。"

立柜里共有四瓶椰汁,都被连煜拿出来,上衣和裤子的四个口袋,各揣进一瓶。她得留着,拿去和尤舒一起喝。她换好垃圾袋后,磨磨蹭蹭也不走。邵淮看向她时,眸光静得没有一丝波澜:"还有事儿?"

"小费呢?"连煜抿着嘴说。

乔纪年又笑了,从口袋里拿出钱包,修长的指间夹着一张五美元面值的纸钞递给她。

"谢谢。"连煜碎步上前接过，左顾右盼，"还有什么需要帮忙吗？"

"没了，你去忙吧。"

"哦。"连煜一手提着垃圾袋，一手紧捏着五美元，口袋里还塞着四瓶饮料，欣喜雀跃地离开了。

乔纪年盯着她欢快的背影，直到看不见了，才缓声问道："你说，这毒妇到底是真失忆，还是假失忆？该不会又在骗人吧？她就没有不骗人的时候。"

邵淮看向远处黝黑浩渺的海面，沉默着，不想再提及关于连煜的任何事。

连煜在撩拨他，几乎是无孔不入，手段笨拙又低劣，邵淮能明显察觉到。

她在廊道上拖地，右侧是他的办公室，她会在办公室门口徘徊，偶尔探头进来看，对上他的目光时，又贼头贼脑地躲开。她试探了几次，发觉邵淮没有驱赶的意思，便大着胆子进来打扫卫生，即便打扫办公室不是她的活儿。

她慢吞吞地进来，不合身的保洁工作服像个木桶径直套在身上，笨重拖沓，走起路来衣物摩擦声很大。她扭扭捏捏来到办公桌前，从口袋里拿出一盒纯牛奶："送你的。"

她也不放在桌上，就这么粗鲁地递到男人眼前，牛奶盒几乎贴上他挺直的鼻梁。

邵淮无动于衷，掠视一眼，是员工餐厅免费发放的早餐奶，这大概是她唯一能够拿出手送人的东西了。他知道，连煜别说是囊中羞涩了，她是一分钱也没有，连手机都没有。

他没接，只是盯着她的脸看。和三年前离开时相比，她瘦了很多，只有那双眼睛依旧精亮，狡黠的光处处彰显，似乎随时随地在酝酿谎言，奸狡诡谲。

连煜收手，将牛奶盒揣进口袋，瘪瘪嘴嘀咕："看不起清洁工啊。"提上拖把就走。

快到门口时，男人富有磁性的嗓音在后头响起，寥寥一句："我没有看不起清洁工。"

连煜又跑回来，故技重施，将牛奶盒撑到他眼前："那你收下我的礼物。"

邵淮语塞，接过牛奶盒，搁在桌面。

连煜毫不掩饰地盯着他看，精致立体的面部轮廓，劲削的下巴，凸起的喉结，身高腿长，宽肩窄腰。她看得心花怒放，这男人简直按着她的口味长的。

"你在看什么？"

连煜回过神，尬意顿生，干笑了两声："老板，你长得真帅。"

男人又不回话了。

连煜莫名脸颊发烫，扯着衣领扇了扇，视线游离到他白净的手上，紧盯无名指上美中不足的疤痕："老板，你这手怎么回事啊？这疤多久了？我认识个祛疤的老中医，回头给你介绍一下。"

失忆了，还是改不了满嘴跑火车的习惯。

邵淮下意识摸着无名指上的疤，明明好全了，可偶尔还是觉得发痒。他声音冷然："三年多了。"

"怎么受伤的呀？"

邵淮眼里像含了根芒刺，头一回这样认真地和她对视，语气稀疏平常："未婚妻拿刀切的，整根手指切断，去医院接上后，疤就一直留到现在了。"

连煜一阵目眩，脸上羞涩的红霞褪去，青白交织，当即不想追邵淮了。她只是想撩人，不想掺和这种畸形扭曲的关系。

"那你未婚妻现在在哪儿呢？"连煜悄悄后退半步，拉开距离。

"死了。"他声调很沉，像一口阴森无波的深潭。

连煜手臂上起了鸡皮疙瘩，诧异又紧张。她嘴角牵强地扯起笑意，字不成句地胡乱开口："哦，这样啊。那、那您节哀，死者为大，就别计较了，原谅她吧。"

她左顾右盼，提起斜靠在桌沿的拖把："我走了啊，外面的垃圾还没清理呢，忙死了。董事长，祝您生活愉快。"脚步挪动正欲走，她又转过身，不太自然地拿起桌上的牛奶，匆匆塞进宽大的口袋，"那个，这牛奶，您也不喝吧，我就拿走了啊，心意到了就行。"

她步伐快，小跑着出去，一直绕到船尾。她把牛奶拿出来，将吸管插进去，三下五除二吸完了。她暂时决定不追邵淮了，他和未婚妻玩得那么大，估计也不是什么省油的灯。她现在失忆了，傻乎乎的，得提防着点，别到头来没撩到人,反而被别人玩了。

第九层甲板很安静,首舷处是船长室,连接着一条宽阔的观景廊。

中间是行政区,有十来间办公室,再往后,是二十套总统套房。这样的总统套房,全程船票要六十八万人民币一张。

靠近船尾有私人日光甲板、VIP客户专用皇家餐厅,还有一家私人娱乐俱乐部。普通船票的游客,没办法上来这里。

第九层甲板的卫生工作相对其他甲板层要轻松,人少,垃圾也少。越往下的甲板层,游客越多,清扫任务也越重。

连煜打扫好第九层甲板,正在擦拭楼梯扶手时,碰到了熟人。她在拐角上面拿着抹布干活,快中午了,饿得心猿意马,抹布不小心掉落。

"谁弄的抹布!"男人暴躁的吼声震耳欲聋。

连煜吓了一跳,探头往下看。前两天见到的那个大副,头顶着湿漉漉的抹布就上来抓人。他今日穿得正式,整套的定制海员工作制服,黑鞋白袜,墨青制服外套,肩头黑底金纹的一锚三杠,是大副的肩章标志。

连煜端详了几秒,才认出这人是那晚喝了她的兑水椰汁的人,人模狗样穿着制服,还挺帅,差点认不出了。

乔纪年长腿一迈,三个阶梯一步连跨,来到连煜面前。那块砸在他头上的抹布,此刻在他手里转圈,他眉棱紧敛,绕着连煜转悠:"又是你,天天拿水兑饮料,兑到脑子里去了?"

"我不是故意的。"

乔纪年拨弄了下用发蜡打理得一丝不苟的发型,头发全部梳上去,俊朗五官更为凸显:"刚搞好的头发,瞧你给我弄的,有病。"

连煜不满他打量的目光,索性抬起头,也用同样的眼神不停地审视他:"你这样看着我干吗?"

乔纪年视线回正:"连煜,船医说你脑子坏了,真的假的,你真的失忆了?"

"你怎么知道是我?"

"这船上就你傻乎乎的,脑子进水的除了你还有谁。"

连煜也不高兴了,板起脸:"你嘴怎么这么欠,才见了两次面,总是阴阳怪气地说我。"

她抢过他手里的抹布,愤愤地丢进桶里:"跟你道歉就是了,我又没见到你在下面，太饿了，才没拿稳抹布，对不起嘛。"

乔纪年忽然笑了，语气染了调笑意味："没事儿，主要是我以前被一个和你同名同姓的人骗了五百万。现在一看到你，我就想起她，气不打一处来。"

他没说谎，三年前连煜骗了他五百万，说要买船带他出海。

那时候，他二十四岁，连煜才二十三岁。他还没晋升到大副，刚刚成为见习三副，而连煜已经是一等三副。她上学早，二十岁就从海事大学毕业，二十三岁那年已经取得高级船员证，级别甲一，可以走无限航海区。

他那时大少爷脾气，和家里闹得很僵，家里不让他当海员。他一心想离家出走，摆脱家里的控制。连煜和他说，让他借她五百万，她有渠道搞来一条散货船，可以带着他出海，再也不回来。

他挺天真，信了那个谎话连篇的女人，真给了她五百万。

在约定出发那天，他来到码头等待，始终没等到连煜。他等了一整夜，才后知后觉自己被骗了。

连煜自己出海了，再也没回来，半年后，大家才收到她在海上遇难的消息。死讯传来时，他整个人都是蒙的，不知道是为了五百万而心疼，还是因为别的情愫，浑浑噩噩喝了一个月的酒才缓过来。

连煜喜欢骗人，他们那一圈的人或多或少被她忽悠过，骗钱、骗感情，她嘴里就没一句真话。她天赋高，人又机灵，十八岁就偷偷开散货船出海。她上了海事大学，大四就去甲板实习，两年后混到三副的位置。

她拥有甲一证书，可以走环球航线。她每次骗了人，就随便找条船应聘登船，一头扎进茫茫大海中，谁也找不到她。

他们那一圈人中，被连煜骗得最惨的是邵淮。别人连煜可能就骗一两次，但对于邵淮，她是接二连三地骗，往死里薅羊毛。连煜死讯传来时，他去找过邵淮一次，问邵淮，连煜是不是真的死了。

邵淮沉默很久，眼里看不出情绪，最后只说了句："死了也挺好。"

连煜显然不高兴，提起水桶就要走："我要去吃饭了。"

乔纪年从尘封的记忆中回神，靠在栏杆上，吊儿郎当，闲闲地看着她："一起吃个饭吧，去上面的皇家餐厅。"

连煜犹豫不定："我没钱。"

十分钟后，第九层甲板的皇家餐厅。连煜像只小仓鼠一样吃着，清蒸东星斑、荠菜鲈鱼丸、咖喱虾球……塞得嘴里满满当当。

乔纪年吃得很少,慢条斯理地喝着橙汁,悠闲地看着她。

"你不吃吗?"连煜抬头问。

"不敢吃,怕不够你吃。"

连煜耸耸肩,继续吃自己的。这可比员工餐好吃太多了,员工餐的味道总是很淡,没有尤舒给的酸豆角,她都吃不下去。

没一会儿,乔纪年去上洗手间。

连煜张望四周,问服务员能不能给她一个餐盒。服务员道:"邮轮上的餐厅不可以打包,想吃的话可以随时过来餐厅吃,或者在房间叫餐也可以。"

等服务员走了,连煜踌躇了下,从口袋里拿出两个透明塑料袋,把还没动的芦笋鳕鱼酿百合和马兰焗花蟹倒进一个袋子,一份巧克力慕斯倒进另一个袋子,随后扎紧塑料袋,塞进口袋。

乔纪年回来时,桌上的菜所剩无几,他只是笑了笑:"以前也没见你这么能吃。"

"以前?"

"没什么,走吧,我也该去上班了。"乔纪年前往驾驶舱。

连煜坐电梯回到第三层甲板的员工宿舍。两人间的上下铺,有两个立柜,两张桌子,面积也就比火车软卧间大一点。尤舒已经吃过午饭回来了,正靠在下铺假寐。

连煜回来得急,光洁额间蒙了层细汗,她摇醒尤舒:"尤舒,尤舒,看我给你带来什么了。"

"什么?"

"嘿嘿,你看!"连煜从鼓鼓囊囊的外套口袋里掏出两个塑料袋,"你看,这是什么好东西,快把你的饭盒拿出来。"

塑料袋打开,香味已经飘出来了,尤舒赶紧打开立柜,拿出自己的饭盒,她偶尔会用这个饭盒泡泡面吃。连煜满心欢喜地把塑料袋放进饭盒,袋口敞开着,拉起袖子擦了把汗:"这是第九层甲板的皇家餐厅里面的。"

"你怎么去那里了?"

"船上的大副请我吃的。就是前天晚上我和你说的,抢了我的椰汁那个。今天我擦扶手时,不小心把抹布甩他头上了,他骂我脑子进水,然后又请我吃饭当作道歉。"

她说话很快，一连串都不带喘气。

尤舒："大副，乔纪年？我见过他几次，挺跩的那个人。"

"是啊，特别跩，不过还请我吃饭了，看起来心眼儿不坏。"连煜站在桌边，用一次性筷子夹塑料袋里的巧克力慕斯吃。

"皇家餐厅好像不让打包吧，你怎么带来的？"

"我偷偷拿塑料袋装的。"连煜眨眨眼睛，"不用担心，反正我一分工资也没有，当保洁的钱都不够船票，他们要扣也没法扣。"

尤舒嘴角上扬，找出一次性手套，捻起一只花蟹闻了闻："好久没吃到这么好吃的东西了。"

"这些都给你吃，我在上头都吃饱了。"连煜扯过纸巾擦嘴，把剩下的慕斯也留给尤舒。

邵淮有两天没见着连煜了，她天没亮就起来打扫卫生，速度很快，弄好就走，不像之前会在他办公室门口张望。他也不确定，连煜的失忆是真是假，她总骗人，没人知道她想干什么。

连煜这两天是真的忙。

她实在是穷得没办法，连衣服都没有，船上给发的两套保洁工作服，每天轮换着穿。内衣内裤也只有两套，一套是自己被捞上时身上穿的，一套是尤舒给的。

她和尤舒身高差不多，一米六五。尤舒已经是轻微偏瘦的身材，她还比尤舒瘦了一大圈，浑身没多少肉，估计是漂在海上那段时间饿得太久了。尤舒给她的那套新内衣，尺寸不合适，但又不能不穿，她整天跑上跑下打扫卫生，若不穿，跑起来也难受。

她生活用品也没有，船上会发基本物资，是那种洗头洗澡二合一的沐浴露，不好用，洗完头发又干又涩，都梳不开，洗澡后皮肤也很干，容易发痒。

上船的海员都会提前准备好定量的生活物资，尤舒也自己带了洗漱用品，她有提过，让连煜用她的东西。

连煜知道尤舒的难处。行李太多上船不方便，海员的生活物资都是按照航线长短来准备的。

尤舒的物资也是精打细算，只备了足够她一个人走完这条128天的航线，多的就没了。船上有卖日用品，但很贵，价格是外面的五倍以上。尤舒家庭条件不好，几乎不会在船上买。

连煜没好意思多用尤舒太多东西。连煜每晚洗澡，跑到公共浴室，用免费的二合一沐浴露。实在头发燥得太厉害，她才用一点尤舒的护发素，也不敢多挤，小心翼翼按下拇指大点的分量，往头上抹了又抹。

今天是灯山号从国内江州市母港出发后，第 42 天航程。

今日，邮轮将在当地时间早上七点，抵达毛利时期的路易港，并停靠两天。

这两天的时间里，船上的游客可以下船上岸进行旅游观光。而邮轮将会在港口进行物资补给，这样的大型豪华旅行邮轮，每五天到七天就需要停港进行一次补给。

邮轮现载有 3084 名游客，工作人员 1680 名。一周内，船上需要消耗一万多升苏打水、将近五千公斤肉类、七万枚鸡蛋，以及大量蔬菜、水果。

工作人员需要在补给日这天，将补给物资运上船，分门别类放入储藏室和冷藏舱，同时将船上的废物垃圾运下船。

船上有污水处理系统，生活污水经处理后达到排放标准，才会排放到海里。没办法处理干净的化学废水，则会暂时存储在船上，等到停港时，运下船送往废水处理厂。停港时，也会有短途船票的游客下船离开，有新的游客上来。海乘们需要在新客人上来之前，彻底清扫舱房，换新床单和被套等。

港口补给日这天，海员们各就其位，热火朝天地忙碌着。大部分游客则是按需出港，享受新的风景。

尤舒六点多起床，需要提前到第二层甲板的中心通道做准备工作。

补给日每个海员的工作都是提前安排好的，连煜是被临时安置的保洁，事务长没给她安排相关补给的工作。

不过，连煜还是和尤舒一样早起。大半游客都会下船出港，没人在甲板上玩，她今日不用随时盯着搞卫生。

她有个大胆的想法。她打算起早做好晨扫，之后偷偷溜出港，看能不能挣点外快。

昨日在清扫甲板时，连煜听到几个总统套房的游客抱怨，上岸玩没人帮忙拍照，也没人拎包，早知道带个随从过来了。连煜灵机一动，觉得这是个机会。

虽然她没有护照，没有签证，没办法出港。思来想去，她决定搏一搏，

013

反正当下已是穷途末路，只要不伤天害理，她都要谋生路。

她和尤舒说了，自己想出港上岸帮客人拎包。她委婉地问尤舒，能不能借尤舒的护照复印件溜出去。

毛里求斯对于持有中国护照的旅客，只需要往返机票、住宿证明、经济证明就可以免签入境。对于旅游邮轮的游客和海员，只要有护照和船票，就能直接免签，可停留十五天。

灯山号这种大型豪华邮轮出行前，导游领队都组织游客办理了团队签，到口岸入境时，大家一块儿走，很方便。

而路易港是个自由港，不受海关管辖，所以管理不算严格。今天又是补给日，港口会更加繁忙，说不定不需要人脸识别就能混进去。连煜想去试一试，如果不能出港，大不了再回来。

尤舒也是可怜她，连煜从上船后，孤零零一个人，没钱、没手机、没记忆，迷迷糊糊干着保洁的工作，想喝口饮料都没钱，悄悄拿她给的小半瓶椰汁还兑水喝。

为了避免有人偷渡或违法，海员和游客们上船后，都需要把护照上交给邮轮事务部。事务部统一管理，等下船再盖章归还。

游客和海员上船前需要复印几份护照。对于免签的国家，中途上岸观光时，拿着护照复印件给审查员，审查员在护照复印件贴上临时登陆许可，就可以上岸。

尤舒犹豫片刻，把一份护照复印件给了连煜，心想着，如果连煜真干什么违法的事，被发现了，大不了说是她偷的，反正只是复印件。

连煜热泪盈眶，不知该怎么道谢，只能道："尤舒，以后我赚到大钱了，不会忘记你的。"

尤舒笑了笑，什么也没说。

连煜扎了个高丸子头，和尤舒护照上的照片发型差不多。她带着自己的工作证、尤舒的护照复印件出发，来到第四层甲板，穿过最中间的通道，到达出口的舷梯。

她来得早，还没多少游客。她下船，一路来到安检区、体温检测区，到达入境口岸。

口岸处有五十来个穿着工作服的海员在排队入境，他们有些是正好碰到轮休，上岸游玩，也有些是上岸去检验补给物资。

连煜在一旁观察，关卡处有一个人脸识别机器，但几乎不用，管理挺松懈。审查员只是大致扫一眼护照复印件和工作证,就直接在复印件上贴上登陆许可的条子。

连煜对这种蒙混过关的事情,游刃有余。她神色自然地排着队,轮到自己时,面不改色地把证件递给审查员。

她身上还穿着邮轮的保洁制服,审查员没怀疑,按程序随便看一眼证件照,就给她贴上登陆许可的条子。连煜通过后,迅速走出港口,走到外面的小广场。

有个身穿白色短袖衬衫工作服的男生看了她几眼,走过来,回想了下,才狐疑道:"连煜?"

连煜认出,这人是之前在餐厅里聊过天的机工,笑道:"对,是我。"

"你怎么出来了,今天不用忙吗?"

连煜从容不迫:"我今天轮休,出来玩一玩。"

"出来玩还穿工作服啊?"

连煜:"我出来买点东西,等会儿就回去。"

"对了,我叫严序,在轮机室工作的。"他抱臂歪歪斜斜地站着,对在海边冒红脸的旭日皱眉,"我就没你这么好运了,今天得忙一天,补给日最累了。"

"是啊,我也觉得累。"连煜胡乱道,她根本没经历过什么邮轮的补给日。

船上工作人员多,严序也不知道她是半个月前才被捞上船,继续和她闲聊:"你是保洁部的吗?我很少见到你。"

"对,是保洁部的,经常在上层甲板打扫卫生,很忙。"

严序点头:"怪不得见不到你,我很少去上层。"

他腰间的对讲机响起,组长叫他过去开工了。他匆匆对连煜挥手:"那我走了啊,回头再聊。"

连煜等了半个小时,游客们陆陆续续出港了,成群结队找自己的导游领队,叽叽喳喳说着话,在讨论岸上的风景。

她在人群中穿梭,找到昨天抱怨没人拎包的游客,是一名二十六七岁的年轻女生。

连煜压低声音,问:"女士,需要拎包服务吗?只要二十美元,全天跟着您,帮您拎包跑腿,还可以帮您拍照。"

女生摘下墨镜看她:"你是?"

015

"我是船上的海乘,今天休息,也出来一起观光。"连煜正了正衣领,"顺便挣点外快。"

"你是在第九层甲板打扫的保洁吧,我见过你。"

连煜:"是的,就是我。"

对连煜的身份没有怀疑了,秦甄便把斜挎包和单反都给她:"行,那你就跟着我吧。我叫秦甄,你叫我姐也行。"

"好嘞,谢谢您。"

连煜背上包,将单反挂在脖子上,看了周围一圈,又问:"甄姐,这些都是和您一个队的吗?"

"是啊。"

连煜又道:"是这样的,一个包背着太轻松了,我再多给你们队的几个游客服务,可以吧?"

秦甄满不在乎,往脸上喷防晒:"随便你啊,你别掉队就行,别让我找不到你。"

秦甄在的这个队,一共十五个人。连煜帮了四个人背包,两女两男。秦甄和另一名年轻女孩,都是比较轻的斜挎包;两个男的是双肩包,普通容量,包里只放了水、纸巾和充电宝,也不算重。连煜左右肩各一个斜挎包,两个双肩包叠在一起背。

秦甄看着连煜这浑身的重量,问道:"这么多,你背得了吗?"

"可以,一点儿也不重。"

"那把单反给我吧,我自己拿着就行。"秦甄伸手想把单反拿过来。

连煜笑容灿烂:"没事的,我给您拿着。我就是干这个的,经常帮人拎包,这点重量没什么,一点儿也不累。"

"好吧。"

/ 第二章 /
小 生 意

　　毛里求斯分为冬、夏两季,是亚热带海洋性气候,现在是十二月,正好是当地的夏季,天气很好。四周棕榈树叠青泻翠,亭亭玉立在路边。

　　领队提前联系好小班车,小班车类似便民小观光车,载客量二十人,包车一天,每人八百卢比,或十美元。这里是旅游热区,用卢比或美元都可以支付。

　　连煜身上有五美元,是之前乔纪年给的小费。今早,她又问尤舒借了二十美元,车费完全够。游客们的车费是领队统一付钱,连煜需要单独付自己的。

　　她付过钱,迅速上了车,就坐在秦甄后边。领队只是看了看她,也没说什么,他自己也是个打工的,知道谁都不容易。

　　连煜跟着队伍走了一早上,累叠的包压在身上,天不算热,但还是出了一身汗。期间,她还得帮雇主拍照、买水。她干什么都积极,在外国服务业小费文化盛行,积极点可以拿到小费。

　　逛了一早上,中午领队带大家到当地的特色餐厅吃饭,是预订好的位置,自然没有连煜的份儿。游客们围在长桌前谈笑风生,连煜自己找位置,背着大包小包坐在旁侧角落,从口袋里拿出一个面包和一盒牛奶。

　　面包和牛奶是连煜早上在员工餐厅免费领取的,每人只能领一份。

　　连煜本来是想着不吃早餐,把面包和牛奶省下来当午饭。尤舒看到了,把自己那份给了她,说她带有麦片,早上冲点麦片吃就行。连煜吃了自己那份早餐,将尤舒的那份揣兜里,留着当午饭。

"连煊,你过来坐我这里!"清亮的女声响起。连煊正咬着面包,抬头望去,秦甄挪了个塑料椅放旁边,对她招手,"你过来这里坐,一起吃吧。"

"不用,我自己带了吃的。"连煊眼底笑意纯净明晃,付了十美元的车费,她现在只剩十五美元,得省着,以备不时之需。

秦甄过来拉她:"一起吃吧,多个人又没什么,也就多双筷子的事儿。我还想多点几个菜尝尝鲜呢,肯定吃不完。"

毛里求斯的主食是米饭,连煊低头吃饭,不知怎的,眼睛发涩,水光蒙眬。从上船以来,她形单影只,什么都不记得,干活累了也不觉得什么。可秦甄叫她一起吃饭那瞬间,她蓦然控制不住情绪。过去是什么,未来又是什么,她什么都不知道。

秦甄拍拍她的背:"每个人都会遇到难处,总会好起来的。"

连煊情绪来得快,去得也快,立马笑了:"嘿嘿,我没事,就是太热了。"

连煊背了一天的包,下午小班车送大家回到港口时,她顺利拿到钱。

四个人,每人二十美元,拎包费共拿到八十美元。除此之外,还有一笔可观的小费,秦甄大方地给了五十美元小费,另外三人分别给了三美元。总共下来,连煊拿到八十美元拎包费,和五十九美元小费。

游客白天上岸观光,晚上依旧回邮轮上过夜。

回来时,手续更简单,大家出示早上贴了许可证的护照复印件,再进行安检和体温检测,就可以回到船上。

连煊迫不及待想把自己挣到钱的消息告诉尤舒,但回到宿舍时,尤舒还没回来。连煊运动量超标,饥肠辘辘,跑去餐厅吃饭,吃了两碗意面。她又马不停蹄乘电梯,来到第六层甲板打扫卫生。今天游客都下船了,卫生没什么大问题,每层垃圾桶几乎没满。

连煊匆匆拖地,一口气从第六层甲板干到第九层甲板,累出一身的汗。

连煊重新回到宿舍时,尤舒已经回来了。连煊欢呼雀跃,星光在眼眶中绚烂,她把所有的钱拿出来,全部摊在桌上:"你看,这是我一天挣到的,厉害吧。"

尤舒数了数:"一百三十九美元,好多啊。你怎么挣了这么多?"

连煊得意扬扬地道:"我帮四个人拎包,每人二十美元。剩下的是小费,有个富婆直接给了五十美元小费呢。"

"你真聪明,我都没想过出港拎包能赚钱。"

连煜把今早借尤舒的二十美元还给她，剩下的钱小心翼翼收着。

她没有钱包，尤舒送她一个红色福袋。上船前，尤舒的母亲给她求了平安符，又缝了两个福袋给她装平安符，两个福袋都是一样的，用来换洗。尤舒身上戴着一个，另一个还空着。

连煜把钱卷好，装进福袋，松紧口扎好，挂在脖子上。

尤舒还给了连煜一个好消息："我今天碰到事务长了，又问了一次，能不能给你申请一个手机。"

"然后呢？有着落了吗？"连煜眼睛又亮起来。

"她说员工的工作机暂时没有，你平时工作用对讲机就行。不过，事务长有个不用的旧手机，有点卡，但还能用。手机里有她的备用号码，可以暂时给你用，等下船了还给她。"

连煜激动得一把抱住尤舒："你也太好了吧！尤舒，等我出人头地了，你就是我的大恩人！"

"哎呀，你这一身的汗味儿。"尤舒手指戳她的额头，从包里拿出事务长的旧手机给她。

邮轮上的卫星 Wi-Fi 非常贵，2G 就要一百五十元人民币。工作人员的手机可以免费使用 Wi-Fi，但仅限于工作交流的 App，其他娱乐型软件用不了。游客一般选择提前购买流量卡，但离开海岸线一定距离后，流量卡也没信号，土豪会买船上的卫星 Wi-Fi，一般人索性就不当低头族了。

不过有一个办法可以用文字聊天——使用支付宝，邮轮上提供支付宝免费联网，大部分游客会选择提前加亲朋好友的支付宝，之后在支付宝上发送文字聊天。事务长的旧手机不是工作机，能连网使用免费网络交流的软件，只有支付宝。

她天生机灵，今天溜出去一天就发现了商机，决定放手一搏！

她探摸了行情，想要拎包服务的游客挺多，她一个人已经没法满足客户群。她决定当个中间商，介绍其他海员一块儿去拎包。

邮轮上没有规定，海员能不能给游客拎包挣钱。连煜也不知道，这么做会不会违规。但她胆子大，这种事情，就是撑死胆大的，饿死胆小的。第一个吃螃蟹的，总需要点勇气。

连煜拿着旧手机，按照尤舒支付宝上的好友，一一进行添加。

尤舒在邮轮上工作很久了，支付宝好友很多，备注清晰，哪些是海乘，哪些是水手，哪个舱室和职位的，都标注得很清楚。

连煋又在尤舒的微信工作群里找到了一张全体船员最新轮休表。

连煋给明天休息的人，在支付宝上发了消息：您好，我是拎包服务队的小队长。明天需要拎包员若干，全程帮游客拎包，每位客人拎包费二十美元，还有小费，请问需要参加吗？

很快，她就收到不少回复。

海员们每次出海后，回去得休息一两个月，总会有人想在一趟旅程中多挣点外快。

同时，她跑到第九层甲板，敲开一间总统套房的门："秦小姐，请问你们明天出去玩，还需要拎包服务吗？"

秦甄讲话很温柔："需要啊。"

连煋："秦小姐，是这样的，我今天是开张优惠价，所以是二十美元。明天的话，回到正常价，二十二美元，以后都固定二十二美元，您看可以接受吗？"

"可以。"

在这条船上的游客，起码也是小资，根本不在乎这两美元的差价。

随后，连煋一个房间一个房间地问，需不需要拎包服务。她全加了这些游客的支付宝好友，建了群，取名为"灯山号拎包服务群"。

连煋拿着纸和笔不断记录信息，哪个客户需要拎包服务、背包容量等，都记录清楚。明日的观光行程，是否需要坐观光车，连煋又联系到每个旅游团的领队。

在连煋的巧舌如簧下，她打探清楚了领队手下的游客有多少人、预约的车还剩多少空位、拎包员能不能坐上车、午饭能不能吃团餐、是否需要给餐费等信息。

确定好这些，连煋坐在第九层甲板的廊道里，脑子飞快计算数据关系。

按她今日的前车之鉴，一个拎包员可以给四个人拎包，两个双肩包和两个挎包是最好的搭配。还得考虑观光车的载客量，必须确保拎包员可以坐上车，这样才能全程跟着游客。

信息整合配对后，她确定下来，联系到的十二名拎包员，明天分配到五个旅行团里，并且每个拎包员都能对接四名客人。

确认好拎包员名单，以及对应的雇主名单后，连煋又分别去敲门，找到这些雇主，先把拎包员的号码和名字都给了雇主，搞得很专业。

"女士、先生，是这样的，我们拎包服务需要提前交费，每人二十二美元。您现在交费,明天一出港,拎包员会在港口等待,全天为您服务。"

邮轮上服务质量高,大部分游客都没反对提前交费。不过,也有一两个游客生疑:"提前交费,万一拎包员不来,或者中途跑了呢?"

连煜一本正经地按官方口径回复:"我们的拎包服务是邮轮的官方服务,组织成员都受到专业培训。要是拎包员出现差错,您可以随时联系我进行投诉,会全额退款,并且给两美元的赔偿金。"

另外,她写下字条,把自己的名字、工号、员工宿舍号、事务长旧手机的电话号码,都提供给对方。

"好吧。"游客彻底打消了所有疑虑。

她口齿伶俐,能言善辩,不管是拎包员还是游客,都以为她这个拎包服务,是邮轮新推出的官方服务。

一共十二名拎包员,每人对接四名游客,共有四十八名游客需要服务。连煜提前收了钱,每位游客的拎包费是二十二美元,总共拿到一千零五十六美元。而她承诺给拎包员的是每位游客二十美元。每一单生意,她赚中介费两美元。

如此下来,今晚的中介费就赚了九十六美元,折合人民币差不多六百九十元。她把钱收好,藏得严实,带着笔记本回到宿舍已经是半夜。

次日,她一大早就起床,先去打扫卫生。然后,她一个个敲门联系拎包员,哪个拎包员在哪个宿舍,她都记录在笔记本里。

这些海乘都经过专业培训,素质很高,按时来找到连煜。

连煜如法炮制,用尤舒的护照复印件蒙混出港。她先带着十二名拎包员出港,在外面的广场等待。等到游客开始出来了,她迅速上前对接。

她记性奇佳,人又聪明,有一定天赋。刚被救上来时,她脑子还挺迷糊,经过半个月的调整,如今恢复了不少,一晚上就能清楚地记得四十八名雇主的名字和脸。

她笑意盈盈上前,得心应手,按照提前排好的对接信息,把拎包员分配给雇主。她不仅赚中介费,自己也拎包,雇主还是昨天的秦甄四人。

和游客逛了一整天,晚上一回到船上,连煜来不及喘气,先把拎包员的工资给发了。她实在太累,想着回宿舍休息十分钟,再去打扫卫生。这一躺,她竟天昏地暗地睡了过去。

尤舒从餐厅回来时,连煜放在桌子上的工作对讲机响个不停。尤舒叫了连煜几声,连煜睡得死沉。没办法,尤舒拿起对讲机接听。

对方是保洁主管，催促道："连煐，你怎么搞的，第八层甲板的廊道脏成那个样子，垃圾桶也没清理！"

尤舒压着声调："主管，非常抱歉，我马上去处理。"

主管没听出是尤舒的声音，继续道："你快点啊，怎么办事的。"

"抱歉，我马上去。"尤舒又推了推上铺的连煐，"连煐，主管让你去打扫卫生呢。"

连煐抱着被子翻身，低吟几声，睡得依旧很香。尤舒轻声叹气，把连煐丢在椅子上的保洁外套穿上，戴上保洁工作帽，将对讲机别在腰间，出门去了。

尤舒先来到第六层甲板，到左舷船中的工具间取出垃圾袋和拖把，先清理好垃圾桶，再快速拖地。清扫至第九层甲板时，她总觉得如芒在背，回头一看，是个挺拔高大的男人，穿着考究的西装，沉稳内敛，不苟言笑。

"连煐呢？"男人先开口问。

尤舒连忙回话："董事长您好，连煐她身体不舒服，在宿舍休息，我是她室友，上来帮她顶班。"

她没敢明说连煐在睡觉，生怕泄露连煐偷偷倒腾拎包组织的事。

"怎么不舒服？"邵淮又问。

尤舒言辞闪烁："肚子疼，好像还有点晕船，估计是太累了，就在宿舍休息。"

邵淮微微颔首，视线往下，停在她手中的拖把上："辛苦了，忙完就回去休息吧。"

"好的，董事长您慢走。"

邵淮回到办公室，停港这两天，他都没见过连煐。他注视着手指，无名指上的深疤，又在隐隐发烫，当初她发疯砍了他的无名指时，是否有过那么一丝愧疚？他不知道，连煐从没和他真正道过歉。

邵淮坐了半个小时，尤舒在外拖地的身影还在晃。想了很久，邵淮起身出门，乘电梯来到第三层的员工甲板。这个点，大部分海员都去吃饭了，通道里人很少。

他一路来到连煐的宿舍前，门没关，虚掩着。他敲了敲门，里面毫无响应。

他不声不响地推门进去，连煐就躺在上铺，抱着被子睡觉，还穿着保洁的棕黄色短袖，脸红扑扑的，碎发汗湿，黏在脸上。她睡得很香，鸦青色的睫毛像两把小扇子似的，偶尔簌簌发颤。

他抬起手，手背在她额头上贴了下，没发烧。他轻轻将粘在她侧脸的碎发拢到耳后，鞋尖掉转，悄无声息地离开了。

尤舒帮连煊清扫好她负责的所有区域，回到宿舍，天都黑透了。连煊还在酣梦，她睡觉挺安静，抱着被子，和顺蔼然。

"连煊，你吃饭了没？再不去，餐厅的菜都没了。"尤舒脱下保洁外套，抖了抖，挂在椅背上。

连煊不是被尤舒叫醒的，是自己饿醒的。她睡眼惺忪，抻起身子，摸出枕头下压着的手机："哎呀，我居然睡了一个小时，还没去打扫卫生呢，完蛋了！"

她径直从上铺一跃而下，发出极大声响。尤舒都吓了一跳："你小心点，别摔着了。"

连煊风风火火扯起工作服，囫囵往身上套："来不及了，我得去拖地呢。"

尤舒按住她："我已经帮你打扫好了。刚才主管呼叫你，对讲机响半天你都不醒。我看你睡得沉，就去帮你弄了。"

"尤舒，我的大恩人！"连煊感激涕零，弯身在床架边的蓝色水桶里翻找东西。

水桶是连煊今天在外面买的，里面是一些日用品。白天出去拎包时，她抽空在路边买了水桶、洗发水、两套内衣裤、一块香皂、一套运动服，都是挑最便宜的买，但也能用能穿。她在水桶最底下拿出一瓶 MIX 苹果汁："给你的。"

尤舒接过，低头细看，甚是诧异："这么贵，你自己买的？"

这款 MIX 饮料，在欧美富豪人群中很流行，选用最优质的水果榨汁浓缩而成，价格折合下来，一瓶得七百元人民币。

"不是，我哪有钱买这么贵的，是那个秦小姐请大家喝，每个人都有，嘿嘿，我也蹭了个便宜。"

尤舒往她的塑料桶里看去："留给我了，那你呢？"

连煊抽出纸巾，豪气地擦脸："我在外面都喝够了，喝了好几瓶呢。"

秦甄其实只请了每人一瓶，连煊没舍得喝，留着回来给尤舒。

连煊把新买的衣服和全是汗的工作服扔桶里，匆匆拎出去。

她来到船尾的员工专用洗衣房，这里有洗涤、烘干一体的公共洗衣机，洗衣液也是免费的。她把工作服和新买的运动服都扔进洗衣机，内衣裤则是手洗，回来晾在宿舍的浴室。邮轮上是恒温空调，房间里很干燥，湿衣服挂一晚上基本就能干。

她快马加鞭去吃了饭，回到宿舍匆忙安排明天的计划。今天游客回船后，邮轮在傍晚六点就起航，离开了毛里求斯的路易港。

按照原定行程，邮轮于今晚航行一整晚，明日八点将抵达法属留尼汪岛的拉波塞雄港，并在拉波塞雄港口停留一天，让游客们上岸观光。留尼汪岛是法国的海外省，归法国管辖，位于印度洋西部，是个火山岛，以旅游业为支柱产业。

这个岛是法属岛屿，对于中国游客，除了拥有法国长期居留卡的人可以免签，其余的普通游客都需要法国签证，才能登岛入境。

连煜猜测，她是没办法拿着尤舒的护照和签证蒙混过关了。

毛里求斯对中国游客免签，邮轮停靠的路易港又是个自由港，管理不严，这两天才让她钻了空子。但对于需要法国签证的留尼汪岛，估计审查程序会很正规，如果真需要人脸识别，那她铁定没法混进去。不过，即便不能混进去给客人拎包，她还是打算介绍别人去，自己赚一赚中介费。

她如法炮制，在尤舒微信工作群里，找到明天轮休的海员，一一在支付宝上私聊，问人家想不想当拎包员赚外快。她把有意向的人，都拉进她在支付宝上的"灯山号拎包小分队群"里。

她又在另一个全是游客的"灯山号拎包服务群"里询问，有没有人明天需要拎包服务。

她分开管理两个群，游客一个群，拎包员一个群，绝不让双方人员串通，主要避免有拎包员跳过她，自己接私活儿。

她花了这么大力气组建这个拎包组织，一个一个房间敲门去拉取客户群，这两美元的中介费，是她该赚的。

这次，她联系到了十三名拎包员，每个拎包员对接两到四名游客不等，总共服务四十名游客。

邮轮只会在留尼汪岛停留一天的时间，导游会带着客人选择岛上比较有代表性的景点——西拉奥斯冰斗，需要坐公交车，再徒步进入盆地景区内。

这个时段的公交车票价是两欧元。她提前和游客说好，拎包员是全程跟着服务的，包括拎包、跑腿和拍照。作为雇主的游客，需要报销拎包员的车费。游客们也都同意了。

至于明天的午餐,领队没有在岛上安排团餐。

邮轮是傍晚六点起航,提前一个半小时关闭登船通道,游客们差不多在岛上玩到下午三四点就得回来。午餐需要游客和拎包员自行解决。大家都是随身带点吃的,等观光完毕,再回到船上吃正餐。

连煋在笔记本上"唰唰"记录信息。一样的套路,她先去敲响每位客人的房间,提前收取每人二十二美元的拎包费,以及两欧元的公交车票,再把拎包员的名字和电话号码给客人。

一通忙活下来,已经是半夜,尤舒都睡着了。连煋关了灯,打开手机的手电筒功能,继续在纸上算账。

这两天,她在毛里求斯赚的拎包费、小费、中介费,加上明天留尼汪岛的中介费,减去第一天的车票钱,以及花了五十五美元买的日用品,算下来,她手里现在有三百四十三美元。

她将所有钱整整齐齐码好,放进尤舒送的福袋,挂在脖子上,这才安心睡去。

次日一大早,她就起来了。

邮轮是早上八点停港,八点后,游客们会陆续下船。她提早起来,去敲门叫醒十三名拎包员,七点半提前在第四层甲板的出闸口等待。闸口一开,舷梯放下,她就带着拎包员们下去了。

她还带了尤舒的护照复印件和签证,想碰碰运气看能不能混出去。如果可以,她就出去后再临时找自己的雇主,不行的话,再回来。

经过安检区、体温检测区,来到入境关口。如连煋所料,这里的口岸管理严格,不仅要出示证件,还得进行人脸识别,本人和护照对应得上,才可以出去。

她带着十三名拎包员在等候区候着。等到游客们出来了,她亲力亲为,把每个拎包员领过去给雇主,让雇主和拎包员可以一起排队过入境检查,以免人太多会走散。

连煋记忆力超乎常人,清楚地记得每个雇主和拎包员的脸,有条不紊地进行对接,专业度极高。以至于,所有人对她的话深信不疑,都认为拎包服务是受邮轮官方统一管理的服务。

她吹牛不打草稿,说自己是灯山号拎包服务部的经理,雇主和拎包员信以为真,甚至有人礼貌性称她一声"连经理"。她挺谦虚,举手投足间泰然自若，摆摆手笑道："不用这么客气，叫我小连就行。"

秦甄也要上岸玩，以为今天也是连煜帮她背包，结果连煜给她安排了个新面孔，一个年轻男生。她秀眉微蹙："连煜，你继续跟着我呗，干吗安排新人？"

连煜不敢说，她没有护照和签证，根本没法上岸。要是泄露了她是个连身份证都没有的流民，她组织的这个拎包服务群，就没信服力了，说不定还会被举报到事务部那边去。

她笑着道歉："秦小姐，真是不好意思，我今天不休息，还要兼顾船上的工作，就不能陪您出去玩了。下次啊，下次一定给您拎包！"

"那好吧，下次你得跟着我哦，我可不习惯用新人。"

"一定一定。"

目送所有雇主和拎包员过了关卡，连煜才返回甲板上。她一路小跑，来到员工餐厅，凭工作证领了牛奶和面包，以最快的速度吃完。

她坐电梯至第六层甲板，打开工具间取出拖把、自动清洁转桶、抹布，一气呵成地来到外围廊道，熟练地打扫卫生。今天她速度慢了很多，不疾不徐地打扫，炙阳快当空了，她才扫到第九层甲板。

路过董事长办公室时，她贼头贼脑地探身去看，只是好奇地想看看邵淮在不在。她侧首斜视，猝不及防地对上邵淮的视线，两人莫名其妙地对视了几秒。

连煜先尴尬了，眼睛乱瞟："董事长，早上好。"

邵淮稍微点头，表示回应。

连煜这两天赚到了点小钱，有点儿暖饱思淫欲的意思，看到邵淮优越的五官，又起了撩拨心思。她艺高人胆大，又想追人家了。她在外头打扫卫生时，从垃圾桶里捡到一个纸箱……

邵淮神色复杂地看着桌上的纸箱，纸箱似乎还被人踩了一脚，侧面瘪了一大块。这女人甚至都不舍得花费力气修整一下，就拿来送给他了。一个被别人踩了一脚的纸箱，他用来干吗？

"送你的，你收下吧，这是我的一点心意。"连煜下巴抬高，将拖把当拐杖一样杵着，得意扬扬。

"不需要。"邵淮不动声色，目光落回手中的文件。

"你看不起清洁工？"她总蛮横地抛出这句话。

"没有。"

"那你怎么不收我的礼物?"

他幽幽抬头,双眸冷淡,看不出情绪:"我要一个纸箱做什么?"

连煜拍了拍纸箱:"你可以用来装东西啊,用来装文件、装书、装衣服也可以。"

邵淮默然。连煜笑了,拐弯抹角地表明心意:"我是喜欢你才送你,礼轻情意重,我现在没钱,以后有钱了,会送你更好的。"

男人不易察觉的笑意藏在嘴角:"谢谢,我收下了。"

"那我就走了啊,您先忙。"连煜还有点害羞,不自然地摸摸后颈,拎起拖把跑了。

邵淮望着她离开的方向,等听不见她轻快的脚步声了,才上手摆弄桌上的纸箱,强迫症地把凹瘪的一面摁得板正,放到办公桌底下。

连煜在外干活儿,站在甲板上,遥遥观望远处,可以看到留尼汪岛上的秀丽风景。留尼汪岛是火山岛,沿岛为热带雨林气候,海边有白色沙滩。内地是山地气候,植被茂密,三面峭壁环绕的冰斗风貌,巍峨壮丽,气凌霄汉。岛上著名的景点就是西拉奥斯冰斗和萨拉济冰斗。

冰斗是一种冰蚀地貌,山地被冰川侵蚀后,在大自然的鬼斧神工下,刻蚀成三面环陡崖的凹地,景色十分壮丽。

连煜看得出神,身后清澈的男声突兀响起:"好看吗?"

她扭过头,发现是乔纪年。他穿着大副的衬衫制服,白色衬衫短袖、白裤子、海员帽、肩章、领带都齐全。

"对面好看吗?看你盯老半天了。"他总是带着点纨绔公子作风,气质慵懒,长腿一迈,懒散跨步,很不正经。

"你来这里干吗?"连煜问。

"来帮你打扫卫生。"他眼尾上挑,凤眼促狭,拿起连煜搭在栏杆上的拖把,装模作样拖了两下地。他歪头盯着连煜看,管她真失忆也好,假装也罢,他都必须从她身上讨回点东西。他当初被骗的不仅是五百万,还有别的东西,他那么信任她,一心一意想和她出海。

当初,他满心欢喜地在码头等了一天一夜,一整晚打着手电筒,站在最显眼的泊位边上。后半夜下了小雨,他突然发起烧,也不敢到避风屋里躲雨,生怕连煜开船来了会找不到他。他就那么淋着雨,手电筒举得很高,一直等,一直等,等到海面上浓稠的黑被朝阳彻底瓦解。

太阳升起来了，连煜没有来接他。

连煜闻到他身上淡淡的烟味，皱了皱鼻子："你怎么老是抽烟？上次见到你，你也抽烟了。"

"没办法了，记得和你说过吧，我以前被骗了五百万。被骗那段时间特别低落，行尸走肉一样，就染上烟瘾了。"

连煜灵机一动，神神秘秘地从口袋里掏出一个东西，对他招手，示意他靠近过来看："送你个宝贝，怎么样？"

她说话时，气息扑在他侧脸上。乔纪年有些不自在，耳垂没来由地发热，伸手拿过她的东西。一个金属打火机，是地摊货，都掉漆了。

"你哪儿来的这个？"他问道。

"我自己买的，就想着送给你。"

这是连煜打扫卫生时，在垃圾桶捡到的。她身无分文，清理垃圾桶时，习惯性看看有没有什么东西可以捡回去用。

"干吗要送我，有什么企图？"乔纪年突然警惕。

"你怎么老是揣测我？我是喜欢你才送你的，别人我还不送呢。"她面不改色地道。

"哟，真新鲜，你居然这么好心。"乔纪年嘴角笑出一颗白净虎牙，他平时笑得吊儿郎当，露出这颗虎牙时，显得清爽了许多。一朝被蛇咬，十年怕井绳，他还真有点怕又上了连煜的当，将打火机塞回她口袋里，"不要，我可不敢要。"

连煜急了，拉起他的手，强行把打火机放他手心："我看你天天抽烟，才想着送你打火机的，收下，这是我一点儿心意。"

乔纪年还想推却，连煜板起脸："你是不是看不起清洁工？"

他哭笑不得："行行行，我收下行了吧。谢谢你的礼物，太珍贵了。"

连煜眉目舒展开，朝他摊开五指，抿着嘴，笑得羞涩，挺不好意思的。

"干吗？"他警惕道。

连煜："五美元，这打火机给你了。"

"不是说送我的吗？怎么还要钱？"乔纪年的目光逐渐幽怨，"船上禁止倒卖东西，我叫保安了啊。"

"哪有，不是倒卖，打火机是我送你的，五美元是小费。"连煜也担心乔纪年会揪她辫子，旋即装得一脸无所谓，"又不是强制让你给，小费嘛，你想给就给，不想给就不给咯。"

"那我就不给了。"

"不给就不给嘛,我也没有很想要。"她抢过拖把就想走。

"我也没有很想要……"乔纪年语气夸张地学她说话,拉住她,往口袋摸了摸,摸出十美元给她。连煜接过钱,笑容藏不住,慢吞吞地叠好,拉开保洁外套的拉链,打开挂在脖子上的红色福袋,把钱放进去。

"你用这个装钱?"乔纪年皱眉问。

"对呀,我都没钱买钱包,这个还是我室友送我的,我现在什么都没有。"

乔纪年的心古怪地拧巴了下。连煜离开的那三年,他无数次咒骂这个女人,希望她恶有恶报。他曾下定决心,有生之年还能碰到连煜的话,一定以牙还牙,以眼还眼报复她。现在,她似乎真的得到报应了,落魄至此,他反而没那么想报复她。

看她这寒酸样,他心里挺不是滋味。

"和我道歉吧,连煜,咱俩还好好的。"他忽然道,像在自言自语。

"对不起咯。"连煜还在低头整理小福袋,以为乔纪年在说她强买强卖的事,随口回道。

"你这个人真是,无可救药了。"

说话间,身后有细微的脚步声传来。

邵淮缓慢走来,站到连煜身侧,两指夹着一张十美元的纸钞递给她。

连煜见钱眼开,先是接过钱,才问:"董事长,怎么给我钱啊?这多不好意思。"

"小费。"邵淮薄唇轻启,简略地瞥过乔纪年,又淡声补充了句,"你刚才送的纸箱。"

"太谢谢您了。"连煜匆忙又打开挂在脖子上的福袋,把钱放进去。

"真没意思。"乔纪年神色恢复往日的懒散无赖,扯了扯连煜不合身的工作服,"小保洁,走,带你去岸上玩。"

"我没钱。"

"哥哥请你。"乔纪年朝船头方向走。

连煜跃跃欲试,对岛上的冰斗风貌心驰神往,快步追上去:"你真的请客?带上我室友一起去好吗?她是我最好的朋友。"

"行。"

走了没两步,连煜幡然醒悟,脚步猛地停下:"哎,可是我没有护照和签证啊,身份证也没有!"

乔纪年一拍脑袋,还真是。他过来找连煜,本是闲得无聊了,想带她上岛玩一圈的。

他只好又转身回来:"你还真是麻烦,算了,不去了。"

连煜几乎被乔纪年圈在怀里,他刚去换了身衣服,还是大副的白衬衫制服,但烟味没了,取而代之的是雪松和柑橘混杂的香味,掺有丝丝缕缕温顺的甜香,估计是新喷的香水。

很骚,像夜店的味道。连煜在心里下定论。

乔纪年的手覆在她手背上。他的手和脸上皮肤完全两个状态,面部肌肤很好,冷白皮,白净无瑕,但手心很粗糙,有一层薄茧,有股粗犷的沙砾感。他站在连煜身后,半圈着她,把望远镜架在她眼前,帮她调整镜筒距离:"能看到吗?"

"看到了!"连煜目不转睛地盯着镜片,对面岛上的风景清晰显现在圆形视野中,美如画卷。

乔纪年侧目看她瘦削的脸颊。比起三年前,她真的瘦了很多,精气神还在,但看起来有点营养不良。

"你之前,过得很辛苦吗?"他忽然问道。

此话一出,坐在旁侧休闲椅上的邵淮,目光微妙,似乎也在等待答案。

连煜还拿着望远镜看对面的风景:"我哪里记得,都失忆了。"

乔纪年一直看着她,和记忆中的画面慢慢重叠,以前,连煜也喜欢这样站在甲板上,拿着望远镜看远处的风景。

他当年是被连煜带进航海这条路的。

船舶上分甲板部、机舱部、事务部;甲板部的船员又分高级船员和普通船员,高级船员包括:船长、大副、二副、三副、甲板学生;普通船员包括:水手长、高级水手、普通水手、木匠。

按照拿到证件后航行时间长短,船员还会再细分为见习和新证,如水手会分为:见习水手和新证水手。

除此之外,海员证也分甲类、乙类、丙类、丁类。

甲类等级的海员可以走无限航区,绕全球航行,也称为国际海员;乙类海员可以走近洋航区;丙类海员可以走沿海航区;丁类海员只能近岸航区的船舶工作。

除此之外，按照船舶吨位大小，海员考取的证书再次进行分级，甲一甲二、丙一丙二、内河等等。这里门道很多，什么等级的海员在什么海域、什么吨位的船舶工作，都有明确规定。

连煋是正规统招海事院校的学生，一毕业就登船实习，成为甲板部的高级船员——甲板学生。

乔纪年专业不对口，连煋介绍他到培训学校进行培训，考取水手证书，再带他上了一艘前往美国的新奥尔良运输大豆的散货船，当一名普通新证水手。

船从国内载着六万吨的玉米出口到美国，再运回七万吨的大豆回国，全程来回将近两个月的时间。期间横跨太平洋，单程距离将近两万公里。

那是他第一次跑船，在太平洋上，坐在甲板上，远处是一望无际的海面，日落一点点降下去，他感受到了前所未有的自由。

一艘货船，以18节的速度漂在茫茫大海上，仿佛隔绝在另一个世界。

跑长途海运货船，需要能耐得住寂寞。即使这样万吨级的大型货轮，也不过只需要二十来名船员，一两个月下来，基本没什么话好聊。而且一般情况下，也没法上网，离开海岸线四个小时后，手机就差不多没信号了，打电话只能用卫星手机。

在毫无人烟的海上漂荡，很容易焦虑。

不过，连煋似乎没这个烦恼。她喜欢大海，她带他在甲板上打牌、下象棋，漫无目的地聊天，偶尔遇到海岛了，就教他拿望远镜看风景。他和连煋跑了第一次船后，感觉还好，并没有大家说的那么寂寞难熬。

直到后来，连煋抛下他离开了，他自己和其他海员出海。没有了连煋，在无数个漂泊的日子里，他才迟钝地发觉，当海员，孤独是最大的敌手。

连煋看了好一会儿对面的风景，才把望远镜还给乔纪年。

这款望远镜是德国产的军用望远镜，透光率高达99.8%，镜片采用纳米技术保护涂层，清晰度很高。连煋爱不释手，完全被这款望远镜吸引了，黑白分明的眼珠转了转："乔纪年，以后你要是不要这望远镜了，就把它给我，好吗？"

"什么意思？"

连煋稍显害羞，笑得傻气："我的意思是，以后你玩腻了，或是觉得不好用了，想要扔掉的话，可以把它给我吗？"

"我不扔,也不会腻,我会用一辈子的。"乔纪年将望远镜挂在自己脖子上。

连煜又委婉地道:"万一坏了呢?坏了你总得换新的吧。如果你换新的了,可以把这个旧的给我吗?"

"坏了我也不换,我就用旧的。"乔纪年坐下,悠闲地靠着椅背。

连煜自讨没趣,给自己找台阶下:"等以后我有钱了,我自己买一个,谁想用我就借给谁,有好东西大家一块儿分享,多好。"

"你先买了再说吧。"

邵淮自始至终坐在一旁,实在是看不过去了,才道:"给她吧。"

乔纪年下巴抬起,桀骜不驯:"为什么要给?这是我的东西,我想给就给,不想给就不给。"

"我也没有很想要。"连煜拿过拖把,就想离开。

邵淮在后方不动声色地道:"我办公室有一个,就在书架上,自己去拿吧。"

连煜转过身,尚未回话。乔纪年猛然起身,大步一迈,把望远镜挂在连煜脖子上:"给你了。"

"现在就给?"

"是啊,不过这可不是我不要的,是我送你的。"

连煜欣喜若狂:"你人也太好了吧。谢谢你,等我以后有钱了,送你一个更好的。"怕乔纪年会反悔,连煜借着要打扫卫生的由头,提着拖把就跑了。

日光甲板上,只剩下两个男人,气氛骤然凝滞,有种不可言说的针锋相对。乔纪年先开口,淡讽道:"不是说,以后她的生死都与你无关了吗,怎么还想送她望远镜?看到她这么落魄,最开心的应该是你吧,怎么,还是心疼了?"

"不知道你想说什么?"

乔纪年垂眉,视线落在邵淮无名指的疤痕上:"她当初到底为什么要砍了你的手指?"

"和你有关系吗?"邵淮的声音低凉如寒泉。

乔纪年双手交叠,慵懒地垫在脑后,遥视对面的白色沙滩:"该不会是你做了什么对不起她的事情吧?"

实际上,乔纪年也不知道连煜为什么会砍了邵淮的无名指。刚开始,邵淮藏着掖着，自己去了医院，只让助理跟着。有人看到邵淮在医院，问他出了什么事，他也遮遮掩掩，只说不小心出了点意外。

直到两天后，邵淮的父母去报警，要起诉连煋。事情闹大了，大家才知道连煋砍了邵淮的手指。

连煋被警察带走做笔录，她也承认了，支支吾吾，只说是闹着玩，不小心才切到的。最后，邵淮出具了谅解书，此事才不了了之。

乔纪年又用老话术咄咄逼人，扭头看着邵淮。

"如果我是你，肯定恨死她了，她对你干的那些事就不是人干的。你要是还能原谅她，我真看不起你，为了这么一个毒妇，值得吗？"

邵淮听得烦躁，自从捡到连煋后，乔纪年每天都在他耳边洗脑，控诉连煋的罪责，话术翻来覆去就那么几句——连煋这个毒妇，没人会原谅她；你如果还给她机会，简直太贱了；人起码有点自尊心，邵淮，别让我看不起你；连煋这种人就是天生孽障，油盐不进，她改不了的……

但邵淮也发觉了。

乔纪年整日在他面前唾骂连煋，口口声声说不会原谅她，却在私底下，又是请连煋吃饭，又是送望远镜。他都怀疑，乔纪年是不是存了什么心思。

傍晚六点，灯山号准时起航离港，继续南下在印度洋上航行。

接下来的四天，邮轮都会在公海上航行，第五天早上，才会在莫桑比克的伊尼亚卡港口停船。

船舶在海上航行，连煋就没办法赚拎包中介费了。不过，她很快悄悄开展了一项新业务——在船上帮客人跑腿。

她的拎包服务群里，已经有两百多名游客。

她在群里发布信息：新服务来了，有需要跑腿买东西的，可以随时联系我！一次跑腿费两美元，哪一层甲板都可以，水果、饮料、日用品、衣服、包包都可以，二十四小时在线服务哦。

灯山号共有十三层甲板。

一层到三层是员工宿舍区，除了员工区，往上第四层及以上的甲板，游客都可以自由活动。

第四层有医务室、员工餐厅、游客自助餐；第五层设有精品店、大型超市、服装店等；第六层有大剧院、放映厅、俱乐部；再往上第八层甲板上还有游泳池……甚至还有游乐场和迷你高尔夫球场。

整个邮轮面积很大，设有十六部电梯，相当于大型的水上大酒店。

上船的游客非富即贵，第四层甲板的内舱房是最便宜的船票，也要十八万人民币，这种豪华环球旅行，不是普通人能随便玩得起的。

对于这类富人，连煜的跑腿服务，很快得到响应。

客人在顶层甲板晒日光浴时，偶尔会叫连煜去帮忙买点饮料、甜点或是水果；客人晚上不想出门，想要买点什么东西，也会在群里召唤连煜。连煜随叫随到，一手拖地，一手看手机，随时注意接任务。一旦有客人有需要，她立马丢下拖把，跑去帮人买东西。

跑腿服务她全揽，自己闷声赚大钱，不像拎包服务一样介绍给别人。

不管是拎包服务还是跑腿服务，一切都在悄然进行。邮轮的规定中，也没有规定，员工不可以这样偷偷赚钱。但她猜测，上头应该不允许她这么操作。

她偷偷摸摸，不敢声张，只服务于游客，群里只添加游客，不让任何海员进入。

邮轮是自动驾驶，没什么大问题，甲板部的高级船员，也不需要随时随地盯着。乔纪年是大副，他现在手下还带了个见习大副，事情他基本交给见习大副去处理，自己挺闲的。在甲板上晃悠时，他习惯性在人群中寻找保洁的身影，想看连煜又在搞什么名堂。

这两天，他发现异常了，连煜干活时，经常盯着手机，时不时把拖把一丢，拔腿就跑了，也不知道干什么去。

有一次，他请连煜吃饭，吃饭间，连煜就离开了三次，都是五分钟后才回来。

"你到底在干吗，跑来跑去的，消化不良伤身体呢。"他推了一杯甜牛奶给她。

连煜满头大汗，汗珠顺着鬓角滑落，双颊累出潮粉："我肚子疼，上厕所呢。"

乔纪年看着她红彤彤的脸，冷笑道："便秘啊，累成这样，身体还好吗？"

第三章
追逐

连煋估计,今日皇历上,应该是写着不宜开张,不宜出门。

手上提的东西分量不轻,她索性系好塑料袋,直接往肩上扛。平日为了掩人耳目,她每次给客人跑腿买的东西比较多时,都会在外层套上一层黑色垃圾袋,假装自己连轴转,拎着垃圾跑上跑下,多么敬业。

这次也一样,她扛着黑色塑料袋,模样像做贼,跑进电梯。

不承想,邵淮和乔纪年像两个煞神似的,面色僵冷地站在电梯里。两个男人气质犀利,肩宽腿长,是人群中一打眼就能看见的帅哥,脸和身材十分优越,站那儿跟电影海报似的。

连煋小心思又悄然萌动活络。她最近在追邵淮,追一个是追,追两个也是追。她可以两手抓,追上哪个算哪个,也就多翻两个垃圾桶找礼物的事儿。

"哎,好巧,又碰到你们了,你们先上去吧,我等下一趟。"她在门口笑容敷衍。

乔纪年按住开门按钮,侧开身让出位置:"进来呗,又不挤。"

"不用,我刚清理完垃圾桶。袋子里全是垃圾,怕熏着你们,你们先上去吧。"

乔纪年察觉到不对劲,瞟向她扛在肩上的黑色塑料袋:"垃圾还扛在肩上,之前没看到你这么敬业啊。"

"我一直都很敬业的,你们快走吧,别管我。"连煋扯过袖子用力擦了把汗。

乔纪年长腿向前迈,抢过她肩上的袋子:"我帮你提。"分量还不轻,这么一晃,里头还有水声。

"是垃圾吗?你该不会干什么见不得人的事吧?"乔纪年浓眉立起,起了疑心。

"怎么可能,我能干什么见不得人的事,你快还给我。"连煜跑上去抢。乔纪年手疾眼快,迅速按下按钮,关了电梯门。

他放下袋子,准备打开检查里面的东西。连煜抓住他的手腕:"你干吗呀,没素质,这是我的东西,别乱翻。"

"我是大副,得保证这艘船的安全,你要是在里面藏什么违禁品呢?"

"我没有,就是刚才买的东西,我能藏什么违禁品,你这个人真讨厌。"

乔纪年更是不明其意:"刚在商场买的东西,你塞垃圾袋里干吗?就喜欢找垃圾是不是,翻垃圾桶翻上瘾了?"

"才不是,你干吗欺负我,我又没得罪你。"连煜拖过塑料袋,紧紧打了死结。

乔纪年还想纠缠,邵淮轻咳一声:"别闹了。"

乔纪年冷哼一声,没再说话,也没再动连煜的袋子。

连煜上至第九层甲板,提着袋子四处晃悠。等邵淮和乔纪年各自回自己的套房了,她才剥了外层的黑色垃圾袋,提着超市的袋子去敲响秦甄的房门:"秦小姐,您的东西到了哦。我是连煜,给您跑腿的。"

秦甄敷着面膜出来开门:"哦,我还以为你超时了呢,你刚才都没给我报价,自己先垫的钱吗?"

"对,我已经付钱了,您现在转给我就行,这是小票。"连煜把小票递给她,一共五百一十二美元,折合人民币三千六百七十三元。

"你帮我提进来吧。"秦甄拿着手机,把钱转给了连煜,"对了,你有什么想吃的自己拿,袋子里的,随便挑吧。"

"谢谢。"连煜没好意思多拿,挑了一包原味薯片,"我拿了一包薯片!"

"再多拿几样呗。"

"不用了,够了。"

秦甄最后又塞了一包番茄味的薯片给她。

连煜提着薯片来到外面的廊道,走到最后的船尾,靠栏杆坐下,这会儿外面一个人都没有。抬头星光灿烂,满天星斗,夜空如花似锦。

最顶层甲板的桅杆上,赤色国旗在风中翻飞。

每一艘船要进入公海，必须先注册船籍，出海后在船上悬挂一面国旗，这面国旗对应的国家，是这艘船的船籍国。选择了船籍国，并在船上悬挂国旗后，船舶在公海航行期间，只需要遵守国际公约和船籍国的法律即可。

如果遇上海难或者被海盗劫持，可以立即寻求船籍国的帮助和救援。不挂国旗，在公海上会被认为是海盗船。

船籍国也不一定要选择自己的国家。

以前在巴拿马注册船籍手续非常方便，税收低，任何国家的人都可以在巴拿马注册船籍，且对船龄和吨位没有限制。早几年，国内外很多船东都会选择巴拿马为船籍国，出海时挂上巴拿马国旗。

世界上比较著名的几个邮轮公司，也选择巴拿马作为船籍国，海员登船时，还得申请办理一个巴拿马证。选择巴拿马作为船籍国，手续是方便，但出现海难或遇上海盗了，巴拿马国家几乎无力救援。

近些年，国内发展迅速，国力猛增。国内的船东开始选择自己国家作为船籍国，出海时挂上鲜艳的五星红旗，当意外来临时，求得一份安全。

连煜盯着鲜红的国旗，莫名恍惚，她的家在哪里——

她可以确定，自己是中国人。灯山号现在的位置，是在印度洋，靠近南非的位置，离中国有十万八千里。她突然想回家了。如果回去了，她家在哪个城市，是否还有家人，她什么都想不起来。

连煜一个人坐着，海风一阵阵拂在脸面，有股咸湿的味道。照明的大灯关了，只留下一条条彩光灯，和灿烂夜空相得益彰。

她默默撕开原味薯片的包装袋，捏起一片，放入口中，细细品味。这是她这么多天以来，第一次吃到薯片，或者说，第一次吃到真正意义上的零食。吃了一会儿，远远看到船中间的董事长办公室的灯亮了，连煜蹑手蹑脚地跑过去看。

邵淮来了办公室，坐到实木办公桌后面，开了电脑，似乎在工作。连煜想了想，实际上，刚才算是她赚了邵淮五百一十二美元，她帮秦甄买的东西，是邵淮帮忙刷的卡，这次的钱赚得可真容易。五百一十二美元，她得跑多少次腿才能赚到啊。

她将没开封的那包番茄味薯片，藏到不远处的休闲椅底下，又将自己吃得还剩下五分之一的那包拢了拢袋口。她站到办公室门前，抬手敲门："董事长，你还在忙吗？这么辛苦啊。"

"有事？"邵淮看向门口。

连煜走进去，将手里吃剩的薯片递给他："送你的。"

"不要。"邵淮蹙眉。他几乎不吃零食，而且，他真担心，这吃剩的半包薯片是连煜从垃圾桶里翻出来的。

不等连煜抛出老话，他自己先澄清："我没有看不起清洁工。"

话被抢了，连煜一下子噎住，又道："这不是我在垃圾桶捡的，我还没沦落到翻垃圾桶找吃的程度。这是你刚才给我买的，我一个人吃不完，就想问问你吃不吃？"

"不吃。"

"为什么，你是不是……"

不等连煜说完，男人又截了话，三令五申："我没有看不起清洁工。"

"不是，我的意思是，你是不是不喜欢我？"

邵淮浓黑眼睫垂下，不知在想什么，过了十来秒，才道："不是。"

"那你怎么不收我的礼物？"

他实在无奈，伸出手："谢谢。"

连煜明晃晃的笑容显现在脸上："绝对不是在垃圾桶捡的，真的是刚才在超市买的，很好吃。我都舍不得吃完，想着留一点送给你呢。"

邵淮把那包吃剩的薯片放在桌子上，没有要吃的意思。连煜也不走，磨磨蹭蹭想打探内情："董事长，你和你的未婚妻是怎么回事啊？你们谈过恋爱了吗？"

她随手把玩着桌上的纯金钢笔。她是馋人家的身子，可万一这人和未婚妻有过什么深情虐恋，她还是有点介意的。

"你问这个干什么？"

"我想追你，想先打探一下底细。"

邵淮也没想到她这么直白老实。之前，他是感觉到连煜想撩他，总盯着他看，送他牛奶、垃圾桶捡来的纸箱，但她也没表白。

"没有谈过，我们见的第一面，她砍了我的手，我们就分开了。"他淡然道。

连煜死灰复燃："那你是处吗？"

可能是近朱者赤，近墨者黑，如今他也学了她的撒谎不脸红："是的。"

"那太好了，我要追你！"她胆大妄为，上手握住男人的手，仔细研究他无名指上的深疤，"哎呀，真心疼。你放心，和我在一起，我绝不砍你的手,什么嘛,太暴力了。"

她握住邵淮的手摸了又摸,眨巴着眼看他俊朗的脸:"你真是贴着我的心长的,好喜欢你。"

邵淮微微歪头,对上她清澈的眼,深邃魅惑的眼神死死锁住连煜的目光。连煜热气上头,视线一点点下移,看着他明显滚动的喉结、形状姣好的淡红薄唇,情迷意乱,握着他的手,慢慢靠近,气息逐渐缠绕,准备吻他。

她心里正嘚瑟:叫你看不起清洁工,到头来还不是被清洁工亲了。

嘴唇即将贴近时,邵淮突然拿起手机,贴在耳畔:"喂,保安,这里有人想猥亵我。"说话时,他也没有躲,唇瓣和连煜厮磨,几乎是和她嘴贴嘴讲话的。

连煜猛地推开他,往后弹跳,气急败坏:"我没有!你别污蔑我,我是那种人吗?"

邵淮勾唇笑了,将手机亮给她看:"没拨通,开玩笑的。"

"你这个人真是……"连煜摇摇头,"素质太差了。"

"抱歉,开玩笑的。"他嘴角的笑徐徐加深,平日裹了寒霜的深邃眉眼微微舒展。这是连煜第一次看到邵淮真正的笑,笑进了她的心里。

她的怨气化解了不少:"那你要不要和我在一起?"

"不要。"邵淮回答得利落。

连煜:"那你这是拒绝我了吗?"

邵淮眼里的笑容还没散:"我没说拒绝。"

连煜暗骂这男人欲擒故纵:"不答应不拒绝,玩我呢。"

邵淮打断她的话:"没有玩,我对感情很认真。"

连煜肩膀垮下,重重叹气:"得,就是还得追呗,真难搞。我先回去了,薯片记得吃,我特地送的。"

"这么快就回去?"

连煜一手插兜,走出办公室,头也不回地挥手:"可不敢留了,怕你说我猥亵你。"

她出门找到藏在外面的那包番茄味薯片。这包没拆开的,她得留回去给尤舒。

邵淮盯着桌上吃剩的那包薯片良久。薯片和他整洁的办公桌格格不入,他捻了一片,放进嘴里,是种非常遥远的味道。

日头高照，邮轮平稳地在公海前进。

只要不是上岸观光日，日光甲板上都会有很多人，运动场、高尔夫球场、游泳池，人群喧嚣。甚至在第十层的船尾，还有一面攀岩墙，这会儿上面也挂了不少人，乍一看像蜘蛛上网。连煋拎着扫把和簸箕，穿梭在人群中，遇到了靠在栏杆上远眺的秦甄。

远处出现了喷水的鲸鱼，大伙儿纷纷站在甲板上欢呼，拿着手机拍照，秦甄也跟着一起兴奋起来。

连煋鬼鬼祟祟地走过去，挨着秦甄，拉开保洁外套拉链，露出挂在脖子上的望远镜，贼头贼脑地道："秦小姐，想不想用望远镜看鲸鱼？十分钟一美元。"

"望远镜？"秦甄扭过头。

"是的，德国产的军用望远镜，镜片使用 NANO 纳米保护涂层，单镜透光率99%，20倍放大，8毫米物镜，还是免焦的，顶级的清晰精细，要不要试试？"她也不知道具体参数，瞎编的，但按照自己使用过的情况，数据应该是大差不差。

"我先体验一下，可以吗？"

"当然可以。"连煋摘下望远镜，递给她，教她调节镜筒距离。

秦甄一看，远处的鲸鱼近在咫尺，大为震撼："好，我玩一玩。"

"今天刚开张，本来是十分钟一美元，我给您点优惠，加时五分钟。"

秦甄一边看着，一边豪气地道："这个好玩，你在哪里搞来的，能不能卖给我？我出双倍的钱。"

"我这个望远镜，只租，不卖。"

"那行吧。"

秦甄玩了十五分钟。船只远去，鲸鱼也潜入水中，她把望远镜还给连煋，豪横地给了她十美元。连煋诚心诚意地道谢，将望远镜挂上脖子，拉上外套拉链，藏在里头。她拿着扫把和簸箕，又转移地方。

她在人群中搜寻，察言观色，看到有个长相颇为优越的年轻男人，一直在遥望远处飞翔的海鸟。她悄然潜至男人身边，扯扯他袖子。

"有事？"男人转过身。

连煋愣了一下，怪不得尤舒总说，这船上的顶级大帅哥，她在餐厅一天能见十来个。真帅，有点想追，不知道能不能追上。她收敛神色，拉开外套拉链，掏出挂在脖子上的望远镜。

"先生，要不要玩望远镜？德国产的军用望远镜，镜片使用 NANO 纳米保护涂层，单镜透光率 99%，20 倍放大，8 毫米物镜，还是免调焦的，顶级的清晰精细，试试？"

"怎么玩？"男人挺有兴趣。

"十分钟一美元。"

"行，你摘下来给我吧。"

"好。"连煜摘下望远镜，递给他，有条不紊地教他调节镜筒。

男人低头看她咫尺之间的清秀眉眼，忽然想起来："对了，你就是连煜吧？"

"你认识我？"

男人指了上一层甲板："我也在你的群里。那天在上面打完高尔夫，叫你去帮忙买水了。"

"我也想起来了，非常感谢照顾生意，以后有事尽管叫我，我一定帮忙。"

男人玩了十分钟望远镜，出手十分阔绰，给了她一百美元。连煜感激不尽，果然，只要胆子大，遍地都是黄金。

别在腰上的对讲机响起，她按下接听，对方居然是乔纪年："清洁工，第九层甲板对你已经没有吸引力了吗？垃圾堆满天了。"

"我这就上去。"

连煜疾步飞奔上去。乔纪年没骗她，船尾的垃圾桶满了，都快溢出来了。她远远看到，乔纪年拿着垃圾袋和垃圾钳，一点点收拾垃圾桶。

连煜冲过去："给我给我，这是我的工作。"

"你还知道来，前两天刚夸你敬业，又懈怠了？"他继续干活。

"下面人多，卫生不好搞，我忙得很呢。"

乔纪年看到她胸口挂着的望远镜，原本烦躁的郁气有拨云见日的趋势，心口一下子敞亮："戴着这玩意儿干吗，不累吗？"

"你送的，我当然要随身携带。"

"哦？"他神色考究，一本正经地问，"为什么？"

连煜眼睛笑成月牙："还能为什么，喜欢你呗。"

"很有眼光。"乔纪年弯腰低头，继续清理垃圾桶，明净的笑容越扩越大。

连煜一整天都把乔纪年送的望远镜挂在脖子上，跑上跑下干活儿也不摘，顾盼神飞，仿佛是她的勋章。

邵淮凤眼微眯，瞳仁暗沉。这人到底是有多喜欢这望远镜，至于吗？

乔纪年窃窃自喜，舔唇咂嘴："啧啧，一个望远镜就开心成这样，有时候就觉得吧，她心思挺单纯，再坏还能坏到哪里去。"

邵淮屏声敛息，沉默以对。

两个男人坐在日光甲板的竹编宽椅上，远眺前方的水天相接。坐了会儿，水手长过来找乔纪年，先是和邵淮打了声招呼，而后向乔纪年报告关于驾驶舱养护和航行日志的问题。乔纪年敛去懒散，认真听着，时不时应两声。

报告完事情，水手长拧开手中的矿泉水瓶，喝完里头的水，空瓶随手放在桌子上，移步转身要离开。

乔纪年剑眉紧蹙，怫然不悦，瞳光裹了冷霜："把垃圾扔垃圾桶里啊，放这儿干吗？"

水手长毫不在意，无所谓地道："太远了，懒得去扔，反正等会儿清洁工也会来收拾。"

水手长挺年轻，基本上是乔纪年带着他跑船，两人关系不错。乔纪年长腿一伸，不轻不重地在水手长小腿上踢了下："清洁工不是人吗？赶紧扔了去，以后再让我看到你乱扔垃圾，罚死你。"

"哦，马上扔，马上扔！"水手长急忙捡起瓶子，疾如旋踵地跑了。

乔纪年起身，跨上前两步，来到栏杆跟前。他手肘撑在栏杆上，眯眼朝下看，看到连煜拿着扫把到处转悠，偶尔上前和人说话，摘下脖子上的望远镜给人家。

对方玩了一会儿望远镜，又还给她。廊道上人不少，影影绰绰，他也没看清楚连煜到底在干什么，看她得意的模样，只当是她在和别人炫耀望远镜。他挺高兴，连煜到处炫耀，说明她喜欢他送的东西。

不过看了一会儿，他又窝了火，这炫耀的次数也太多了点，就他盯着的这点工夫，望远镜已经被三个人玩过了。他对自己的东西占有欲很强，不想被人这样子轮流玩弄，郁气渐涌。

连煜需要在自己负责的甲板层不断巡逻，哪里脏了都得及时清理。她给五个人玩了望远镜，赚了五美元后，来到第九层甲板巡视卫生。

乔纪年和邵淮都还坐在甲板上。不等他们开口，连煜自己提着拖把跑过去打招呼，春色满面："董事长好，大副好。"

邵淮点了个头，算是回应。乔纪年站起来，不由分说，上手帮连煜把歪斜的衣领翻整好，开门见山："喜欢我的望远镜吗？"

"喜欢！"连煜仰面看他，小鸡啄米般点头，难掩兴奋，"特别喜欢！"

"那你一直给别人玩干什么？这是我送你的礼物，让别人摸来摸去像什么话。"

连煜有理有据："有好东西就要和别人一起分享，他们都是我朋友，别那么小气。"

"你朋友真多。"乔纪年把她按在椅子上，"你坐着歇会儿吧，跑来跑去，不累吗？"

"那你去帮我打扫卫生。"连煜下巴抬高，将手里的拖把递给他，"你以为我不想坐着休息吗？饱汉不知饿汉饥。"

"行，帮你搞就是了。"乔纪年慢悠悠去帮她拖地。

连煜确实累，事务长给的手机有记录步数的功能，这才一早上，她就走了两万步了，小腿都酸了。她斜瘫在椅子上，嘴角噙着笑，侧头偷看邵淮："董事长，你要不要玩我的望远镜？"

"不玩。"邵淮抿了口咖啡。

连煜萌动的春心被咖啡香味取代，盯着邵淮无可挑剔的侧脸。咖啡浓郁的香味袅袅升腾，连煜咽了口水，想喝。

"董事长，这咖啡好喝吗？闻着还挺香。"

"你要喝吗？"

"不用了，我就问问。"她假意推辞，手已经摸进口袋里的瓶子。

"办公室里有杯子，自己去拿吧。"邵淮道，托盘上有咖啡壶，不过只有两个杯子，一个是他的，一个是乔纪年的。

"其实我也没有很想喝了，就是闻着挺香，所以问一下。"她把放在宽阔口袋里的瓶子拿出来，"我有自己的水杯，用这个喝就行。"

邵淮垂眸看过去，她所谓的水杯，是一个老干妈的玻璃瓶，洗得很干净，里头还装有半杯水。他忍不住问："你用这个当水杯？"

"是啊，我室友给我的。"她很宝贝这个玻璃瓶。

每一层甲板都有茶水间，里面免费提供一次性纸杯。刚开始几天，她渴了就跑茶水间里喝水，后面嫌麻烦，跑来跑去太累，就用了个塑料瓶当水杯，但塑料瓶只能喝凉水。

尤舒正好有一瓶老干妈吃完了，连煜便把老干妈瓶子里里外外洗干净，

043

用来当水杯，这样就可以装热水。

连煜拧开老干妈玻璃瓶，双颊绯红，抿着嘴笑，握住咖啡壶把手，斜斜一倒，棕色的咖啡盈满她的老干妈瓶子。

邵淮目不斜视地盯着她的动作，神情复杂。他没有吩咐过事务长要特殊对待连煜，甚至于，整艘船上，只有他、乔纪年和船长知道连煜的身份。不过，船长对连煜也不熟悉。

船长是名女船长，四十五岁，航海经历优秀，十分难得的人才。

在海航这块，我国目前注册船员的女性大约25万，占船员人数15%左右，逐渐打破以前船员只招男性的惯例。

船长叫许关锦，以前在国内担任科考船的驾驶员，多次开船前往南极和北极，是一名出类拔萃的掌舵者。后来，瑞士一家有名的邮轮公司高价聘请她担任大型邮轮船长，她在瑞士的邮轮公司工作了挺多年。

今年，许关锦被邵淮以丰厚的条件挖了过来，担任灯山号的船长。除去许关锦自身优越的条件，邵淮费尽心思挖她过来，还有一个原因。

三年前，连煜离开后，邵淮意外地在某个邮轮报道中，看到连煜的身影。他不断查探，联系上了许关锦。

许关锦说，当年连煜一个人风尘仆仆来到瑞士，提了厚礼登门拜访她，希望能入门拜师。

许关锦看了她的资质和航海经历，觉得不错，给她安排了驾助的职位，带她出了三次海。连煜学习东西很快，最后那次出海，已经可以自己掌舵了。

回来后，连煜拜别了她，送了她几件价值不菲的古董，就离开了瑞士。

离开后第一个月，连煜还会给她发消息问好，或者问一问技术上的问题。第三个月后，她们就基本断了联系。

邵淮把许关锦从瑞士高薪挖过来后，和她聊过很多次，希望能找到连煜的线索。但许关锦也不了解连煜的私生活，她大概能猜到，连煜似乎是想自己开船穿越北冰洋去北极，但什么时候去、去北极要干什么，她就不得而知了。

他曾问过许关锦："您觉得连煜是个什么样的人？"

许关锦道："非常聪明，勤奋好学，对航海很有天赋。我当时想把她留下来好好培养的，结果她还是走了，留都留不住。"

乔纪年拖完地回来，心酸和嫌弃掺杂地看着连煜，攒眉蹙额："毒妇，你已经进化到这个程度了吗？老干妈兑水喝？兑水椰汁满足不了你了？"

"你叫我什么?"连煋歪头,没太听清乔纪年对她的称呼,但隐约觉得不是什么好词,横眉竖目地问道。

"没什么,叫你小宝贝呢。"乔纪年在她旁边坐下,"你到底在喝什么?"

"咖啡啊。"连煋舔舔嘴唇,又喝了一口。

"咖啡冲老干妈?"乔纪年夺过她的老干妈瓶子,查看里面的液体。

连煋又抢回来:"你真讨厌,这是我的水杯。"

"厉害。"

乔纪年也拿起自己的咖啡杯,慢条斯理地喝着。他单手玩手机,不知刷到了什么有意思的事,对邵淮挑眉,戏谑道:"嘿,他又在发疯了。"

邵淮神色淡然,接过他的手机,眼睫垂下。

手机屏幕上是乔纪年的朋友圈,界面上是一个叫"商曜"的人最新发的朋友圈:连煋,这辈子别让我再看到你,不然弄死你!有种你就躲在外面一辈子,别回来,不然我真会弄死你!

邵淮看完屏幕上那串杀气腾腾的文字,面无表情地把手机还给乔纪年,嗓音冷淡:"私聊一下他,让他删了。"

乔纪年没私聊商曜,而是直接在那条朋友圈下评论:赶紧删了,不然我也弄死你。

商曜没理他。

乔纪年将手机倒扣在桌面,目光越过连煋,和邵淮说话:"咱们这次要是把她带回去了,商曜会不会真提刀过来?我还真有点担心那个疯子。"

邵淮也不回他的话,而是拿起自己的手机,点开微信,找到商曜,给商曜发了消息,只有两个字:删了。

商曜很快给他回复:滚!

乔纪年探过头看邵淮的屏幕,看到那个"滚"字,不禁笑了。他又用自己的手机给商曜发私信:赶紧把朋友圈删了,不然我报警了啊。

商曜也给他秒回:你也滚!

乔纪年笑出声,下巴稍稍指向坐在一旁豪饮咖啡的连煋,继续和邵淮说话:"她到底对商曜做了什么惊天动地的事,能让他恨到这个地步,难道比你还严重?"

"我怎么知道。"邵淮古井无波,端起咖啡杯,眺望远处一望无际的大海。

在他们那一圈人里,最痛恨连煋的,要数商曜。但连煋到底对商曜做了什么，谁也不知道，商曜自己也不说，连煌也是藏着掖着。

三年前，连煌离开前的一个月，商曜突然疯狂找连煌，几乎是提着刀找人，双目猩红，像发疯的野兽，找到一个和连煌有联系的人，就面目狰狞可怖地问："连煌在哪里？让她出来！"

那时候，连煌已经东躲西藏了，但还没离开国内，偶尔还能联系得上她。没人知道连煌对商曜做了什么，只见到商曜每天阴鸷疯狂地说，他要杀了连煌。

本来风趣幽默、矜傲翩翩的贵公子，几天内像换了个人似的，咆哮如雷，暴虐癫狂地发脾气，摔东西，叫嚣着要收拾连煌。他疯狂到什么程度——发布了寻人启事，悬赏一个亿找连煌；甚至找了顶级的私家侦探要找连煌；还去报警，说连煌骗了他的钱，让警方帮忙找连煌。

警察让他解释被骗的来龙去脉，他也言辞闪烁说不清楚，只是一提到连煌，就气得拳头握紧，指甲掐进掌心渗出血。他的疯狂让周围人都知道了，邵淮去找他，问他，连煌骗了他多少钱，自己帮连煌还。

商曜笑得癫狂，一会儿说一千万，一会儿说八千万，一会儿又说十个亿，反正说不出个具体数字，也给不出连煌骗他的证据。

邵淮问他，连煌到底对他做了什么。商曜一脚踢翻茶几，双目红似滴血，也不说缘由。

疯狂找了十来天没找到连煌，商曜开始在社交账号上发疯，每天在朋友圈咒骂连煌，说要杀了连煌，骂她是狂徒，说让她最好别再出现在他面前，不然他不会放过她。

乔纪年也去找过商曜，问他，连煌到底做了什么十恶不赦的事。商曜赤红着眼，瘫在地毯上喝酒，酒瓶子砸在茶几上，头埋在双臂间，带着哭腔继续骂连煌，说连煌毁了他。

连续半个月，商曜都在朋友圈怒骂连煌，说要杀了她。邵淮找他谈了几次，无济于事，于是亲自到警局，以恐吓威胁、散播暴力言论为由报警。

警察看了商曜发疯的朋友圈后，找到他，带到警局，勒令他删除所有骂连煌的动态，进行了批评教育，让他写了保证书。

回来没两天，商曜又在朋友圈怒骂连煌。邵淮继续报警，他发一次疯，邵淮就报一次警。屡教不改，商曜被以寻衅滋事为由拘留了十五天，并处罚款。

从派出所出来后,商曜收敛了很多,但脾气越来越古怪,每天戾气绕身,暴戾恣睢。

当连煜的"死讯"传来后,他沉寂下来了,不过偶尔还是会发疯,神经质地在朋友圈骂连煜几句,骂完后又删除,装作无事发生。

两个男人一直在玩手机,连煜喝了两大杯咖啡,又把壶里剩的最后一点倒进老干妈玻璃瓶,将盖子拧紧,放进口袋,留着下午喝。

"连煜,你名字里的'连',是哪个'连'?"瞧着她的小动作,乔纪年轻抿一口咖啡,眼尾上挑,揶揄地问。

"连续的'连'啊。"

乔纪年放下杯子,往后面一靠:"哦,还以为是连吃带拿的'连'呢。"

连煜红了脸,磨磨蹭蹭地掏出口袋里的玻璃瓶,拧开盖子,就想倒回壶中,委屈地说:"我以为你们不喝了,才倒进去的。"

坐在旁侧的邵淮冷睇一眼乔纪年,眼风冷峻,稠黑的眼底透不出一点儿光。

乔纪年被他的逼视弄得后脊发麻,按住连煜的手腕,咧开嘴笑,夹子音让人起鸡皮疙瘩:"开个玩笑而已。以后想喝咖啡,随时来找我,随时随地给你煮哦。"

"那这咖啡你们还喝吗?"

"不喝了,都给你。要是不够,我再去给你煮一壶。"

连煜又拧紧盖子:"明天再煮吧。喝太多了,晚上该睡不着呢。"

晚上,连煜接到个跑腿单子。第九层甲板上有个客人,让她去第五层甲板买一份鲜切水果和一束玫瑰花。她还在第八层甲板擦扶手,接到单子后,将抹布扔桶里,就往下层甲板跑了。

一盒也就六百克的鲜切水果拼盘,几块火龙果、哈密瓜、菠萝、西瓜混在一起,寻常在陆地上也就二十多块钱人民币,这儿卖到三十美元一份,折合人民币二百二十元。一束十朵的玫瑰花束,也卖到四十美元一束。

连煜带着水果和玫瑰花,来到第九层甲板的 A908 号房间,敲响房门:"齐先生,您的水果和花到了。"

齐束出来开门:"你这么快啊,才十分钟就送到了。"

"也不远嘛,坐电梯很快的。"

齐束接过来,把果盘放一旁,低头看艳红灿亮的玫瑰花,似乎不太满意。连煜暗觑他的神色,忙道:"这已经是我挑到最新鲜的一束了。"

这玫瑰花是邮轮停靠在留尼汪岛时，补充的物资。从留尼汪岛离港到现在，已经四天了，就算精心养护，花也不可能保持最初的新鲜。

"没事，能理解。"齐束给了她五美元的小费，"麻烦你帮我扔掉吧。"

"为什么要扔掉啊，这多浪费钱，还挺好看的。"

"我睡觉时喜欢在床头放一束花，新鲜的才行，蔫了的会睡不着，干脆不放了。"

连煜接过花："那可以给我吗？我带回去玩。"

"可以，你想怎么处理就怎么处理吧。"

连煜带着花回到第八层甲板的扶梯，先把最后的活儿干完了，才回到宿舍。尤舒已经下班了，刚洗完澡出来，看到捧着花的连煜，诧异地道："你从哪里捡的，还挺好看。"

"我帮人家跑腿买的，买完他说不新鲜，不要了，我就带回来了。"

尤舒拿着毛巾擦湿漉漉的头发："那他没让你承担买花的钱吧？"

"没有，还多给了五美元小费呢。"连煜把花小心放在桌上，从桌子底下拉出她的蓝色塑料水桶，这水桶是她在毛里求斯路易港买的。她到浴室接了水，将花养在桶里。

"对了，尤舒，你想不想喝咖啡？不是速溶的，是那种现煮的咖啡，你想要喝吗？"

"想喝啊，但太贵了，我从不在这里买咖啡喝。"

连煜眉开眼笑，双瞳剪水清澈透亮，自得道："明早上你把你的水杯给我，我帮你去接一杯。"

"去哪里接？"

"第九层甲板，乔纪年会自己煮咖啡，我去蹭他的。"

乔纪年经常请连煜吃饭，连煜每次都会偷偷拿塑料袋打包一些回来给她，尤舒都习惯了，问道："你俩关系还挺好。他这几天没骂你吧？"

"不骂了，我准备追他呢。"

尤舒哭笑不得："你不是说在追董事长吗？"

"两个一起追呗，追上谁算谁。董事长太爱装腔作势了，上次还说我猥亵他，我这几天都不好意思太靠近他，怕他说我骚扰他呢。"

"你真厉害。"尤舒对她竖起大拇指，啼笑皆非。

连煜是她见过最敢打敢拼的人了，初生牛犊不怕虎似的，横冲直撞。连煜连身份证都没有，就敢偷偷弄了个那么大的拎包服务群，把拎包员和游客都给唬住了,至今都以为她的拎包服务是官方推出的新服务。

连煜干着保洁的工作,无知无畏就要追董事长,现在还打算一次性追俩。尤舒暗叹,按照连煜这冲劲儿,没准哪天还真让她追上了。

次日,连煜吃过早餐就出发去干活。

她左口袋放自己的老干妈瓶子,右口袋放尤舒的保温杯,手提蓝色塑料桶。塑料桶盛了些水,十朵玫瑰花在里头盈盈晃动,芬芳馥郁。

她来到第九层甲板的工具间,找来抹布将水桶盖上,挡住娇艳的红色。她打算等会儿找机会,把玫瑰按枝卖掉。她提着水桶来到廊道,一边清理垃圾桶,一边等待乔纪年起床。等了十分钟了,乔纪年的房门还没开,她索性去敲门。

三分钟后,乔纪年带着浓重的起床气吼道:"谁啊,大清早的!烦不烦啊!"

"大副,是我啊,连煜。"

听到是连煜,他语气才缓和了些:"你怎么这么早?"

他睡眼蒙眬地出来开门,上身一件白色背心,下身是沙滩大短裤,顶着乱糟糟的头发。眼前的连煜穿着保洁工作服,扎着低丸子头,脖子上依旧挂着他送的望远镜,精神抖擞。

他揉揉眼睛,把门拉开了些:"要不要进来玩?"

"好呀。"

连煜跨步进去。这是她第一次来到乔纪年的宿舍,有办公桌、冰箱、沙发、书架、书架上的文件贝联珠贯,很整齐。办公桌后方用拉伸挡板隔开,里面就是卧室了。

"对了,找我干吗?这么早就开始想我了?"他到卧室的卫生间洗漱,含混不清地问。

连煜在屋里看了一圈,也没看到咖啡机,拔高声音道:"你今天喝不喝咖啡呀?"

乔纪年含着一口泡沫探出身子:"你想喝了?"

"也没很想,只是以为你已经煮了,我就顺便喝一杯。"

乔纪年还在刷牙,笑声闷在胸腔:"等会儿,我收拾一下就给你煮。"

邵淮的闹钟还没响,就被外头急促的敲门声吵醒,是乔纪年的声音:"把办公室的门卡给我一下!"

邵淮没应声,先去洗漱,才出来开门,他头发细碎地散着搭在额上,没平日里那么凛然。看着穿戴整齐的连煜和乔纪年,他眼神锐利,冷然问道:"要房卡干什么?"

乔纪年一手插着口袋,下巴指向身旁的连煜,嘴角笑意邪肆:"这毒妇想喝咖啡了。"

邵淮没说什么,转身回屋里,找出办公室的房卡丢给他。

"走,煮咖啡去。"乔纪年大大咧咧地搭着连煜的肩,推着她往前走。

连煜不高兴,闷着脸,撇嘴道:"你干吗又骂我?昨天你也骂我是毒妇了,我又没得罪你,也没骂过你。"

"别当回事儿,我这人就是嘴贱,要是气不过,你也骂回来呗。"

"我才不骂人呢。"

咖啡机在邵淮的办公室,乔纪年刷卡进入后,熟练地找出咖啡豆磨成粉,再加适量的水进去开始煮,扭头问连煜:"牛奶和糖加吗?"

"好啊。"

十分钟后,乔纪年跷着二郎腿坐在沙发上,面色懒散,看着连煜把煮好的咖啡倒进她的老干妈玻璃瓶,和另一个白色保温杯中,一口都没给他留。他也没说什么,只是问:"买新水杯了,这么有钱?"

"这是我室友的。"

刚煮好的咖啡很烫,尤舒的保温杯有隔热层和挂绳,她还能用手拿着。老干妈的玻璃瓶就不行了,放口袋里,隔着衣服都烫得慌。她从裤袋里掏出一个塑料袋,将老干妈玻璃瓶装进去,拎上准备走。

"这就走了?"乔纪年皱眉道。

"是呀,我得去拖地呢。谢谢你的咖啡,我先走了啊。"

连煜离开后几分钟,邵淮也进来办公室了,他已经换好正装,头发全部梳上去,精致优越的五官英气逼人,看到办公室里只有乔纪年在玩手机,淡声问:"她呢?"

"走了。"

邵淮拿了杯子,走到咖啡机前,咖啡壶是空的,香味还在,里头也有水渍,咖啡机明显刚使用过。他转头看向沙发上的乔纪年。

"不是说煮咖啡吗?"

"煮了啊。"乔纪年抬头,两手一摊,"全被她倒走了,连我都没喝上。"

邵淮放下杯子,不疾不徐地取出新的咖啡豆,自己重新煮上一壶。

/ 第四章 /
她的礼物

连煜来到第十层甲板的梦幻餐厅，尤舒和其他服务员在里头忙碌着铺餐布，她没进去，站在门口朝尤舒招手："尤舒，快出来！"

尤舒刚一出餐厅，连煜就满心欢喜地递给她保温杯："刚煮好的，还烫着呢，你拿回去放一会儿，凉点了再喝，别烫着了。"

尤舒接过，打开盖子，热气腾腾，咖啡香味醇浓。她声音压低了些："这是乔纪年煮的？"

"是啊，他煮好多，喝都喝不完呢，你要是中午还想喝，就和我说，我再去给你接。"

"够了够了。"

在天水一线的连接点，橘黄慢慢冒出头，旭日东升，霞光万道，薄薄雾霭在灿烂朝阳的辉映下不堪一击，天彻底亮起来了。

陆续有游客出来看日出，连煜打扫好卫生，一手提扫把，一手提她的蓝色塑料桶。桶口盖着紫色抹布，娇艳的红玫瑰在桶内苟安一隅，悄悄绽红。她神色自然，靠近观瞻日出的游客，小声问道："小姐，要不要买玫瑰花，一朵五美元，还很新鲜呢。"

"玫瑰花？"游客扭头看她，也没看到哪里有花，疑惑地道。

连煜掀开塑料桶上盖着的抹布，露出桶内的一方小天地："您看，还很香呢。"

女生弯下身挑了挑，略有犹豫，桶里的花毕竟过了五天了，没那么水灵。连煜抽出最鲜活的一朵，手掌伸进桶里，舀了点水洒在花瓣上。

"这朵是最好看的,和您的裙子很配,来一朵吧。"

女生点了头:"行,就这朵吧。"

付了钱,女生让连煜帮忙把玫瑰花别在她的头发上,连煜服务周到地照做。

连煜提着水桶转移地点,继续搜罗顾客。在外面甲板廊道上卖花的生意并不好,连煜卖了一早上,只卖出了四朵,反而租望远镜给人家玩,还赚得比较多。

船上有大剧院、酒吧和各式各样的餐厅,最适合卖花的场所应该是酒吧和餐厅,但连煜没敢进入这些场合,酒吧和餐厅里管理人员很多,看到她在卖花,估计要来追根问底。

下午,她辗转在人群中卖花时,肩膀被人从后头拍了下,她转过身来,发现是乔纪年。乔纪年歪头看她,依旧的偎慵堕懒,语气很欠:"不好好打扫卫生,提着个桶跑来跑去干什么?"

"那你不好好上班,一直盯着我干什么?"

"我觉得你是个潜在的危险分子,得随时盯着你。"

"没礼貌。"连煜环顾四周,把乔纪年拉到角落,背过身,偷偷掀开抹布一角,手伸进水桶,遮遮掩掩,取出一朵玫瑰塞乔纪年手里,"送你的。"

他笑了,白净指腹捏着花柄转动:"你哪里来的?"

"我特地买来送给你的。"

"特地买的?送给我?"乔纪年琢磨着这几个字,不太相信,"你现在这么有钱了吗?"

"也不贵,是在水果店里按处理价买的。"

"为什么要送我?"

连煜习惯满嘴跑火车:"我是喜欢你才送你的。我又不是什么无情无义的人,你天天请我吃饭,还帮我打扫卫生,我都记在心里呢,等以后我发达了,会对你好的。"

"以后?对我好?"他又咬文嚼字揣摩她的话,"我怎么听不明白你在说什么?"

"这还有什么不明白,我喜欢你啊。"

"你最好是真的喜欢我。"乔纪年又看向她搁在脚边的蓝色塑料桶,"你这桶里还装了什么?"

"没什么,里头都是水,我等会儿要去擦扶手呢。"

乔纪年心有存疑，正想掀开盖在桶口的抹布检查，别在裤腰带上的对讲机响起，是船长许关锦在呼叫他。他按下接听，回应了些驾驶室的问题。

"我先走了，晚点来找你。"他放下对讲机，拿着连煜送的那朵玫瑰花走了。

连煜疾步追上去，扯住他的袖子，有点难为情："那个，你是不是不喜欢我？"

"我可没这么说。"

"那我都送你花了，是不是该有来有往，你好歹也对我有点表示，不然我单方面付出，再热的心，也会凉的。"连煜语速很快，可怜兮兮的话，从她口里出来，一板一眼，有种诡异的幽默。

乔纪年眼底笑意潋滟如桃花正盛，当然懂她的意思，伸手从裤袋取出钱包："要多少？"

"你看着给呗，意思意思就行。"

乔纪年取出十美元递给她，连煜即将接钱时，他夹住纸钞不放："这花，是不是单独送我的？"

"肯定是啊，单独给你的，别人都没有，我是喜欢你才送你的。我现在这么穷，买一朵花很不容易了，你多给点小费，以后我有钱了，能送你更好的东西。"

"你最好是真的。"乔纪年指尖松开，把钱给她，"我得走了，晚点再来找你。"

桶里还剩三朵花，乔纪年走后，连煜转悠了很久，只卖出两朵。最后一朵蔫了吧唧地躺在桶里，是一整束花里最衰颓憔悴的一朵，她都降价到一美元了，还是卖不出去。

她折返至第九层甲板打扫卫生，提着水桶来到邵淮的办公室门前，叩响门，走进去。邵淮寡淡地看着她，保持惯有的严苛肃杀，气氛没那么轻松，但又隐隐维持一种复杂的宽容平和。

连煜自然而然地走进去，在邵淮的注视下，掀开水桶上的抹布，取出最后那朵索莫乏气的玫瑰，递到他眼前，像往常一样开口："送给你的。"

邵淮不像上次连煜送他纸箱时那么漠然，接过来，拨弄了下萎蔫的花瓣，问道："洗过了吗？"

"什么意思？"连煜没明白他的话。

"没什么。"他有点儿洁癖，从垃圾桶里捡来的东西，总得洗一洗吧。

他把花放到一旁的玻璃杯里，倒了点水进去，又看向她清瘦的脸，"为什么要送花？"

"因为我喜欢你啊，我在追你嘛。"

邵淮眼底浮过不易察觉的笑，身子略微往后靠，随手把玩桌上的钢笔："是单独送我的，还是别人也有？"

连煜笑眼状似弯月，处变不惊："肯定是单独送你的。我只喜欢你，又不喜欢别人，送别人干吗。"

"谢谢，我收下了。"

连煜自己先不好意思起来，"嘿嘿"笑着，提起水桶："那我先去干活儿了，你先忙，有空了我再来看你。"

她刚挪了两步，邵淮在后头道："还要喝咖啡吗，给你煮一壶？"

"现在不喝了，早上都喝饱了，明天再喝吧。"

"以后想喝就直接找我吧。咖啡机在办公室，只有我有门卡，不用去麻烦乔纪年了。"

连煜心花怒放："好啊。"

她在外面擦了会儿栏杆，又接到秦甄的跑腿单子，让她去超市买化妆棉和一些小零食。她接了单，将抹布丢桶里，就准备去乘电梯，瞄向邵淮的办公室时，灵机一动，身影鬼鬼祟祟地出现在门口，探头探脑地窥探里面的情况。

"怎么了？"邵淮问道。

连煜迈着小碎步进去，也没说话，只是无邪地对他笑。

邵淮耐心地等她，她慢慢来到办公桌前，看了眼桌上那朵被邵淮放在杯子里的玫瑰花，含羞讪讪地道："董事长，可以约你一次吗？"

"约我？"

"是啊，我想约你出去散散步，聊聊天，或者是逛一下超市什么的。"

邵淮只是看着她，没有立即给出答案。他牢牢锁住她黑亮的眼睛，试图看出她的意图。连煜以为自己太操之过急了，赧颜汗下："你要是忙，那就算了，我就随便一问，也没说一定要去。"

邵淮合上笔记本电脑，起身，将老板转椅往后一推，走出办公桌："走吧。"

他跟在连煜身侧，说好的散步聊天，实际上，连煜带他一路直奔第五层甲板的超市。

今日出来闲逛的人不多,明早邮轮就要抵达莫桑比克的伊尼亚卡港口,并在港口停留一天,大部分游客今日都在休息,备好精力明日下船上岸游玩。

连煋轻车熟路地先进入日用品区,拿了化妆棉,再前往零食区。邵淮跟着她,缄口不言,直到她准备去结账时,才问:"不买个水杯吗?"

"水杯?我有水杯啊。"

"我的意思是,你那个杯子会不会不太好用?"

"还行吧,还是可以喝水的。"

连煋约邵淮来逛超市,也是有点想占便宜的意思,上次邵淮那么爽快帮她付款,不知道这次是不是也一样。她也没暗示,全看邵淮的意愿,他愿意帮忙付款那是再好不过,他不愿意,也是人之常情,那她就自己付。

暂时不确定邵淮是否会帮她付款,连煋也就没拿水杯,她可舍不得自己花大价钱买个水杯。

收银员扫描完购物车的东西,笑着道:"您好,八十二美元,人民币五百九十七元,两种货币都可以付款。"

连煋暗瞟邵淮的动静,见他一直低头看手机,也没什么反应,这才拉开自己保洁外套拉链,打开挂在脖子上的福袋准备取钱。邵淮收起手机,从口袋里取出钱包,将银行卡递给收银员:"用人民币付。"

"好的。"

邵淮又看向连煋:"水杯真的不要?"

"其实我那个也能用,但你要给我买的话,那换个新的也行。"她还装得挺勉强。

连煋快速往杯具区走,想着随便拿一个就好。邵淮也跟上去,看到连煋选了个最便宜的塑料杯,他挑了个豆青色的保温杯,道:"要这个吧,这个好点,能装热水。"

"那也行。你眼光好,都听你的。"连煋将塑料杯放回货架,笑意在脸上荡漾。

说是约会,从超市出来后,连煋也没带他去别的地方散步聊天,提着东西就匆匆上到第九层甲板,说自己要打扫卫生。等邵淮回办公室了,她才绕过船尾,来到秦甄房门前,把东西给秦甄。秦甄看过小票,给了她一百美元。

连煋把钱捏得紧紧的,一个劲儿道谢。

秦甄道:"对了,连煜,你今晚有空吗?"

"有的有的。"连煜以为她要吩咐自己做事,立即应下。

"你要不要来参加我的生日会?今晚七点,就在第十二层甲板船尾那儿,有很多好吃的。"秦甄最近和连煜很熟了,看她一个人跑上跑下的挺可怜,似乎没钱也没朋友,就想偶尔帮衬帮衬。

"不是让你跑腿,也不是打扫卫生,是以朋友的身份过来帮我过生日,来不来?"秦甄又道。

连煜心里暖烘烘的。她在这艘船上无依无靠,每天要打扫卫生,还要为钱发愁。能算得上是朋友的,只有尤舒一个,现在秦甄也把她当朋友了,她感激又雀跃,朋友邀请她来参加生日会,她怎么能不来。

"好,我一定到,祝你生日快乐!"

秦甄特意嘱咐:"不用送礼物了啊。在这船上也没什么好买的,你人来就行,大家简简单单吃个蛋糕就可以了。"

"好,我先去拖地,一定会去的!"

邵淮在办公室坐了一会儿,眉眼沉郁,盯着桌上的玫瑰花,之前他以为连煜大概率是在装失忆,想看看这个骗子又在玩什么花样,过了这么久时间,又隐约觉得,她不是装的。

门口传来脚步声。乔纪年走进来,还是一身白色衬衫的大副制服,很骚包地在一锚三杠肩章上别了朵玫瑰花。他大大咧咧道:"今晚秦甄生日会,你去不去?"

"要去的吧。"邵淮道。秦甄家里势力不小,这次出海,家里人也让他多多关照。都是一个圈子的人,秦甄过生日,他总得去捧个场。

乔纪年别在肩章上的玫瑰花,气焰嚣张地闯入邵淮眼帘,红色在漆眸中翻涌,连煜的话回响在耳畔:我是单独送你的,是喜欢你才送你的,别人都没有……

乔纪年显然也注意到邵淮桌上的花,走过去,捏起花柄把玩:"你这花,该不会也是她送的吧?"

邵淮默认。

"这人简直了,我就没见过她这样的人。"乔纪年冷哼道,又哑然失笑,揉烂邵淮的那朵花,"你收她的花干什么,自作贱是吧,被她骗得还不够?就她那种人,离她远远的才是正道。邵淮,你可别让我看不起你。"

"你来是有事？"邵淮避开他的话，语气没有丝毫起伏。

"就是来问问你，去不去秦甄的生日会。我应该是要去的。"他把连煜送给邵淮的那朵花摧残得不成样子，随手扔垃圾桶里，出门去了。

邵淮不动声色地坐着，直到乔纪年的脚步声杳然远去，他才起身，来到垃圾桶前，寂然良久，捡出那朵不成样的花，用剪刀剪掉花柄。

他转身在书架上找到一本厚重的《航海图的世界史》，打开书，把花放到内页中间，用力压实，又将书放到书架最底下的纸箱里。纸箱是上次连煜从垃圾桶翻出来送给他的。

连煜干完活儿，先是去了一趟超市。

秦甄说不用送礼物，但她哪里好意思真的空手去。秦甄很大方，让她跑腿，都会和她说，有什么想吃的就一块儿拿，自己请客。跑腿费一次两美元，秦甄每次都会给五美元以上的小费。

挑挑拣拣一番，连煜咬牙狠下心花二十八美元买了一个纸质笔记本。海蓝色硬壳封面，一艘棕色帆船立体凸显在封面上，栩栩如生。

回到宿舍，尤舒也回来了，正准备去员工餐厅吃晚饭。

连煜道："尤舒，我不和你一起去吃饭了啊。"

尤舒："好。乔纪年请你吃饭吗？"

"不是，是秦小姐过生日。我之前和你提过的，叫秦甄的那个，她邀请我去参加生日会，我先空着肚子，去生日会再吃。"

连煜笑逐颜开，乐乐陶陶，眉毛都要飞起来了，搭着尤舒的肩膀："应该会有蛋糕的，我想办法给你打包一块回来。"

"你别打包了。这是人家的生日会，叫人看到了多不好。"每次连煜和乔纪年去吃饭，都偷偷打包回来给她，她都担心哪天连煜会被餐厅经理抓到。

"没事儿，秦小姐对我可好了，她还说我是她朋友呢。"

连煜不以为意，打开立柜，找出上次她在毛里求斯溜出去时买的运动服，这是她唯一的私服。她当时被捞上船，身上只穿了潜水服，没有任何身外物，上船后穿的衣服都是邮轮上发的三套保洁工作服。

这套运动服买来后，她还没穿过，蓝白相间，类似国内中学的老式校服。她挑的是最便宜的款式，做工粗糙，面料也不太好，不过也勉强能穿。

尤舒拿出酸豆角罐子，准备去吃饭："你要不穿我的吧？我带了一条裙子，就是好久没穿了，有点儿皱。"

"不用不用,我穿这个就行。穿裙子多不方便,我参加完生日会,还得去打扫卫生呢。"

尤舒:"我抽屉里有化妆品和发绳,你想用就自己拿啊。"

"好,你快去吃饭吧。"

尤舒走后,连煜换上运动服,对着门上的穿衣镜照了照,扎了高丸子头,没有自己的鞋子,穿的还是保洁的工作黑色小皮鞋。运动服配小皮鞋,有点儿不伦不类的滑稽感。

时间差不多了,她带上要送给秦甄的生日礼物,一手揣兜,脚步轻快地出发,来到第十二层甲板船尾处的小运动场。

这里已经布置妥当,粉红气球扎成小拱门,横幅上写着"祝秦甄生日快乐",鲜花和彩带点缀四处,云蒸霞蔚,场面不算太大,只摆了六张小圆桌,装饰很精致。

连煜提前十分钟过来,其余宾客都还没来,只有服务员和乐队的人在忙碌。她找了个靠边的位置坐下,有个服务员过来,不太确定地问:"小姐,您是过来参加秦小姐的生日会吗?"

"是的。"

"可否报一下名字,我们需要核对来宾名单。"

"连煜,连续的'连',一个火一个星的'煜'。"连煜探头去看服务员手里的单子,一眼扫到最末端自己的名字,"这儿呢,就是这个连煜。"

服务员笑容得体:"好的,连小姐,您稍等一下,我们先给您上果盘和零食。"

"谢谢。"

坐了五分钟,陆陆续续有宾客来了,连煜看到邵淮和乔纪年也在人群中,手里都拿着礼盒袋。她看过去,和邵淮有了个短暂的对视。两个男人看到她后,旋即往她这桌走来。

连煜高兴地对他们挥手:"好巧,你们也是来吃席的吗?正好,咱们仨坐一桌吧。"

乔纪年大步上前,走到她身侧,拉开椅子坐下,闷笑道:"吃席?谁让你来这儿吃席的?"

"这不是秦甄的生日会嘛,我是她朋友,她邀请我来的。"连煜生怕别人误以为她过来蹭饭,补充道,"是秦小姐邀请我来的,那宾客名单上有我的名字呢,不信你可以去看。"

"我信我信。"

邵淮步态雅致,清隽五官在灯光下轮廓分明,修长矜贵的身影在人群中格外出众,缓步朝连煜这边走来。乔纪年对他一抬下巴:"就坐这桌吧,和我们的老朋友一起吃席。"

邵淮长腿一迈,拉开椅子,在连煜另一侧坐下。

"还有什么老朋友啊?"连煜天真地问。

乔纪年没回话,而是问:"你怎么和秦甄交上朋友了?"

"我经常在她房间外面的廊道打扫卫生啊,一来二去就熟了。她人很好的,经常请我吃东西。"

乔纪年嗤笑,桃花眼里流光微漾:"我也经常请你吃饭,也没见你夸过我。"

"哪有,我对你那么好,送你打火机,还送你花……"花送了两个人,连煜怕这话题一扯开会尴尬,便转移话头,"对了,你们也是秦小姐的朋友吗?"

"是啊,不然干吗来参加她的生日会。"

连煜瞟过邵淮和乔纪年放在桌上的礼盒,又问:"你们都准备了什么礼物?"

"普普通通,随便挑的。"乔纪年道。

连煜欣喜地捧起笔记本给乔纪年看:"我的是这个,这可不是随便挑的,我挑了很久呢,好看吧?"

"真好看,秦小姐一定会喜欢的。"乔纪年接过笔记本,翻了翻,这人虽然失忆了,品位还是没变,以前她也送过他类似的笔记本。

邵淮和乔纪年都有意无意打量连煜。这还是上船后,他们第一次见到她不穿保洁工作服的样子,这套运动服着实做工廉价,线头很多,肩头缝合的针脚都错开了,后背印着一串不伦不类的"Abibas"。

乔纪年从口袋里取出一串钥匙,钥匙扣上串有一把折叠小剪刀,他打开剪刀,拉过连煜领口处的线头就要剪。

"你干吗啊?"连煜往后仰,要躲开他。

"给你剪一下,这么多线头,你这衣服哪里来的?"

"我朋友送我的。"连煜可不敢说是她溜出港口买的,要真追究起来,算偷渡呢。

她低头看自己的衣服,扯起袖子,拉过另一根线头给乔纪年看:"这儿还有一根,这根也剪了。"

她隐约感到不好意思,夺过乔纪年的剪刀,自己剪起来,嘴里嘀嘀咕咕,像在给自己找台阶下:"好多的线头,这衣服真的是,以后买衣服时得注意看才行。"

乔纪年听着她的自言自语,心里又不好受了:"我的也有好多线头,不过我出门时都剪了,哪里像你,做事丢三落四。"

邵淮静静地用余光扫着她,从头到尾没说过话。

宾客联翩而至,说说笑笑,打扮精致,衣着考究,女生基本都是礼裙,男生也是得体正装,各个金装玉裹,珠光宝气。

连煜认真端详身旁的邵淮和乔纪年。两人同样衣冠赫奕、器宇轩昂。乔纪年一身白色休闲西装,左耳戴了个黑色耳钉,很衬他慵懒纨绔的风格;邵淮是意大利手工定制的藏蓝西装,沉稳典雅,气质冷傲显贵。

连煜暗暗发窘,还以为这生日会就是普通的聚会,大家吃喝玩乐,热闹热闹一下就行了。她穿着打扮,和这儿的氛围太格格不入了。她这才反应过来,为什么她进来时,服务员会特地过来核对名单。

连煜抽出桌上的纸巾擦脸,故意东张西望:"哎呀,怎么还不开始呢,我还有事情呢。"

"你有什么事情?"乔纪年问道。

"我还要去打扫卫生呢。"连煜起身,装得忙碌,把笔记本递给乔纪年,"等会儿你帮我把礼物送给秦小姐可以吗?我先去上班了。"

乔纪年拉住她的手腕:"吃完饭再去,等会儿我帮你一起打扫。"

连煜坦坦荡荡,实话实说:"我没钱,穿成这样子很丢脸的,等会儿别人以为我是进来混饭吃的。"

"你就坐这儿,我看谁敢嚼舌根。"

两人正拉拉扯扯嘀咕,一对男女过来了,连煜一看,她给这两人都跑过腿买过东西,更想溜了。

男人认出她,好奇地道:"连煜,你怎么也在这里?"

一直沉默的邵淮突兀地开了口:"她是秦甄的朋友,也是我的朋友。"

"哦,原来是这样。"男人点点头,没再追问。

乐队准备就绪,琴声悠扬,秦甄一袭红裙出现,成为大家的焦点。她面带笑容和大家打招呼,感谢来宾的到来。来到连煜这桌时,她亲昵地把手搭在她肩上:"别吃太多水果,等会儿还要去餐厅吃别的呢。"

"好，祝你生日快乐！"连煜赶紧把自己准备的生日礼物给她。

秦甄接过，打开看了看："哇，我好喜欢，最近正缺笔记本呢，刚好用你送的这个。"

秦甄又看向乔纪年，嘱咐道："纪年，帮我好好照顾连煜，她可是我新交的朋友。"

"放心吧，我和连煜都认识好久了，老朋友呢。"乔纪年笑着，"老朋友"三个字咬得格外重。

流程也不繁杂，秦甄到台上说了些话，说自己第一次在邮轮上过生日，非常感谢大家的祝福。随后，服务生推上来一个三层大蛋糕，点上蜡烛。

秦甄低头许愿，大家一块儿唱《生日快乐歌》，紧接着开始切蛋糕。

连煜失忆前，在海上漂泊，饿了一段时间，现在看到什么好吃的，都下意识地垂涎欲滴，微不足道的尴尬抛之脑后，只想着吃蛋糕。

秦甄亲自给众人分蛋糕，到连煜这儿时，给她切了一块最大的："给你，这块水果多，肯定好吃。"

"谢谢，谢谢！"连煜小心翼翼地接过来，感激不尽。

秦甄看向乔纪年，下巴骄横地抬起："你呢，要吃多少？"

"和我们家连煜一样。"乔纪年手臂斜斜地搭在连煜的座椅靠背上，调笑着说。

"随便给你一块吧，你吃有巧克力的这块就行。"秦甄把蛋糕分给他。

又到邵淮这儿，邵淮淡笑着点头："一点点就好，祝你生日快乐。"

"好呀，给你这块吧，这块奶油少点。"

连煜吃得很慢，拿着叉子只刮着边角的奶油吃，这是上船后，她吃到最好吃的甜点了，想留点回去给尤舒吃。乔纪年看她慢吞吞的动作，道："不合你的口味吗？平时也没见你这么讲究。"

"你老是管我干什么，你吃你的呀。"

"我懂你的意思。"乔纪年双眸泛光，笑容灿烂，刻意和连煜凑近，把"老朋友"的关系落实，"在这儿等着，我帮你打包一份。"

他从容地起身，走到蛋糕桌前，和服务员交头接耳，服务员找来个大号的塑料餐盒给他。

乔纪年不在了，连煜才得空哄邵淮，问他："董事长，我送你的花，喜欢吗？"

邵淮只是点了点头。连煜抿着嘴笑，想方设法地夸他："你这一身可真帅,我觉得是全场最帅的,以后我有钱了,我也买一套这样的。"

"买男式西装干吗?"他身子往连煋这边斜侧,头低下,跟她凑得很近。

连煋粗劣的情话张口就来,觉得自己很浪漫:"买来送给你啊。"

"好啊,谢谢你。"

"不客气。"连煋挪动椅子,和邵淮靠得更近,苦着脸道,"董事长,你可不可以帮我问问事务长,我到底有没有工资啊。她之前说我是按临时工上岗,但没有证件,很麻烦,没法签合同,也没和我说工资的事情。"

"好,我帮你问问。"邵淮从她挺翘的鼻梁,又看到她圆润耳垂上的红痣。

三年前,他有预感她要离开,夜里总不安,抱着她,一遍遍吻着她耳垂上的这颗红痣,可她还是悄悄走了,连告别都没有。

周围人都在骂她,说她忘恩负义、两面三刀,最后连他一块儿骂,说他自作贱,说如果不是他的一再纵容,连煋也不可能这么猖狂。

想到以前,无名指的疤痕又在悄然发烫。

连煋笑颜如花:"那就先谢谢你了,我们先吃蛋糕。"

乔纪年回来了,看到两人窃窃私语,把餐盒放到连煋面前,打断两人的谈话:"聊什么呢?这么开心。"

邵淮抬头,对上乔纪年的目光,感觉乔纪年下一秒又要来那句老话"邵淮,别让我看不起你",他眼中闪过不耐烦,避开乔纪年咄咄逼人的眼神。

连煋拿过餐盒,里头是整整齐齐一大块蛋糕,她又惊又喜:"你切这么大块,不会被骂吗?让人看到了,怎么解释啊?"

"不用解释,就当我素质低吧。"乔纪年说道,颇为暧昧地看着连煋,这话是连煋以前说过的话。

当年,连煋要和邵淮订婚了,在订婚宴前一天,她去和商曜约会,被邵淮当场抓到。不知道什么情况,邵淮到场时,商曜是脱着裤子的。

乔纪年正好也在酒店,听到消息,匆匆跑去看热闹。他记得很清楚,邵淮拳头攥得很紧,手背上青筋迸发,眼里红血丝骇人,几乎是咬着牙问她:"马上要订婚了,你要让我和大家怎么解释?"

连煋沉默了一会儿,才说:"不用解释,就当我素质低吧。"

邵淮一拳砸向商曜的脸,拳头带着凛冽风声。乔纪年敢肯定,如果当时不是他拦着,邵淮很可能当场打死商曜。

乔纪年此话一出，无疑勾起了邵淮那些不太体面的回忆。邵淮坐着不动，端起酒杯晃了下，一口饮尽。

连煜没察觉到两人之间的暗流涌动，傻呵呵笑着，一心想着赶紧把蛋糕带回去给尤舒吃。

在运动场吃完蛋糕，大家又移步到第八层甲板的餐厅吃饭，连煜不好意思提着那么大盒打包的蛋糕，让乔纪年提着。乔纪年对她扮了个夸张的鬼脸，拎起蛋糕走在她身侧。

吃的西餐，牛排和各类海鲜为主，连煜不认识人，跟着乔纪年和邵淮走，他们坐哪里，她也跟着坐下。乔纪年坐在她身旁的位置，一手撑着下巴，就这么侧头看她。

"你不吃吗，老看我干吗？"连煜被他看得不自在，恼而瞪他。

"好吃吗？明天我请你来这里吃，好不好？"

连煜往嘴里塞了一口鸡丁沙拉，嘟囔着道："要请就直接请，一直问干什么，没诚意……"她送东西都是直接送的，可没先问他要不要。

"行行行，以后不问了。"乔纪年笑出声，端过她的盘子，要帮她切牛排，"我帮你切，你先喝点汤。"

邵淮没怎么吃，若有若无地摩挲左手大拇指上的白玉扳指，静默听着连煜和乔纪年的谈话。

连煜吃得很快，十来分钟就吃得差不多。她要把蛋糕带回去给尤舒，还要去打扫卫生呢。

她将椅子往后拉，擦擦嘴，小步离开，来到秦甄身侧，俯身轻声细语道："秦小姐，我吃好了，还要去上班，就先走了。祝你生日快乐，非常感谢你的邀请。"

"你吃饱了没？"

"吃饱了。"

秦甄亲昵地隔着运动服摸摸她的小腹："还真是吃饱了。那你回去吧，小心点。"

"好嘞。"

连煜回到原位置，提起那盒打包好的蛋糕，热情地邀请乔纪年："你要不要和我一起去打扫卫生？"

乔纪年剑眉一挑，嘴角勾起意味不明的笑："有你这么约人的吗？"

"我就是问问而已，不去就算了。"

"你都这么热情了,我怎么能不去呢。"乔纪年起身,正了正一丝不苟的衣领,耳垂上曜黑的耳钉流光冶艳,朝坐在对面的邵淮道,"有人约呢,先走了。"

邵淮眸光肃静,一言不发,余光扫向连煜。

连煜对他眨眨眼睛,也没说什么,心里挺得意,觉得邵淮肯定在暗中感动她的良苦用心。她都没舍得叫他去帮忙打扫卫生,这种脏活累活只叫了乔纪年,这是多大的偏爱和喜欢。

乔纪年随连煜一起离开,先乘电梯来到员工宿舍。尤舒还没回来,连煜把蛋糕放在尤舒桌子上,就要上去打扫卫生。

乔纪年一手插兜靠在门口,也没进去,瞥了一眼屋里的上铺:"这被子盖着还行吗?我那儿有条空调被,没用过,你要不要?"

连煜走出来,一点儿也不扭捏:"好呀。"

乔纪年推着她的肩往前走:"你现在这样挺好的。"

"什么样?"

"就是现在这样,我看你啊,要是一直不恢复记忆也挺好,就这么活着,对大家都挺好。"

"那可不行,等回到国内了,我肯定要去看医生的。"

谈到这个,连煜又苦恼了。

在船上包吃包住的情况下,没钱已经很难受了,等下船回到国内,花钱的地方更多,吃穿住都是个问题,她得重新补办各种证件,去查户籍看自己有没有家人,还得去医院看脑子治病,这都是不小的花销。

挣钱,她得想方设法挣钱才行!

乔纪年家境优越,但早年和连煜跑船,是从普通水手做起,重活累活都干过,该吃的苦一样没落,打扫卫生对他来说,不在话下。

两人从第六层甲板开始,清理垃圾桶、拖地、擦扶手,一路顺着干上去,身影忙忙碌碌。

邵淮站在拐角处看他们良久,转身进了办公室。如果连煜的失忆是真的,她一直想不起以前的事情,那以前的账,能一笔勾销吗?他能当一切都没发生过?他也在寻找答案。

翌日,邵淮起得很早,洗漱穿戴完毕,来到了办公室,先煮了咖啡。

咖啡一直在壶里温着,他一口都没喝,连煜也一早上都没来找他。

今日早上八点,邮轮抵达莫桑比克的伊尼亚卡港口,这是一座小众的亚热带岛屿，全岛面积五十二平方公里，有着大片白色沙滩，和一川风月的阔叶林。

岛上有非洲特色的营地酒店和餐馆，但总体开发程度不高，还是比较原始生态化，没有什么商业化的景点。

灯山号在这里停留一天，并不在此处进行物资补给，只是让游客登岛观光。

连煜的拎包服务群又悄然启动。

她提前一天已经确定好了游客名单和拎包员名单，对于邮轮上的游客和工作人员，莫桑比克提供的是落地签，落地签费用三十五美元。

连煜提前和游客说明情况，拎包员上岛的车费和落地签的费用，都需要游客报销，如果游客可以接受，她这边才会接单子。

这里的游玩项目以丛林探险、帆伞运动、冲浪运动为主，游客基本都会带水、防晒霜、防晒伞等东西，有个随从帮忙拎包，方便很多。

大部分游客也都通情达理，接受连煜提出的报销款项，总不能让拎包员上岛挣个二十美元的拎包费，还得自己出三十五美元的入关费用，这不合适。

每个国家办理入关手续都有不同，这里不需要人脸扫描识别，但需要指纹录入，连煜是没办法拿着尤舒的证件混进去了。

她这次依旧只当中间人，赚取每人两美元的中介费。

一共对接了四十一名游客，安排十六名拎包员，每个拎包员对接两到四名游客不等。

如旧的程序，她带着拎包员在入关检查区等待，把拎包员和游客一一对接，目送他们出了关，自己才又回到船上第六层甲板打扫卫生。

昨晚后半夜是乔纪年在驾驶舱值班，他早上才睡觉，睡到中午起来，洗漱之后就在甲板上搜寻连煜，想带她一起去吃饭。

他看到连煜拎着拖把，靠在第七层甲板右舷，遥视岸上的风景。

"用望远镜看啊。"他大步流星过来，在她耳畔打了个响指，发现连煜今日脖子上没挂着他的望远镜了，手腕上挂着一个新的豆青色保温杯。

"送你的望远镜呢，玩腻了？"他又问。

"我放宿舍了。"连煜今日把望远镜以三十美元的价格，租给秦甄带上岛去玩了。

"你的老干妈水杯呢，怎么换了个新的，自己买的？"说着，他手欠，就要抢过来看。

连煜护住,紧紧抓着:"这是别人看我可怜,送我的。"

"谁送的?"

"不告诉你。"

乔纪年两只手撑在栏杆上,和她一同看向远处:"我还想说,等会儿请你吃饭后,就带你去买一个呢。"

"你想送就送呗,多一个也不多。"

"那走,我们先去吃饭,吃完带你去买保温杯。"

晚上,机工严序刚从船底尾部的轮机室出来,来到第四层甲板,准备去吃饭。连煜把他拉到角落,手里拿着两个保温杯,一个豆青色,一个深黑色。

"小严,你不是说你的保温杯不保温了嘛。这个黑色的是今天刚买的,没用过,低价卖给你怎么样?"

严序在两个保温杯间来回看了一圈:"青色这个呢?我比较喜欢这个亮点的颜色,黑色太暗了。"

"青色的是我用过的,不过也没用多久,就用了两天,你要是不介意,也可以卖给你。"

"我不介意这个,把青色这个给我吧。"严序从口袋里摸出钱,"对了,多少钱?"

"十美元。"

"还挺便宜,和国内的价格差不多。这个应该是你在船上买的吧,这么便宜出了,不亏吗?"严序找出十美元给她。

连煜笑了笑:"贵了你也舍不得买啊。咱们都是朋友,我也不赚你的钱。这个是朋友帮忙买的,我一个人也用不了两个,就转手给你了。"

"那挺好,谢谢了。"

这豆青色保温杯,是那天邵淮给她买的,在超市卖二十二美元。严序就是个普通机工,连煜没想着多赚他的钱,反正成本不在她这里,卖多少都算赚了。

邮轮从伊尼亚卡港口离开,继续南下航行,需要航行两天,后天再进入南非的伊丽莎白港,到时候邮轮需要在伊丽莎白港进行补给。

第二天下午,连煜带着乔纪年给她买的黑色保温杯,去邵淮办公室接咖啡喝。

乔纪年是盯上连煜了，一有空就黏着她。

他支着长腿斜靠在办公室门口，看到连煜用的是自己买的保温杯，莫名欣慰。他嘴贱，知道之前连煜那个豆青色保温杯是邵淮买的，故意问："小保洁，你怎么换保温杯了，这么有钱啊？"

连煜扭过头："你别总是管我。"

"你不是还有个青色的吗？怎么不用那个，不好用？"

"我放宿舍了。"连煜绕开他就要走。

乔纪年对上邵淮冷厉的眼风，还想嘴碎几句，对讲机响了，是船长许关锦在呼叫："收到紧急救助信号，赶紧回驾驶舱。"

许关锦最近对乔纪年老出去晃荡很不满，语气严厉。

乔纪年立即回复："收到，收到。"

他将对讲机别在腰间，对连煜道："先走了，等会儿再来找你玩。"

"发生什么事了？"连煜问。

"不知道，我先回驾驶舱。"

许关锦在驾驶舱，从海事对讲机收到船只的求助信息，对方还发了定位。

海事对讲机是全球航海专用对讲机，使用全球统一的频率和信道，有专用的报警键，一旦在海上报警求助，附近海域的船只和海岸救援中心都会收到求助信息。

对于在海上航行的船只，收到救助信息后，不可漠视，得要尽所能并给予援助，不然有可能会被告上国际海事组织，船长需要担责。

乔纪年来到驾驶舱，敛去平日的不正经，问道："收到定位了吗？"

许关锦点头："西北偏北，8海里。"

许关锦自己掌舵，以22节的航速朝着求助船只地点前进。十多分钟后，他们隐约看到西北方向有一艘货船。

连煜丢下拖把，跑到首舷处，拿起乔纪年送她的望远镜查看远方的情况。那是一艘散货船，上面满载集装箱，桅杆上悬挂的是巴拿马国旗，还挂了两面信号旗。

两面信号旗一面是蓝白格子图案，一面是蓝红白横向条纹图案。

这是国际海事信号旗，信号旗有A到Z的26面字母旗、0到9的10面数字旗、3面代用旗、1面回答旗，总共40面旗帜，不同旗帜代表不同含义，不同组合也代表不同含义。

连煌认出来，这蓝白格子旗帜和蓝红白横向条纹旗帜，是 NC 信号组合旗，这两面旗帜组合在一起悬挂，代表的意思是：我的船只遇险，需要立即救援。

她放下望远镜，看到邵淮也出来了，忙去问道："董事长，船长收到求助船只的具体险情了吗？"

"没有。"邵淮站在她身侧，也看向对面。

二十二分钟的时间，邮轮已经靠近那艘货船。

许关锦继续用海事对讲机，询问对面船只的情况。

得知那艘货轮船体突然振动增大，主机温度升高，烟囱冒起了黑烟，螺旋桨还发出非常大的异常噪声，船只启动后，船体晃动得很厉害，继续开可能有侧翻的危险，或者是失火。

按照天气预测，这块地方等会儿会有大风浪，货轮恐怕抵御不住，没时间进行细查，因此才进行求助。

许关锦先是派邮轮上的两名机工，去对方船上的轮机室帮忙查看情况。

连煌失忆了，只是忘记了过往的经历，知识都牢牢记在脑子里。

她知道，这种情况下，海员对其他船只进行救助，是会被奖励一定的救助费的。

她跃跃欲试，跟屁虫一样跟在许关锦身后："船长，是个什么情况啊，为什么会发出噪声？螺轴有没有损坏啊？如果是艉轴的六角螺栓坏了，也会发出噪声的。"

两名机工上来后，却说找不到原因。

许关锦正犹豫，要不要自己下去查看一趟时，连煌走到她面前，边说话，边倒退着走："船长，让我去看看吧，肯定是螺旋桨被渔网缠住了。"

"别闹。"乔纪年拉住她。

许关锦停下脚步，当年连煌和她出过三次海，期间处理过类似两次的情况，两次都是连煌下水解决的问题。

见许关锦不说话，连煌当她同意了，自己去抱起备置于一旁的潜水衣，已经要准备下水："船长，那我就下去了啊。"

在大家诧异的目光中，许关锦竟然点了头。

连煌似乎怕人抢功，换好潜水服，甚至不等许关锦发号施令，她就爬上了绳梯，直接跳了下去。邵淮眼睛微眯，看了眼许关锦，到底没说什么。

连煌穿着潜水衣下水，为了挣点钱，什么都不顾了，一路游到货轮螺旋桨的位置，果真被渔网缠住了。

她用潜水衣上的对讲机和许关锦报告："船长，是渔网缠住螺旋桨的原因，有个渔网缠上艉轴了，应该是堵住了冷却水通道。我这边先割一下外露的网绳，然后您吩咐让货轮先开起来，再减速倒船，看能不能甩掉渔网。"

许关锦想起了以前连煜和她出海时的画面，道："行，我让乔纪年去掌舵，你割好渔网了随时通知我。"

"好的。"

从水下传出的声音有点儿失真，邵淮听着对讲机的声音，越发不安。

乔纪年按照许关锦的吩咐，坐上救生艇，来到货轮的甲板上等待吩咐。

连煜拿起腰间的工具包，抽出匕首开始割渔网，二十分钟后，通过对讲机和许关锦汇报："船长，我这边可以了，我先上船。等会儿货轮开起来，再减速，倒三次船，应该可以把渔网甩掉。"

"好的，你先上来。"

连煜从水下上来，顺着水手放下的绳梯爬上货轮，乔纪年笑着对她挑眉："都想起来了？这就是你说的失忆？"

"什么啊？"连煜摘下氧气面罩。

"没什么，你确定倒船能甩掉渔网吗？"

"应该是可以的。"

通过许关锦的指导，乔纪年先去把货轮开起来，进行了三次倒船，能感觉到船体振动减少了，噪声也少了。

连煜再次下水查看情况，对许关锦道："船长，渔网甩掉了，还有些断掉的网绳缠在外面，得用刀清理一下。"

"好，我再派个人下去帮你。"

"好的。"

很快，机工严序接到命令，也穿上潜水衣下水，找到正在割外露渔网的连煜，和她一起加速清理。

弄了半个小时后，连煜道："可以了，上去吧。"

"好。"严序一点头，往上游。

严序上了救生艇，等了一会儿，却没发现连煜上来，用对讲机询问。

连煜道："严序，我有点事儿，等我一会儿，让他们先别开船。"

等了十分钟，严序还是没见到连煜上来，用对讲机呼叫，也无应答。

严序询问许关锦："船长,连煜是从尾端上船了吗?还是上了货轮了?我这边联系不上她。"

"没有,我再叫一下她。"许关锦道,再次呼叫连煜,没得到应答,赶紧吩咐严序下水找人。

严序跳下水,游到货轮螺旋桨的位置,却没见到连煜,绕着船体转了一圈,也没见到人。他急忙通知许关锦:"船长,连煜不在,找不到她。"

乔纪年这会儿已经回到了邮轮,眼神微漾,拳头握紧拍了下栏杆,凶厉地看了邵淮一眼:"这骗子肯定跑了。我就说她的失忆是装的!当初把她捞上来时,就该直接靠岸押她回国,你还不让,又被骗了吧!"

说着,他气急败坏地去换潜水服,"扑通"一声下了水。

邵淮凝眸盯着一望无际的海面。昨天,连煜来找他,带了个U盘上来,说想借他的电脑下部电影,回去用尤舒的笔记本电脑看电影。

难道她从他电脑里拿到了什么想要的东西,就跑了吗?她那么聪明,只要她想,就可以轻轻松松把所有人耍得团团转。

对讲机呼叫不到连煜,显然她往下潜水了,在水中没办法开口说话。

她穿戴的是邮轮定制的浅水区便携式干式潜水装备,戴了腕式潜水电脑表,岸上能够看到她大概的位置信息,但并不是实时准确。

严序是最后和连煜见面的人,许关锦再次问他:"连煜当时和你说什么了?"

"当时我们清理好渔网,浮上水面,她说有点事,让我们等她一会儿,先别开船。具体什么事,她也没和我说,我先上了救生艇等,十分钟后没见她上来,这才通知您的。"

许关锦:"货轮底下都找过了吗?"

"我沿着船游了一圈,还是没看到她,她该不会出事吧?"

严序也提心吊胆,也在纳闷,为什么船长会同意连煜下水,连煜只是一个中途被捞上来的保洁员,没有潜水证,没有工作证,居然就那么直接让连煜下水了。

许关锦注视着波纹浮动的水面,声音冷静:"她不会出事的,你先去换衣服吧。"

严序拎着自己的东西前往更衣室,邵淮不经意瞥见,严序手上提着的一抹豆青色,格外眼熟——他在超市给连煜买的保温杯,在严序手中。

"这是连煜的杯子?"邵淮到底没沉住气,主动开了口。

严序愣了下:"哦,是连煋送给我的。"

他没说是连煋卖给他的,船上不允许倒卖东西。他能看出来,连煋是真的很穷,一贫如洗,她为了讨生活,也挺不容易,没必要泄露她这些小点子。

邵淮只是点了点头,没再多问什么。

他眸光移到海面,周身透着森冷。今日没出太阳,晦暗天穹和蒙冥海面混为一体,有种令人窒息的深邃。

连煋喜欢海,但他不喜欢,更多的时候他对海是恐惧的。

尤其是阴天,无边无际,黑沉沉一片,就算是灯山号这样的大邮轮,在海中也只是沧海一粟。人航游在这样的浩渺中,更是沧海一鳞,一个风浪,也许就能吞噬所有的希望。

他不喜欢海,还有一点是,海的茫茫无际吸引了连煋,也带走了连煋,只要连煋一出海,他基本没机会找到她。他在陆地上所有的权势,所有的运筹帷幄,在大海面前不堪一击。

又过了五分钟,距离邮轮十来米远的位置,水花晕开漩涡,两个黑色身影出现。连煋和乔纪年上来了,靠近了邮轮,顺着伸缩登船梯上来。

大家这才注意到,连煋怀里还抱了一只背上满是藤壶的海龟。

几名水手立即接应他们,把连煋抱着的海龟接到船上。上了甲板,连煋脱下氧气瓶、面镜、蛙鞋等装备,不等她喘口气,许关锦声色俱厉,严肃地问道:"你去哪里了?"

连煋摘下潜水帽,还没意识到许关锦的发怒,笑容灿烂:"水下有条小鲸鱼,嘴巴被铁丝绕住了,它过来求助,我就去帮它把铁丝剪开了。回来时,看到这海龟身上全是藤壶,就带上来清理一下。"

"这就是你不通知团队,私自离开的理由?你下水前我的命令是什么,让你清理好渔网就上来,你乱跑什么?"

许关锦的训斥,让连煋猝不及防:"我和严序说了,我下去一会儿,马上就回来。"

"你该对接的人是我,就算是要去给鲸鱼剪铁丝,也得先向我汇报。你这叫什么,无组织无纪律,说下水就下水,说开溜就开溜,如果你出事了,我们都要下水找你,船上这么多游客,你考虑过大局吗?"

周围鸦雀无声,许关锦对这艘邮轮有着绝对的指挥权,邵淮是邮轮公司的董事长,算是船东,但出海了,也得听船长的话。

被当众责骂,连煋很委屈。

她一声不吭地蹲下,抽出戴在腿侧的潜水刀,悄悄红了眼睛,头埋得很低,一下一下熟练地清理寄生在海龟背上的藤壶。

许关锦颇有点恨铁不成钢,当初连煋前往瑞士拜师,她带连煋出海,就发现连煋这个问题了,连煋仗着自己素质过硬,我行我素,办事总是先斩后奏。

国内的女海员不多,女船长更是屈指可数。许关锦赏识连煋的天赋,希望等她恢复记忆后,能承自己的衣钵,将来成为一名优秀的船长,一名顾全大局的船长,希望她能真正成长起来。

许关锦还想说什么,邵淮轻咳,淡声道:"船长,现在怎么样了?可以返航了吗?"

"先看看货轮那边的情况。"许关锦走到一旁,用海事对讲机,和货轮的船长继续沟通。

连煋蹲在甲板上,用潜水刀不停地挑落海龟身上的藤壶。严序暗自打量许关锦的脸色,慢慢走过来,压低声音对连煋道:"吓死我了。没等到你,我下水绕着货轮转了一圈,还是没看到你,以为你出事了呢。"

连煋紧紧咬着下唇,红着眼眶,闷声不吭。

乔纪年卸下自己的潜水装备,过来拍严序的肩头,示意他让出位置。

乔纪年蹲下,也拿着潜水刀,帮连煋一起清理海龟身上的藤壶,探头去看她的脸:"哭了?"

连煋别开脸,不让他看。乔纪年恢复往日的痞气,嬉皮笑脸:"有什么好哭的。我不也天天被骂,我每天在驾驶舱被骂,都是躲在被子里哭,才不在大庭广众下哭呢,丢脸死了。"

"才没有哭呢。"

"还说没哭,眼睛都红了。"

"进了水而已。"刮完藤壶,连煋把潜水刀收回刀鞘,抱起海龟,来到栏杆边,丢入水中。

渔网清理后,货轮已经可以正常开起来,船体不再振动,烟囱冒出的黑烟有所减少。

许关锦判断货轮的艉轴轴承估计还是有所磨损,密封装置有所损坏,让货轮的船长先把货轮开起,找最近的港口靠岸,及时更换艉轴尾密封。

处理好一切,灯山号起航,回归原本的航线。连煋换上保洁服,回到工作区，继续打扫卫生。乔纪年去了驾驶舱，暂时没空来找她。

邵淮看看连煜忙碌的背影，能感觉到她心情不好。她看起来没心没肺，但又不是完全没情绪。他走到连煜身旁："要不要我帮你？"

"不用，这么点小事。再说了，这本来就是我的工作。"

"一起去吃饭吗？"他几经犹豫，第一次约她。

"你请客？"连煜抬头看他，眼睛亮起，像是有灿星落在双瞳剪水中。

"那你请？"邵淮嘴角抹开浅浅的笑。

"肯定是你请啊，我哪有那个钱。当然了，如果你不介意的话，我可以请你去员工餐厅吃，但是那里的菜一点儿也不好吃。"

连煜把拖把放进桶里，擦了把汗："我先去上个卫生间，回来把这条廊道拖完了，我们就去吃饭，好不好？"

"好，不着急。"

连煜上完卫生间回来，看到邵淮不太熟练地在拖地，干不干净她是不知道，反正廊道上已经有水迹，那就是拖完了。她心花怒放，春意萌动，又扭捏起来。

"你怎么帮我拖地啊，这多不好意思，这样不合适。"

"嗯？"邵淮将拖把放回桶里。

连煜摩拳擦掌，试探着碰他的手背："意思是，你答应做我男朋友了吗？我们是不是可以谈恋爱了？"

她挠挠头，双颊染霞，钩住男人的无名指，摩挲上头的伤疤："我这人还是挺好的，你和我在一起了，我肯定会对你好。我现在没钱，但保不齐以后会飞黄腾达的。"

失忆后，她总是有种返璞归真的傻气。

"乔纪年天天帮你打扫卫生，他是你男朋友了吗？"

邵淮歪头看她。他感觉到连煜是有一点点喜欢他，但终归太廉价，她可以喜欢他，也可以喜欢乔纪年，同样的花，同时送给两个人；同样的话，同时哄给两个人听。

甚至，也可能不止他和乔纪年。她谁都喜欢，也可能，谁都不喜欢。

"不是啊，他总是瞧不起我。"连煜暗暗发窘，她也要追乔纪年的，但一个都没追上，说来说去，这些男人还是装腔作势，看不上她这个清洁工。

"没人瞧不起你。"邵淮往餐厅方向走了。

"那你还请我吃饭吗？"连煜紧随其后。一顿饭对她来说，比儿女情长重要多了。

男人保持惯有的冷漠，没回应她，连煜厚着脸皮追上去，一起进了餐厅。

来的是秦甄过生日时的餐厅，邵淮让她自己点餐。连煜一点儿也不含糊，点了牛排、鸡丁沙拉、烤虾，烤虾特地点了两份，得悄悄带一份回去给尤舒。

"你怎么不吃啊，多吃点，别客气。"连煜边吃边道。

邵淮悠悠切着牛排，切好了，推到她面前。

连煜吃饱肚子，早忘了和乔纪年约好一起吃饭的事，等乔纪年来找她时，她正在清理垃圾桶。

"走，吃饭去。"乔纪年指尖点过她的侧脸。

"我都吃饱了。"

乔纪年凝眸，若有所思地瞥向连煜面前的垃圾桶："翻垃圾吃呢？"

"哪有，董事长请我吃的。"

"他请你你就去啊，是不是喜欢他？"

连煜心虚："哪有，我只喜欢你的，我送你那么多东西。"

"哪有人送东西天天收钱的。"

连煜："我现在没钱，以后有钱了，肯定就不这样了。"

"陪我去吃饭，等吃完饭再弄。"乔纪年推着她走。

连煜伸出手："你给我十美元，我就陪你去吃饭。"

"真有你的。"乔纪年找出钱给她。

连煜陪乔纪年吃完饭，清理完垃圾桶，又马不停蹄回到第四层甲板，敲响一间内舱房的门。内舱房是最便宜的房型，船票十八万人民币，里面十二平方米，位于甲板里侧，在房间里没法看到外面的海景。

"先生，您好，是要下载电影是吧？"她开启自己新的小生意。

"对，怎么收费的？"

"看电影时长，两个小时内的都是三美元一部，两个小时以上的，要多加一美元。"

男人取出 U 盘和十美元给她："下三部电影，《侏罗纪公园》三部曲，剩下一美元是小费。"

"好的，我十点钟之后回来把 U 盘给你。"

这是连煜在支付宝群里接到的新单子。

她逐渐把客户群的需求摸清楚了，上层甲板豪华套房的客人，通常会自己买船上的 Wi-Fi 套餐，他们不需要这种单次下载影视剧的服务，通常找她的服务以拎包和跑腿居多。

下层甲板内舱房的游客，经济条件不如上层甲板，不太舍得浪费大价钱买 Wi-Fi 套餐，但旅途很长，尤其是在公海上航行的日子，已经逐渐疲惫了，船上的游乐设施也都玩腻了，这些游客开始想窝着看剧看小说，就会找连煋帮忙下载东西。

船上的卫星 Wi-Fi 不会太快，即便邵淮办公室有信号增强装备，也不可能做到国内 5G 的速度。考虑到这点，连煋这晚上只接了三个单子，以免下载不完。

她口袋里揣着三个 U 盘，手拎起黑色保温杯，哼着不成调的小曲儿，小跑着来到第九层甲板，也没敲门，大步流星地进入邵淮办公室，手伸到他面前，拳头握紧。

"送你的。"

邵淮眼皮抬起，看向她的拳头："什么？"

"猜，我今晚要送你什么？"

邵淮向后靠，佯装认真思索："糖？"

"不对，再猜。"

"一张纸巾？"

连煋摇头，摊开掌心，干燥的手心空无一物。她忻忻得意，笑出一口白净的牙齿，流彩的光在眼波旋荡："哈哈哈，猜错了吧，送给你空气，什么都没有哦，意不意外？"

"意外。"邵淮眼睫垂下，看向她挂在手腕上的保温杯，下巴微抬，"要喝咖啡？"

"不喝了，晚上喝咖啡该睡不着呢。"连煋小碎步绕到办公桌后方，站在邵淮身侧，看向他的电脑屏幕，"董事长，你在看什么啊？"

"看邮件。"邵淮从抽屉里拿出一罐椰汁，"要喝吗？常温的，晚上别喝太凉的。"

"好呀，谢谢你。"

连煋接过椰汁，也没喝，就放口袋里，也没离开，站在邵淮身侧，半倚着他的椅子靠背，目光停留在电脑屏幕上，搭在椅子靠背上的手，一点点下移，最后搭在他的肩上，还想往下摸。

"真敬业，这么晚还在处理工作啊？"

邵淮侧头，眼风犀利："连煜，你在猥亵我吗？"

"好嘛，碰也碰不得，还天天收我的礼物，奇怪得很呢。"连煜收回手，不敢太放肆。

不等邵淮回话，她环视四周，拉过来一个工作转椅，紧挨着邵淮坐下："我陪你工作吧，你这也太辛苦了，这么晚还不休息。"

"这会儿在国内天还没黑呢。"邵淮在键盘上敲敲打打，指尖轻落，一双手像艺术品，白璧有微瑕，无名指的旧疤破坏了美感。

"哦，也是。"连煜一手撑起下巴，继续打探，"对了，董事长，你的笔记本电脑呢，今天怎么改用台式的了？"

"你想说什么？"

连煜嘴唇动了动，玩起桌上的镶金钢笔："董事长，你是不是有点物质？"

邵淮正眼看她，面不改色地等待她的下一句。

连煜继续道："我的意思是，我经常送你礼物，送你牛奶，送你纸箱，送你花，你怎么什么都不送我？"

"你喜欢这钢笔？"

"不是，我也不是什么物质的人，你非要送的话，我就要吧。"

连煜把钢笔塞兜里，转到正事上来："我是个追求精神世界的人，你也知道，我上船后，过得挺苦的，手机还是事务长给的旧手机，基本没什么用，我也买不起流量。"

"我送你一部手机？"

连煜想要，但又觉得太狮子大开口了，连忙摆手："不是的，我只是想借你的电脑，再下载两部电影。我室友也带了笔记本电脑的，但是没网，我下载好之后回去用她的看就行。"

几分钟后，连煜坐在邵淮的老板椅上，用他的台式电脑下载电影。邵淮坐在一侧，用笔记本电脑处理工作。

连煜太累了，视频还在后台下载着，期间她还去外面巡逻了两次卫生情况，回来半眯着眼睛强撑着等，不停地打哈欠，干脆趴在桌子上睡着了。

邵淮看过来，她睡得很熟，浓密睫毛轻颤着，他无声无息地把手伸过去，碰了下她的脸。

放在桌上的手机响动，他拿过来，按下接听，走出门去。对方并没有立即说话，双方沉默了很久，直到邵淮主动开口："没事的话，我挂了。"

"你是不是去找我姐了？"年轻的声音有股刚脱离少年的清冽，介于稳重和青涩之间。

"她都死了，我上哪儿找去。"

"邵淮，如果你敢偷偷和我姐在一起，我真的会杀了你。"说完，对方就挂了电话。

第五章
连煋的淘金之路

灯山号抵达南非的伊丽莎白港,连煋依旧没办法溜进去,中国游客进入南非需要签证。

拎包服务群有条不紊地开始运作。

连煋、游客、拎包员之间的对接日益成熟,拎包服务群的游客数量已经达到五百人,占据总游客人数的六分之一了。

遗憾的是,连煋没办法找到足够的拎包员进行对接。今日是邮轮的补给日,大部分海员都被安排到去处理物资了,连煋尽可能进行联系,也只找到十八名拎包员。

游客上岸玩,海员因为补给日也在忙碌,连煋这个临时工反而是最闲的。

连煋一人在甲板上晃荡,尤舒也被安排去分类物资,秦甄上岸去玩了,邵淮和乔纪年也不在,这两人好像也下船了,不知道干吗去了。

连煋提着拖把,靠在栏杆上,吃着牛肉干,这是尤舒从家里带来的。连煋咬着牛肉干,蹲在甲板上写写画画,大致计算灯山号的航程。

现在是在南非的伊丽莎白港,离开南非就进入大西洋,继续向西前进,到达纳米比亚,再经过七天的公海航行,就到达巴西。

等到了巴西,就离美国不远了,到达美国后,还有个二十来天的航程就能回到中国的江州市。

连煋突然近乡情怯。她猜测,自己被捞上来之前,一定在海上生活了很久,要回家了,回家之后,还有家人吗?原本的生活会有怎样的光景在等着她。

一切都是谜题。她试想了一番,如果可以,她愿意一辈子生活在海上,天大地大,她借用童话的比喻——她是海的女儿。

下午四点左右,游客和拎包员陆续回了邮轮。

连煜丢下拖把,尽职尽责,赶紧去接应。有位拎包员叫竹响,是个看起来比连煜小两岁的女生。连煜这次拜托她,能不能在外面帮她买一双凉拖。

竹响爽快答应,给连煜带回一双棕色类似草编的凉拖,脚后还有根带子,既可以当拖鞋穿,也可以当凉鞋穿。

"你试一下,看看尺寸合不合适,不合适的话,我明天去帮你换。"竹响道。

连煜脱下黑色小皮鞋,试了下,不大不小,刚刚好。

"挺合适,真的太谢谢你了。"

嘴上谢意太轻,连煜不会白让人家帮忙,她给了竹响三美元,当作是跑腿费。竹响爽快地收下。

竹响两只胳膊搭在连煜肩上,整个身子靠着她,和她拉近关系:"背了一天的包,我都累死了,你背我走。"

"等一下,我还得在这里等其他的拎包员呢。"皮鞋太闷了,连煜干脆直接穿着竹响买的凉拖,把皮鞋放进袋子里拎着。

"我陪你。"竹响还是靠着她。这亲昵的举动,让连煜觉得竹响是有意在靠近她。

随后,竹响又从自己随身携带的拎包里,找出一小盒桑葚,打开邀请连煜一起吃:"我在外面洗过了,可以直接吃的。"

一盒桑葚吃完,两人嘴里乌漆墨黑。等到所有拎包员都回来了,竹响亦步亦趋跟着连煜。两人一起去员工食堂吃饭,竹响这才逐渐引出话题。

"连煜,你这个拎包服务群,不是邮轮官方的服务群吧?"

连煜抬起头,从容不迫:"是的啊,事务长都知道的。我用的手机,还是事务长给的呢。"

"你身份证都没有,护照也没有,事务长敢让你弄这么大个拎包群?"竹响别有意味地看着她,"上次在毛里求斯的路易港,我都看到了,你是用尤舒的护照溜出去的。"

"你什么意思?"

竹响自己带了剁椒酱,挖出一勺,递给连煜:"要不要?"

"要。"连煜推过餐盘去接。

"连煜,你是不是很缺钱,货轮求助时,你也迫不及待下船帮忙修理。"竹响话里有话,含含糊糊,也不直接说清楚。

连煜没开口,静静等待竹响的后话。竹响若无其事地吃着饭,撇嘴道:"你下次不用这么冲动,你帮货轮清理了渔网,确实有救助金,但救助金不多,而且还是直接打给公司的账户,要是公司不发给你的话,你也没办法。"

"船长说会给我的。"连煜今早遇到许关锦了,问了救助金一事。许关锦说如果货轮那边给钱了,她会帮连煜申请的。

"那估计行,船长人还挺好的。"

连煜回忆了下,想起来,竹响不是普通海乘,她是最底层甲板的仓库员,潜水装备所在的库房,就是竹响在看管。

快要吃完饭了,竹响终于抛出橄榄枝:"你想不想挣大钱?"

"你有法子?"连煜踌躇了下,又补充,"违法的事情,我可不干。"

"怎么可能违法,违法的事情我也不干呢。"竹响端起餐盘,拿去放到洗碗区,洗过手,双手插着口袋走了。

连煜跟在她后面:"你说说呗,我考虑考虑。"

离开餐厅,到达外面的廊道,四周人迹渐渐少了,竹响把她拉到拐角处,才道:"淘金。"

"淘金?"

竹响点头:"你还记得在法属的留尼汪岛吗,那天我偷偷下水两个小时,就搞到1.5盎司的金子,今天我拿上岸卖掉了,两千美金呢。"

连煜知道,在国内,个人是不允许私自淘金的,但在国外,尤其是在海上,肯定没人管得了,国外有很多淘金船,淘金猎人四处出没。

竹响想拉连煜入伙,连煜自己也在悄悄搞拎包群赚钱,两人都有小辫子。如果连煜告发她利用职务之便淘金,那她就告发连煜偷偷搞拎包群,还偷渡到毛里求斯,到时候估计会牵连到尤舒,连煜对尤舒那么仗义,她会权衡利弊的。

而且货轮求助时,两个机工去检查了,都没发现货轮的问题所在,连煜一出手就解决了。竹响心想,这人肯定有点功底在身。

"要不要和我一起,我提供潜水设备、吸泥机和洗金工具,我们合作,赚到的钱四六分，我六，你四，怎么样？"

连煜脑子嗡嗡作响，隐约觉得，淘金这种事，以前自己肯定经常干。

"先看看你的工具。"连煜道。

"走。"

竹响推着她，来到最底层甲板。这层甲板的左右舷放置了十艘救生艇，如果邮轮出意外，这些救生艇将至关重要。

她们一路来到船尾的仓库，竹响用工作卡刷开门。里面陈列着数十套潜水装置，角落里还有一台吸泥机，不算大，这是单人款的吸泥机，和小型抽水机差不多，还有两个水下金属探测仪。

竹响说，金属探测仪是她悄悄带上船的，至于吸泥机，则是船上就配有的除污机，压力很大，她悄悄改装了一番，完全可以当作淘金吸泥机使用。

连煜跃跃欲试，和竹响一拍即合，问道："你打算什么时候下水？"

"今晚。"

竹响带她来到外面的甲板，这会儿已经日落，远处港口城市灯火逐渐亮起。

"南非矿产资源丰富，黄金产量很高，水下泥沙应该会有金沙，我今晚要下水看看。"

连煜咬咬牙："我跟你一起干。"反正她现在没钱没身份，艺高人胆大，凡事都得搏一搏。

她先上去打扫卫生，把第六层到第九层甲板的卫生都打扫干净，先定好明天扮包员和游客的对接名单，然后在群里发消息：抱歉各位，今晚不太舒服，跑腿服务和下载影视剧服务暂停一晚，明天服务恢复正常。

几个老顾客还挺担心她，纷纷询问她哪里不舒服。

连煜：没事，就是太累了，休息一晚上而已，大家不用担心啦。

今晚连煜难得没来找他，邵淮觉得少了些什么，但也没多问。乔纪年过来邵淮办公室找连煜，没找到，又到连煜的宿舍找她。这会儿才当地时间晚上九点多，连煜已经上床睡觉了，尤舒还没下班回来呢。

乔纪年在门口敲门："连煜，你干吗呢？"

"谁啊？"连煜在床上探出头问。

"是我，想不想去吃夜宵？"

连煜顶着乱糟糟的头发出来开门："我都要睡觉了呢。"

"睡这么早？"

"卫生我都打扫干净了。"

"不是说这个,平时也没见你睡这么早,不舒服?"乔纪年上手摸她的脸,"不舒服就请假。还有,邮轮上女生是有一天的经期假的,不舒服就请假。"

"不是那个,我就是想睡觉。"

"行吧,我明天还要下船,你有什么要买的没?"

"我没钱,不买。"连煜揉揉眼。

乔纪年拉下她的手:"别老用手揉眼睛,不卫生。明天我出去,给你买两身衣服,有要求没?"

"买套睡衣就行,别的不用了,买回来也没地方放。"连煜推着他,"你快走吧,我要睡觉了。"

她得抓紧时间休息,后半夜要和竹响去淘金,得养足精力。

"那行吧,万一生病了,记得告诉我。"

"知道了。"

连煜有个令人羡慕的天赋,想睡就睡,一沾枕头就能睡,想起就起,绝不恋床,自律性超乎常人。

到后半夜约定的时间,连煜悄悄起床,尤舒还在睡。她没告诉尤舒,蹑手蹑脚地溜出去。

连煜一直来到最下层甲板,竹响已经在等她,拉她进入库房里,取出一套潜水设备给她。两人换着潜水服,竹响问道:"对了,你的潜水证是什么级别,我可是有潜水教练的证书呢。"

连煜脑子卡壳:"我忘记了。我真失忆了,没骗你。"

"失忆了,没忘记潜水技能吧?"

"肯定不会啊,这都刻骨子里了。"

吸泥机的吸沙软管有三十米,竹响的计划是,从船尾这里以扇形半径二十五米以内的距离探测,如果找到合适的吸沙点,就在这里淘,找不到就不淘了。

想去远点的地方淘金,也有办法,甲板上有几艘五米到八米的小游艇,这些小游艇是用来应急的,竹响可以开。她之前有过把吸泥机运到游艇上,偷偷开出去的经历,没人会发现。

不过,竹响今晚不打算去太远的地方,这里人多,被发现就不好了。换好潜水服,竹响给了连煜一个金属探测仪,这种水下探测仪,可以探测到泥沙往下 5 米深度的金属。

竹响提前调节好模式："如果有检测到黄金，主机屏幕就会发出红光，也会发出声音，但很多时候，我们在水下是听不到声音的，所以要注意看屏幕的亮光显示。"

"好。"

竹响继续交代："一旦发出红光，你记得叫我，我去辨认。"

连煜点头："明白。"

此刻，夜深人静，月朗星稀，邮轮稳稳停在港口，偌大海面平静幽深，森然幽冥又散发着巨大的诱惑。

两人穿戴齐全，无声无息地下水。

竹响经验很足，拿着探测仪一路往下游，连煜一路跟着她。大约过了二十分钟，竹响查看手腕上的潜水电脑表，下潜深度达到了十三米。经过一处边坡，礁石堆砌，泥沙淤积。

连煜把探测仪的挂绳别在腰间的坠子带上，调亮头上戴着的水下探头灯，两只手奋力推开礁石。

竹响看懂她的意思，也过来一块儿搬挪石头。挪开石块，腾出脸盆大小的淤泥空地，连煜握住探测仪的手托，将探盘靠近泥沙，一点点贴近，主机屏幕发出红光。

竹响给她打了个手势，让她先别动。等到泥沙慢慢沉淀，视线清晰了些，竹响把戴在腿上的小型强光手电筒取出，凑近了一点点查看泥沙的情况，而后对连煜比了个大拇指的手势，表示可以在这里吸沙。

连煜点点头。

竹响又打开工具包，取出一条黄色尼龙绳，将绳子一端拴在礁石上，用来标记地点。竹响朝连煜比了个手势，示意先出水。

连煜游在前面，竹响握着尼龙绳，一路放绳，一路跟在连煜后面游上去。五分钟的时间，两人游出水面，顺着绳梯上了甲板，万籁俱静，月光被云层遮挡，一点儿亮光都没有。

吸泥机已经被她们挪到甲板上，竹响检查了吸泥机的油量，对连煜说："我们最多吸四十分钟就上来，我负责拿着吸头吸沙，你负责挪开石块，可以吗？"

"好。"连煜一口应下。

竹响按下开关，吸泥机发出"嗡嗡"声响，但邮轮巨大，上层舱房使用的是隔音材料,大晚上的,没有人会听到这里的声响。

竹响抱着成人手臂粗细的软管再次下水,连煜也紧随入水,顺着刚才拴在礁石上的黄色尼龙绳的指引,两人迅速来到标记地点。

在水下没法说话,一切靠手势交流,竹响两只手握着吸管头,对连煜摆手,让她转移到自己右侧方,连煜会意,照办。平时,竹响一个人下水淘沙,得自己固定吸管头,还得一边清理石块,现在有了连煜打下手,她轻松了不少。

连煜不停地搬开石块,露出泥沙空地,让竹响可以更好地展开工作。

三十五分钟后,竹响拍连煜的肩,示意可以上去了。竹响解开拴在礁石上的尼龙绳让连煜拿着,自己则是带着软管,两人一起向上游动,很快上到甲板。

吸泥机有出污口,吸上来的泥沙一部分被过滤后,自动顺着排污管排出去。剩下的泥沙则是被过滤在积沙桶里,积沙桶里的泥沙带有黄金颗粒,叫作金沙。

这些沙子还需要使用淘金盆进行清洗,才能慢慢洗出金子。

时间紧迫,竹响提出积沙桶,问连煜:"你会洗金吗?"

"你教教我,估计就会了。"

"好,我们先去换衣服,等会儿还要洗沙呢。"

吸泥机底下有轮子,连煜把三十米的软管捞上来卷好,挂在机子上,和竹响推着吸泥机往仓库里走。

她们卸下潜水装备,放归原位,穿好衣服。竹响带上两个淘金盆,两个塑料桶,和连煜重新回到甲板上。

竹响从卫生间接来一条水管,用来清洗泥沙。

连煜很快上手,头上戴着强光手电筒,用淘金盆不断筛选,把多余的石子和泥土全部洗掉,留下纯正的黄金颗粒。

工作很忙,两人几乎没有喘气的时间。

淘出金子,竹响带着连煜回到她的宿舍,找出一个小玻璃罐,把金子倒进去,在玻璃罐底下点燃一根蜡烛,以此蒸发金子上的水分。

几乎折腾到了天快亮,竹响对金子称重,她们淘到了0.85盎司的金子,差不多24克,价值一千六百多美元,折合人民币一万出头了。

这让连煜感到震惊。

竹响得意扬扬:"我早就知道这里有金子,以前我就在这里淘过。有个地方金子才是最多的,白令海,就在白令海峡南面,进入北冰洋那片海域,你知道吧?"

"我知道。"连煜用力点头。

竹响:"我以前在白令海,一个人一天能淘到 80 克以上的金子。我当时遇到个淘金团队,那才叫夸张,一天淘出 10 公斤的金子。"

连煜听完,兴奋难耐,甚至衍生出想和竹响一起组队去白令海淘金的想法。但现在不是细谈之机,她得赶紧回宿舍去,天亮后游客该出发了,她得继续带拎包员和游客对接。

竹响和连煜约定好,竹响今日会上岸,找地方把金子卖了,回来了就和她分钱。连煜目送游客和拎包员下了船,便跑回第六层甲板,火急火燎地打扫卫生,她昨晚几乎一夜没睡,下水淘金又太耗费体力。

她清理完卫生,想着坐在观景台上休息一会儿,不料想,直接睡了过去。她躺在甲板上,远远看着,像是晕了。

直到邵淮蹲在她身侧,叫她,连煜才睁开眼睛。她抬手挡住刺眼的光线:"董事长,你怎么在这里?"

"你这是晕倒了,还是睡着了?"

"我睡着了。"连煜坐起来,乐呵呵地笑着,摸摸后颈,"昨晚熬夜看电影,实在太困了。"

连煜面如菜色,眼底乌青,黑眼圈很重,下巴更尖了。邵淮瞳光犀利,洞隐烛微,一寸寸细察她的脸:"昨晚几点睡的?"

"不知道,我一直在看电影,太好看了。"连煜笑脸俏皮,借机撞他的肩膀,"以后我还去你办公室下电影,好吗?"

"下了继续熬夜看,第二天躺在甲板上睡觉?"

凤眸促狭,愠色在眼波中一圈圈散开。连煜是个神奇且奇怪的人,干起事情来一头扎进去,不管不顾,精力上来了连轴转,几乎不休息。以前就有过这样的情况,她刚出海回来,喘息之间旋即开启新的计划,有时候太累,干脆在路边睡着。

邵淮怕她长此以往,哪天就把身体搞垮了。

"我就是休息一下,没睡着。"连煜撑起拖把起身,察觉到邵淮隐约的不悦,主动和好,"董事长,你要不要请我吃饭?"

"嗯。"邵淮冷声道,往餐厅方向走。

连煜嬉皮笑脸地跟上,这人挺好占便宜,但又不好追,矫情作态摆样子，让请吃饭就请，但摸一下又骂人。多清高呢，什么金枝玉叶的身体呢，等以后我淘金赚大钱了，摸个更帅更俊的，看你往哪里哭。

晚上，竹响回来了，拉连煋到她宿舍。竹响的宿舍在第二层甲板，只有她一个人住。

关上门，竹响手里一沓崭新的美钞，哗啦啦数着钱。

"到店里称是25.6克，昨晚太忙了，水汽没蒸干，有点瑕疵，卖了一千六百美元，要是蒸得很干的话，可以再多卖五十美元的。"

竹响点出六百四十美元给连煋："说好的，四六分，你四，我六。"

连煋数着钱，心头小鹿乱撞，欣喜难耐："淘金可真赚钱，比我拎包赚得多多了。"

"也是要成本的。如果你自己花钱从国内来到南非淘金，期间的路费、吃穿住、租船费也是一大笔花销，而且就算来到这里了，也不能明目张胆地淘金。这些地方有淘金帮派的，贸然来淘金，不交保护费，可能被他们打死扔海里。"

竹响一拍手，把钱装兜里，坐到床上："所以啊，我就应聘当海员，这样省了吃穿住行和船票，还能一直跟着船，绕着全球转，遇到淘金点了，就下去淘一淘。就算被发现了，也只会被事务长开除，而不是被淘金帮派扔海里。"

听罢，连煋点头叹服。这艘船上，她第一佩服的是船长许关锦，现在，竹响占据了她第二佩服的位置。

连煋坐到她身旁："你一直在淘金？"

"以前我是跟着淘金团队走的，在白令海淘了很久。那是黄金的天堂，海底全是金子，后来我们团队起内讧，我就离开了。后来，我去了北美洲的育空河和阿拉斯加湾继续淘，一个人淘的话，不方便，一直没找到队友，我就回来当海员了。"

连煋和她不谋而合："等我回国了，补办好各种证件，我们俩组队去淘金，怎么样？"

竹响："那说好哦，你可不许反悔。"

"绝对不反悔！"

连煋迫不及待地问："我们今晚继续下水怎么样？昨晚能淘到那么多，这海里估计还有好多金沙。"

竹响踢了鞋子躺床上："邮轮已经起航了，还怎么下水。再等五天，五天后抵达纳米比亚的鲸湾港,那时候再下水。纳米比亚的金矿很多,又是沿海国家,会有很多金矿被河流冲进海里,沉积在泥沙中,我们到时候去探一探。"

"好,都听你的!"

连煌带着钱离开,回到自己的宿舍。她把刚挣的六百四十美金装进挂在脖子上的小福袋里,算了算,靠着拎包、跑腿、下载影视剧,以及偶尔约邵淮去超市,再加上淘金。

她现在已经有将近三千美元,差不多两万块人民币,两万块不算多,但心里也踏实了点。

连煌重新回到第六层甲板打扫卫生,乔纪年早就在等她,手里提着个袋子,目光不善:"去哪里了,这么久不上来?"

"在宿舍睡觉呢。"

乔纪年凑近盯着她:"天天睡觉,还这么大的黑眼圈?"

"对了,你给我买了衣服?"

"不然呢。"乔纪年将袋子递给她。

连煌打开,一套长袖长裤的睡衣,灰白条纹,布料很好,还有两套运动服,正版的"Adidas(阿迪达斯)"标志,没有线头,针脚平整,面料舒适。袋子最底下还有两双同样牌子的白色运动鞋。

"我试试看合不合脚。"连煌笑容可掬,大喜过望,当场坐下脱下她的凉鞋,就要穿上运动鞋。

乔纪年帮她调整鞋带,顺势问:"你这凉鞋哪里来的?"

"我认识了一个游客,拜托她上岸玩的时候帮我买的。"

乔纪年问:"秦甄?"

"不是,是另外的朋友。"

"你朋友还挺多。"

灯山号继续在大西洋航行,从南非的伊丽莎白港离开后,将航行五天,到时会在纳米比亚的鲸湾港靠港停船。

连煌这两天基本都和乔纪年混在一起。邵淮是合她的口味,但摸又摸不得,礼物也送了,仍是一副不冷不热的样子,还不如乔纪年有意思。

乔纪年虽然嘴贱了点,但出手大方,连煌跟着他混,好吃好喝的少不了,下电影也能去乔纪年宿舍下,乔纪年宿舍也有电脑。

邵淮看在眼里,什么也没说。

五天后，邮轮抵达纳米比亚的鲸湾港，邮轮会在这里停留两天，让游客上岸观光两天。

　　连煜白天把拎包服务安排妥当，晚上和竹响下水到海底淘金，邮轮停靠的附近海域几乎探测不到黄金。竹响悄悄从邮轮上释放一艘小游艇，她去拔出小游艇的固定销，打开固定栓夹，把小游艇放到登艇甲板上。

　　竹响叫上连煜，两人合力把吸泥机和潜水装备搬到游艇上。

　　之后，她们在游艇首舷和尾舷挂上吊艇机的挂钩，解开滑环，抬起手闸杆，在吊艇机的滑轮转动之下，小游艇慢慢被吊着放到海面。

　　看着游艇已经触水，稳稳当当浮在海面，竹响固定住手闸杆，和连煜顺着软梯下水，爬上了游艇。两人配合默契，一个到首舷，一个到尾舷，放开吊艇机的艇索挂钩。

　　竹响迅速开动小游艇，在茫茫夜色中，离开了邮轮。

　　开了二十分钟，她们来到竹响认为可能有金沙的地方。竹响按照岸上的河流流向来判断，纳米比亚有很多金矿，从金矿流出的河流大概率会把金子冲到海里。

　　竹响准备停船，对连煜道："去抛锚。"

　　连煜赶紧跑到船头，解开锚链，放入水中，锚链急速往水里坠。竹响慢慢倒船，锚链的锚抓入海底的泥沙中，游艇就算停好了。

　　两人迅速换上潜水装备，在黑夜中相视一笑，纵身跃入水中。

　　淘沙不是每次都能满载而归，这次淘到的金子不算多。而且她们还是开着游艇出来，放艇收艇都需要时间，没空在海底徘徊太久。

　　她们探测到金沙后，吸了一次就回来了。回到游艇上，她们匆匆收锚，往回返航，抵达邮轮边上的原位置，吊艇机的艇索还在垂落着，将艇索的挂钩挂上游艇首尾两端，两人顺着软梯爬上甲板。

　　竹响按压吊艇机的手闸杆，滑轮滚动，小游艇被逐渐吊上甲板，放回原位。

　　她们卸下游艇上的东西，把潜水装备和吸泥机放回仓库，又回到甲板，马不停蹄洗沙淘金，忙得团团转。

　　这次没上次在南非那么好运，这次只洗出6克左右的金子，但也很不错了。

　　天亮后，连煜安排拎包服务，竹响也带着金子出港，卖了五百二十美元，分给连煜两百零八美元。

邮轮离开纳米比亚后,在海上航行的时间就比较长了,下一个目的地是巴西的里约热内卢,需要在公海上航行七天才能到达。

竹响告诉连煜,在巴西没有适合淘金的海域,不需要记挂着淘金了,可以好好休息。

在公海上这七天,连煜恢复到之前的日子,跑腿、下载影视剧,跟在乔纪年身边混吃混喝,偶尔去调戏一下邵淮。

中国,江州市,浅水湾别墅区。

大理石地板光可鉴人,水晶垂钻吊灯流光溢彩,男人一双白净如瓷的手,握着冰川纹矮口玻璃杯,橘黄酒液在杯子中随他的动作轻轻晃动。他一双荫翳深眸,紧盯杯里的酒,瞳色阴恻冷森。

"商总,大事不好了,大事不好了!"

助理陈垣火烧眉毛般跑进来,一月份寒意料峭,他还是急得出了一层细汗。

商曜坐在沙发上,跷起二郎腿,幽幽转头,目光含了芒刺,像是要杀人,烦躁道:"要死了?"

"商总!连煜回来了,她没死,她回来了!"陈垣说出"连煜"这两个字时,后脊发麻,能预感到,有场大风暴正在酝酿。

果不其然,"嘭"的一声,玻璃杯在商曜手掌中炸裂,酒液溢出,随着鲜红的血流了他满手,他说话像蛇吐信:"连煜……"

继而,商曜一巴掌拍在意大利进口的玛瑙茶几上,手上血还在淌,他像毫无知觉,起身踢翻茶几:"这个畜生还敢回来,她居然敢回来!我弄死她!"他长腿一迈就要走,"她现在在哪里,在邵淮家,还是她弟弟那里?"

"没,还没回国,现在估计在公海呢!"陈垣战战兢兢,脑门上的热汗变成冷汗了。

商曜眉峰皱起,焦躁越演越烈,拳头攥紧,掌心的血流得更凶,眼里冰霜郁结:"你在耍我吗?"

陈垣递上一张连煜在甲板上拖地的照片:"不是,她真的还活着,现在就在灯山号当清洁工呢。按照灯山号的行程,这会儿应该是在大西洋前往巴西的航线上,具体位置,不太清楚。"

商曜扯过照片,宽大的保洁服套在连煜身上,显得拖沓笨重,没拍到正脸，只拍了个模糊的侧脸，商曜一眼就认出是连煁，这女人化成灰他都认识。

"我当时还奇怪，邵淮和乔纪年怎么两个一起出海，原来是有连煁的线索了。我就说这女人没死，精得跟猴儿一样，她死得了吗？"

商曜仔细端详照片，又看向陈垣："她在船上当清洁工？"

"是的，暂时打听到的消息是这样的。"

商曜冷哼一声："邵淮这个窝囊废，算什么男人，就算要报复她，也不能这么侮辱人，没用的东西。"

他将照片揣兜里："订机票，去巴西！"

他不可能放过连煁。连煁骗了邵淮，骗了乔纪年，骗了很多人，他得第一时间找到连煁，不能让别人捷足先登，连煁欠他的账，死也还不清。

他比连煁大两岁，三年前，他才二十五岁，年轻气盛，连煁一脚把他踹成了个太监，她哭着说她是不小心的。胡扯，她不小心能踹得角度那么刁钻？让他废到现在？

什么都是不小心，她切邵淮的手指，说是不小心切到的；把他踹废了，也是不小心？这个毒妇，一肚子坏心眼。他这辈子算是彻底毁了，连煁得为他的人生负责，负责一辈子。

连煁路过邵淮的办公室，脚步在门口有节奏地踏响，杳然远逝。邵淮以为她走了，很快，又瞧见黑色影子悄悄溜进门口。影子的轮廓清晰俏皮，和她人一样快乐。

连煁探了个脑袋进来，黑透发亮的眼珠古里古怪地转悠，环视一圈，鞋尖探前，将拖把斜靠在门口，双手背在后头，像个老干部，四平八稳地走进来。

她也不说话，看了眼邵淮的脸，绕到他办公桌后方，靠在他的转椅靠背上，歪歪斜斜地站着，从口袋里拿出一团油纸包的糯米饭团，打开就吃起来。

连煁最近挣了点钱，前几天邮轮上岸观光时，她拜托拎包员在岸上帮忙买了些巧克力、小饼干、牛肉干等零食，平日塞口袋里，干活儿时，嘴巴就没停过。

乔纪年时不时给她开小灶，做点国内的家常菜，熬大骨头汤给她喝，加上这些天没有偷摸着熬夜下水淘金，脸圆润了一圈，容光焕发。

连煜吃着糯米饭团,是乔纪年给她做的。吃的不愁了,但感情上总碰壁,别看乔纪年总关照她,暖心得很,她一告白,乔纪年白眼都要翻到天上去。

她总得给自己找乐子,便又打上邵淮的主意。饭团塞得嘴巴鼓鼓囊囊,她手上不老实,搭在邵淮的肩头,往下滑,从领口伸进去,隔着衬衫摸他。

男人一记凌厉的目光扫过她的手,凉飕飕地道:"你不觉得很没礼貌吗?"

"我手冷,借你这儿焐一下。"连煜一副油盐不进的无赖样,手也不抽出来。

邵淮的脸更冷了,继续盯着电脑屏幕看文件。

连煜俯身,下巴抵在他肩上:"我这样摸你,舒服吗?"

"不舒服。"

连煜歪头,和他侧脸相贴:"那你为什么不反抗?你可以叫保安过来抓我啊,说我猥亵你,说我对你动手动脚。你严肃点,我就再也不弄你了。"

邵淮拿起桌上的对讲机,按了几下,语调低沉,说出的话和他内敛稳重的神色形成鲜明对比:"保安,来一下第九层甲板的办公室,有人在猥亵我。"

"啊?"保安愣怔片刻,没反应过来,"董事长,你的意思是……"

"就是你听到的意思。"说完,邵淮挂了通话。

连煜赶忙把手从邵淮衣服里抽出,拔腿跑了。

她在外面猫腰等了会儿,也没见到有保安上来。她贼心不死,继续溜进邵淮办公室,问道:"你叫的保安呢?"

邵淮没说话。

连煜反手锁上办公室的门,来到邵淮身侧,哭丧着脸:"你也知道的,我没手机,也没钱,什么娱乐方式也没有,又失忆了,还得天天拖地,日子很苦的。"

"所以呢?"

"所以我喜欢你啊,想和你说说话什么的。"

邵淮淡淡地看了眼她蠢蠢欲动的手:"能不能先把手洗了?"

"为什么,你看不起清洁工,嫌我手脏?"

邵淮无奈地闭了下眼睛:"你刚吃了饭团,手上都是油,别蹭我一身可以吗?"

"那我去洗了手,你就让我碰你?"

邵淮没承认，也没否认。连煋健步如飞，跑出去洗手，速度很快，回来时手上的水珠盈盈发亮。邵淮抽出纸巾递给她，连煋擦过手，回身又把门反锁上了。

她绕到邵淮身侧，先看了看他的电脑屏幕，上面是英文合同。她英语熟练，但这些商务式条款，对她来说是隔行如隔山。

"站着好累哦。"她自言自语道，重重叹气，肩膀垮下，"要不我坐你腿上吧？"

邵淮眼神微漾，没说什么。连煋窃笑，得寸进尺地拉开他的胳膊，上前并着腿侧身坐到他腿上，格外满足。

邵淮傲岸的身躯有了那么一丝玉山将崩的诡谲，从容指顾，冷峻的脸不动声色，手抬起来，指尖在键盘上错落有致地敲打。

连煋窝进他的怀里，两只手搂住他的脖子："你是这艘船上最帅的男人。"

"谢谢。"

连煋笑了，指腹按在他的喉结上，玩了一会儿，突然在他脸上亲了一口。邵淮敲击键盘的动作顿住一秒钟，没说什么，很快又继续自己的工作，对连煋的骚扰无动于衷。

连煋又亲在他的唇上，他岿然不动，薄唇抿得很紧，不让她真的亲。他越是这样，连煋玩得越开心，捏他的下巴，蛮力钳住他两腮，迫使他张嘴，弄了几次，邵淮顽抗不屈，没让她如愿。

她两只手捧住他的脸，强行让他正视自己："还挺烈。为什么不让亲，看不起我？"

"你不觉得你很奇怪吗？是你在追我，我又没答应你，为什么要配合着取悦你？"

"那你觉得我是流氓了？"

"难道不是吗？"

"你说是就是吧。"连煋一脸无所谓，依旧坐在他腿上，头靠在他宽阔的胸膛上，从口袋里摸出巧克力，撕开包装袋，放进嘴里。

邵淮不理她，她自娱自乐玩着包装袋，折叠得方方正正，拉过男人的手，塞他手心里，蛮横道："送你的。"

邵淮没响应，把包装袋压在文件夹底下。

"你想吃巧克力吗？"连煋又抬头看他，"你让我好好地亲你一下，我就给你一颗巧克力,不让亲,我就只送你包装袋了。我也是有脾气的,不能无底线纵容你。"

邵淮嘴角的笑匿迹隐形,情绪收敛得很快:"不吃。"

"不吃就不吃,我还舍不得送人呢。"

连煜晃悠着两条腿,窝在他怀里,手伸进他衣服里乱摸一通,把他衣领弄得歪斜。正玩着,连煜别在腰间的对讲机响起,是乔纪年在呼叫她。

连煜按下接听:"干吗?"

"到饭点了,跑哪里去了?"

"哦,我马上就来,等我!"

连煜匆匆从邵淮腿上跳下,从口袋里摸出一颗圆形巧克力,丢在桌子上,对邵淮挤眉弄眼,故意调戏他:"送你礼物了啊,可别又说我在猥亵你。"

她跑了出去,急不可耐要去吃饭。

邵淮捡起巧克力,放在掌心端详许久,慢条斯理地拆开包装袋,把巧克力放嘴里。

连煜来到餐厅,老位置,乔纪年在等着她了,前面摆放着三菜一汤,小炒肉、红烧豆腐、葱香炒花甲,汤汁比较浓郁,茶树菇炖老鸭汤。

几个菜都是乔纪年借用餐厅的厨房做的,他手艺不错,菜色很下饭,连煜每回都能吃得精光。

"上哪儿去了?"乔纪年先给她舀了一碗热汤。

"去玩了。"

"去哪里玩了?"

连煜没正面回应,而是苦着脸问道:"乔纪年,你家里是不是挺有钱的?"

"还成吧。"

连煜眼神哀怨:"我这样没钱没势的,是不是很容易被人瞧不起?"

"你居然也会烦恼这个?"

连煜说:"我在追人,但我现在吧,太落魄了,人家看不上,不愿意和我在一起。"

"你在追谁?"

"我在追你啊,天天和你表白,这你都看不出来?"

乔纪年笑出声:"我没看到你的诚意。"

"别找借口了,就是看不上我。"

连煜大口大口喝汤,船上真无聊,手机没有网,心痒了,想找个人玩一玩。可这两人也太难追了,天天送礼物,天天表白,搞了这么久,一个都看不上她。

她本想着,追不上邵淮也就算了,退而求其次和乔纪年表白,将就将就也能凑合凑合,但乔纪年也不同意,口口声声说她没诚意。哪里是没诚意,分明是看她没钱,就故意吊着她呢。

顺着大西洋向西一路航行,经过七天在公海上枯燥的行程,邮轮终于抵达了巴西的里约热内卢。

灯山号将在里约热内卢靠港补给物资,并停留三天的时间,让游客上岸游玩。

巴西需要签证,里约热内卢是个旅游胜地,海关检查系统十分完善,连煜依旧没办法溜出去。不过,她已经不在乎能不能溜出去了,在拎包这块,赚的中介费远比自己出去拎包多得多。

游客基本都上岸了,连煜也垂涎岸上的风光,但乔纪年送她的望远镜,被她租给秦甄带上岸玩了。她来到邵淮的办公室:"董事长,你在干吗?"

"工作。"

"真敬业。"她跑到他面前,从口袋里拿出一支已经没墨的圆珠笔,这是她从垃圾桶翻到的,"送给你。"

"谢谢。"邵淮接过笔,从善如流地放进笔筒。

"我想借你的望远镜玩一玩,可以吗?"

邵淮缓缓抬起眼皮:"乔纪年送你的那个呢?"

连煜摆摆手:"唉,那个啊,就是个二手货,都坏了他才给我的,镜片花得要死,都没法聚焦,没法玩了。"

"书架上,自己去拿吧。"邵淮下巴一抬,指向对面书架右侧的望远镜。

"好嘞,谢谢你啊,你可真是个好人。"

连煜带着望远镜出来,站到甲板右舷,拿着望远镜看对面的风土人情。里约热内卢很热闹,熙来攘往,游客络绎不绝。

望远镜的放大倍率很高,她饶有兴致地将视野转向港口前方的小广场,想查看自己手下的拎包员和游客的相处情况。每个人的脸出现在圆镜片中,表情都细微可见。

看着看着,连煜在人群中捕捉到一个面如冠玉的男人,身高腿长,五官惊艳，竟然和邵淮那样的顶级帅哥不相上下。但那男人看起来很不耐烦，隔着这样远的距离，都能感觉到他的戾气。

连煜仔细回想，她似乎没在船上见过这个男人，真帅，好想追。

她继续端着望远镜，把视线对准男人。他身侧还跟着几个人，他们时不时拦住游客询问，似乎在找人。

邵淮不知什么时候从办公室出来了，悄无声息地站到她身边，看到她嘴角上扬，笑容就没停过，问道："在看什么呢，这么开心？"

"有个大帅哥，好帅啊，简直是贴着我的心长的。"

连煜将望远镜对上他的眼："你快看，比你还帅呢，我好喜欢。你认识他吗？是不是船上的游客，给我介绍一下好不好？以后我追他，不追你了，再也不骚扰你了。"

"没看到。"邵淮握住望远镜，在圆形视野中搜寻。

"港口出来的小广场，有个绿色的遮阳伞那里，就在水果摊旁边，穿花衬衫那个。那么帅的，一眼就能看到了。"

邵淮徐徐移动望远镜，在连煜的指示下，商曜的身影赫然进入视野中。他瞳孔一缩，把望远镜还给连煜，快步朝驾驶舱走去。

他径直进入，乔纪年正在里头记录航海日志。

"商曜来了。"邵淮沉声道。

乔纪年的背脊猛然僵直："商曜？他怎么来的？"

"我怎么知道。"

第六章
前男友的来信

一月份的巴西,正值夏季,炙阳高踞天穹,若张火伞。

商曜长身玉立,黄绿相间的花衬衫,配上黑色大短裤,这么随意的一身,还是难掩矜贵俊美,眉骨高,剑眉如刀裁,高鼻深目,整张脸深刻诠释眉目如画。

他身旁几个下属,还在拿着连煜的照片东挨西问,不断打探消息的同时,还得时不时觑商曜的脸色——大少爷的脾气如今越来越暴躁了,稍有不慎就可能惹到他。

连煜在邮轮上业务广泛,认识她的游客可不少。

这一问,消息立即就有了,游客们毫无例外给出的口风都是:照片上的人就是连煜,就在船上当清洁工,负责甲板外围公共区域的打扫。

商曜嘴里叼着根没点燃的烟,听到这话,将烟拿下来,折断在修长两指之间,咬牙切齿:"居然真让她在船上当清洁工。行,邵淮,你够狠,使这么下作的手段。"

前方出境通道出来两个熟人,商曜眯眼看去,也不走过去,就站在原地摆架子,等着邵淮和乔纪年自己过来找他。

"好久不见。哟,商少怎么有空来巴西了?"乔纪年的调性和商曜一个路子,吊儿郎当,不同的是,乔纪年是浮于表面的痞,商曜则是时时刻刻戾气绕周身,由内而外的怨气冲天。

商曜没和他们废话,折断的烟随手扔垃圾桶,声音沉哑:"把连煜交出来。"

"连煜早死在公海了，我们上哪里找她去？"乔纪年道。

"不说是吧，我自己上船找。"他一把推开乔纪年，跨步向前。

邵淮站着不动，也没阻止他。商曜走了几步，又折返，灯山号不是小渔船，现在正停靠在作为入境连通枢纽的港口，他没有船票，没法上船，强闯只会被警察带走，不划算。

"叫连煜下来，说我不和她计较了，只是想和她把以前的事情说开，让她别害怕。"

乔纪年："都说连煜不在这里了，她死了，你不愿意接受也没办法。"

商曜眼睫结霜，黑云压顶般冷睇着乔纪年，暴戾恣睢在眼帘底下潜藏："你们把她藏起来，该不会是想要护着她吧？行，我保证，绝对不伤害她。"

乔纪年往外扬了下手，示意他有多远滚多远："大老远跑到巴西来发疯，有意思吗你？赶紧回去吧，别让大家难做。"

邵淮临风而立，侧身掉转方向，冷冷丢下一句话："先找个地方坐下聊一聊吧。"

半个小时后，一家格调雅致的商务餐厅，包厢里，三男对垒而坐，势不两立，虚伪地维持着表面的平静。

邵淮手指轻点桌面，打破僵局："是不是该开诚布公地谈一下，连煜到底对大家做了什么，把事情讲明了，才好决定怎么面对她。"

乔纪年语气轻飘飘地道："她骗了我五百万。"

邵淮的目光转移到商曜脸上："你呢？"

商曜过分精致的脸上，旧愁新恨交叠，肉眼可见对连煜的唾弃愤恨，可就是憋着不说："我觉得这是隐私，连煜欠我的账，我会一一找她清算，没必要摊开给你们看笑话。"

说话间，他神色森然，看向邵淮："这么喜欢开诚布公，那你倒是先说说，连煜为什么要砍了你的手指？"

邵淮喝了口咖啡，避而不谈。关于对连煜的审判和讨伐，从来都是雾里看花，如堕烟海。每个人都声称连煜对不起自己，气势汹汹要找连煜算账，可一追根问底，大家又都藏着掖着，颇有家丑不可外扬的意思。

乔纪年最恨连煜的一点，不是那五百万，而是连煜说要带他离开，最后却抛下他，自己走了。但外人问起连煜如何对不起他，他向来只说连煜骗了他五百万，至于连煜抛弃他一事，向来闭口不谈。

商曜藏得更深,他没法,也没那个脸广而告之,说他被连煜踢了一脚之后,至今不能人道。这件事只有他和连煜知道,从今往后,也只能他和连煜知道。

至于邵淮更不用说了,他处处捂着,要不是他父母把事情捅出来,报警要抓连煜,谁也不知道连煜对他又坑又骗,还切了他的手指。

说好的谈一谈,谁都遮遮掩掩,寥寥几句,没了下文。

商曜不想谈,也不愿意谈,他只想揪出连煜:"把连煜交出来,不要让我再说第二次。"

"没法聊了,走吧。"乔纪年起身,打算离开。

邵淮正了正领子,也要走。商曜狠狠一拍桌子,咖啡杯震动,液渍飞溅:"给我个准话,连煜是不是还活着?"

左右是瞒不住了,乔纪年坦明道:"她还活着,就在船上,但脑子坏了,失忆了,所有证件都没了,现在没法下船。你要见她,先回国等着吧。"

"受伤了,还失忆了?"商曜眉头紧蹙。

乔纪年点头:"到底是失忆还是假失忆,我们也在观察中。"

话音刚落,"嘭"一声炸响,商曜握起桌上的咖啡杯砸向两人,邵淮偏头躲避。瓷杯砸在墙上,碎裂瓷片迸开,飞溅到邵淮左侧脸颧骨处,一道血痕涌现。

商曜像是火药桶被点燃,狂躁地怒吼:"她失忆了,你们就让她在船上当清洁工?这就是你们的报复方式吗?真不要脸。"

两人默然不语,移步就要往外走。

走了两步,乔纪年回头嘱咐:"对了,你也别整天在朋友圈骂她了,她的名声都被你败坏成什么样了,等回国了让她怎么做人?"

商曜毫不掩饰地翻了个白眼:"和你有关系吗?滚。"

回船时,邵淮特地叮嘱关卡处的检查员,让他们注意核查上船旅客的身份,别让商曜混进来了。

游客都下船去玩了,人少,甲板上的卫生没什么大问题。连煜一个人在船上逛,无聊了,便跑到第二层甲板去找竹响。

竹响是潜水装备的管理员,不需要参与物资补充的工作,很闲,这会儿戴着耳机在宿舍看书。

连煜敲了好几下门,竹响戴着耳机没听到,她用对讲机呼叫竹响,竹响才出来开门。

连煊走进去:"你在干吗呢?"

"没事做,看书咯。"竹响摇了摇手上的《沉船宝藏》,坐到床上去,两条长腿交叠,搭在床架的铁梯上。

连煊拉了椅子过来,坐在她身边,两只手撑在床边,探头去看竹响的书:"好看吗?"

"还行吧,打发时间随便看的。"竹响侧了侧身子,把书移过来,让她一起看。

连煊看了十来分钟,问道:"海底真的有很多宝藏吗?"

"肯定啊,据十六世纪前的沉船历史统计,每二十九小时,就有一艘大船葬身海底,沉船最多的海域当数加勒比海。我们的灯山号也要经过加勒比海的,等到了加勒比海,我要偷偷下水淘金币,你跟不跟我一起?"

连煊一口应下:"好,你到时候记得叫我!"

"你以前下水找过沉船宝藏没?"

连煊什么也想不起来:"我忘了。"

竹响放下书,找出一张发旧的英文航海地图:"除了加勒比海,委内瑞拉、智利、西班牙的沿海这些海域,也是沉船比较集中的地方,我们现在在巴西的里约港,这是个深水港,水里说不定也有值钱的东西。"

"那我们今晚下去一趟?"连煊提议道。

"你想去?"

"嗯,我想挣钱。"

竹响若有所思,最后点了点头:"行,那咱们下去看看,就当带你练练手,等到加勒比海的时候,也能熟练些。"

"好。"

和竹响商量好,今晚要下水淘金后,连煊也不在这里待着了,连忙回宿舍睡觉,蓄养精力。她在宿舍睡了一下午,直到尤舒工作回来了,她才醒,和尤舒打了招呼,又去甲板上搞卫生。

连煊不经意间"路过"邵淮的办公室,见他正坐着发呆,颧骨上血痕鲜明可见。连煊又找到搭讪的由头,匆匆跑进去:"董事长,你的脸怎么了,谁打了你?"

邵淮侧目看她。连煊放下拖把,反锁上门,绕到他跟前,心急如焚地挤到他面前,捧住他的脸仔细端详,往他唇上用力亲了两口:"你这脸怎么搞的,心疼死我了。"

"真心疼?"看她夸张的模样,邵淮忽然笑了,手若有若无地搭在她腰上。

连煋美滋滋地占便宜,干脆岔开腿,坐他腿上:"心疼死了。谁弄的?我帮你骂他,这么帅的脸,毁了可怎么办。"

邵淮没说话,只是仰面看着她。连煋搂住他的脖子,横行无忌:"你张开嘴,让我好好亲你一下,我以后再也不骚扰你了,我等会儿还自己出钱去帮你买创可贴,怎么样?"

邵淮将大拇指按在她干燥的唇上:"为什么总是这样对我?"

"我喜欢你啊,第一眼见到你就喜欢你了,一见钟情,真的,心里眼里都是你。"连煋坦坦荡荡地表露自己的心思。

"那乔纪年呢?"

连煋:"不喜欢他,只喜欢你。"

邵淮又问:"那上午你用望远镜看到的那个男人呢,不喜欢?"

连煋连连摇头:"不喜欢,不喜欢他们,只喜欢你,我很爱你的。"

他捏着她的下巴:"可是我不会亲,和你说过的,我是处男。"

"我教你啊,你把嘴张开。"

邵淮张了嘴,连煋的喜欢直白又热烈,几乎是急不可耐,捧住他的脸就亲上去,她太久没体会到这种热忱的悸动。她抱着邵淮的头,亲得难舍难分,久旱逢甘露,好不容易吃到块肉了,咬着不放。

呼吸沉沉,邵淮仰着脸,接受她所有的粗鲁和廉价的喜欢。引以为傲的理智摇摇欲坠,受过的伤被她蛮横地掩埋。他总是这样不长记性,次次重蹈覆辙,一遍又一遍栽进同一个坑里。

连煋抱着邵淮的脑袋,唇瓣厮磨,咬得他嘴唇发红也不肯放手。久违的快慰破壁穿墙闯入枯燥的日子,如坠云端,连煋想要,想酣畅淋漓地要,她惦记邵淮好久了。

邵淮搂着她的腰,往外挪了下,没放开她,也没让她得寸进尺,他侧开腿,掩饰失控的勃然。连煋恼怒地瞪他,像威胁一样愤愤不平:"不给我弄,我就叫大家来看,你这个大老板是怎么勾引员工的。"

她语气带着无邪的顽劣,双颊潮粉,气息还没稳下来,像威胁又像在打情骂俏。

桌上的手机响起,邵淮拿起来接听,一只手虚虚搂着她的腰,表情恢复平日的老成持重。是国内的电话，对方似乎在讲公司股权的事情。连煜听不懂，嫌他装，趁他要说话之际，故意吻住他堵他的嘴。

邵淮索性不说话，将手机拿远了些，由着她亲。连煜觉得没意思了，用力"哼"了一下，就要从他腿上下来。邵淮搂住她不放，对着手机道："好，知道了，文件发我邮箱吧。"

邵淮将手机丢在桌上，盯着连煜看，眼神纤悉不苟，似乎在认真琢磨她的情绪，但也不开口问。

连煜扬起脸，气势汹汹："有手机了不起啊，等以后我有钱了，也给自己买一部手机，到时候天天打电话。"

"打给谁？"

"打给我朋友啊。我现在就有好几个朋友了，等我回国治好脑子了，还能想起来以前的朋友呢。"

"真羡慕，我都没有朋友，那也给我打吗？"邵淮顺着她的腰身往上摸。保洁工作服外套类似于冲锋衣的面料，有防水成分，有些发硬，摸起来发出沙沙声响。

"我只给男朋友打电话的，你又不当我男朋友，干吗要打给你。"

邵淮手指往上，缓缓拉下她外套的拉链。她脖子上挂着装钱的红色小福袋和他给的望远镜。

"乔纪年的望远镜和我的，你更喜欢哪个？"

连煜密密麻麻的吻又毫不吝啬地铺满他的脸："你的，最喜欢你的。乔纪年的我都丢在宿舍，你送的，我都戴在脖子上呢。"

"这儿有多少钱？"邵淮慢悠悠地玩起她的红色小福袋。

连煜捂住福袋，往衣服里藏了藏："没多少，都是游客给的小费，仨瓜俩枣的。"

看着时间差不多了，她得去接应游客，还要给拎包员发拎包费呢，道："我得去打扫卫生了，顺便给你买创可贴。你好好考虑下，到底要不要当我男朋友，我是真心喜欢你的。"

连煜又在他脸上摸了几下，夸了两句他皮肤好，便速速离开了。

连煜来到第四层甲板的登船通道。陆续有游客回来了，连煜带着笔记本和笔等着，看到游客和拎包员进来，便上前迎接。寒暄几句联络感情。之后，她按照拎包员接待的游客数量，发放拎包费。

一通忙活结束后，秦甄拉着连煜一起往回走，告诉她："早上我们上岸时，有个男的一直在打听你，你知道这事儿吗？"

"哪个男的？"连煜不明所以。

秦甄拿出手机，调出一张照片给她看："就是这个。挺帅的，不过我看他脾气挺大，一直板着脸，还听到他在骂人，说什么掘地三尺也要把你找出来，你是不是惹到他了？"

连煜低头看，这不是她早上在甲板上用望远镜看到的那个帅哥吗？这人找她干吗？找人还一直板着脸，难不成是她以前的仇家？

连煜担心会惹出祸端，她现在什么都不记得。

万一真是仇家找上门，那可就麻烦了，她得先弄清楚这个人的身份，以及找她的原因，才能决定下一步。

"哦，这个人啊，是我前男友，神经兮兮的，我们分手了，他一直缠着我不放，别管他。"连煜佯装轻松道。

秦甄点点头："那你自己注意点。这种人别再接触了，分个彻底吧。"

"好，我现在一心工作挣钱呢，不理他。"连煜拿出自己的手机。现在在港口，手机终于有了信号，事务长的这个号码还有点国际流量可以用，"对了，秦小姐，可以把这张照片发给我吗？他要是再骚扰我，我就报警。"

"好。"

送秦甄坐上电梯后，连煜心神不宁地回到宿舍，找尤舒一块儿去吃饭。饭间，她把秦甄拍的那张照片打开给尤舒看："尤舒，你见这个人吗？"

尤舒接过她的手机，仔细看了会儿："商曜？"

"你真认识啊？"连煜没抱希望，只是问一问，没料到尤舒真认识这个人。

尤舒："在网上见过，你搜一搜商曜就知道了，商量的'商'，黑曜石的'曜'。"

连煜在浏览器输入"商曜"两个字，居然还有百度词条：商曜，江州盛科投资有限公司总裁，商源集团大股东……

除去身份上的简介，相关联的几个人物性争议事件也很吸引眼球："商曜因在朋友圈恶意诽谤和恐吓他人被拘留十五日""商曜感情受挫，醉倒街头""商曜疑似被甩导致性情大变"……

关于商曜性情大变，脾气暴躁在公众场合与人起争执的事件不可少，综合评价：这是个嚣张跋扈的太子爷，一般人见了都得躲着走。

"对了，你问他干吗？"尤舒又道。

"我今天在甲板上拿着望远镜看,看到这人挺帅的,就随便问问。"

连煜没说出实话。商曜名声这么不好,她担心万一尤舒知道商曜在找她,会把她和商曜划为一类人,就不和她做朋友了。

连煜也拧巴,迫切地想找到以前的记忆,想知道商曜是不是她以前的熟人,但又怕自己以前得罪过商曜,担心这人是来复仇的。

她现在一穷二白,浑浑噩噩地过日子,万一有风雨袭来,她还真的毫无应对之策。

她本来打算给邵淮买创可贴的,但因为商曜一事,让她惴惴不安,便把这事搞忘了。

邵淮本以为连煜会像往日一样,冷不丁出现在他办公室,朝他伸手送礼物。今晚,他坐在办公室等了很久,也没等到连煜的创可贴。

连煜后半夜偷偷摸摸起床,还在犹豫要不要告诉尤舒一声,但看着尤舒睡得熟,想着自己只是出去一个小时就回来,就没叫醒尤舒。

连煜来到第二层甲板,竹响已经在等她了。两人熟门熟路地去潜水装备的库房,换了潜水衣,带上金属探测仪,顺着通道来到外面的跳水甲板。

下水前,竹响和连煜相互检查对方身上的装备。夜潜具有一定的危险性,而且这次她们下水的深度和范围,估计要比上次淘金时大得多,马虎不得。

竹响着重检查了三个夜潜灯:主灯、副灯、指示灯。

竹响对连煜道:"下水了,我们就是潜伴,下水后要时刻遵守潜伴制度。另外,我们两个之间,只要有一个人的主灯发生故障了,就必须上岸。你要全程跟着我,不要离开超过三米,记住了吗?"

"知道了。"连煜不记得以前的事情,但关于潜伴制度和守则,都印在脑子里,倒着都能背出来。

做好下水前的检查工作,竹响以利落的姿势,纵身下水,连煜也紧随其后,跟在她后面。

在里约港共有 50 个泊位,灯山号停靠的是 2 号商用邮轮码头的专用泊位。竹响下水后,一路带着连煜离开港区,向东北方向游,随后开始下潜。

据竹响说,这块海域是十六世纪时的沉船聚集地。

连煜看向手腕上的潜水电脑表,深度在不断下降,17.35 米了,在头上潜水灯的照耀下,隐约能看到底下的海床。

这个时间点,夜间出动的海底生物和白天出动的生物,进行了昼夜轮换。一种生物在沉睡的时候，总有另一种生物在醒来。

竹响用指示灯对连煜晃了晃，示意她，在这个地方用金属探测仪开始寻找。

连煜用指示灯转了个圈，表示"OK"的意思。

两人拿着金属探测仪不断摸索，探盘时不时能检测到金属，扒开一看，基本都是年代久远的废铁，找了半个多小时，在海床的凹陷处看到个船只残骸。

竹响游过去看，没找到什么值钱的东西，这残骸估计已经被以前的探宝者摸过一轮了。这时，潜水气瓶低于100bar，潜水电脑表发出黄色的安全提醒。

竹响对连煜打了个手势，示意她要回去了。

两人动作迅速，按原路返回，游进港区，进入2号码头水域，找到灯山号，顺着软梯爬上了甲板。

竹响摘下面罩，对连煜道："我们看到的那个残骸，应该是被人摸过一遍了，不知道还有没有值钱的东西。明晚上换上15升的氧气瓶，我们再下去看一圈，今晚就当是探个路。"

"好，都听你的。"

两人配合默契，行动利落，回库房换掉潜水服，各自回宿舍。

连煜悄悄摸摸回到宿舍时，尤舒还在睡，她轻手轻脚地上床，也睡了过去。

翌日，游客继续上岸游玩，连煜继续安排拎包服务。

秦甄出了港口，看到商曜又带着几个下属站在小广场里找人问话，她特意停留了一下，侧耳一听。商曜找人的语气没那么强硬了，而是在打听连煜在船上过得怎么样。

商曜的下属拿着连煜的照片走过来问秦甄："这位小姐，请问认识这个人吗？她叫连煜，在船上工作。"

"你们找她干吗？"

下属："我们是她的家人。她和家里人闹别扭了，我们现在没法上船，就想打听一下她过得怎么样？"

秦甄看着连煜挺可怜，想护着她，直言道："我是秦甄，江州市秦氏集团的大小姐秦甄，连煜现在在我手底下做事，你们别再骚扰她了。"

"哦，原来是秦小姐，您从国外回来了？失敬失敬。"

下属溜须拍马，又拔腿跑去告诉商曜："老大，秦甄，那位是秦甄，秦氏集团的大小姐呢。"

"和我有关系吗？"商曜拧着眉，烦躁道。

"秦小姐说，连煜就在她手底下做事呢！"

商曜摘下墨镜，丢给下属，大步流星来到秦甄跟前："秦小姐，您好，我是商曜，我们商家和你们秦家也有合作的，我们小时候还见过面，您还记得我吗？"

"有事？"秦甄瞥了他一眼，冷声道。

商曜："是这样的，连煜在您手下做事吧？我没别的意思，就是想知道，她现在过得怎么样？"

秦甄："你别再缠着她了，都分手了，再缠着有什么意思。她现在挺落魄的，在船上当清洁工，钱没有，手机没有，你满意了没？"

商曜当即抓住重点："分手？她怎么和你说的？"

"还能怎么说，就是说分手啊。"

商曜嘴角的笑容邪肆张狂："她亲口跟你说，我是她前男友？"

"你烦不烦？"

商曜没忍住笑出了声，还在确认："她亲口承认，我是她前男友？她真和你这么说的？"

"不然呢。"秦甄也懒得和他掰扯了，"商曜，连煜算是我半个助理，你要闹事之前，也得先看看我的面子。"

"肯定肯定，秦大小姐的面子，谁能不给啊。"商曜的笑在暖煦朝阳下，格外耀眼，"看到连煜过得这么落魄，我就满意了，祝您玩得开心。"

"前男友"，商曜琢磨着这三个字，心尖像淌了蜜。

下属问道："老大，我们现在该怎么办？"

"去超市。"

"去超市干吗？"

商曜长腿朝前迈开："问这么多，找抽呢。"

下午，秦甄回来了，她身边的拎包员手里拎着大包小包。连煜在人群中瞧见了她，连忙跑过去："秦小姐，你回来了。哎呀，怎么买这么多东西，我帮你们提吧。"

秦甄道："这不是我的，是你那个前男友给你的。"

"前男友？"连煜摸不着头脑。

"商曜啊，你俩到底怎么回事？"

连煜脑子里一团乱麻，这事怎么越来越复杂了，商曜以前和她究竟是什么关系？该不会真让她猜中，商曜是她前任吧，她这脑子的预测能力也太强悍了点。

她只好先应付秦甄："这事儿挺复杂，我后面再和你好好解释吧。"

秦甄："我和商曜说了，说你现在算我的人，让他别再缠着你，他答应了。你以后别为这种感情的事情烦心了，要是他还骚扰你，你就和我说，我家和他家长辈都认识，他不敢闹的。"

"好好好，秦小姐，真是太谢谢你了，有事你记得叫我。"

连煜送别了秦甄，提着大包小包回到宿舍。这些都是商曜买的，托秦甄带上船给她。

连煜在宿舍一一打开这些东西，都是衣服和吃的，全是品牌货，里头还有一张信笺：连煜，以前是我不好，再给我一次机会好吗？我真的很爱你，很爱你，我们和好吧，给我打电话。

后面留有一串国内的电话号码。

信里还夹杂着一张照片，上面是她和商曜的大头合照。两人脸贴着脸，笑容绚烂，商曜将胳膊搭在她肩上，举止亲昵。照片上的她，没现在这么瘦，气色很好，意气飞扬。

连煜心里风潇雨晦，这是她第一次见到以前的自己，是目前为止，唯一找到的自己和这个世界的联系。

她坐在椅子上，拿起事务长给的旧手机，犹犹豫豫，按下信笺上的号码，这里是港口，不需要担心信号不好的问题。

电话很快拨通，她没敢说话。

"谁啊，不说挂了啊，烦不烦！"商曜等了片刻，没听到对面的声音，脾气上来了，暴躁地吼道。

过了两秒，他意识到了什么，声调很急："连煜，是你吗？"

连煜还是没出声。

商曜急得眼圈发红："连煜，是不是你？说句话啊，对不起，我不该发脾气的，对不起宝宝，我错了，你说句话好吗？我很想你。"

"我是连煜。"连煜终于嗫嚅着开口。

熟悉的声音从手机那端传来，三年了，所有的怨入骨髓、切齿拊心在这一刻崩塌，商曜声音喑哑，哭腔爆发："你还知道回来！我以为你死了，你还知道回来啊，你知道这三年我是怎么过的吗？"

连煜被他的怒吼弄得愣怔，她如今是虚浮的，如一叶扁舟一样漂浮在海面，脚下是一踩就溺陷的水，向上看是茫茫无际的天穹。商曜的怒吼和质问，她都不知道是从哪个方向吹来的风。

短暂的沉默像冥晦的夜，一点点冷却怨气，连煜能听到商曜在手机那头压抑的、微弱的抽泣声，她没说话，静静等着。

"连煜？"片刻后，商曜才又开口。

"嗯？"连煜低低应了一声。

商曜简单收拾好情绪："连煜，你下船吧，我就在外面等你，我带你回国。"

"你是商曜，我的前男友？"连煜再次确认。

"对。你先下船，我们当面谈。你别怕，我不会伤害你，我以前说的那些话都是犯浑，我从没想过要报复你。"

连煜解释道："我没法下去，我什么都记不得了，现在也没有护照，出不去的。"

商曜顿了顿："你真的失忆了？"

"嗯。"

商曜又道："你偷偷下来，我带你去找大使馆，看看能不能补办证件。"

连煜分析着当下的处境，自己肯定不能贸然去找商曜。

她什么都不记得，证件也没有，身上的钱折合成人民币也就两万多块，都不够买回国的机票。下船之后，她就只能完全依赖商曜，可以说是把命门都交给商曜。

商曜名声这么不好，万一真是坏人，那她连迂回的余地都没有。

相反，船上比较安全。且不论乔纪年和邵淮，她还有尤舒、秦甄、竹响这几个朋友，船长许关锦也是个可以靠得住的人。

她跟着灯山号走，还有四十多天估计就能回国了，等到国内再补办证件，也比现在出去找大使馆来得方便。下船去找商曜，实在过于冒险。

连煜避开他的提议，转而道："你能不能帮我联系我的家人？"

听到这话，商曜犹决不下。连煜的父母失踪多年，至今下落不明，家里只有个比她小三岁的弟弟，她弟弟不是什么好人。商曜犹豫了，那些繁重的过往对连煜来说，只会是负担，既然失忆了，是不是该从头来过？

失忆了，那她以前做过的糊涂事，是不是也可以既往不咎，是不是该再给她一次机会？

"你在听吗？"没得到商曜的应答，连煌又道。

"嗯，我在听。"商曜回了神，"你的家人我会尽量帮你联系，但咱们谈恋爱时，都没接触过彼此的家人，我要找你家里人的话，可能要花费点时间，你先别着急，好吗？"

"好，你慢慢来。"

商曜艰难地咽了口唾沫，声音沉下来，夹着发涩的哑音："连煌，我们复合吧，我真的很想你。"

"可是我都忘记了。"

"没关系，我们重新来过，你心里还是有我的，对不对？"

连煌刚想回话，手机突然卡壳，黑屏了。她重新启动，等了五分钟，才重新拨通商曜的电话："刚才手机关机了。"

"没事。"商曜急于想见到连煌，再次提出要求，"宝宝，你先下船好不好？先到入境检查口那里，我想办法带你出来。"

下船去找商曜的风险太大了，连煌道："我不想下去，我想直接跟着船回国。要不你想办法上船吧，邮轮应该还有短程票的。"

"好，我试试看能不能上船。"

手机上没法聊得太详细，连煌让商曜上船再当面聊。末了，商曜情绪稳定了很多，黏腻起来："记得想我，我先想办法上船，我很爱你，真的很爱你。"

"嗯，你快点哦，船明天傍晚六点就要离港了，起航前一个半小时就不能登船了，你要快一点。"

"我知道了，那你先说，你爱不爱我？"

连煌："我都忘记了。"

商曜清澈黑眸里笑意盛放："你看到照片了没？是我们谈恋爱时拍的，那时候你天天黏着我说爱我，叫我老公呢。"

商曜忽而发现，连煌失忆了，未尝不是件好事。他满口胡诌，连煌也不会知道，今后他们还有很多年，有很多时间可以在一起。

陷入黄粱梦片刻，商曜又惊醒，现实如一盆凉水从头浇到底。他是个废人，当年连煌踹了他一脚后，至今那里再也没有过任何反应，这些年各大男科医院跑了不少，中医也找了，还是无济于事。

他垂眸愤愤地扫了眼下边，声色颇废不少："宝贝儿，那就先这样，我先想办法，看能不能登船。"

"好。"

连煜挂了电话，继续蹲下来查看商曜给她买的东西，都是衣服和吃的。她拿起衣服往身上比画了下，尺码大了点，但对她来说，能穿就不错了。

尤舒刚好进来，看到这一大包东西，惊讶地问："这是你新买的吗？"

"不是，我哪有钱买这么多。"连煜神秘兮兮地拉她进来，把门掩上，"是那个商曜买的，托秦小姐带上船给我的，他居然是我以前的朋友。"

"这也太巧了。"

连煜略有担心："商曜名声挺不好，也不知道我以前和他是什么关系……"

尤舒明白她的意思，笑道："你是你，商曜是商曜，干吗要混为一谈。而且，商曜的事情，我也只是从网上听说的。网上那些报道，老喜欢添油加醋，谁知道是真是假。"

连煜也跟着笑了，拉着她的手蹲下："快看看，这衣服你喜不喜欢，有喜欢的，你就拿。还有这些吃的，够我们吃好久了。"

商曜先是打电话给邵淮，要求上船，被邵淮拒绝。

他又联系了乔纪年，不出所料，也被拒绝。

商曜威胁道："信不信我现在就把连煜的消息告诉给她弟。连烬的手段你们不是不知道，要是让他知道，你们把他姐诓在船上当清洁工，大家都别想好过。"

乔纪年无语道："什么叫诓她当清洁工？是我们救了她。连煜那个骗子，刚救上来时，谁知道她的失忆是真的，还是又在骗人。我和邵淮就没打算管她，让事务长给她安排职位，当时还有个收银员的位置，她自己选择当清洁工的。"

"她选的，你们就这么眼睁睁看着她到处打扫卫生？这就是你们的报复方式吗？连煜是骗了你们，你们现在不也是在骗她？你们又比她高尚到哪里去？"

听着商曜咄咄逼人，乔纪年都笑了："你这么急干什么？当初对她喊打喊杀的人是谁？"

"先让我上船，我们当面谈。"

乔纪年："没位置了，先回国等着吧。你要是想告诉连烬的话，也随便你吧,闹得越大越好,最好把连煌以前做的事情都抖出来,把账一块儿算清,让连煌今后都不能安生,该赔钱赔钱,该判刑判刑,反正这是她自作自受嘛。"

商曜气势弱了些:"她到底骗了多少人?"

"邵淮、我、你,还有裴家那位,我暂时知道的就这么多。真要清算,真要闹大,连煌绝对没好日子过,你自己看着办吧。"

商曜把话头拉回来:"行了行了,别说这么多,你们先让我上船,我保证不闹事,我就是想见见连煌。"

"急这一时半会儿干吗,回国了再见也不迟。"

商曜的耐心所剩无几:"乔纪年,连煌骗你的五百万,我来还,你先让她上船。让她当清洁工,你们太欺负人了。"

"你是不是瞧不起清洁工?"乔纪年拿起连煌最常挂在嘴边的话应对商曜。

商曜被噎住,一时语塞:"我没瞧不起清洁工,但你们不能这么做。"

乔纪年也不想和他多费口舌了:"行了,先回国等着吧。别到处嚷嚷,我和邵淮也在考虑怎么处理连煌的问题。"

乔纪年挂了电话,揉揉眉心。

邵淮在一旁静静听着,问道:"是谁给他透露连煌的消息的?"

"不知道,船上人这么多,哪能一一盘问。"乔纪年坐到沙发上,跷起二郎腿,"已经到巴西了,顺利的话,还有四十多天就回国了,连煌的事儿,你打算怎么办?"

邵淮半合着眼,也在思考。

说实话,把连煌捞上来时,他和乔纪年庆幸她还活着,但又怕她。连煌太聪明了,他们难以确定她的失忆是真是假,连煌做过的事,让他们不得不警惕,爱恨交织。

等她醒来后,两人都装作不认识她,一切交给事务长处理,让事务长按正常程序给她安排个活儿,想看看她又在玩什么花样。连煌嫌收银员一整天都待在店里,太闷,选择了当清洁工。

至今,他和乔纪年都是警惕的,生怕这一切,又是连煌的新圈套。

他也在思考,如果这一切又是连煌的圈套,他还有能力再承担一次连煌的伤害吗?

"等回国了再说吧。"邵淮淡声道,把乔纪年打发走了。

连煜打扫完卫生,早早就睡了。

她后半夜起来,去找竹响。今晚她还得和竹响一起下水,摸一遍昨晚海底那艘沉船残骸,看能不能找到值钱的东西。

她心想着,只是像前两次一样,去一个小时就回来,就没吵醒尤舒。

而且这事,真追究起来,实属违反船上的规定,不到万不得已,她不想把尤舒牵扯进来。

常在河边走,哪有不湿鞋。后半夜,尤舒起床上卫生间,不经意间瞟了眼上铺,却没看到连煜。

她伸手往床上一摸,连煜还真的不在。她连忙打开灯,床上空无一人。

她给连煜打电话,显示无法接通,用对讲机呼叫连煜,也没人接应。她到外面的公共浴室看了一圈,还是没找到人。

尤舒不由得担心,巴西治安不比国内,而且现在还是在港口,水性好的人,也可能会溺水。万一出事了,多延迟一分钟都可能错失救助机会。

尤舒回想了下,连煜最近经常和乔纪年还有邵淮混在一起,她说她在追人,也不知道追上没。踌躇片刻,尤舒用对讲机呼叫乔纪年,但没得到回应。

她只好出门,乘电梯来到第九层甲板,敲响乔纪年宿舍的门:"乔大副,我是尤舒,连煜的室友,她在你这里吗?"

等了三分钟左右,乔纪年穿着睡衣出来开门:"什么?"

"连煜在这里吗?"

"连煜,不在啊。"乔纪年揉了下眼睛。

尤舒:"我醒来没看到她,她的手机和对讲机都不在了,一直联系不上,我一时担心就上来问问。"

"你等一下,我穿件衣服。"

"好。"

乔纪年合上门,不到三十秒的时间,把睡衣换了,穿着休闲服出来。

他带上尤舒去敲响邵淮套房的门,敲响门的那刻,心跳的节奏杂乱无章,难以言喻的紧迫和怨愤占据脑子,生怕连煜真在邵淮这里。

她整天盯着邵淮看,一个劲儿夸人家帅,有次他看到连煜从邵淮办公室出来。连煜出来后,他后脚进入办公室,看到邵淮的嘴很红,眼尾也红了,头发和衣领都乱了,被人强吻过一样。

"怎么了？"邵淮出来开门，见到乔纪年和尤舒并肩立在门口，诧异地问。

"连煜在不在你这儿？"乔纪年直接问。

"她怎么会在我这儿？"

一句反问，让乔纪年紧绷的心弦缓了些许，但又不能放松。连煜不在这里，并不是一件好事。

他们先跟着尤舒一起回员工宿舍查看。连煜还是没回来，被子歪歪斜斜团在一起，乔纪年送她的那条空调被，也还在床上。

邵淮问尤舒："她今天有没有什么异常？"

尤舒仔细回想，指着桌上那一大包东西："连煜联系上了以前的一个朋友，叫商曜。这是商曜买的，托游客带上船交给连煜。"

邵淮在大号的塑料袋里翻了翻，商曜给连煜写的信笺，还有合照，都还在袋子里。

邵淮拿起信笺，低头看上面的内容，眼里一点点暗沉，黑色瞳仁里透不出一点儿光。

乔纪年凑过来看，暗自咬牙："她肯定是跟着商曜跑了。她可能没失忆，或许在和商曜谋划什么，一直在骗我们呢！"

"你在船上继续找，我下船去找商曜。"邵淮把信笺和合照捏紧，塞进口袋，转身就出了门。

里约港吞吐量大，即使是后半夜，依旧灯火通明，3号集装箱码头的工人忙忙碌碌，各类半挂车和骨架车往来如梭。

邵淮让人打电话查商曜离开酒店没有，酒店前台给了回复，说商曜还没退房。

邵淮一路带人直奔酒店，给了服务员一笔丰厚的酬金，服务员直接带他来到商曜的房门前，叩响门板。商曜骂骂咧咧地出来开门。

邵淮天生眉骨高，五官深刻，不苟言笑时，肃杀萧森的压迫感叫人心底直打怵。

"来这里干吗？有病啊。"商曜翻白眼，对眼前人厌恶极了。

"连煜呢？"邵淮问道。

"连煜？她怎么会在我这里？"商曜发怔，忽而反应过来，不由分说，拳头握紧，带着凛冽风声砸向邵淮的脸，"你又把她弄丢了，连煜要是出事了，我就杀了你！"

不偏不倚,他打的正好是被瓷片飞溅割伤的左侧颧骨,本来伤口邵淮就没处理,这会儿又迎了一拳,暗红逐渐渗出。

邵淮也没还手,推开他,跨步进屋里,环视一圈,连煋不在。

商曜又要发疯,他带来的几个下属听到动静也过来了,就站在他身侧,剑拔弩张地盯着邵淮一行人,随时准备听令出手。

屋里一片凝滞,气氛僵冷。

这时,邵淮的手机铃声打破僵局,他按下接听,是乔纪年打来的:"找到人了,没事,就是想家了,到最底下的甲板去找朋友聊天了。"

"嗯。"邵淮淡淡应一声,挂断电话,转身就要离开,几个随从旋即跟上。

商曜上前拦住他:"连煋呢?"

"在船上,没出事。"

商曜:"让我上船。"

邵淮没理会他,绕开他就走。商曜穷追不舍,一路跟着他离开酒店,又开车跟在后头。来到码头,车一停下,商曜快步跑来横在邵淮面前,直直逼视邵淮,恼羞成怒。

"不让我上船是吧,我就叫大家来看看,你邵淮是怎么给人当小三的,连煋本来是要和我在一起的,你非得勾引她订婚,你要不要脸?"

听了这话,邵淮在心里暗讽,得,真不愧是连煋最宠的人,这威胁人的话术和连煋学得一套一套的。

他不想和商曜多费口舌,移步就要离开。

商曜在后面问道:"你和乔纪年,是不是都没告诉她以前的事情?"

邵淮头也不回:"没有,如果她真的忘了,那就让一切从头开始吧。"

半个小时前。

乔纪年和尤舒正找着人,正要去第三层甲板调监控,连煋的电话打来了:"尤舒,怎么了?怎么给我打这么多电话?"

"连煋,你跑哪里去了,我半夜起来没看到你,一直在找你呢。"

连煋的笑意掩饰不住:"嘿嘿,我有事儿,正在回宿舍的路上,等到宿舍了再和你讲。"

连煋和竹响下水后,在沉船残骸里找到一个金铸灯台,竹响说,估计值不少钱,等她明天上岸打探打探情况。

113

乔纪年也着急，示意尤舒打开免提，问道："连煌，你现在在哪里？"

听到乔纪年的声音，连煌连忙止住笑意："哦，我就是出来散步，现在在第二层甲板这里呢，马上回去了。"

乔纪年和尤舒离开了监控室。

他俩在第三层甲板员工宿舍的廊道碰上连煌，乔纪年大步上前，不等他先开口，连煌喜容可掬地问："乔纪年，你怎么有空来找我玩啊？"

"玩玩玩，就知道玩，大晚上不睡觉，跑哪里去了？"

连煌挠挠头："我去找我朋友聊天了，她住在下层甲板呢。"

"这么晚去聊天？"

"我想家了。我听竹响的口音，感觉和我是老乡，我睡不着，就去找她聊天了。"

晚上走廊的灯调为暖色，不算太亮，乔纪年低眉敛息看她的脸，也没瞧出半点儿的思乡之情，倒是流露出隐隐的亢奋和喜悦。

"你这乡愁解开了没？"

"解开了，聊完了，我心里也舒服了，就回来睡觉了。"

邵淮也回来了，肩宽腿长，身姿和气质着实优越出色，站在走廊那头，让人无法忽视。他走过来，昂贵的皮鞋踩在柚木地板上，站到连煌跟前。

连煌笑着和他打招呼："哎，董事长，你也过来找我玩啊？"

乔纪年看了眼邵淮，道："想家了，找朋友聊天去了。"

邵淮稍微点了下头。连煌注意到，邵淮左侧颧骨又添了新伤，好奇地问："董事长，你的脸怎么了，被人打了？"

"回去休息吧。"邵淮淡淡地道。

连煌拉着尤舒回到宿舍，把门关上，才鬼鬼祟祟地道："尤舒，怎么乔纪年和邵淮都来找我了，是不是发现我搞拎包群的事情了？"

"不是，是我找不到你，打你电话也打不通，以为你出事了，就去找乔纪年，想看看你在不在他那里。结果董事长也来了，大家一块儿找你呢。"

连煌懊悔，拍拍尤舒的手："是我不好，考虑不周，应该告诉你的。"

"你不是去散步的吧？"尤舒狐疑道。

连煌暂时没坦白，这里还牵扯到竹响。

如果想和尤舒坦白，她得先和竹响商量才行，毕竟她们违规使用库房的潜水装备，还违反规定下水，这事可比拎包和跑腿严重多了。

"记得我和你说过吧，我新认识了个朋友叫竹响，我打算和她一起合

114

作，把拎包服务再搞大点，刚才是去和她商量拎包群的事呢。"

尤舒："那行，不过你下次出去的话，和我说一声吧。我起来看不到你，还以为你出事了。"

"都是我不好，看你睡太熟了，就没打扰你。下次半夜出去的话，我一定告诉你。"

天一亮，连煋就接到商曜的电话。

商曜说他找关系疏通了海关，让连煋下船时报上他的名字，就可以上岸了，他在外面等她，带她去大使馆申请补办证件。

连煋还是不愿意下去："你上来嘛，我们一起坐船回国。在这里补办证件太麻烦了，我连自己的身份证号码都不记得了，肯定更加不好搞。"

"我上不去船啊。宝宝，你下来，没事儿，不用怕我，你不是答应我和好了吗？我是你男朋友，你还不相信我？"

连煋："太麻烦了，我要坐船回去，等回到国内了再补办证件。"

僵持之下，连煋还是不愿下船，商曜也没办法了："那好，我们随时保持联络好吗？等回国了再说。"

傍晚六点，船要起航了，商曜想试图登船，还是无果。

他站在港口外面的甲板上，瞋目竖眉，对着下属发脾气："连张船票都搞不到，饭桶，全都是饭桶！"

几个下属习惯了他的臭脾气，点头哈腰："主要是时间太紧了，而且邵淮还点名让人注意盯着我们，根本混不进去啊。"

"滚，都滚远点！"

商曜摸出一根烟，叼在嘴里，眯眼看着灯山号在拖轮的协助下，缓缓驶离港口。甲板上有不少游客在观望，和里约热内卢做最后的告别。

突然，手机响了，居然是连煋打来的。商曜按下接听，语气缓和下来："宝贝儿，怎么了？"

"我看到你了。"连煋在手机那头道。

"看到我了？怎么看的？"商曜没反应过来，隔着这么远的距离，他看向灯山号上的人，都看不清他们的脸。

连煋站在第九层甲板最好的观景角上，一手拿着手机，一手将望远镜端在眼前，得意扬扬："我用望远镜看的。我有一个很高级的望远镜，可以看到好远的地方呢，我现在都看到你了，看到你在抽烟。"

"宝宝你也太聪明了。"商曜将烟扔垃圾桶里，跑到更为空旷的地方，

"我到这里来了,你现在能看到我吗?"

"能,看到你在跑步,好搞笑。"连煜笑嘻嘻道。

距离太远,商曜仅凭肉眼,根本看不到连煜在哪里。他捂住手机听筒,对几个下属吼道:"给我弄个望远镜过来,快点!"

"望远镜?"

商曜:"让你去就去,快点!"

他又将手机贴在耳郭上,幼稚地朝灯山号比了个爱心:"宝贝,看到了吗?我很爱你,特别特别爱你。"

"我看到了。"

商曜将额前的碎发往上捋,露出精致的五官:"看到我的脸了吗?帅不帅,喜不喜欢?"

连煜透过圆形的镜片,能清楚地看清商曜的面部轮廓:"看到了,好帅的,我好喜欢。前天我刚到港口时,就看到你了,觉得你好帅。"

下属终于花大价钱,从路人手里买了个航海望远镜过来给商曜。

商曜端起望远镜,一点点搜寻连煜的身影:"宝贝,你在哪个位置?我也用望远镜在看了,怎么看不到你?"

"在第九层甲板。你能看到第八层甲板的攀岩墙吗?看到攀岩墙后,继续往上看,我就站在挂有彩带的栏杆这儿,穿棕黄色的衣服。"连煜一步步指引着他。

商曜按她所说,移动着望远镜,不断寻找,不断转动镜筒调整放大倍数,终于看到了连煜的身影。她穿着棕黄的工作制服,拿着望远镜在看他。

"你把望远镜放下,让我看看你的脸。"商曜的声音都在抖。

"好。"连煜放下望远镜,还摘下了工作帽。

她的脸就这么直白地出现在视野中,商曜失控地红了眼睛,昨天打电话给连煜,是三年来,第一次听到连煜的声音。现在,隔着望远镜,连煜的脸就在眼前,变了,又好像没变,她瘦了些,肤色深了不少,但依旧是记忆中那张脸。

"你看到我了吗?"连煜雀跃地问。

商曜快速擦了下眼角的湿意,摆出灿烂笑脸:"看到了,真漂亮,和以前一样,我爱你。"

"嘿嘿,我也觉得我很漂亮。"连煜跟着他笑,又拿起望远镜看他,"对了,你有帮我联系我的家人吗?"

"哦,我正在想办法联系,先不着急,没事的,有我在呢。"

"那好吧。"

灯山号渐行渐远,视线里的面容逐渐模糊,已经看不清彼此的五官,连煜说她要去上班了,先挂了电话。

商曜握着黑屏的手机,站在原地许久。

极目望去,灯山号有条不紊地航行,宽阔的海面仿佛棒打鸳鸯的恶棍,邵淮和乔纪年就是始作俑者,这两人把他和连煜这对苦命鸳鸯拆开了。

商曜扭头问下属:"灯山号下一个停靠的地方在哪里?"

"从行程上来看,灯山号后天在萨尔瓦多港停靠一天,还是在巴西。"

商曜戴上墨镜:"走,先去萨尔瓦多港等着。邵淮和乔纪年这两个贱人,等回国了,看我不整死他们两个。"

连煜放下望远镜,收好手机,扭头就看到邵淮站在不远处。他朝她走过来,望向她刚才一直看着的地方:"在看什么呢?"

"看猴子。"连煜张口就来。

"在这里能看到猴子?"

"猴子已经跑了。"

连煜拉起他的手腕,往他办公室走:"走走走,我送你个礼物。"

"什么礼物?"

到了办公室,连煜关上门,给了他一颗薄荷糖:"送你的,不是从垃圾桶里捡的,这是我朋友给我的。"

"谢谢。"

"我想玩一下你的电脑。"

邵淮点头:"随便。"

连煜坐到老板椅上,打开浏览器,输入"商曜"二字,加载出关于商曜的界面,扭头问邵淮:"这个叫商曜的,也是江州市人,好像也挺有钱的,你认识他吗?"

"听说过,不熟悉,怎么了?"

连煜笑出白净的牙齿:"没怎么,就是觉得他长得帅,随便问问。"

"你喜欢他?"邵淮走过来,站到她身侧。

连煜心痒,摸着他的手:"你别站着啊,来,坐我腿上。"

"你确定?"

"你太重了，我可抱不动你。"连煜嬉皮笑脸地起身，把他按到椅子上，自己坐在他腿上，搂住他的脖子，"你觉得商曜是个什么样的人，会不会是坏人？"

"听说脾气很不好。"

连煜摸着他光洁的下巴："可惜了，这么帅的一个人，要是脾气和你一样，那该多好啊。"

邵淮至今都想不通，连煜为什么那么疼商曜。

他们这一群人中，或多或少被连煜耍过，可算起来，商曜是连煜最宠的一个人。

商曜性情古怪，暴躁无常，但连煜还是很疼商曜，连煜甚至在和他订婚的前一天，都要跑去和商曜约会。他想不通，商曜哪里好，是不是情人永远比较招人疼？路边小吃摊永远比家里的正餐有滋味？

算起来，商曜还是他给连煜牵桥搭线的。连煜老爱往外跑，动不动跑船出海，回家了，还带了个小黄毛回来。

那时候，他和连煜没正式确定关系，但连煜把他睡了。她胆子大，想做什么就做什么，跑进他屋里，用脚踩他。他大她五岁，她没大没小，说他是老男人，老不正经。

他们睡了之后，她没事人一样走了。那年连煜二十岁，他也才二十五岁，哪里和"老"字沾边，但她就是要骂他。

他去学校找她，她和同学说说笑笑，装作不认识他，随后又把他拉到小树林劈头盖脸地骂，说他丢脸，那么大年纪还上学校来找小姑娘，不要脸。

她叫他夜里开车来接她，在车里玩弄他，玩够了又恶劣地让他走，在路上碰见了，依旧装作不认识他。

后来，有段时间，她没再叫他，出海跑船了一个多月，带了个小黄毛回来，跟着人家去酒吧。

他到酒吧把她抓回来，按在车里，她牙尖嘴利地骂他，说他没资格管她，谁都没资格管她。

她不喜欢她父母，也不喜欢她弟弟，她说自己是海的女儿，从石头缝里蹦出来的。而他和她父母世家交好，连带着被她划到"讨厌圈"里。

他在车里湫隘的空间里吻她，让她别和小黄毛来往，从口袋里拿出钻戒套在她手上，跟她求婚。

她握住他的手，往他无名指上咬，咬出血来，耀武扬威地警告他："你再敢逼婚,我把你的手切了,看你还怎么戴戒指。"

他把商曜介绍给她认识,只要她别整天出去和小黄毛混在一起,他可以睁一只眼闭一只眼。

最后是怎么发展的,他也搞不清了。商曜突然间性情大变,从翩翩玉立的贵公子成了个暴脾气的混子,但连煜还是很宠商曜,轻声细语地安抚商曜。

他听过几次连煜给商曜打电话,说的什么"没事了,不行就不行了,有什么大不了的""不行就算了,你别折腾了""我会帮你找医生的,不着急,没事的"。

他隐约猜测,商曜可能是身体哪方面出了问题。他有问过连煜商曜的事,但连煜瞪着眼,让他不许问。

连煜坐在邵淮腿上,从口袋里摸出牛肉干吃。这是商曜给她买的,好吃的东西她才不送人,自己一块又一块紧着送嘴里,嚼得有滋有味。

邵淮两只手环过她的腰,在她耳畔呼气:"电脑还玩吗?"

"不玩了,我先吃东西。"

邵淮退出关于商曜的浏览界面,进入公司的内部系统,又打开邮箱查看文件。连煜头枕在他胸口,吃完一整包牛肉干,又摸出一包海苔片,"哗啦啦"撕开包装袋。

"哪里来的这么多零食?"邵淮目光停留在屏幕上,淡淡问道。

"我朋友给我买的。"

"哪个朋友?"

"不告诉你。"连煜将海苔片卷在一起,一股脑塞进嘴里。

邵淮想起来,昨晚上去找连煜时,在她宿舍看到商曜给她买的那一大堆东西,那张信笺和合照被他拿走了,也不知道连煜发现了没。

想了想,其实该还给她的,这是她的东西。可忌憎又让他迟迟不愿拿出照片,连煜从没和他拍过这种类型的合照,这是对商曜独有的疼爱。

"吃这么多零食,等会儿该吃不下饭呢。"他提醒道。

"我就爱吃零食,不喜欢吃饭。"

连煜吃饱了,拿出保温杯左顾右盼。邵淮看出她的意思,低头问:"想喝咖啡?"

"嗯,还有吗?"

"给你煮一壶吧。"他拍拍连煜的腿,示意她先下来。

连煜从他腿上跳下，拎着保温杯跟在他后面。邵淮来到咖啡机跟前，取出咖啡豆、研磨、过滤、加粉，他做了很多遍这样的事，信手拈来，优雅从容。

连煜看着他的动作，眼热心痒，突然从后头抱住他的腰。邵淮按下煮咖啡的键，扭头看她。

连煜嘻嘻哈哈地抱着他："我看你天天窝在办公室，也不出去运动，身材还这么好？"

"有抽空锻炼。"

"挺好，我就不需要锻炼，我每天吃的，都不够我身体的消耗呢。"

邵淮拉过她的手："那怎么还有精力天天来玩我？"

"我喜欢你嘛。"连煜绕到他面前，又抱住他，"我上次亲你的时候，你觉得舒服吗？"

邵淮没回话，回到椅子上坐着。连煜亦步亦趋跟着他，又坐到他腿上，攀住他脖子，掌心覆在他胸口："这样呢，你觉得舒服吗？"

"你觉得舒服就行。"邵淮伸出手在键盘上打字，头微微往前探，下巴抵在她肩头。

连煜意乱情迷，偏头在他侧脸亲了一口："我亲你的时候，你开心吗？"

"你开心就行。"

"真没意思。"连煜摸着他的耳垂玩，"你居然还有耳洞，这么时髦？对了，董事长，你今年多大了，二十八、二十九，还是三十？"

邵淮手上的动作顿住，静谧眼底终于起了一丝波澜，不知从什么时候起，他不太能面对自己的年纪了。他大连煜五岁，今年三十一了，这是个不争的事实，也是逐渐开始在意的点。

连煜以前总骂他是老男人。

他的眉、眼，甚至嘴角，像剑一样锐利，历来冷然的表情缓缓收敛寒芒，笑了笑，甚至还有些谄媚讨好的意思，难得地开起玩笑："上个月刚过完十八岁生日。"

连煜"扑哧"笑出来："那你长得挺着急的啊。"

他两只手握住她的腰，把她歪歪斜斜的身子摆正，凑近了些，五官在她面前放大，认真地问："我看起来很老吗？"

"不老啊，我可喜欢死了，做梦都在想你呢。"连煜眨眨眼睛，抿着嘴，试探性地握住他的手，带着他一点点往下移。她想要，日子太枯燥了，想从邵淮身上榨取一点快乐。

她知道,该送点礼物才能水到渠成,可现在没礼物,几样零食都被她吃光了,往口袋摸了摸,找出一美元,塞到他西装胸口的方巾袋:"送你的,我好喜欢你。"

"你想要什么,可以直接和我说。"

连煜涨红了脸,紧紧捏着他的手,在指尖掐出红印,意思明显。

邵淮道:"我先去洗手。"

连煜站在办公桌边,脸烧起来,听着洗手间里传出"哗啦啦"的水声。邵淮仔仔细细洗着手,用消毒洗手液洗了两遍,擦干后,走出洗手间。

他没到办公桌那边去,而是坐到书架旁边的小沙发上,静静地看着连煜。

连煜慢吞吞地挪步过去,站到他面前。邵淮抬头自下而上仰视她,捏了下她的掌心,轻声道:"坐吧。"

"坐哪里?"

"都可以。"

二十分钟后,连煜神情有些发蒙,任由他拿出纸巾,一点点擦拭手上的水光。

她猛然从沙发上跳下来,两眼亮晶晶地捧住邵淮的脸:"不要和别人说好吗?我以后会对你好的,等我挣到了钱,就和你结婚。"

"好。"

她转过身,让邵淮帮忙检查她的裤子:"快帮我看看,我裤子没沾上水吧,看仔细点,可别让我出门丢脸了。"

邵淮擦好了手,抚平她裤子上的褶皱:"没有,我刚用纸垫着了。"

"你可真贴心。"连煜实在舒爽,又对邵淮疼惜了几分,实在没礼物送人,摸着他的脸道,"你要钱吗?"

"什么?"

"我今天没礼物送你,你要是想要钱的话,我可以给你一点。"

邵淮抽出两张湿纸巾,拉过她的手,细细擦拭她的掌心:"不用了,你留着吧。"

"你真好,真体贴。"连煜摸了摸他的脸,"我先去打扫卫生,晚点再来找你。"

她依依不舍地亲了他好一会儿,这才出门去,神清气爽,走起路来脚步都轻快了许多。

刚准备拖地，乔纪年就来找她了："你干吗去了？半天找不到人。"

"还能干吗，打扫卫生呢，找我有事？"

"给你发钱呢。"乔纪年大大咧咧地搭着她的肩膀，"跟我去就知道了。"

他们一路来到船长办公室，许关锦在等着了，屋内还有严序，和另外两名机工。

原来是之前他们在南非时，帮助货船清理渔网的答谢救助金下来了。在全球海事组织里，有个系统板块专门记录海上事故，包括事故发生地点、时间、原因、救助情况等。

灯山号对那艘货轮的救助信息，也相应地提交上报到系统记录中。

答谢救助金，是求助船只在平台里进行支付，再由平台下发给提供救助一方，一切记录都公开在平台里。金额多少，全靠自愿，不是重大事故的话，一般也就是意思意思，给个一两千美金用来答谢就差不多了。

这次货轮给灯山号的救助金，有三千美金。

这笔钱实际上是给船长的，至于船长是全额收入囊中，还是分发一部分给海员，全看船长的意思。

许关锦在几张单子上盖上章子，道："当时是连煜先判断了螺旋桨被渔网缠住，她还自己下水清理渔网，才解决了问题。一共也就三千美金，我的意思是给连煜一千五百美金，乔大副五百美金，剩下一千美金，严序你们三个机工平分，有意见吗？"

连煜喜出望外，雀跃地举起手，第一个出声："我没意见！"

乔纪年笑着耸耸肩："我也没意见。"

三个机工更是没意见了。许关锦让他们拿着单子去交给事务长，事务长会安排发钱的。

连煜第一时间拉着乔纪年，去第四层甲板的事务厅找事务长，把单子给事务长看。事务长忙得脚不沾地，收了单子道："好的，等会儿给你们录入系统，后天之前会打款的。"

严序几人交了单子，签完字就走了。

连煜傻眼了，不愿走，急得团团转："可是事务长，我没有银行卡，没办法收款的，可不可以给我现金啊？"

她没身份证，没合同，上次她让邵淮帮忙问了，邵淮说会给她按正常薪水发放工资。但连煜还是不放心，她连银行卡都没有，就怕这合同的程序拖拖拉拉，到时候工资没法按时发放。

"你要现金？"事务长道。

连煜坚定地点头："我想要现金，工资最好也发现金吧，可以吗？"

事务长进入财务室，半个小时后，又拿出一份新的文件给连煜，手里还有一沓崭新的美金："你签吧，签完给你发现金。不过工资能不能给你发现金，还得看后面的手续，你放心，不会拖欠你工资的。"

连煜"唰唰"几下填好自己的大名："好了，谢谢事务长。"

事务长把钱给她："你点一下，一千五百美金。"

乔纪年抱臂在一旁看着连煜数钱，也对事务长道："事务长，我也想要现金，可以吗？"

"你也要现金？"

乔纪年："对呀，我的五百美金呢？"

十分钟后，连煜和乔纪年一块儿出了事务厅，兜里各自揣着自己的奖金。

来到外面的甲板上，乔纪年把他那五百美金拿出来，递给连煜："给你了，我不要了。"

"为什么，你不喜欢钱？"

乔纪年笑得无奈："其实三千美金都应该是你的，我和那几个机工就没干什么事儿，主要是你的功劳。"

连煜不客气地接过钱："那也好。我比较辛苦，多劳多得。"她眉开眼笑地把钱揣兜里了。

今日实在是个好日子，财色双收，连煜满心欢喜，推着乔纪年往前走："走咯！去吃饭，乔纪年，你以后要是有不喜欢的钱，就都给我好吗，我喜欢钱！"

"正好，我一点儿也不喜欢钱，等回国了，我把我的钱都给你吧。"

"你可真是个好人，我喜欢死你了。"连煜和他打打闹闹地往前走，笑声洒了一路。

/ 第七章 /
第一桶金

　　船只离开港口，进入航线正途五海里之后，手机就基本没信号了，商曜坐在车里，一遍又一遍地给连煜打电话，永远是无法接通。他有准备卫星手机，也知道邵淮办公室的卫星电话号码，想了想，还是没拨通，邵淮这只老狐狸，肯定不会让连煜过来接电话的。
　　夜幕拉开，薄暮冥冥，灯山号继续前行。
　　游客在里约热内卢玩了三天，都累了，这会儿几乎都在房间休息，甲板上人影寂寥。
　　连煜拿着扫把和簸箕在甲板上晃荡，清辉月色在她身上扬了一身的光。她远远看到邵淮站在首舷的观景廊上，一寸寸审视他傲然的身姿，目光停留在他垂在身侧的手上。
　　她的脸皮又烫起来，想起邵淮白日在办公室对她有求必应的场景。回味够了之后，连煜又颇有点儿提上裤子，腰杆子变硬了的意思。
　　什么人嘛，真随便，塞给他一美元，他就能那样做，这也太随便了。而且他还没答应她的追求，两人还不是正儿八经的情侣，他就对她那样，这也太随便了，不靠谱。
　　处于贤者模式的连煜，傲气得很，开始嫌弃人家了。她拿着扫把和簸箕离开了，也不上前打招呼。
　　邵淮老早就看到连煜在甲板上晃悠。他伫立在栏杆边上，静静等着，想着不出意外的话，连煜应该会来找他。她整日都有理由来缠着他，喝咖啡、下载电影、约他去逛超市大买特买。

今日，她甚至提出了那样的要求，对于她的要求，他向来照单全收。

这次等着等着，余光扫到她已经靠近了，不知为何，又走了。

他看向黑夜下的海面，浓重无界的黑色把海和天连成一堵墙，幕天席地之下，幽暗莫测，他畏惧海洋的浩瀚。

以前连煜邀请他一起出海时，他总犹豫不决。后来连煜消失了，他才一遍又一遍出海，顺着不熟悉的航线一遍遍跑，第一年没有消息，第二年依旧是杳无音信。对于连煜的死讯，大家从一开始存疑，到后来逐渐接受。

可他没法接受，连煜怎么会死了，她那么聪明，把所有人骗得团团转，怎么可能因为一场海上事故就死了。

他斥巨资，花了十四亿美元，在芬兰著名的造船公司订购了一艘可以走全球航线的邮轮，取名灯山号。他希望连煜如果看到这艘船了，能明白，他一直在找她。

灯山，一座挂满航海灯的山。

以前她出海时，总是说："如果你想我了，就在港口西侧的沧浪山上亮起一盏航海灯，灯亮了，我就会回来。"

他拿到了沧浪山的旅游开发权，在山上缀满航海灯，到了晚上只要一开灯，漫山遍野的灯绚烂盛放，亮出一艘航海帆船的图案，比港口的灯塔还要瞩目，成为江州市一大招牌景点。

这些灯是沧浪山景区晚上的路灯，也是无数船舶归家的指引灯。这片灯山，连煜至今没见过，她离开时，沧浪山的旅游开发还没彻底完工。

连煜回到宿舍，尤舒已经下班回来，连煜将商曜买的那些零食都摊开放在桌子上，用对讲机把竹响也叫过来。

三人一边吃，一边聊天。

连煜和竹响商量后，决定把淘金的事情告诉尤舒。尤舒听罢，先是惊讶两人的大胆，但表示会帮她们保密。

连煜拧开三瓶椰汁，要和她们干杯。

她们喝的是椰汁，却和喝了酒一样，越讲越兴奋。

"我们三个以后会挣大钱的。等我有钱了，我就买一条货船，自己当船东加船长，你们两个也跟着我上船，我们去运货挣钱，还要去淘金，找宝藏，好不好？"

竹响和她一拍即合："好，自己当船长！淘金，挣钱，周游世界！"

尤舒也跟她们碰杯："如果你能买船，我就不当海乘了，跟着你们一起跑货轮。"

三人聊了近两个小时,竹响才回自己的宿舍。尤舒和连煜把宿舍收拾干净,各自去洗了澡。

连煜躺在上铺玩手机,突然在床上翻找起来:"对了,尤舒,你有看到一张白色信笺和一张合照吗?合照上是我和商曜。"

尤舒从下方探出头来:"看到了,昨天晚上找不到你了,我去找乔大副,然后董事长也跟着下来了。我带他们进了宿舍,董事长看到桌上的信笺和照片,就拿走了。"

"他拿我的东西干吗?"连煜气鼓鼓的,"拿了也得和我说一声吧,我可以卖给他的,真没礼貌。"

"你追上他了吗?"尤舒又躺回床上,整理着被子。

"没有。表白了好多次,我还亲过他,他愣是不答应,也不知道怎么想的。"

第二天一早,连煜去邵淮办公室接咖啡喝,顺便问他,信笺和合照的事情。邵淮把两样东西都还给了她,只是说,那天晚上看了看,不小心塞口袋里的,后面忘记还给她了。

连煜嘟嘟囔囔地把信笺和照片收好:"不小心,哪有那么多不小心啊。一般说不小心的,都是故意的。"

"不小心,其实是故意的?"邵淮重复她的话。

"就是啊。"

连煜收好东西,正了正衣领,走到他身侧,靠着他,拿出早餐奶:"你要喝吗?"

"不用了。"

连煜俯身,钻进他怀里,坐在他腿上,吸管插进奶盒,悠然自得地喝起来。她含了一口奶,偏过脸找他的唇,嘴对嘴要喂他。

邵淮嘴巴抿紧,不喝。连煜咽了下去,骄横地抬高下巴,眼里像埋了一根丝线,紧紧束缚他的心脉:"为什么不喝?嫌弃我,看不起我?"

"没有。"

连煜又吸了一口,嘴贴嘴要喂他。这次邵淮张了嘴,接过她渡过来的牛奶。她若有若无地恢复了以前的邪恶,一只手虚虚掐着他的脖子,坐在他腿上乱动,一面压制一面撩拨,得意地笑着:"邵淮,你好脏,恶不恶心,喝人家嘴里吐出的东西,恶心死了。"

有那么一瞬间,邵淮觉得她恢复了记忆。以前的她就是这样,牙尖嘴利,满脑子坏主意,古灵精怪的,对什么都不屑一顾,把人耍着玩,无畏无惧。

邵淮逼视她的眼睛,眼风锋利,按住她的腰,将她紧紧贴向自己,不可阻挡地吻下来。这是他第一次主动吻她,凶悍得像蛰伏多年的猛兽,蓄势待发。连煜抱着他的头,没消停地哼,她什么都不怕,也不怕被人听到,他吻得越深,她就哼得越大声。

她被咬得嘴唇火辣辣作痛,推开他,跳起来坐到办公桌上,又开始骂他:"老流氓,不要脸,你就是这么当董事长的?"

"要吗?"邵淮声色嘶哑得厉害,看着她问。

连煜不满足只是像昨天那样,她将手心覆在他头顶。邵淮挣开她的手,拉开桌下的抽屉,拿出一瓶漱口水,拧开瓶盖,含了一大口,漱口后,吐在一次性纸杯里。

连煜坐在桌上,没看清是漱口水,以为是饮料,把瓶子抢过来:"好啊你,有饮料都不分给我喝,自己吃独食,小气鬼。"

"这是漱口水,不是饮料。"

半个小时后,事毕,她羞赧得脸和脖子红成一片,昨天都纾解一次了,今天怎么还起劲呢,甚至比昨天更欢畅。

工作服是棕黄色的,邵淮给她垫了纸也没用,水渍溅到裤子上,晕成一条条深色,没法看了。

"你能不能给我弄条裤子过来,我这样出去,别人还以为我尿裤子了。"连煜红着脸道。

邵淮直起身子,把用过的纸巾丢进垃圾桶里:"好,你在这里等着。"

连煜又觉得尴尬,让邵淮帮她找裤子,叫人看到了,不知道该怎么嚼舌根呢。虽然,她和邵淮之间确实不纯粹了,但她还是要面子的。她拉住邵淮的手道:"不用了,我自己回宿舍换吧。"

说着,她整理衣服,拿起已经凉了的咖啡泼在自己裤子上,觉得自己很聪明:"就这样,有人问了,就说不小心把咖啡泼了。"

邵淮还没回话,她又丢下一句"等以后我有钱了,会对你好的",旋即匆匆忙忙地跑出去,瞬间没影了。

接下来一整天,连煜都没来找过他,她餍足了,就不搭理他了。连煜也不是故意不理他,主要是有了新乐子——商曜在支付宝上添加她为好友了。支付宝这个软件可以免费用船上的Wi-Fi,但仅限于转账和文字聊天,没法发图片和视频。

她打扫好卫生后，缩在角落里，拿着手机在支付宝上和商曜聊天。

商曜：打不通你的电话了，好伤心的，一直很想你。

连煜：没办法啦，出海就没信号了。

商曜：明天灯山号是不是要停在萨尔瓦多港？我已经坐飞机到这里了，如果你没法下来的话，我们继续用望远镜见面。

连煜：好啊。

商曜住在酒店，趴在床上给连煜发消息：宝贝儿，你是不是都没钱用，我给你转点钱吧，昨天看到你那么瘦，我回来都哭了。

连煜：没办法，我现在情况复杂，主要是我什么都不记得了，很烦的。

商曜在支付宝上给她转钱，单笔限额五万，他分了两次转，转了十万。

还想再转的时候，连煜赶紧叫停：你先别转了，这不是我的号，这是事务长的号码，认证的也是事务长的身份证，你转太多了，我怕我取不出来。

连煜没有自己的支付宝账号，用的是事务长的。

每次跑腿或者拎包时，如果客人给她转账，她收到钱，都要第一时间转给尤舒，把钱放在尤舒账号里才放心。万一哪天事务长收回手机和账号，装糊涂不把钱给她，那她可就白给人打工了。

尤舒知道连煜赚钱不容易，每次连煜在支付宝上给她转钱，晚上下班回来后，她都会按照收到的金额，换出现金给连煜。

商曜：小可怜，宝宝，我真要心疼死你了。明天你们到港口之后，我弄张银行卡，存点钱进去，托人带上船给你。

连煜心暖成炭炉，手指不停地在屏幕上打字：好好好，商曜，等以后我挣到钱了，一定会对你好的。

商曜：我很爱你的，以前都是我不好，我发誓，我会改的。

连煜：等回国后，我们见面了，你再和我好好讲以前的事情吧。

连煜一整天都拿着手机和商曜在聊天，干活儿的时候聊，吃饭时也聊，听商曜讲他们以前的"爱情故事"。商曜讲得绘声绘色，说他俩情投意合，一见钟情，天造地设。

连煜不知道真假，但也信了个七八分，满怀期待明天和商曜隔着望远镜见面，也期待他的银行卡，钱和色都要！

灯山号抵达了萨尔瓦多港口。萨尔瓦多位于巴西东北部,是巴西第三大城市,热带雨林气候下的景色瑰丽磅礴,城内保留了大量文艺复兴建筑,各类教堂鳞次栉比,美轮美奂。

连煜昨晚上就和商曜约好,今早用望远镜隔空相望。

萨尔瓦多是个海滨城市,港口船只往来繁忙,熙熙攘攘。

连煜站在第九层甲板的老位置,一手拿着望远镜,一手拿着手机和商曜通话:"我怎么看不到你呀,你在哪个地方呢?"

"棕榈树这儿,我穿柠檬黄衬衫,很显眼的,我都看到你了。"

连煜挪移着望远镜,圆形视线蚂蚁爬行一样缓缓游移,一排排参天的棕榈树下,商曜的黄色衬衫很显眼。

"我看到了,你穿得好搞笑哦。"连煜兴奋道。

"穿得鲜艳点,让你方便找嘛。"商曜朝她挥手,隔空抛了两个飞吻,"宝宝,你先放下望远镜,让我看看你的脸。"

"好。"连煜放下望远镜,额前碎发往后拨,擦掉鬓角沁出的薄汗,露出干干净净一张小脸给商曜看,"看到了吗?"

"看到了,真好看,我爱你。"商曜的视觉中心就没离开过连煜的脸,分毫不差地盯着她,心脏被巨石压顶,死沉死沉,透不过气来。只要一看到连煜的脸,他又想哭了。

从小到大,乏善可陈的成长线里,他几乎就没哭过。遇到连煜之后,他的眼睛就像坏了的水龙头,动不动破闸开坝。

"你也把望远镜放下,我也要看你!"连煜很激动,又架起望远镜,"我也要看你的脸。你好帅的,我昨晚上做梦还梦到你了呢。"

她没说谎,昨晚她做了一整夜的梦,梦里纸醉金迷、销魂夺魄,怀里搂着一个又一个人,一会儿是邵淮,一会儿是乔纪年,一会儿又是商曜,醒来后,回味无穷。

"梦到我在干什么?"商曜语调勾了起来。

"就是梦到你而已,没干什么。"

"宝贝儿,你想我吗?"商曜解开衬衫上面两颗扣子,半遮半掩露出线条明朗的半边胸肌。自从命根子折了,他欲盖弥彰地疯狂健身,走到哪里都要竭尽全力表现出点"雄性气息"。

连煜笑容亮堂:"你干吗解扣子,我好喜欢。"

一截黑影从侧面笼住她,连煜放下望远镜,歪头一看,乔纪年支着腿,懒散地靠在她旁边的栏杆上,似笑非笑:"说谁呢?"

连煜面颊飞快染霞,支支吾吾道:"没说谁,我打电话呢。"

"给谁打电话?"

"我朋友。"

乔纪年眸光扫到她手上的望远镜,这不是他送的那个,是邵淮办公室里的那个。他剑眉皱起:"我送你的那个呢?"

"在宿舍呢。"实际上,她租给游客带上岸玩了。

"我那个不好用吗?整天就看到你玩邵淮的。"

连煜将手机放远了些,凑近他耳朵,压低声调:"不是,是因为太喜欢你送的了,我怕天天拿出来玩,会玩坏了,就藏在宿舍里。"

乔纪年脸上阴转晴,双手舒展地搭在栏杆上,头往后仰,喉结凸起得很明显,看向天空绵白的云朵,有气无力道:"也不知道,你这些话,到底哪句是真,哪句是假。"

"喜欢你是真的。"连煜飞速地抛出这么一句,快步离开,往船尾走去,对手机那头的商曜道,"刚才来了个人,我和他打了个招呼,是船上的大副,人不好也不坏。"

商曜眼里的嫌恶格外昭彰:"我看到了。宝贝儿,你以后别和这种人接触,这人不正经呢,你这么单纯,小心被他骗了。"

"你和他认识吗?"

"不认识,算了,不提他了。"

商曜自己也在瞒着连煜,骗连煜说他俩以前爱得死去活来,他暂时还不知道乔纪年和邵淮对连煜究竟是个什么态度,就怕哪天真相大白了,连煜知道他这个前男友是假的,会跟她急。

但他一点儿也不后悔用前男友的身份骗着连煜。

这是连煜欠他的,她得赔他一辈子。总之,他得缠着连煜一辈子,连煜只能和他在一起,永远只能和他在一起。

而且连煜以前对他那么好,那么疼他,哪怕有邵淮的存在,他觉得连煜也会选他。连煜身边莺莺燕燕纷杂迷乱,只有他被连煜坚定地选择过。

邵淮和连煜订婚宴前一晚,他一个电话打过去,闹了两句,连煜连夜开车来酒店找他。他脱了裤子给她看,告诉她自己真的不行了,疯狂哭给她看,连煜摸着他的脸,一个劲儿安慰他,说她会帮他找医生的。

后来,连煜和邵淮准备结婚了,他跑到还没布置好的婚礼现场落了两滴泪，连煜就带他走了。

再后来，连煜出去跑船，他和邵淮一起去找她，半途遇到风浪，连煜带他们弃船转移到救生筏上，但救生筏漏了水，承受不了三个人的重量。那时候，连煜也是义无反顾地选择了他，带他上了救生筏，把邵淮一个人留在船上。

连煜宠他，疼他，不管他怎么闹，她都会偏爱他，这是大家都能看到的事实。

聊了一会儿，连煜手机发烫，显示电量不足。她在紧要关头道："宝贝儿，你可以帮我买一部手机，托人带上船吗？我这部手机是事务长的旧手机，经常卡，不好用。"

商曜笑得特美："还叫人家宝贝儿，就算不叫我宝贝，我也会给你买啊。想要什么就和我说，我买了，一块儿找人给你送上去。"

"你看着买吧，也不用买太多，我在船上吃的住的都有，用不了太多东西。"

黏腻了好一会儿，两人总算是依依不舍地挂了电话。乔纪年又过来了，挑眉道："和谁网恋呢？"

连煜收好手机，把乔纪年拉到一旁："乔纪年，你可不可以帮我弄一张船票啊，我可以跟你花钱买。"

"你要船票干什么？"

"我有个朋友来找我了，现在就在港口等我呢。我想弄张船票，让他上船来。"

乔纪年当然知道连煜说的是商曜，他摸摸下巴道："这个有点困难，现在没办法办短程票，等到了美国，估计可以。"

"那好吧。"连煜失落道。

她又去找事务长问船票的事，依旧是碰了壁。

最后，她去找邵淮。

邵淮坐在办公桌前，往无名指上涂淡疤膏。连煜反锁上门，冲过去，坐到他腿上，搂住他的脖子："董事长，拜托你一件事情好不好？"

"什么事？"

"我有个朋友，现在就在码头等着。你能不能给他弄张船票，让他上船啊？"连煜可怜兮兮地看着他，几枚绵密的吻粗鲁地落在他唇上，"我一个人很孤单的，我想让我朋友上来陪我。"

"哪个朋友？"

"就是我在电脑上给你看过的那个商曜，他现在就在码头，让他上来好吗？他上来了，我以后再也不骚扰你了。"

邵淮沉思片刻："这个有点难办。船票要提前预订，现在也不知道有没有余票，上船游客的签证都是集体办理的团队旅游签证，你朋友要临时上船，恐怕不行。"

连煜垂下头，额头重重磕在他肩膀上，用力揉他的脸，态度恶劣地闹他："你想想办法嘛，我天天这么折腾你，你都不生气，这么小的要求怎么就不能满足呢？我很孤单的，我想要我的朋友上来。"

她握起他的手，泄愤地掐在无名指的疤痕上，掐出一圈红印，新痕和旧疤交叠。

邵淮淡淡地开口："手刚涂了药，没法帮你了。"

连煜认认真真端详他的脸，贴得很近："你怎么可以随便帮女人做这种事情，这么关怀员工吗？"

邵淮不动如钟，气息平静："从没有哪个员工像你一样，对我提出这样的要求。"

"那如果别人提了，你也会？"

"不会。"

"那为什么愿意给我……"她追问个不停。

邵淮举止自若地打开笔记本电脑："关怀员工。"

"那你怎么不关怀其他员工？"

邵淮终于把目光回正到她脸上："你一定要这么追根问底的话，我只好报警说你猥亵我了。"

邵淮第一次说这话时，连煜还有点儿担心，现在已是左耳进右耳出，完全不当回事。她继续用力拍他的手："那你去报警吧，把我抓起来，正好让警察把我遣送回国。"

竹响上岸，把之前她们在里约热内卢时，下水捞到的灯台出手了，卖了三百美元，这次五五平分，她给了连煜一百五十美元。

连煜事先和商曜通过电话，让商曜把买的东西，托给竹响帮忙带上船。

竹响回来时，拎了两个大包，都是商曜买的吃的和穿的，还有一部最新款的手机和一张VISA国际银行卡，里面存了十万美元。连煜感激不尽，用新手机和商曜打电话，一直打到邮轮离开了港口，没信号了才挂掉电话。

接下来，灯山号在大西洋继续北上，要在公海上航行七天，才能抵达下一个目的地——巴西，马瑙斯港口。

商曜依旧是率先到达马瑙斯港口，等灯山号停在港口时，和连煜用望远镜见上一面。

抵达马瑙斯港口时，竹响告诉连煜，这个港口这段时间管理很松懈，连煜想出去的话，可以拿着她的护照复印件和签证溜出去。

连煜安排好拎包员和游客，拿着竹响的证件，成功溜了出去。她打算的是，和商曜见一面，同时自己也接几个拎包单子，帮秦甄和另外一个游客拎包，赚取一些外快。

她把秦甄的斜挎包，和另外一个游客的背包都背在身上，趁着团队还在港口集合，匆匆给商曜打电话："商曜，我来了，已经出境了，你快过来找我，不然等会儿就没时间了。"

商曜事先在通道外面等候，很快找到连煜，他冲过来，看到连煜身上背着两个包，以为连煜要带着家当跟他跑，紧紧抱住她，拉着她就要走。

"怎么带这么多行李，走，我们先上车，我会带你回国的。"

"这不是我的行李，这是游客的，我帮他们背包赚钱呢，一个游客二十二美元呢。"

"你帮人拎包赚钱？"商曜红了眼睛。

"对呀，我早就和你说过的。"

商曜没止住眼泪，又抱住她："怎么这么可怜，我不是给你钱了吗？"

"那也不够啊，钱还是得继续挣的，反正我今天没事儿干。"

商曜缓了一会儿，才真真切切地感受到，连煜真的回来了，就这么活生生地站在他面前。前些日子，他只能和连煜用支付宝聊天，见的两次面，也仅仅通过望远镜遥遥相望。

此刻，他抱着她，她身上的温度，她的心跳，她的生命，如此鲜活。

"我是偷偷溜出来的，还得给游客拎包呢。你快回酒店吧，我要去忙了。"连煜看着他精致的面容，忍不住上手摸了下，憨气地夸他，"你皮肤真好，嫩嫩的。"

商曜拉着她的手，按在自己脸上："想摸就摸呗，不好意思什么。"

商曜让手下接替连煜的拎包工作，他带着连煜出去吃饭，又去超市给她买东西。连煜没买什么，商曜之前给她买了好多了，宿舍的柜子很小，空间不足，买太多了也没地方放。

"我想去找银行取点现金。"她道。

"行,带你去。"

找到银行,连煜拿出之前商曜托竹响带给她的那张国际银行卡,想要把现金取出来。她现在没有自己名下的银行卡,还是把现金取出来傍身才能安心。

商曜却让她把那张卡留着,他用另外的卡给她取钱。

一沓又一沓现金从取款机里吐出来,连煜揪着商曜的衣角,这次不是开玩笑,而是认真地道:"商曜,以后我会对你好的。"

他们在巴西,取钱不太方便,先后跑了三家银行,才取出五万美元的现金。连煜说够了,太多了她拿着不安全。两人又去了一趟超市,买了个皮包,把钱都装进去。

连煜还重新买了一个塑料桶,将装了五万美金的皮包,还有零散的生活用品,都装进塑料桶,就这么提着。

忙碌完,已经是下午,连煜该上船了。

商曜带她在街边吃当地的特色菜——黑豆饭,点了不少肉菜,把肉都挑出来放她碗里。

"多吃点,多吃点,船上的东西不好吃吧。"

"也没有那么不好吃,我都习惯了。"连煜不停地把东西塞嘴里,看着商曜猩红的眼眶,"你怎么一整天眼睛都是红的?"

商曜偏头,暗暗抹去泪痕:"没事儿,这里光线太强了。"

时间差不多了,连煜拎着塑料桶走向码头的登船通道。

商曜一直送她,抱了又抱:"下一个停靠的点,在巴巴多斯的布里奇顿,是吧?到时候你看看能不能溜出来,可以出来的话,我们再见面。"

连煜放下塑料桶,抬手给商曜擦眼泪:"别哭,你怎么总是哭,我好心疼的。"

商曜扯起嘴角笑:"想你嘛,一看到你就忍不住。"

连煜抱了他一下,提起塑料桶在他跟前晃了晃:"我的第一桶金,我以后会对你好的,真的,一定会对你好的,我发誓。"

"好,我相信你。"商曜在她背上揉了下,"好了,快进去吧,小心点。"

连煜拎着一水桶的钱,前往出境关口。商曜在后头跟她挥手,大声交代:"好好吃饭,好好睡觉,照顾好自己,记得给我发消息,记得想我!"

连煜扭过头,也朝他挥手:"我知道了,你快回去吧。"

直到看不见连煜的身影，商曜往回走，脚步都是虚的，狠狠给自己一巴掌，痛觉告诉自己，今天的一切都是真的，他真的见到了连煜，连煜真的回来了。

连煜提着塑料桶回到船上，在走廊上刚好碰到乔纪年。他没穿制服，一身休闲花衬衫，颀长高挑，靠在邮轮事务前厅的柜台边上，眼皮半合，手里玩着之前连煜从垃圾桶里捡来送他的打火机，视线懒懒地瞟向连煜。

"你下船了？"

"才没有呢。"连煜拎起桶，脚步加快，闷头缩脑地往前走。

乔纪年收起打火机，放进口袋，迈开腿跟上，接过她手里的塑料桶："我帮你提。"

连煜捏住把手不放，又夺回来。桶里装了五万美金的现金，她可不敢随意给别人拿。

"我自己提，又不重。"

"偷渡好玩吗？"乔纪年没强迫，松了手，歪头贴近她耳畔说话，笑声很低，像藏在薄雾底下的荆棘，稍有不慎就被他冷不丁刺中。

连煜如芒在背，佯装话不投机，闷头走路："听不懂你在说什么，和你越来越没法交流了，思想不在一个高度上，不必强行做朋友，我先走了。"

乔纪年笑意不减，定睛端详她因快步而飞扬的碎发："我又不会揭发你，急什么。"

走到人影稀疏之处，连煜拉他到拐角，放下塑料桶，掀开盖在上头的素白手帕，手伸进桶里摸了摸，没一会儿摸出个东西来，椭圆形，菠萝般大小，外壳像猕猴桃。

"看看，这是什么？"连煜眼里明光闪烁，如若含珠。

乔纪年接过来，放手里掂了掂："你上哪儿弄了这么大个猕猴桃？"

"哪里是猕猴桃，这叫古布阿苏果。我朋友在超市给我买的，两百美元一个呢。"连煜又把果子抢过来，藏到桶里，拉着他的袖子继续走，"走，和我回宿舍，我们把它开了，给你吃一点儿。"

乔纪年回想了下，才想起什么是古布阿苏果。

这是南美洲原产地的水果，世界十大稀有水果之一，也是巴西的国果。这水果就算在巴西买，也很贵，国内几乎买不到，就算偶尔有，价格也不会低于三千人民币一个。

他四年前吃过一次古布阿苏果，当时也是连煜给他的。连煜出海到各个地方跑船，每次回来都会带些稀奇古怪的东西回来。

两人回到连煋的宿舍，连煋把果子拿出来，又翻箱倒柜找水果刀，古布阿苏果外壳很硬，得花费点力气才能打开。

乔纪年从兜里拿出一把折叠瑞士军刀："用这个试试，我来开。"

"好。"连煋将果子放在桌上。

乔纪年切开外壳，里面是米白色果肉，混有巧克力和奶油的味道。连煋掰开一小块，自己先吃了一口尝味道，两眼笑出月牙弯："好吃，很软很香，像香蕉一样。"

她从乔纪年手里拿过军刀，切出鸡蛋大小的一块给他："你也吃。"

乔纪年从桌上抽出一张纸巾，直接垫着连煋递给他的果肉，咬了一口，久违的味道，非常绵的口感，像香蕉和梨混在一起，还有巧克力的味道。

"好吃吧？"连煋雀跃地问。

"好吃。"

她笑得乐陶陶，弯腰找出尤舒放在抽屉里的保鲜膜，盖住剩下的果肉："好了，尝尝鲜就行，我只买了一个，剩下的还得分给尤舒和竹响呢。"

"竹响是谁？"乔纪年问。

"我新交的朋友，也是邮轮上的工作人员。"连煋又翻出塑料桶里的小皮包，调整好包链，挂在脖子上，拿上保洁工作外套穿上，拉好拉链，热情地邀请乔纪年，"你要不要和我一起去打扫卫生？"

"走吧。"

晚霞烧成一片，邮轮离开了马瑙斯港口。连煋带着乔纪年打扫卫生，从第六层甲板一直打扫到第九层甲板。乔纪年要带她去吃饭，连煋说自己在外面吃过了。乔纪年自己离开了会儿，须臾，他带着四瓶椰汁，和一大盒新出炉的薯条出来。

这个时间点，第九层甲板已经没人了，两人背靠背坐着，望向波光粼粼的海面。乔纪年拧开一瓶椰汁，递给她："你今天出去找的人是谁？"

连煋拿出手机，把今日和商曜一起拍的合照给他看："就是他，他挺有名的，百度上还有他的资料呢，叫商曜，也是江州市人，你认识他吗？"

"不认识。"乔纪年撇嘴道，仰头喝了口椰汁。

连煋收起手机："他是我以前的朋友，对我可好了，给我买了好多东西呢。"

"你喜欢他？"乔纪年微不可闻地叹气。

"喜欢啊，对我好的人，我都喜欢。"

乔纪年不太想问了，他没那个精力去问连煜和邵淮怎么样了，和商曜又怎么样了，他也不明白自己对连煜是什么感觉。他还没确定自己的感情时，连煜就抛下他走了，一句离别的话都没有，让他在港口淋雨等了一整夜。

连煜嘴里咬着薯条，从口袋里拿出自己手绘的航海图，在上面写写画画计算着，嘴里嘀嘀咕咕。

"还有七天的时间到达巴巴多斯，进入加勒比海，途经圣卢西亚、马提尼克、多米尼加，南下到达巴拿马，穿过巴拿马运河，再北上途经哥斯达黎加、墨西哥，再到美国的洛杉矶，接着是旧金山，再往东一直抵达日本，离开日本继续往东……"

乔纪年和她背靠背，遥望远处一点点暗下去的天，低声细语地接她的话："离开日本继续往东，就能回家了。"

连煜笑着，将航海图一扔，摇了摇他的胳膊："是的，不出意外的话，还有四十六天就能回家了，你想不想家？"

乔纪年捡起她的手绘航海图，指尖顺着她标出的航线一点点描绘，反问她："那你想家吗？"

连煜泄了气，肩膀有气无力地垮下："想啊，但不知道怎么想，我都不知道我家在哪里。"

她抬眼看向乔纪年线条流畅的侧脸，打探乔纪年的底细："你家就在江州市吗？"

"是啊。"

"那回到江州市之后，你还出海吗？"

乔纪年往后躺，躺在甲板上，一条腿支起，两只手垫在脑后："这次出来这么久，都累死了，回去了起码也得休息三个月，再跑下一趟船吧。"

连煜盘腿靠近他，又问："你家有几口人，你和谁一起住呀？"

"我家里人挺多，不过我早就搬出来一个人住了。"他拿起一根薯条，抽烟似的叼嘴里，"你问这个干吗？"

连煜明亮的眼珠子转了转，用开玩笑的语气掩饰自己的窘迫，挠了挠头，又玩弄起航海图："我是说，回国之后，我可不可以去你家做客。也不是说要赖着你了，就是我现在没证件，回国了肯定很麻烦，如果找不到住处，能不能去你那里住两天？"

时间一天天过去，她得好好考虑回国后的日子了。

她要补办身份证，需要一定的时间，麻烦的是，她到现在都没想起自己的身份证号码，这就更加费事了，国内的酒店，入住都得登记身份证。

她这个情况，也不知道酒店让不让她入住。

她也没法投奔竹响，竹响说，等到美国旧金山，她就下船了，她在旧金山有一套小公寓，她常年都住在旧金山。

她和尤舒聊过回家的话题，尤舒总是有意无意避开。连煜看得出，尤舒可能家里情况复杂，没法给她借宿。

至于商曜，商曜目前来看体贴入微，但看了新闻上关于商曜的报道，她还是隐约有担忧，没法确定商曜能不能靠得住。

剩下的就是邵淮和乔纪年。邵淮太装腔作势了，她也就是在海上太枯燥才玩一玩，当然，这人长得太合她的口味了，喜欢也是真喜欢。可她到现在也摸不透邵淮的心思，估计也不能投奔他。

乔纪年嘴巴欠了些，虽然也喜欢拿腔拿调，但处下来，人还挺不错。

乔纪年偏过头看她："你想去我那里住？"

连煜以为被拒绝了，用力搓了把自己的脸，就要起身："也不是，我有钱的，有钱还担心什么。再说了，尤舒也一直邀请我去她家住呢。"

乔纪年的笑声随风扬起："热烈邀请连煜小姐去我家住，我家三室一厅，你想住多久就住多久。"

连煜欣喜若狂："好啊，谢谢你，我可太喜欢你了。"

邵淮在办公室，盯着电脑屏幕上的海航图看，凤眼漾着一缕淡光，不知在思考什么，片刻后，拿起卫星电话，拨通了一个号码。

中国，江州市，德林别墅区。

男人身着一件慵懒白色毛衣，坐在沙发上看书，怀里的布偶猫靠着他手臂，一双湛蓝的眼散着幽光，人和猫的气质相得益彰，冷然疏离，仿佛一幅画。茶几上的手机响了三遍，他目光才动了动，拿过来看了眼来电显示，这才按下接听："有事？"

邵淮语调轻松，没往日那么严肃："裴先生，是我，邵淮。给您送的礼物，收到了吗？"

"收到了。"裴敬节今早收到邵淮叫人送来的贵礼，一套居延汉简，收藏价值非常大。他一直喜欢收藏各种竹简，战国的、秦朝的都收藏了不少。邵淮这次送他这套居延汉简，也算是投其所好了。

邵淮："喜欢吗？"

裴敬节知道对方有求于人，才会送这么贵重的礼物，轻轻一笑："有事就说吧。"

邵淮也跟着笑了笑："是这样的，之前连煜做错了些事，欠了您些人情，事情也过去这么久了，我在这儿诚心诚意帮连煜跟您道个歉。您看，以前的事能否不再计较了。"

"人死都死了，还计较什么。"男人瓷器般的手指缓缓顺理布偶猫纯白的毛发。

邵淮："是这样的，连煜没死，她现在就和我在一起呢，我们在南美洲这儿，不出意外的话，一个多月后就能回国了。"

"她还活着？"裴敬节的声音像结霜的古筝，弦线绷动，又很快回归平静，"既然没死，就让她自己过来道歉，让你替她出面，未免太没诚意了。"

邵淮："她这三年来受了挺多苦，确实在海上遇到了事故，脑袋撞坏了，什么都不记得了。希望裴先生给个面子，别再和她计较以前的事。至于她欠的钱，您说个数，我这边会处理的。"

裴敬节不咸不淡地道："邵董都送了这么贵的礼物，我要是还计较，该是我小心眼了。钱的事，就算了，当初也是我自己给她的，不算她欠我。"

邵淮松了口气："好的，多谢裴先生，海上信号不太好，等回国了，再登门拜访。"

正欲挂电话，裴敬节又道："回国后，带她来见我一面吧，我也挺想见她的。"

"好的，一定。"

结束和裴敬节的通话，邵淮再次拨通另外一个号码，对方名叫汪赏，是江州市海运商会的会长，昨天刚过完六十大寿，道上都称她"汪奶奶"。

"汪奶奶，还记得我吗？我是小邵。"邵淮体体面面地开口。

汪赏笑声爽朗："当然记得，你不是出海了吗，这么快回来了啊？"

邵淮："还没回去，现在还在南美呢，估计还得四十来天才能回去。您的寿宴我也没来得及参加，在这里给您打个电话，祝您福如东海，寿比南山。"

汪赏："你人没来，礼物倒是送到了。怎么着，那艘货轮就给我们汪家了？"

邵淮语气轻松大方："肯定的，那货轮也是这几天刚完工，我就叫人给您递合同了。其实也不是我送的,这是连煜送的。她当初不是弄沉了您的一艘船吗?一直挺愧疚,这些年来她一直偷摸着造一艘一模一样的,说要还给您。"

说到连煜,汪赏笑意尽消,眉头皱起:"连煜?她不是死了吗?"

"没死,她回来了,现在就和我在一起。和我碰面后,她第一件事就说对不起您,要给您赔船呢。她当初还小,不懂事,闹了不少荒唐事。汪奶奶,您看看,以前的事儿,咱们就不跟她计较了吧?"

汪赏紧锁的眉头不曾解开:"你还和她混在一块呢,你们这些人真是,天天被她耍着玩。"

邵淮:"也不是耍着玩,连煜也有苦衷,她心眼儿不坏的,就别和她计较了吧,她还年轻,犯错也是难免。"

汪赏长长地叹息:"算了,过两天我去看看货轮,看看她赔礼的诚意有几分。"

邵淮紧着道:"好嘞,谢谢汪奶奶。"

邵淮放下手机,又在电脑上给国内的助理发消息,让其再给汪赏准备一份厚礼,以连煜的名义送过去。

连煜来到邵淮的办公室,坐在他腿上,用他的笔记本电脑一边下载电影,一边玩蜘蛛纸牌。邵淮闲下来了,虚虚地搂着她,看着她玩。他也能猜出,连煜是在帮人下载视频赚钱,她每次带来的U盘都不一样。

"电影好看吗?"他随口问道。

"好看啊。"连煜退出游戏看了眼后台,"网好慢哦,下这么久都没下完。"

她玩腻了游戏,扭过身,盯着他的脸看:"好无聊,我们来玩吧。"

"玩什么?"

"玩脱衣服的游戏。"连煜两只手搭在他肩上,肆无忌惮。她老早就想扒这人的衣服了,他整日西装革履,捂得严严实实,规行矩步,三眼一板。

邵淮按住她乱动的手:"别闹。"

连煜低头翻口袋,拽出一沓钱,"哗啦啦"点着,找出一张一美元面额的,塞他领口:"一美元,脱一件衣服,够不够?"

邵淮拿下钱,放在桌面铺平,指尖灵活地折了折,一只简易纸船形神兼备。他把纸船放到连煜手里:"脱了衣服,然后呢,你想干什么?"

"我想……"连煜自己害羞起来,脑袋重重垂下,额头在他胸口蹭,蹭得额前的碎发岔开,"邵淮,我喜欢你,你做我男朋友,和我谈恋爱吧,我会对你好的。"

"这话你说过很多遍了。"邵淮拿出消毒湿纸巾,细致地擦过每一根手指,脱了她的工作服外套,指尖徐徐往下。

连煜懒洋洋地靠在他肩头,吻他棱角分明的下颌线,迂回着贴上他的唇。邵淮张嘴让她亲,通常回应并不热烈,只是张着嘴,宛若一盘佳肴美馔就这么放着,不刻意引诱,也不拒绝连煜粗蛮的采摘和糟践。

办公室里很安静,只有些许衣物的摩擦声、若有若无的水响声,以及连煜急促的呼吸声。邵淮是克制的、隐忍的,情绪压制在深邃的双眸中,呼吸都很平静,只有偶尔上下滚动的喉结,才泄露出微不可闻的兴奋。

连煜今日出去和商曜逛了一天,精力耗尽,舒坦了一回,浑浑噩噩靠在邵淮怀里睡过去。邵淮搂着她,优雅地擦干净手上的水渍,吻在她眉角,眼神温顺地看着她的睡颜。

纸包不住火,连煜大搞拎包群的事情还是被发现了。

拎包服务供不应求,有游客反映到事务长那边,说能不能协调一下,给他们安排一名拎包员。事务长傻眼了,邮轮从来没推出过什么拎包服务,至于连煜这个拎包服务部门的经理,她更是没安排过。

追根问底之下,连煜被揪出来了。

连煜刚吃完早饭,拿着保温杯在邵淮办公室接咖啡,对讲机在腰间振动,是尤舒的呼叫。她按下接听,问道:"尤舒,怎么了?"

尤舒慌张极了:"连煜,不好了,你快回来,你搞拎包的事情被事务长知道了,正到处找你呢,你快去事务厅坦白吧。"

"啊,我现在就回去。别担心,我会处理好的!"连煜连保温杯也不拿了,拔腿就要跑。

邵淮坐在办公椅上看文件,乔纪年正弯腰找糖粉,打算帮连煜调咖啡的甜度,两人双双将目光转到她身上。乔纪年问:"发生什么事了?"

"没事没事,我先走了,等会儿再上来。"连煜脚下生风地跑了。

连煜来到事务厅,事务长方昕沅正等着她,神情严肃:"你就是那个拎包服务的中介商啊,拉了那么多人进群,这都一个多月了我才发现,真厉害。"

连煜态度端正，先认错："事务长，确实是我不对，非常抱歉。但也是客人有这个需求，我才开展服务的，一切都是为了游客嘛。"

"你还真是能吹，打着官方的旗号办事，大家都以为这是邮轮的新服务呢。"事务长背着手，上下审视她，"还给自己封了个拎包服务部经理的名号，真厉害。"

"事务长，那我这是违反了哪条规定呀？"

连煜脑子转动着，正在想对策，邮轮的员工手册里，可没说过不能给游客拎包，也没说过不能当中间商。员工准则里说，游客至上，要给游客最好的环球旅游体验。她这个拎包服务，出发点也是为了服务游客呢。

方昕沅皱眉："先把你这个拎包群的服务项目，以及收了多少钱，这些都说清楚。"

尤舒和竹响都在前厅外担心地张望着，尤舒犹豫了下，道："我们去找秦小姐，如果秦小姐能站在连煜这边，事务长估计就没立场为难连煜了。"

竹响："那你去和秦小姐求情，我继续在这里盯梢。"

"好。"

尤舒脚下飞快，坐电梯来到第九层甲板，敲响一间总统套房。秦甄刚收拾完毕，正准备去吃早餐。

"秦小姐，能拜托您一件事吗，能不能帮帮连煜？"尤舒道。

秦甄问："连煜怎么了？"

尤舒将事情的来龙去脉说清楚。

十分钟后，秦甄带上另外五名VIP游客，跟着尤舒一起来到事务厅。事务长方昕沅见大客户来了，让连煜站到一旁，自己先出来迎客："秦小姐，您好，请问有什么需要吗？"

秦甄看了眼低着头的连煜，对方昕沅道："马上就要到布里奇顿了，我们是来找连煜，看看什么时候能安排好拎包服务。"

"你们都想要拎包服务？"方昕沅也有点难办了。

秦甄点头："是的。这一个多月来，连煜提供的拎包服务很好，给大家带来很多方便。我听说她工作出了点差错，担心这个拎包服务不能继续了，就过来看看。"

方昕沅："秦小姐不用担心，我这边会协调好的，一定保证让你们出行愉快。"

把秦甄几位大客户送走后，事务长又叫来了几位高管开会，连煜就闷头坐在方桌尾部,等待领导们的审判。

综合考虑之下,连煜的拎包服务深得人心,游客的的确确存在需求,而且连煜一直打着官方旗号办事,在她的巧舌如簧下,游客们都信以为真。

如果这个时候爆出来,连煜的拎包服务不是官方的服务,而是她私底下瞎搞的,一个小保洁,在众人的眼皮子底下弄了个这么大的拎包服务群,进行了一个多月,事务部都没发觉。

这事要是爆出去,对邮轮公司的信誉影响极大。

事务部几位领导开完会后,将事情上报回国内公司本部,随后决定对连煜罚款一百美金。与此同时,公司出了一份新文件,临时成立正式的拎包服务部,连煜担任部长,一切交给她处理,底薪两千美金,拎包中介费上交百分之五给公司。

连煜算了算,这比自己干还要划算,底薪两千美金呢,这相当于白给,就算把百分之五的中介费上交给公司,自己还有得赚。

在事务厅折腾了一天,方昕沉给了她一套部长的工作制服,叮嘱她:"每逢停港口日,就给你放假一天,不用打扫卫生了,专心安排好拎包的事情。出面接应游客时,把制服穿上,体体面面的,摆出部长的样子来。"

连煜没身份证,临时工的合同上只签了自己的名字,身份证那一栏填的是事务长的身份证,让事务长当她的委托人。

连煜乐开了花,管事务长叫姐,跑回宿舍拿了一盒商曜给她买的干果,带来送给方昕沉。方昕沉不知道连煜的真实身份,当初邵淮只让她把连煜安顿在船上,什么也没说。

她现在看着连煜,越看越喜欢,道:"等回国了,你先去看看脑子,把证件都补齐,以后要是想跑船,可以联系我。"

"谢谢姐,你人太好了。"

晚上,连煜穿起部长制服,衬衫式的白衣白裤,黑色海员帽,衬衫下摆扎进裤腰带里,锃亮的皮带露出来,配上黑色小皮鞋,胸口别上两支碳素笔,小笔记本夹在臂肘下。俏脸昳丽,帽檐下黑眉粉唇,模样板正,走起路来,背脊绷直,小领导的气质摆得有模有样。

她带着笔记本和笔,敲响一个个客房,和游客确定最后的拎包信息,并按照程序提前收取拎包费。她来到秦甄的房门前,秦甄看她身上端端正正的制服,笑道:"哟,这回真当上领导了啊。"

连煜春风满面:"是啊,当领导了,部长呢,正规的,有合同呢。"

143

"不错,恭喜升职。"

安排好拎包的对接信息,连煋穿着制服,跑去找乔纪年炫耀。乔纪年给她扶正帽檐:"见过连部长,以后多多照顾。"

"我就说我前途无量,你还不愿和我在一起,以后亏死你。"

她又跑去找邵淮,盘顺条靓地靠在门口,下巴抬高:"我升职了,现在也是个小领导了,以后对我放尊重点。"

邵淮走出来,站到她面前。他有猜到连煋帮人跑腿拎包赚钱,但没想到,连煋的拎包服务群已经发展了那么多人。意料之外,但在情理之中,她一直都很聪明。

"恭喜。"

连煋正了正衣领,踮起脚,手抬起伸到邵淮的后脑勺上,往下按,神气十足道:"小邵,跪下伺候人。"

"刚当上领导就开始腐败了……"邵淮把门拉上,反锁好,声音逐渐含糊……

灯山号在巴巴多斯的布里奇顿港口停靠。

连煋拿着尤舒的护照复印件,轻轻松松溜进去,她今日只是去找商曜,自己没有接拎包的单子。

商曜提前坐飞机,前两天就来到布里奇顿了,这会儿就在港口等她。两人七日未见,甚是想念,连煋刚一出港口,商曜就从遮阳伞下蹿出,一把抱住她:"宝贝儿,好想你,你想不想我?"

"想,很想,特别想。"连煋送给他一块在员工餐厅免费领的小面包,拉着他的手,热情洋溢地要请他吃饭。

两人来到餐厅,还没上餐,商曜在桌子底下就没放开过连煋的手。连煋干脆离开位置,绕过去和他肩并肩挨着坐:"商曜,我们俩是不是最好的朋友?"

"不是。"

连煋板起脸:"什么意思?"

商曜没骨头似的往她身上靠:"我们是最好的情侣。"

"别不三不四的,和你说正事呢。"连煋将他的肩膀掰正,"商曜,灯山号的航线经停的国家,你是不是都有签证?"

"是啊,都有。"商曜手搭在她的肩头,"宝宝,你放心,我会在每个港口等你,一直到回国,别怕,我一直在你身边呢。"

"你可真是太好了!"连煌紧紧握着他的手,"我这儿有个挺好的赚钱路子,你要不要跟着我干?我是把你放心上,才想拉你入伙的,你要不要和我一起挣钱?"

"挣什么钱,我有钱。"商曜从口袋里拿出钱包,翻找银行卡,"上次给你的,你花完了?等会儿再去找家银行,给你取点现金。"

"不是,你给我的钱我都存着呢,但也不能坐吃山空。"

连煌拉着商曜的手,说出自己的计划。她现在是灯山号指定的拎包服务部部长,市场供不应求,她现在手下的拎包员,都是海乘们抽空来接活的,数量不够,没法满足游客的需求了。

连煌想和商曜里应外合,让商曜先行到达港口之后,找合适的当地人担任拎包员,她再做好对接工作。这样既满足了游客的需求,她也能赚到更多的中介费。

"咱们都这么久没见了,还要搞什么拎包服务,我们还怎么约会?"商曜不太愿意。

"我是真心喜欢你,才想着和你一起赚钱的,你又上不了船,整日在港口等我,多浪费光阴啊。我们一起挣钱,一起努力,等回国后就能过上好日子了。"

看她热情高涨,商曜也不想泼冷水,终于还是点了头:"行吧,我尽力,但如果找不到合适的人,你也别怪我啊。"

"没事,你尽力就好。"

敲定合作,连煌喜出望外,看着商曜俊朗的脸,心又热了几分。

第八章
金屋藏娇

阴霾的浓云慢慢合拢，卷覆了天边最后一点儿残阳，要下雨了。连煜和商曜逛了一天，晚上回到邮轮，因为下雨，露天甲板、泳池等均关闭了，邮轮也推迟一个小时后再起航。

连煜趴在床上，和商曜打电话："不硬，床很软的，睡着很舒服，乔纪年还给了我一条空调被，盖着很舒服的。"

"唉，还要好久才回国，我都等不及了。"商曜也躺在酒店的床上，空洞地盯着天花板。

连煜翻了个身，腿高高抬起："你要是累了，就先回国吧，这样一直跟我跑，太辛苦了。"

"我有什么辛苦的，就是你比较辛苦，我心疼你。"

"那你要尽心帮我找到合适的拎包员，这样我就不用这么辛苦了。"

"我知道了。"

聊了好久，手机都发烫了，连煜才和他结束黏糊糊的聊天。

从巴巴多斯离开，经过一天的航行抵达圣卢西亚的卡斯特里港口，商曜坐飞机，提前一天到达卡斯特里，按照连煜的意思，尽量寻找合适的拎包员。

在旅游性质的港口，要找类似的服务者，不算难事，在邮轮到来之前，港口聚集着拉客的司机、小商贩、酒店拉客、景区服务等等。

商曜自己带了六个随从，这六个随从也可以去拎包，另外连煜让他找当地酒店合作，询问有没有轮休的服务员可以去接活儿。酒店服务员具备一定的服务素质，就算出现服务员偷拿游客东西的行为，也有酒店担责，可以快速找到小偷。

抵达港口之前，连煋窝在宿舍给商曜发消息，三令五申：你找的人靠谱吗？是不是酒店的人？可不能什么猫三狗四的都要，你认真点，我们这是在赚钱，服务质量要跟得上。

商曜：我知道，我没乱找人，都是和酒店，还有旅行社联系的，有个中间人给介绍了一群做兼职的大学生，没问题。

连煋又不放心道：对了，签字表你弄了没？身份证复印件记得收全了，还要给他们拍张照，免得有人偷东西了找不到人。

商曜：明白，都按你说的办了。

连煋提前和事务长方昕沅沟通过了，因为海乘数量不足，满足不了游客的需要，所以她会和港口上的朋友合作，找当地人当拎包员。

方昕沅犹豫了会儿，问道："你确定你找的人没问题？万一有拎包员拿了客人的包就跑，这责任谁来担？"

"事务长，我都是调查好了才做生意的。圣卢西亚治安良好，近十年都没有过骚乱，连续十二年获得'世界度蜜月圣地'榜首，旅游业完善，尤其注重对游客的服务，要是有游客的东西被偷了，警察立马出动。我只在治安好的地区找当地人当拎包员，等到巴拿马、墨西哥这些地方，就不找了。"

她信誓旦旦地保证："而且我朋友就在港口，如果真有游客的东西丢失，也有我朋友帮忙报警善后。"

方昕沅开了担责协议，让连煋签字，暂时放手让她去干。

加勒比的几个旅游岛屿国家，对中国游客都是免签，连煋再一次混了出去，她穿着领导制服，方领矩步，靡颜腻理，举手投足间流露出林下风气。商曜见到她后，两眼挪不开，黏糊糊就要去抱她："宝儿，你这一身衣服哪里弄的？"

连煋和他手挽手走路，踔厉风发："我现在是灯山号拎包服务部的部长了，有合同的，事务长给我发的领导制服呢。"

"你连身份证都没有，还能当领导？"

"是金子总会发光。我们事务长看中我的能力，给我当委托人，帮我弄了个临时合同。"

商曜半搂着她的腰，喜形于色，真心为她高兴："那你现在还当清洁工吗？"

"当啊，拎包服务只有停港日才需要忙，我平时也不能混日子吧。"

商曜心里不落忍："都当小领导了，就别当清洁工了，和事务长沟通一下，能不能找个人代替你，天天打扫卫生多累啊。"

"干活儿哪有不累的。我室友尤舒，在餐厅当服务员，比我还累呢，物资补给日时他们更累。还有我朋友竹响，别以为她是仓库管理员就一天天闲着，人家夜里得起好几次床做记录呢。"

连煜振振有词，商曜根本没往心里去，只一心怜惜她："我就是心疼你嘛。"

升任领导后，连煜第一单生意还算顺利，商曜找的这些拎包员都没问题，服务态度不可能做到像海乘一样款曲周到，但也没弄丢过游客的东西，更没有探囊胠箧。

登船前，连煜蹲在树荫下，细碎斜阳顺着枝丫缝隙洒在她脸上，金光一样如花如锦。她把笔记本垫在膝盖上，笔尖窸窸窣窣，认真算账。

依旧是，拎包员的车费、景区的门票费都是游客报销，拎包服务费是每位游客二十二美元，连煜从中抽成两美元。

商曜一共联系到三十二名拎包员，每个人都对接了四名游客，连煜把钱算给他，一共两千五百六十美元，让他等会儿去按账本给拎包员结工资。

这一单当地拎包员的生意里，连煜一共赚到两百五十六美元的中介费。她又数出五十美元给商曜："这是你的辛苦费，你应得的，我绝对不能坑你。"

商曜把所有钱都退给她："不用了，你赚点钱不容易。拎包费我自己掏腰包给他们结吧。"

连煜还是把钱塞给他："你要是想送给我钱，就单独给。现在是在做生意，不能这么混着来，做生意就得明算账，糊里糊涂搞感情牌，容易生间隙。"

"那行吧。"推却不过，商曜把钱收了。

时间紧急，连煜和商曜对好账，急急忙忙上船，在入口处朝他挥手："你赶紧先到多米尼加，提前联系好拎包员，别耽误工作，我们继续赚钱！"

"知道了，你照顾好自己。"

邮轮航行两天后，来到多米尼加停留两天的时间，连煜如法炮制，白日和商曜里应外合安排拎包服务。

半夜，连煜偷偷下来找竹响，竹响已经和她商定好，今晚要下水捞金。两人配合默契，穿戴好潜水装备，纵身跳入海中。

竹响对加勒比海域很熟悉，她说她来过这里淘金寻宝很多次。

大航海的殖民时代，无数官船、商船、海盗船满载着从南美洲掠夺的金银珠宝，经过加勒比海回到欧洲，加勒比海成为当时繁忙的海域之一。海盗猖獗，加之商船和官船之间内讧，矛盾激发，这片海域也成为人造沉船最频繁的海域，无数沉船载着百宝万货，葬身于加勒比海。

连煜打着头顶的强光灯，紧随竹响的身影，一路往南下潜，手腕上潜水电脑表的深度不断下降，来到一处珊瑚礁，连煜能看到一些早古的船只残骸压在上头，残骸大部分已经被泥沙覆盖。

她们又来到一处细谷沟，找到一具较大的船只残骸。竹响游过去查看，她的期望是能在这里找到金币之类的东西，但很遗憾，船只剩下空壳，东西都被冲走了。

竹响转过来，对连煜打手势，示意她，以船只残骸为中心点，往周围十米为半径搜找。连煜用指示灯画圈，表示收到。

现在是夜潜，下潜深度已经达到二十五米了，两人不敢分开得太远，各自拿着金属探测仪开始探测，探盘覆在泥沙上，缓缓摸索。

不少浮游生物被两人的潜水灯吸引，蒲公英一样聚拢过来，美轮美奂，恍若另一个世界。连煜没时间游目骋观，一心一意披沙沥金。

没找到竹响期待中的金币，只捞到一块锡锭，应该不值什么钱。不过，在沟谷的隘口发现了金沙。两人立即游上来，回到邮轮，换上 15 升的氧气瓶，放下一艘小快艇，带上吸泥机出发，再次下水。

她们还是按照之前的配合，连煜负责搬挪石块，竹响负责拿着吸泥管吸沙。

水面的邮轮上，游客进入梦乡，万籁俱静；水下没办法说话，两人靠打手势，悄无声息忙碌着。

忙碌了一个小时后，两人终于带着一桶金沙回到邮轮。竹响从卫生间接来水管，两人在甲板的角落里，打着头灯，用淘金盆不断筛选清洗，把泥沙和沙砾都洗出去，留下金粒。

随后，她们回到竹响的宿舍，点燃酒精灯，一点点蒸干金粒的水汽。两人忙得满头大汗，蒸完金粒后，天都快亮了，一共 1.2 盎司的重量，竹响猜测应该能卖个两千美金。

连煋拖着疲惫的身体，熬出一眼的红血丝，回到了宿舍。她一开门，尤舒就醒了，问道："你们捞到了什么？"

连煋兴奋地告诉她："一块锡锭，还有1.2盎司的金子，竹响说，金子应该能卖到两千美金。"

"可以的，不过你们要小心点哦，一想到你们连夜下水，我都不太敢睡觉。"

连煋挺嘚瑟："不用担心，我俩都是老油条了，不会出事的。"

次日，是邮轮在多米尼加停留的最后一天，连煋睡了不到一个小时，就起来安排拎包服务员了。她目送游客都上岸后，回到第二层甲板的宿舍找竹响。

竹响还在睡觉，说多米尼加行情不好，等下个星期到了巴拿马城，她再拿锡锭和金子上岸卖掉。

多米尼加查证件严格，连煋没法混上岸，她今天放假，也不需要去打扫卫生，安排好拎包事项就可以。她上午去帮尤舒一起铺餐桌，下午窝在竹响宿舍聊天。

竹响总是懒懒散散地躺在下铺，笔直长腿搭在床梯上，拿着航海宝藏图研究，琢磨下一个淘金点。

连煋和她躺在一起，和商曜打电话，什么都聊，聊拎包的事情，聊感情的事，天南地北地聊。商曜嘴碎又娇气，永远有说不完的话。

竹响漫不经心听着，等到连煋挂了电话后，她问道："你男朋友？这么会撒娇，真骚。"

"他说是我前男友，但我不记得了。"

竹响："上次你给我的古布阿苏果，就是他买的？"

"对呀。"

竹响："带他上船玩呗，天天打电话不累啊？"

连煋望洋兴叹，无奈地耸耸肩："搞不到船票，他没法上来。"

"找乔纪年要呗。你不是天天和他混一起吗？他肯定有办法，我记得内舱房还有好几个空位呢。"

"我问过了，他说不行，估计要到美国才能让他上船。"

竹响眼睛转了转，放下航海图，凑近了连煋，胆大妄为，笑着给她出了个馊主意。

灯山号要在今晚十一点才起航，一直南下航行六天，才会在巴拿马停港。游客在晚上九点钟，全部离岸登船了。

多米尼加的港口不算繁忙，朝远处望去，多是渔船、小快艇和水上摩托艇，三三两两，灯火如豆。

连煜穿上救生衣，戴上头盔、护目镜，将对讲机和手机放进胸口的防水袋，站在甲板上和商曜打电话："你带一两件换洗的衣服就可以了，记得用塑料袋包好，可别进水了。在3号码头的B8泊位等我，记得把手电筒亮起来，方便我找到你。"

商曜语气里是抑制不住的兴奋，像阴沉的云雾里霎时炸开万丈光芒："好，我已经出来了，马上就到了。"

竹响拔开水上摩托艇的固定销，又回来站在舷侧，抬起吊艇机的手闸杆，吊艇机的滑轮随她的动作慢慢滚动，摩托艇被艇缆绳放到了水面。

她看了眼腕表，对连煜道："十五分钟内回来，一分钟都不能耽误，别冒风险。"

"好，我知道了。"

连煜顺着软梯离开邮轮船体，游到摩托艇边上，先解开挂钩，再迅速爬上摩托艇。她拿起挂在救生衣上的失手绳钥匙，启动油门，扶正舵柄，一路扬长而去。

水花四溅，她很快来到3号码头的B8泊位，四下无人，照明灯忽明忽暗，商曜背着一个背包，打着手电筒站在岸上等她。

连煜将摩托艇停在他前面，往岸上甩去救生衣和头盔："快穿上，然后下来。"

"好。"商曜来不及多言，急忙穿戴完毕，跳入水中，爬上摩托艇的后座。

连煜道："扶稳了。"

来回总共十二分钟，连煜就带着商曜回到甲板，竹响继续操纵吊艇机，把摩托艇放回原位。

三人顺着员工通道，回到第二层甲板竹响的宿舍。竹响宿舍也是双人间，但只有她一个人住。竹响让连煜这几天带着商曜住在她的宿舍，她则去第三层甲板和尤舒一起住。

这里靠近机炉舱，会有些机器嗡嗡的噪声，竹响给了他们几对海绵耳塞，之后拎着自己的枕头和洗漱用品就走了，留下连煜和商曜在宿舍里。

安顿下来后，商曜还没缓过神，不太敢相信，连煋居然偷偷把他带上船了。

连煋找来毛巾递给他，道："说好的，你上来之后，就只能藏在宿舍里，等到巴拿马了，我再偷偷送你下船。"

"我知道，我就每天乖乖待在宿舍里等你回来。"

连煋让他先去洗澡。宿舍的卫生间很小，蜗角蚊睫，商曜人高马大，勉勉强强在里面冲了个澡，换上他带来的换洗衣服，来得太匆忙，随便拿了两件花衬衫和大短裤。

"宝贝儿，我好了，你也去洗吧。"他擦着头发出来。

连煋白日和竹响商定好暂时换宿舍后，就把自己的洗漱用品和几套衣服拿下来了。她速速进去洗了澡，出来穿的睡衣，还是之前商曜在巴西时给她买的。

两人湿着头发，望向对方，不由自主地笑出声。商曜一把抱住她，紧紧按在怀里："连煋，我爱你，以后不管去哪里，永远都要把我带上好吗？我不怕苦，哪怕你去北极，去南极，我也要跟着你。"

连煋心里暖融融的，醉倒在温柔乡："好，到哪里都带着你。"

两人先后吹干头发，窝在下铺聊天。连煋拼命想问关于她的过去，商曜却总是一问三不知，他说他当年是在海上认识她的，不了解她的家庭状况。

连煋懊恼地垂下头："唉，还是只能等回国了，去警察局查了才知道，也不知道我有没有家人。"

"不要担心，我会一直陪着你的，我就是你的家人。"

两人靠在一起聊着天，商曜肚子响了。他急着跑出来找连煋，晚饭都没吃。连煋从床上下来："你在这里等着，我去给你弄点吃的下来。"

"别去了，有没有面包，我吃点面包就行。我这刚上来，你走了，我一个人挺害怕的。"

连煋用力拍他的肩："不用怕，没人会进来的，等会儿我把门关了，不管谁来敲门，你都别开，我很快就回来。"

"那你快点哦。"商曜拉着她的手，亲在手背上。

连煋换上保洁工作服，来到第四层甲板的员工餐厅，这个时候都没正餐了，只有一些甜点当夜宵。她用对讲机呼叫乔纪年，约他去第九层甲板的皇家餐厅吃饭。乔纪年这会儿在驾驶舱值班，抽不开身，让她自己去，报上他的名字就行。

连煜来到第九层甲板,心里记挂着商曜,干脆来到邵淮的办公室,想着让邵淮点餐送到办公室,她就可以带回宿舍和商曜一起吃了。

连煜进了邵淮办公室,给了他一块巧克力,趴在桌上喊饿:"我好饿哦,都没吃晚饭。"

"带你去吃?"邵淮慢条斯理地剥开包装袋,将巧克力含进嘴里。

"不想去。"连煜磨磨蹭蹭地靠着桌沿,"你这里可以点餐的吧,让他们送过来好不好,我们一起吃。"

"你想吃什么?"邵淮拿起对讲机,翻阅联系人。

"都可以,要一份平常的晚餐就行,我也不挑食。"连煜玩弄着桌上的钢笔。

邵淮用对讲机呼叫,让人打包送来一份晚餐。晚餐送来后,连煜也不打开,拿起对讲机和尤舒讲话,没一会儿,她对邵淮道:"董事长,我先走了,我室友也没吃晚饭,我想带回去和她一起吃。"

"你可以让她上来,一起去餐厅里面吃,不用麻烦着带回宿舍。"

"唉,我们这些底层员工很累的,跑来跑去都累死了,还是回宿舍吃吧,我明天再来找你。"

说完,连煜提着餐盒走了。

连煜回到竹响的宿舍,打开门后,里面黑黝黝一片,浓稠的黑色盈满整个房间。连煜以为商曜睡着了,打开灯,才发现商曜就坐在下铺,只是坐着,什么也不干。

"吓我一跳,我以为你发神经呢。"她把餐盒放在桌上,招呼他过来吃。

商曜起来从后头抱着她:"我怕会露馅,你走了,我就把灯关上了。"

连煜看他这可怜兮兮的小模样,心疼极了,摸着他的脸:"你太懂事了。"

宿舍的床是上下铺,单人床位,竹响平时睡在上铺,下铺就放些杂物。竹响这个人不拘小节,宿舍不脏,但很乱,商曜大少爷出身,也不嫌弃这一隅小天地,上上下下打扫卫生,把小小的宿舍收拾得很整齐。

连煜睡在竹响平时睡的上铺,商曜就睡在下铺,他盯着上铺床沿的挡杆,道:"宝贝儿,你睡了吗?"

"马上就睡了。"

从多米尼加到巴拿马,有六天的航程,商曜就这么窝在宿舍里。他也真能耐得住,前三天硬是没出过门,就这么待在宿舍里,门锁上,待在里面给连煜洗衣服、洗袜子,洗完了晾在浴室。

连煜需要出门上班,她是巡逻式打扫卫生,大概干一个小时的活儿,就可以回到宿舍陪商曜一个小时。商曜很有钱,连煜跑去可以打包的餐厅买饭,带回来给他吃,用保温杯去邵淮办公室接咖啡,依旧带回来给商曜。

邵淮隐隐觉得不对劲儿,连煜这两天不缠着他了,清心寡欲的,也不会莫名进入办公室摸他、吻他。一干完活儿,她立马往宿舍跑,饭也是带回宿舍吃。

这天,连煜来他办公室接完咖啡,就要走,他叫住她:"中午一起吃饭吧?"

"我回宿舍吃,还要睡午觉呢。"

邵淮捏捏她的手:"不喜欢我了?"

"没有啊。"连煜金屋藏娇,急着要回去,一甩手不小心砸在邵淮腕上的金表上,故作夸张地称赞,"董事长,你这表好漂亮啊,哪里买的,以后我有钱了,也买一块一样的。"

邵淮把表摘下来:"送你吧。"

二十分钟后,连煜回到宿舍,看到商曜一个人孤零零地坐着看书,怜爱不已,从口袋里摸出金表:"商曜,这是我送你的,喜欢吗?"

两人肩并肩坐在下铺,连煜拉过商曜的手,把金表戴在他手腕上,黛黑钢质三格链节式表带,铂金和黄金搭配表盘,金属冷光熠熠生辉。

连煜握着他的手,反复品味,暗叹这表太适合商曜了,仿佛开了光的法宝,一戴上,立马压制了商曜散出的戾气和荫翳,人都变得温顺持重了许多。

"真适合你,人靠衣装马靠鞍,啧啧啧,这金表一戴上,气质都变了,真帅!"

商曜低头看腕上的金表:"这是劳力士吧。你从哪里弄来的,发大财了?"

连煜自然不好道破,胡诌道:"我在水里捡的。上个月在南非,有艘货船遇险了,我下水帮忙清理渔网,在水里捡到了这表。"

商曜卖娇靠在她肩头:"不管是哪里来的,只要是你送的,我就喜欢,我会一直戴着的。"

竹响的宿舍靠近船尾外舱，有面单扇窗户，窗户是封闭式，不能打开，但拉开窗帘，也能看到外面的茫茫无涯。连煜跑去将窗帘拉开，亮光投进来，碧波浪涛近在咫尺。

平时连煜去上班时，为了不让人发现，商曜都是门窗关紧，窗帘拉得死死的，连灯也不怎么开。现在窗帘扯开，屋内前所未有的敞亮，每一个角落都被光辉铺平，两个人的影子变得清晰明了。

太亮了，商曜恍惚间居然有点儿不适应，眼睛霎时畏光，他抬手挡住破窗而来的白芒。

连煜拉过他的手，推他到窗边。单扇的窗子不大，两人脑袋贴着脑袋就挤满了窗面，连煜指着外面的水天一线："看外面，好看吗，你喜不喜欢大海？"

"喜欢。"商曜偏头看她，两人挨得太近了，他转头时，嘴唇几乎擦在她的侧颊，有种诡异的发烫。

连煜还在盯着外面："我最喜欢大海了。我喜欢船，喜欢看到高悬的船帆，喜欢站在船头的甲板上，喜欢在风暴中扬帆起航。"

商曜静静看着她的脸："只要是你喜欢的，我就喜欢。"

连煜又拉他坐到床上，窗帘依旧敞开着，问道："你晚上想吃什么，我尽量给你弄。"

"都行，我不挑，你给我吃什么，我就吃什么。"

连煜捏捏他的脸："真好养活。这些天委屈你了，等到了美国，或许就能弄到船票了。"

"不委屈，看不到你，我才觉得委屈，我就喜欢和你待一块儿。就算弄不到船票也没关系，我可以一直窝在宿舍等你。"

休息了一个小时，连煜又要去干活儿了。她走后，商曜继续拉上窗帘，坐在黑暗中等待。

连煜一路从第六层甲板巡逻上去，有脏的地方就清理干净。到达第九层甲板时，乔纪年就在观景廊的入口站着，连煜碎步跑上前："乔纪年，你值完班了？"

"嗯，这两天怎么总是看不到你，又在搞什么偷鸡摸狗的事呢？"乔纪年接过她手里的拖把，拖起廊道上的一小片水渍。

"我一个正经人，能搞什么事。"

晚饭时间到了，连煜约着乔纪年一起去吃，连吃带拿，吃完了还打包一份。乔纪年忍不住问:"每次都打包,午饭、晚饭都要打包,我看到尤舒一直都是在食堂吃啊,你打包回去喂鱼呢?"

"我朋友好多的,食堂的不好吃,我打包一份回去给人家呢。"

商曜上船后,连煋手头也阔绰了,从口袋里摸出一沓钱来:"我请你吃不就得了,真是小气鬼。"

"我是那个意思吗?我是好奇,你到底打包回去给谁吃?"

"你真是一点儿人情世故都不懂,我现在是个领导了,部长级别的呢,请人吃点东西、喝点东西,那是常有的事儿,你别老唠唠叨叨的。"

乔纪年帮她把两瓶饮料装入餐袋中:"就随便问问,你急什么。"

"我哪里急了,还不是你说话不讨人喜欢,你再这样子,以后我就……"

话刚说了一半,乔纪年好奇地插嘴:"你就怎么样?"

连煋憋半天,也憋不出什么威胁的理由,只是道:"我就不追你了,再也不送你礼物了。"

"得,以后我尽量嘴甜点,好吧,小宝贝儿?"

两人起身离开餐厅,乔纪年回驾驶舱,连煋带着打包好的饭菜坐电梯回到竹响的宿舍。商曜就在宿舍里,他没事做,一遍遍打扫宿舍的卫生,地板擦得光可鉴人。

连煋跑进来,关上门,将餐盒放到桌上,朝还在卫生间洗抹布的商曜喊话:"快出来吃饭了,饿坏了吧。"

商曜把抹布挂在衣架上:"今晚吃的什么?"

"牛排饭、蔬菜汤,还有一份寿司呢,你快过来。"

两人肩并肩坐着,商曜吃着饭,连煋喝蔬菜汤,味道不算好。船在公海上航行四天了,之前在多米尼加没有补充到足够的新鲜菜类,餐厅现在做饭的原材料,都是放了有些日子的冷藏品,不够新鲜。

在小小的宿舍蜗居,吃的饭味同嚼蜡,对于从小养尊处优的商曜来说,身体上可不太好受,心里却挺高兴,感觉自己和连煋是一对共患难的小夫妻,风雨同舟,同甘共苦。

尤其是,连煋把他藏在宿舍里,别有诡谲的刺激和亲昵。连煋这是喜欢他,才把他带上船藏着,每天想方设法带好吃的回来给他,她还是和以前一样疼他,什么垃圾邵淮,什么垃圾乔纪年,都没这个福分。

连煋心疼地看着商曜的脸:"我想办法带你出去放放风,宿舍这么小,你一直待在这里,憋坏了吧。"

"没事儿,只要想到你一下班就回来,我心里就高兴。"

连煋左右琢磨,还是决定想办法带商曜出去转一转,顺便可以和她一起打扫卫生。

她让商曜在宿舍里等着,自己到了第四层甲板的事务厅找事务长方昕沉,申请再要一套保洁工作服,而且还想自己去库房挑,理由是她之前的工作服有很多线头,她想挑一套好点的。

方昕沉最近和她很熟络,没多想就同意了,带她到工作服的库房,让她自己先去挑,挑完了,出来登记签字就行。男女保洁工作服的款式都一样,只有尺寸大小之分,连煋挑了一套大号的,登记后就回了宿舍。

"你赶紧换上,这都是洗过消过毒的,穿上后我带你出去逛。"

商曜拿起衣服,就要去卫生间换,连煋坐在床上撇撇嘴:"还这么生分,咱俩都住一起了,直接换呗,不用避着我。"

"我这不是担心你会介意嘛。"

"有什么可介意的,我的内裤都让你洗了。"

商曜笑容渐显牵强,自从阳而不举后,他总是格外敏感,草木皆兵生怕被人看穿,疑神疑鬼生怕旁人会从一些细枝末节中发现端倪。这几天,他和连煋同吃同睡,靠着她一起看书,连煋也不拒绝。

但除此之外,他瞻前顾后,不敢再有别的动作。

"我还是去里面换吧,不着急,我们慢慢来,这里是竹响的宿舍,可不能乱来。等回国了,我们有的是时间。"

"我也没有那个意思,你快去换吧。"连煋往后仰,瘫在床上,用力搓了把脸。邵淮无可挑剔的五官,又浮现在眼前,将她一颗心挠得七上八下,拧巴得很。

她挫败顿生,是不是自己拨云撩雨的技术太粗糙了,还是说,这些男的,一个个都是纯情大男孩,吃饭聊天可以,别的就不行,乔纪年这样,没想到商曜也是这样。

唯一放得开点的,只有邵淮。但这老男人也闷得很,衣服不让脱,情话也不讲,像严谨的流水线工人在作业。他性子是闷了点,但好歹能解馋。等回国了,要长久过日子了,还是得找商曜这样能同甘共苦的。

连煋思绪乱飘,杂七杂八地想着,继而又心生怪异。邵淮和乔纪年,未免太容易接近了点,她一个打扫卫生的,天天到办公室猥亵邵淮,也不见他真的生气。

还有乔纪年,他似乎什么也不图,天天请她吃饭,亲昵得像故人。

这两人看起来,也不像是什么平易近人的货色,怎么就和她混到一起了呢,难道是图她卫生打扫得比较干净?

一深思这些问题,连煜头又在隐隐作痛。不管了,她这样的人,管不了什么身前身后名,先浪得几日算几日吧,抓紧时间赚钱,等回国找个好医院治一治脑子,恢复记忆了就好了。

商曜换好工作服出来,看到连煜躺在床上发愣,走到床边,手背探她光洁的额头:"怎么了,是不是不舒服?"

"没,我在发呆呢。"连煜猛地从床上起来,找出口罩和工作帽,细心地给商曜戴上。

甲板上的保洁数量不少,客房清洁、内舱走廊、外围甲板廊道,都有不同的工作人员负责,连煜是负责外围公平场合的甲板清洁。在每一层甲板上,时刻都有不同的清洁工和保洁员在忙碌,连煜带上穿着工作服的商曜出来时,并没有引起旁人的怀疑。

这个时间点,天已经黑了,更没人会注意。

连煜也不急着带他去打扫卫生,而是顺着每一层甲板,一点点逛上去,问道:"你以前坐过灯山号出海吗?"

"没有,我很少坐这种大型邮轮,一般出海玩的话,都会选择游艇。"

"游艇走不了太远,还是大邮轮好玩,可以去很远很远的地方,就像这次的航线,横穿印度洋、大西洋,等出了巴拿马运河之后,还要穿过太平洋再回国,这才好玩。"

商曜牵着她的手,一步步跟着她:"你不害怕吗?在海上很危险,遇上大风浪的话,人类其实很渺小。"

"不怕,我就喜欢这样的海阔天空,地球上七分海洋,三分陆地。海洋才是最神奇的,比天空还令人向往。"

邮轮上有大型商场、游乐园、大剧院,各式各样的餐厅,连煜只是带着商曜在外围逛一圈,没有进去,入场券太贵了,她舍不得花那个钱。

简单游览了过后,她才带着商曜开始打扫卫生,她教商曜怎么使用这里的电动拖把,教他开扫地车,教他怎么快速清理垃圾桶。

今晚月亮很好,月辉溶溶地洒在两人身上,有了商曜的陪伴,连煜干起活儿来更有干劲儿了,她开着扫地车,商曜拿着拖把跟在她后面。

两人一层层清扫,一直来到第九层甲板,她对商曜道:"好了,再把这一层打扫好就行了,我只负责第六层到第九层,上面的就不是我的任务了。"

商曜又红了眼睛。他知道,连煜以前跑货船当水手,干的活儿比这些累多了,跑货船时,要清洗甲板,还要负责甲板和船体的养护和维修,一艘十万吨级别的货轮上,也就只有二十名左右的船员,要干的活儿很多。

他从未停止过心疼连煜,不管是以前还是现在,他都一样心疼。

每次连煜出现在第九层甲板,邵淮和乔纪年总是不期而遇,和她聊天,帮她干点活儿,这次也不例外,两人看到连煜的身影,前后脚就出来了。

乔纪年眼睑微合,眯眼看向连煜身边高大的男人:"哟,连部长,当了领导,现在连小弟都有了,带小弟过来打扫卫生呢?"

商曜微微弯腰,将帽檐压低了些,埋头干活,一声不吭。

连煜抬起头来,横了乔纪年一眼:"这是我朋友,你别乱说话。"

乔纪年大步流星,走到二人身边,狐疑地上下打量商曜:"他是你哪个朋友,天天打包饭菜回去,该不会就是给他吧?"

"你让开,我们还得干活呢。"连煜拉着商曜的手臂,就要带他离开。

邵淮也站在他们旁边,连煜身边那男人腕上的劳力士金表耀眼夺目,这是他送给连煜的那块,这么快,就戴到别的男人手上了。上次的保温杯也是,他刚给她买了没两天,转眼间就到那个叫严序的机工手上了。

也不知道,她到底是拿去送人,还是拿去卖钱了。卖钱,情有可原;送人的话,这人未免也太能造作了。

邵淮和乔纪年不约而同地盯着那男人,有种道不明的熟悉感,但又说不上来,在不甘示弱的气场中,各怀心思。

乔纪年又恢复了雅痞的神态,手肘抬起,如往日一样亲密地搭在连煜肩头,语气半开玩笑半认真:"怎么,这是你新交的男朋友,还是说,你又在追人家了?"

"不关你的事,我要走了。"连煜甩开他的手,就要带着商曜绕开他们。

乔纪年死皮赖脸地缠上去,想看看那男人长什么样:"哥们儿,你哪个部门的,怎么从来没见过你,口罩摘下让我看看。"

"摘下来了帅死你!"连煜骄纵地瞥了乔纪年一眼,又上手帮商曜整理了下口罩,"不用管他们,我们走。"

乔纪年亦步亦趋:"让我看一眼,到底是有多帅,难道比我还帅?"

"就是比你还帅!"连煜提着垃圾袋,拉着商曜快步离开。

乔纪年在后面喊话:"连煜,你这喜新厌旧的速度也太快了吧,这就不理我了?"

连煜没回话,带着商曜渐行渐远。

直到不见了那两人的身影,乔纪年才又站回邵淮身旁,剑眉敛起,若有所思:"那个该不会真是她新找的男朋友吧,这么快就腻了咱俩?前两天还管我叫宝贝呢,今天就带上新男人打扫卫生了。"

邵淮沉默稍许,而后道:"是商曜。"

"谁?"

"刚才那人。"

乔纪年回想了下那男人的身形和气质,恍然大悟,确实像。他摘下帽子,忿然作色:"怎么搞的,这流氓怎么上来的!"

邵淮:"先查一查。"

乔纪年先打电话给事务长,让其查一查,有没有商曜的登船记录。事务长很快回复了消息,说没有。

乔纪年打算去查宿舍,被邵淮制止了:"如果是连煜带他上来的,就算了,先别闹大。我刚收到消息,连烬来巴拿马了,应该是已经知道连煜在船上了。"

乔纪年烦躁地抓了把头发:"又来一个疯子,就该把商曜和连烬这俩卧龙凤雏关在一起,让他俩狗咬狗,看谁咬得过谁。"

乔纪年对连烬的印象,停留在两件事上。

第一件事,当年连煜要带乔纪年去跑船,开着车在前往码头的路上,连烬突然跑出来横在路中间,说他也要去,连煜不让。连烬那个时候才十九岁,哭得很厉害,追着连煜的车跑,连煜怎么也不让他上车,争执之下,连煜没刹住车,撞断了连烬的一条腿。

第二件事,连煜的死讯传来后,那时候连烬像一头悍狼似的,迅速接管了他家里的基业,手段不怎么光彩,以不可思议的速度扩大商业版图。

后来,连烬聚集了他们几个人,撂下狠话,三年之内找不到他姐,他会杀了他们几个人陪葬,再自杀,大家一起去地下陪他姐。

夜风从万里水面涌来,密针细缕的凉意穿入衣襟,商曜坐在第八层甲板尾舷的角落,这里设了一面攀岩墙,这会儿空无一人。

连煜带着商曜的钱包,去水果店花大价钱买了一份果切,回来和商曜比肩紧挨着坐,吃着水果,望向波光粼粼的海面。商曜调整姿势,歪头靠在连煜肩上:"如果这世界只有我们两个人就好了。"

"现在这世界就只有我们两个人啊。"

"不是,还有很多人,他们很吵、很烦,我想要所有人都不在,只有我们两个人。"商曜捏着她的手心,无规律地把玩,指尖在她掌面画画。

连煜认认真真地道:"可我现在的世界,就只有你一个人。你知道的,以前的事情我都想不起来了,只有你,是我过去认识的人,只有你知道我的过去,我和过去世界的联系,就只有你了。"

商曜抬起脸,恍然大悟。乔纪年和邵淮都瞒着连煜过去的事,只有他,是连煜找到的当下和过去的衔接点。

他直起身子,把连煜抱入怀中,他和世界的衔接点,也只有连煜。他是被连煜偷偷带上船藏在宿舍的,他独属于连煜。

"我想让你一辈子对我好,不管去哪里都带着我。"商曜搂着她,气息沉闷,用他惯有的撒娇语气说道。

"好,我一定会对你好的。"

吃完一盘果切,两人回到第二层甲板的宿舍。竹响穿着库房管理员的工作服,蹲在宿舍门口玩手机,连煜跑过去:"竹响,你怎么蹲在外面啊?"

"我回来拿点东西。"竹响站起身,蹲久了脚麻,踉跄了下。

"怎么不直接用对讲机叫我啊,我刚去打扫卫生了。"连煜拿出房卡刷开门。每个人只有一张对应的宿舍房卡,竹响把房卡和连煜对换了,要进宿舍就只能找连煜要房卡。

"没事,我也不着急。"

开了门进去,竹响发现身后穿着保洁工作服的男人也跟着进来了,她扭头细瞧,才发现是商曜。她又看向连煜:"你给他找着新工作了?"

连煜笑得狡猾:"不是,我只是给他弄了套衣服,带他出去透透气,整天在这里太闷了。"

"也是,要是把我天天关宿舍,我肯定得把门给砸了。"

竹响环顾四周。宿舍干净得她都不好下脚,她平日不爱收拾东西,各式各样的小玩意儿毫无章法地堆在一起,现下整个宿舍焕然一新,归置整齐,看着空间都比之前大了一圈。

她喷声对连煜道:"弄得这么干净干吗?我无所谓的,只要有个地儿睡就行。"

连煜:"都是商曜收拾的,他待在宿舍也没事干。"

竹响拉出放在床底下的行李箱,抽了两件皱巴巴的短袖出来。行李箱里乱七八糟,她也不管,一股脑胡乱塞在一起。她翻了翻,掉出一盒避孕套,干脆直接丢给连煜:"给你用了。这里的超市卖得可贵了,这都是我自备的。"

"啊,我用不着这个,还没到那个程度呢。"连煜握着那盒避孕套,暗暗瞥着商曜。商曜却躲开她的目光,抽出一张湿纸巾不停擦拭一尘不染的桌面,似乎在回避她。

竹响嘴角往下耷拉,逐渐鄙夷地看着连煜:"费那么大心思把他弄上船,就是纯聊天呢。搞这么纯情,何必呢这是。"

"哎呀,这种事情就别多问了,尴尬死了。"连煜挠挠头,转移话题,"你住我那儿还习惯吧,有什么需要的就和我说。"

"都一样的宿舍,有什么习不习惯的。"竹响把两件皱巴巴的短袖搭肩上,将行李箱推回床底下,"我走了,晚安。"

竹响离开,屋内安静下来。连煜坐在床上,拿着那盒避孕套放手里转圈玩。商曜去了卫生间,拿出拖把,又开始拖地。

连煜道:"商曜,我们以前是男女朋友,都到哪个程度了呀,为什么分手呢?"

她发现,商曜一直在和她说,他们以前如何恩爱,但从未细致讲过两人的亲密行为,也没讲过为什么会分手。

"就谈恋爱呗,我们一起去爬山,一起看电影,每天都在一起。"宿舍巴掌大的空地,拖两下就完了,他脱下保洁服外套,搭在椅子上,要换裤子时,却拿着新裤子进了卫生间,显然是要避嫌。

连煜觉得无趣,用力叹气,那盒避孕套反反复复在手里转圈,心又痒了,将避孕套揣兜里,提高声音对还在卫生间的商曜道:"商曜,我出去一趟,去超市买点东西,等会儿你先睡吧。"

"你去吧,我等你回来再睡。"

连煜从床上起来,对着门上的穿衣镜挑眉,吹了声口哨,脚步轻快地出门去了。

她一路不停歇,乘电梯直接来到第九层甲板,邵淮的办公室一如既往地亮着灯。

连煜在门口探头,看到邵淮坐在电脑前,凝眸注视电脑屏幕。她这些天心思都放在商曜身上,除了早上过来接咖啡,其余时间没怎么来找过邵淮。

邵淮发现了她，侧目看去，和她隔空对视，也没说什么。

连煜贼笑着进来，把门反锁了，走到他面前，俯身半趴在办公桌上："又在玩电脑呢，真羡慕。"

"我在工作。"

"你的工作还不就是玩电脑。"连煜绕过去，靠在他椅子边，手背蹭过他的脸，又搭在他肩上，"你皮肤真好，滑滑嫩嫩的。"

"平时有注意保养。"他回答得一本正经。

连煜往他身上靠紧了些："是该注重保养，毕竟也不是十八岁了。"

"今晚怎么有空来找我？"

"想你了呗。"连煜从口袋里拿出竹响给的那盒避孕套，两只手捂住，送到他面前，"猜猜，这次我要送你什么礼物？"

"空气？"

"不对，再猜。"

邵淮佯装深思："巧克力？"

连煜笑意渐深，摇摇头："不对，再猜。"

邵淮："薄荷糖？"

"不对。"

"是水果吗？"

"也不是。"连煜给他提示，"不是吃的，是用的东西。"

邵淮很有耐心地继续猜："纸巾？"

"不是，算了，直接给你看吧。"她打开了手，笑得肩膀都在抖，"哈哈，没想到吧！"

邵淮拿过她手里的东西，反复查看，发现真的是一盒避孕套。他不确定地道："你要送我这个？"

"对呀，喜欢吗？"

"你自己买的，还是？"邵淮看向她笑得灿烂的眼。

"是我朋友的，她说她用不上了，就给我了，我现在也用不上了，就送你了。"

邵淮："哪个朋友？"

连煜："竹响啊，你见过的，我之前还带她一起来吃过饭呢，你请的客。"

163

邵淮把避孕套放在桌面："我也用不上啊，我是处男。"

连煜捡起避孕套，强行塞他口袋里："等你以后破处的时候用呗，好好收着，我好心好意送你的。"

"我不打算破处，就一直这样挺好的。"

连煜顿时又没劲儿了，把避孕套拿回来："算了，不送你了，我走了，晚安。"

邵淮握住她的手，使了点力气把她往后拉，让她坐在自己腿上："有什么要求你可以直接说。"

连煜捏着他的手指，嘴巴胡乱嘟起："像之前一样随便弄一弄呗，弄完我还要回去睡觉呢。"

邵淮拉开抽屉，拿出消毒纸巾擦手，吻在她耳朵，轻轻咬了咬，笑容在眼角扩散。他不禁疑惑，连煜都把商曜给弄上船了，结果这种事情，还是来找他伺候。这么看来，路边摊终究还是比不上家里的正餐。

半个小时后，邵淮帮她整理裤子，连煜意犹未尽，还攀着他的脖子和他接吻。邵淮微微往后仰头："亲就亲，别老是咬，都让你咬疼了。"

连煜又用力亲了两口："小气鬼，亲两口还不行，是不是看不起我？"

邵淮用她的话反呛："那你天天这样玩我，是不是看不起我？"

她倒是坦然，笑嘻嘻地用手指点他额头："对呀，就是看不起你，还装腔作势，真是欠收拾。堂堂董事长，整天被员工猥亵，还乐在其中，别人知道你这样吗？"

邵淮把她抱下，让她站着，帮她扣上裤腰带，略微抬眉幽幽地看着她："你每次提上裤子了，说话都这么硬气吗？"

"哼，我脱裤子的时候也这么硬气。"连煜抱臂，摆出天不怕地不怕的一身傲骨。

邵淮给她整理好衣服，从她口袋拿出方才那盒避孕套："礼物我收下了。"

"不送你了，还给我。"

邵淮举高手："送人的礼物，哪有要回去的道理。"

时间不早，连煜懒得和他掰扯。放在桌上的手机不断闪亮，她点开来看，是商曜在支付宝上给她发消息：还不回来吗？

她回复：马上。

回到宿舍，商曜洗漱完毕，正坐在床上等她，看她两手空空回来，问道:"你去超市买什么呢?"

"想给你买条毛巾的,但没有合适的,就不买了。"

商曜过来拉她的手:"你对我真好。快去洗澡吧,该睡觉了,你明天还得上班呢。"

"好。"

连煜进入卫生间,发现裤腰带怎么都解不开,皮带扣的卡针歪斜卡在板扣上,拉都拉不开。她在卫生间喊话:"商曜,拿把剪刀给我。"

商曜拿起桌上的小剪刀,拉开卫生间的门:"怎么了?"

"我皮带解不开了。"连煜窘迫道。

"你先出来,我给你弄。"

两人配合着,用剪刀撬了一会儿,才撬开板扣。商曜问:"你怎么卡得这么紧?"

"刚尿急,在外面上了个厕所,太着急了,就给弄坏了。"

连煜这才想起,方才她骂了邵淮后,邵淮给她扣皮带扣了好久,肯定是他故意弄的,这人报复心还挺强。

第九章
一人一个回忆版本

被誉为"世界桥梁"的巴拿马运河,将大西洋和太平洋连接起来,是巴拿马国家主要的经济支柱。灯山号这样的大型邮轮,通过运河的费用就高达五十五万美元。

穿越巴拿马运河的前一天,连煋带着商曜去超市,买了不少东西,这次出手阔绰,专门买贵的。她还到奢侈品店里,把之前邵淮给她的那支镶金钢笔卖掉,买了一块新的铂金怀表。

商曜身穿保洁工作服,跟在连煋身边,帮她刷卡,不免好奇,平日连煋买瓶饮料都得三思再三思:"今天怎么买这么多东西?"

"晚点再和你说。"

商曜以为连煋是给他买的。按照之前的计划,连煋说过,等船只穿越巴拿马运河,到达巴拿马城港口后,就会送他下船。

"其实我一直待在宿舍也可以的,又不累,住了这么多天也没人发现。竹响不是说她到旧金山才下船嘛,要不我就先待在船上,等到美国再说吧。"

连煋提着她的蓝色塑料桶,里头都是今日她刚买的东西:"这个我得回去和竹响商量一下再说。"

两人又前往餐厅,打包了饭菜,带回宿舍吃。

吃过饭,连煋站起来一抹嘴:"我回我自己的宿舍一趟,你在这里等着啊。"

"什么时候去打扫卫生,我和你一起去。"

"这个不着急,你先睡个午觉,我出去办点事,等我回来再说。"话毕，连煋拎着塑料桶，风风火火离开了。

她回到第三层甲板的宿舍，叩响门板："尤舒，是我，我回来了。"

尤舒和竹响也刚吃完饭回来，正在里头午休。听到连煋的声音，躺在下铺的尤舒出来开门："连煋，怎么弄得满头是汗？"

连煋提起水桶，一进门就蹲在地上。一路跑得太快，她双颊绯红，汗珠顺着鬓角落下。她不停地翻找桶里的东西："我刚去了趟超市，给你们买了点东西。"

她掏出一个纸袋递给尤舒："看看，给你买的，喜欢吗？"

尤舒打开，一件高腰阔腿牛仔裤，一件香芋紫针织衫，都是品牌货。在平常的门店一件也得三四千块钱起步，现在是在邮轮上，价格得往上翻好几倍。

"这是你送我的？"尤舒问道。

连煋小鸡啄米一样点头："对呀，就是给你的，我之前一直穿你的衣服呢。"

"这也太贵了。这是你在船上买的吗？你挣钱这么辛苦，买这么贵的干吗啊？"尤舒说着就把袋子合上，想让连煋拿去退掉。

连煋："你快收下，我现在挣钱不辛苦了，刷的是商曜的卡。商曜以前欠我好多钱，他这次是来给我还钱的。"

在连煋的能言善辩下，尤舒收下了衣服。

连煋继续翻找桶里的东西，给了竹响一个新的 iPad（平板电脑）。竹响的 iPad 电池都鼓包了，她还天天充着电看视频。连煋每次看到竹响的 iPad，都要离得远远的，生怕会爆炸。

竹响躺在上铺，连煋原本也不太爱收拾，床上不算整齐。竹响比她更乱，在连煋床上睡的这几天，床上更是乱得没法看，床单耷拉下来一大截，都快成下铺尤舒的床帘了。

竹响不在意这些，依旧整天躺在这一团糟的床上，没事人一样睡着。

她接过连煋递来的 iPad，盘腿坐在床上研究："那我可就不客气了。真好，这回看视频不卡了。"

连煋让她下床，三人聚在一起。连煋道出自己的难题："明天邮轮不是要通过巴拿马运河吗？我想去看看。"

竹响还在玩新的 iPad，无所谓道："那你去看呗，谁不让你看了？"

"我是想看整个流程，想学习学习，说不定以后我要自己开船过这条运河呢。"

竹响不以为意，信手拈来说道："有什么可看的，今晚船长他们会联系运河当局，由信号台给出锚位，等邮轮进入指定锚位后，排队进入闸口，一共三道船闸，分别是加通船闸、佩德罗船闸、米拉弗洛雷斯船闸，再出来到巴尔博亚港，出来到巴尔博亚港，就进入太平洋了，顺利的话，九个小时能过完运河吧。"

"你怎么记得这么清楚？"连煜问道。

竹响又盘腿坐到尤舒的床上："这条运河我都走了好几遍，熟悉得很。"

连煜从水桶里拿出几样吃的，还有新买的怀表："我想跟着船长一起看完整的过运河的流程，你们说，我把这些送给她和大副他们，他们会让我跟着看全程吗？"

尤舒道："不知道，你可以去试试，船长好像挺喜欢你的。"

竹响拿过连煜手里的怀表，略略看了一眼："这个表可以。另外，你拎点水果上去就得了，什么牛奶、薯片这些就别拿了，人家也看不上这些。你上去后有礼貌点，说自己脑子之前撞坏了，想多看看这个世界，找点回忆之类的，估计能成。"

"好，都听你的。"

连煜将水桶里乱七八糟的小零食都掏出来，放在桌上，桶里只剩下几样水果。尤舒又帮她检查了一番，把成色不好的、坏了的果子都挑出来。

连煜用尤舒的洗面奶干干净净洗了个脸，换上自己那套部长的领导制服，提着水桶，抬头挺胸地出门去。

她来到第九层甲板，先是来到邵淮的办公室，从水桶里摸出一个青苹果："送你的。"

邵淮接过，仔细端详。苹果色泽光润，品相很好，算是这些日子连煜送他的礼物中，最像样的东西了。他有点受宠若惊："怎么给我这个？"

"我喜欢你嘛。"连煜把水桶靠在办公桌的桌角，绕到邵淮身侧，两只手搭在他肩头，"小邵，我们的船，是不是明天就要过巴拿马运河了？"

邵淮将青苹果放在桌面，拿起她的手，在她手背落下轻柔的吻："你现在已经开始叫我小邵了吗？"

"哎呀，叫你董事长行了吧，真是的。董事长，我们的船，是不是明天就要过巴拿马运河了？"

邵淮："是啊，怎么了？"

连煊俯身，搂着他的脖子，下巴抵在他肩上："我可不可以进入驾驶舱，看看船长是怎么指挥的，我想学习一下。"

"这个得船长点头才行。我可以帮你问，但不确定船长同不同意。"邵淮是船东的身份，但出海后，这条船的最高指挥权在船长许关锦手中，一切都得听许关锦的安排。

邵淮用对讲机呼叫许关锦，是船助接听的，船助说许关锦正在和运河当局沟通明天过河的事情，问他是否有急事。

邵淮道："没什么急事，等她忙完了，你和我说一声吧。"

船助："好的。"

"那我出去一下，等会儿再过来吧。"连煊往他脸上亲了一口，提着自己的水桶出去了。

她打算去看看乔纪年在不在宿舍，刚到他宿舍门口，正好碰到乔纪年吃饭回来。他挑眉道："哟，舍得来找我了，这几天约你吃饭都约不到，喜新厌旧了？"

"哪有什么新的旧的，我比较忙。"连煊从水桶里拿出一个青苹果，"送给你的，吃吧。"

乔纪年接过苹果，瞟向她的水桶，扯过衣角随便擦了擦，"咔嚓"咬了一大口："挺甜，你最近很有钱啊，买这么多水果。"

"我现在也是个小领导了，有点钱不是应该的嘛。"

乔纪年拿出房卡刷开宿舍的门，问她："要进来玩吗？"

"好呀。"连煊提起水桶走进去。

乔纪年的宿舍是办公和住宿综合一体，他的办公桌上放了一沓文件，这些都是过运河前要准备的材料，需要在过运河前八小时交给运河当局。

他很忙，文件还没审核完毕，嘴里咬着苹果就坐到办公桌前，对连煊道："我有点忙，你自己先玩啊，不介意的话，也可以去我床上躺着玩游戏机。"

"不用管我，我就转转。"

连煊走过来看乔纪年面前的文件，都是英文，包括船舶参数信息表、船舶检疫申报表、五份船舶图纸、引水卡、雷达盲区图等等。

她也不打扰乔纪年，只是站着看这些文件。

乔纪年忙了半个多小时，把电子版材料传上去，桌上纸质文件都盖章装袋,这才疑惑地看向连煌:"你今天怎么舍得和我待这么长时间,真是想我了?"

连煌嘴巴翘起:"我想你,你又不想我。"

乔纪年笑了:"我哪里不想你,天天给你发消息,约你出来吃饭,你就说自己忙。还找了个小跟班一起打扫卫生,还说不是喜新厌旧?"

连煌也察觉自己这段时间,确实忽略了乔纪年,又从水桶里拿出一根香蕉,逗猴子一样递给他:"我现在当领导了,事务长交给我好多事儿呢,忙得很。"

乔纪年剥开香蕉,喂到她嘴边,语气别有意味:"还以为你金屋藏娇呢,一下班就往宿舍跑。"

连煌被戳中秘密,红了脸,心虚道:"哪有……"

她把话题引到正题:"对了,乔纪年,过运河的时候,是不是闲人都不能进入驾驶舱?"

"肯定啊,你想进去?"乔纪年看出她的小心思。

"我是想去看看,但又进不去。"

乔纪年:"等会儿我去帮你问问船长,让你当我的临时小助理,说不定可以。"

连煌雀跃奋起:"好,你帮我问问,我真的很想看。"

虽然有邵淮和乔纪年这层关系,但决定权还是在许关锦手里。许关锦把连煌叫到船长办公室:"你要进驾驶舱干吗?"

"我就想跟在您身边,看您是怎么指挥的。"说着,她提起水桶上前,拿出最珍贵的太阳蛋杧果和菠萝莓,放到桌上,又把怀表也拿出来,"船长,我是真想和您学习。"

许关锦笑了笑,当年连煌到瑞士找她拜师时,也是大包小包提着礼物过来。

她拿过一颗菠萝莓:"水果我就收下了,这怀表你自己留着吧。"

连煌最终还是得到了进入驾驶舱的资格,以乔纪年助理的身份。

她回到宿舍,告知了竹响和尤舒这个好消息。她又回去告诉商曜,说自己今晚估计不回宿舍了,因为半夜三点钟到达莱蒙湾时,运河管理局的引水员和检察官就要上船做准备了。

"那你跟着去凑热闹干吗?"商曜不明白连煌的兴奋点在哪里。

"我去跟着学习技术啊。等我回国治好了脑子,以后我也要当船长的。"

我要买自己的一条货轮，满世界拉货，到时候你要不要和我一起？"

商曜自然是点头："我肯定要跟着你的。"

连煜进入驾驶舱，跟在乔纪年身边，里头各式各样的仪器屏幕令人眼花缭乱，GPS导航、气象传真、电子海图、AIS跟踪仪。连煜一一看过去，并不陌生，她失忆前肯定接触过很多这样的东西。

乔纪年在许关锦的指示下，和运河当局联系，通过信号台获取了一个锚位。

许关锦在电子海图屏幕上确定好锚位信息，对乔纪年道："到锚链舱去等我的指令。"

"好的。"乔纪年平日吊儿郎当，但遇到正事了，一点儿也不马虎。

连煜和他一起到达锚链舱，没一会儿，对讲机接到许关锦的呼叫："大副，抛左锚，左锚入水20米。"

乔纪年一边操纵手杆，一边回应许关锦："收到收到，开始抛左锚。"

抛锚完成，连煜跟着乔纪年回到驾驶舱，许关锦继续和运河管理局联系。

半个小时后，巴拿马运河这边派了五名检查员上来，主要是检查船上的视线盲区、操舵灯、雷达、号笛、电罗经和磁罗经修正表等，必须要保证这些设备的运行符合要求。

另外，检查员还自己带了一套卫星天线，安装在甲板首楼，用于方便引水员追踪船舶信息。

连煜亦步亦趋跟在许关锦身边，看着检查员检查设备、安装天线。

一系列检查完毕后，检查员给了许关锦一份船舶授权文件，引水员上船后，需要得到船舶航行的指挥权，才能指挥船只通过运河。

这个时候，邵淮也过来驾驶舱了，他作为船东，这份授权书也需要他签字。

连煜眼巴巴看着邵淮和许关锦在文件上签字，梦想着有一天，她也有一艘自己的大船，自己当船长，到时候这些文件就都由她签署了。

检查员下船，接着五名引水员上船，先是和许关锦打过招呼，确定船舶定位信息后，开始起锚，开船前进。

天微亮时，灯山号来到加通船闸的入口处排队等待。

这个时候，十六名工人乘着快艇上船，他们需要负责缆机设备的操纵。邮轮进入运河，并不是靠邮轮自身的动力航行，而是靠运河的拖轮拖着走，拖轮通过绞缆机来固定住邮轮。

船长、大副、二副、三副、水手长、各位水手这个时候也需要在船头船尾做好准备,协助工人操作绞缆机。

连煜一直跟在乔纪年身边,此刻每一层甲板外面都格外安静,因为要过运河,所有露天游乐场所都关闭了,只有少部分的观景廊可以活动。

"乔纪年,你出海这么久,过了几次巴拿马运河啊?"连煜问道。

乔纪年给她整理歪斜的海员帽:"第一次,我不常来这里的,我跑东南亚航行和欧洲航线比较多,美洲这边,几乎不怎么来。"

连煜看向缓缓开过来的拖机,再看着工人们把拖轮的缆绳挂到邮轮上,又问:"那你跑过苏伊士运河吗?"

"嗯,不过跑的是货轮。"

连煜:"海洋真大,我想要跑遍每一片海域,走遍每一条运河。"

乔纪年:"挺好。"

邮轮缓缓进入船闸内,闸门关闭,水闸泄水让闸内水位提升,把邮轮抬高到下一个船闸等高的水位,过程很缓慢,需要多方进行配合。

八十公里的航程,从早上七点多入闸,一直到晚上八点多,邮轮穿过美洲大桥,进入太平洋的海域。

引水员这才和许关锦告别,签署好过河成功的文件,引水员下了船,这段价值五十五万美元的过闸流程,算是真正结束。

许关锦继续指挥灯山号航行,一路来到巴拿马城的运河港,灯山号停靠在这里的港口。次日,游客们会从港口上岸,在巴拿马城内观光游览两天。

连煜一整天都和乔纪年在甲板上,也就意味着,商曜一整天都关在宿舍里。

直到船只靠港,已经是晚上快十点了,连煜披星戴月回来,刷开宿舍的门,商曜坐在桌子前,看竹响的那本《航海宝藏》。

连煜踏进门,一拍脑袋,这才想起,她居然一整天都没给商曜送饭,赶紧跑上前抱住他的头:"我的小乖乖,都把你给忘了,饿了一天了吧,怎么不给我打电话啊,过运河的时候有信号的。"

"我想着你在忙,就没打扰你。"商曜指了指空了的面包袋子,"我吃了这个,还喝了牛奶。"

连煜心疼得要掉眼泪:"你等着,我去给你弄点吃的。"

她急匆匆跑了出去,食堂已经没什么吃的了,厨师给她弄了一份意大利面和蔬菜汤。打包好，连煜十万火急地带回来给商曜。

商曜摸着她的脸："没事儿，别难过，我就在宿舍待着，又不干什么，也不饿。"

连煜握着商曜的手，脸在他掌心蹭了蹭："商曜，我以后一定会对你好的。"

巴拿马城港口外头，十来个人在码头外围的小广场上等待，个个拿着望远镜。为首的黑衣男子点了根烟，身姿瘦削修长，立如鹤，目光幽深地注视着前方来来往往的船只。

"来了来了，灯山号来了，老板，灯山号来了，挂着咱们的国旗呢，肯定就是！"

连烬直接用指头掐灭了烟，扔到一旁的垃圾桶，手往旁边一伸，掌心朝上，助理立即将望远镜放到他手上。他端起望远镜，熟练地调整镜筒，赤色的五星红旗在风中翻飞，正是灯山号。

"确定我姐就在船上？"

助理一个劲儿点头，又露出担忧："千真万确。邵淮、乔纪年都在船上，商曜不知所终，估计也上船了。群狼环伺，他们会不会报复大小姐啊？"

"他们倒是可以试试看。"

越是和连煜靠近，连烬越是忐忑，海面袭来的凉风，也难以压住情绪。

他姐不喜欢他，从小就不喜欢。他要靠近，连煜就掐他手臂，让他滚远点。小时候去上学，连煜从不愿牵着他走，一个人脚步生风走得飞快，他在后面哭着追她，她越走越快，永远不等他。

姐弟俩相差了三岁，但因为父母常年出海，连煜小时候和姥姥、姥爷住在乡下，八岁了才送回城里。父母依旧不常在家，城里的家也只有姐弟俩，还有爷爷奶奶。

爷爷奶奶偏心连烬，凡事先考虑小孙子，连煜就要闹、就要争。

奶奶给的零用钱分配不均，总要多给连烬两块，连煜仰高了头和老两口吵架："凭什么连烬就要比我多两块，不公平，就是不公平！"

爷爷道："十块钱还不够你花啊？你要什么，单独提出来，整天就知道吵吵。"

连煜声音很大："那连烬为什么是十二块？不公平，要么把他的两块收回去,要么再给我两块!"

连烬擦了擦鼻涕,把钱都给连煋:"姐,给你,都给你。"

"才不要,留着和你爷爷奶奶一块儿花去吧,别跟着我。"连煋推开他,自己跑出去上了校车。

连烬也跑出去,哭着追她。

父母很少回家,大半时间都在出海,对老两口的偏心也只是口头说了两句,没太在意。连煋不服气,她从小就不管老两口叫爷爷奶奶,对他们直呼其名。

十岁那年,她带了礼物去找海运商会的会长汪赏,跪下给人家磕头拜年,说要认汪赏当奶奶,以后和汪奶奶出海跑船。

汪赏笑着摸摸她的辫子,点头答应了,叫人把她送回去。

连煋回到家,傲气更盛,更是不认自己的爷爷奶奶,对着老两口喊道:"方长英,赵重良,你们孙子呢?叫他出来,是不是这孙子把我作业本藏起来了?"

"没大没小,有你这么叫人的吗?"奶奶方长英道。

连烬穿着印满蜘蛛侠图案的套装出来:"姐,你作业本放在抽屉里了,我没藏。"

"哼,不许管我叫姐,我不是你姐。"

早上吃面时,只剩下一个鸡蛋,奶奶煎了荷包蛋,放到连烬碗里。连煋把面条翻了个底朝天,找不到自己的荷包蛋,问:"我的呢?我的鸡蛋呢?"

"你不是说你不爱吃鸡蛋吗?只有一个了,给你弟吃。"

连煋伸手把连烬的荷包蛋夹到自己碗里:"方长英,你偏心!我什么时候不爱吃鸡蛋了,你孙子才不爱吃,你们全家都不爱吃。"

"野丫头,没大没小。"

连煋在家气势很足,父母回来了,她也不喊人。

过年了,连烬缠着她,要跟她一起放烟花,她甩开他,躲得远远的。躲不过了,她在客厅里大喊:"连嘉宁,赵源!出来管管你们儿子!方长英,赵重良,能不能管一下你们孙子!"

母亲连嘉宁出来了:"连煋,没礼貌,有你这么喊人的吗?"

连煋一屁股坐到沙发上:"管好你儿子,别让他烦我,我要做作业呢。"

连煋也不总是这么凶,她偷偷躲在被窝里给姥姥打电话,撒着娇,声音都要拧出水来:"姥姥,你别担心,我好得很呢,谁都不敢欺负我。你什么时候来看元元啊,元元好想你的,想吃姥姥做的糯米糕。"

元元,是她在乡下的小名。

连烬抱着拼图跑进来:"姐,我们一起玩吧。"

连煋像是被人撞破了什么尴尬的事,秀眉拧紧,语气又恢复往日的凶巴巴:"谁要跟你玩,幼稚鬼,找你爸妈,找你爷爷奶奶去。滚滚滚,以后不许进我房间。"

等她挂了电话,连烬端着洗好的水果进来,讨好地叫了她一声"元元",气得连煋拿枕头满屋子打他。

连煋上初中了,自行车骑得飞快,连烬哭着跑着追她。她上高中了,连烬也长大了很多,依旧是个爱哭鬼,追在她身后,追不上就哭。

追着追着,哭着哭着,两人都长大了。他十九岁那年,连煋二十二岁,连煋开车带乔纪年去码头,说要出去跑船,他跑在后面追车,求她带他一起走。争执之下,连煋来不及刹车,撞断了他的腿。他坐在地上起不来,死死拉拽着连煋的裤脚:"姐,你带我走,我要和你一起出去。"

"你又不会开船,跟着我干什么。"连煋像小时候一样,不耐烦地甩开他,板着脸打电话叫救护车。

"乔纪年也什么都不会,那你为什么要带他?"他爬过去,抱住连煋的腿。最后,连煋叫来救护车,也没跟着一起去医院,继续开车带着乔纪年去码头了。

海风吹得人脸颊发麻,连烬从回忆中抽离,眸色沉沉地盯着远处的灯山号。他把望远镜丢给属下,拿起手机打了个电话:"阿耀,再派几个人过来码头盯着,一个小时后我要上船。"

"上哪条船?"

"你说哪条。"

阿耀:"灯山号靠港了,你真要上去啊,打个电话叫你姐下船不就得了。你贸然上去,让邵淮抓住了,很麻烦的。"

连烬不回话,挂断了电话。

后半夜下了点小雨,雨滴在海面砸出一个个小坑,凉气涌起。连烬穿上潜水服,眼神往四面迅速掠扫,姿势利落地跳入水中,朝着灯山号游去。

游到船尾,他浮出水面,拿出用防水袋包裹的对讲机,按下呼叫按键。

冥冥夜色中，自动旋转的巡逻式照明灯，来回在海面扫荡，趁着照明灯移开，一名机工从尾舷放下软梯，连烬身手矫健，三下五除二爬了上去。

机工把他拉上来，又收回软梯，动作一气呵成。

连烬摘下氧气面罩，甩了甩一头湿发，露出干净的眉目，问道："我姐现在在哪里？"

"在第三层甲板的3052号员工宿舍，和一个叫尤舒的海乘住在一起。"说着，机工递给他一张灯山号的完整注标图，每层甲板上的功能分布、舱房分类，都标注得一清二楚。

连烬收好图册，跟着机工从员工通道进入邮轮内部，来到更衣室。他先把身上的潜水服给换了，穿上黑衣黑裤，外头套了一件黑色冲锋衣外套。

他和机工一起回宿舍，打算天亮后，先去找一找连煊，先了解她现在的处境，她想要下船，自然是最好，她如果想和船一起走，他再想办法留在船上。

"我姐是怎么上船的？"连烬问道。

"在东非那边的公海被救上来的，我也不太清楚具体怎么回事。我一直在轮机舱，都是最近连煊升职当部长了，才认出她好像是你姐。"

机工对连煊的了解不多。

这船上三千多名游客，近两千名海员，海员也是经常轮换，有些签的短期合同，到了港口又换新的上来。游客也有流动，隔几天每到一个港口，游客就要下船观光，有些游客买了短程票，也会就此别过，也有一些游客是中途上船。

邮轮是环球航行，航线长，途中难免遇上求助的船只，这一路过来，救助的渔船渔民也不在少数。

把连煊捞上船一事，仅仅是个小插曲，根本没几个人注意到。

机工至今也不知道连煊失忆了，只大概了解到，连煊是和尤舒住在一起，在上层甲板当清洁工，最近升职了，当了什么拎包服务部的部长。

连烬在机工宿舍待了一个多小时，天边泛起亮光。

外头逐渐有动静，机工带连烬到第三层甲板的3号通道等着，连煊要从宿舍出来的话，就得经过这里。

等了半个多小时，看到尤舒出来了，却没见到连煊，机工上前问："尤舒，连煊呢？"

"你有事吗？"

尤舒下意识警惕，连煜搞的鬼点子太多了，拎包、跑腿、下载视频、下水淘金找宝藏，她如今都不太敢和别人透露连煜的消息，生怕别人揪到连煜的小辫子。

机工看了眼戴着口罩的连烬，又对尤舒道："我是找她问拎包的事情，我今日有空，想当拎包员。"

"这个我不太清楚，你可以去找事务长问问，现在拎包员的名单也是要和事务长对接的。"尤舒没透露太多，就离开了。

连烬在通道口又等了许久，也没等到连煜。机工又带连烬来到第四层甲板的中间通道，游客要下船，得从第四层甲板出去，才能下到舷梯。

人群乌泱泱，游客都挤在这里，在排队下船。

一直等到所有游客都离开了，也没见到连煜的身影。机工正准备要不要给连煜打电话，把她约出来时，就见连煜从另一个通道出现，穿着她的部长制服，背脊挺直，精气神很好，行步如风地从他面前走过。

连烬的眼睛突然间有强烈的灼痛感，微启的眼睑迅速涨红，各种情绪糅杂在一起，砸门破窗而来，庆幸、欣喜、心疼……

他恍惚地站在原地，瞳仁无法聚焦，时聚时散，呆呆地看着前方，看着连煜迈步从他面前走过。

连烬把鸭舌帽和口罩摘下，嘴唇僵硬地张合，嗓子里只挤出一个声调："姐！"

连煜无动于衷，继续朝前走。

直到机工又喊了一句："连煜！"

连煜这才回头，快步折返回来，歪了歪头："你在叫我？"

已经近在咫尺了，连烬也摘下了帽子和口罩，露出完完整整一张脸，连煜却毫无反应，注意力都放在机工身上："叫我干吗？"

机工暗觑连烬的脸色，也不知这位有何意图，只能干巴巴地和连煜搭话："连煜，你那儿还要拎包员吗，我今天有空，想出去挣点外快。"

"哎呀，你怎么这么晚才联系我，拎包员都是提前一晚上就安排好的。你加我的群了没，下次得早点和我联系。"

机工："我没加群，不知道这些流程。"

连煜拿出商曜给她买的最新款手机："你加我的支付宝，以后要是想拎包的话，得在靠港前就要和我联系，这样我才能提前安排。"

"好。"

原谅她

两人加好联系方式,连煜离开了,步子迈得很大,和小时候一样。

机工眨眨眼,疑惑地看向连烬:"连煜是你姐吧,没找错人吧?"

"没有。"

"那你姐怎么不认识你?"

"你不用管了,先回去吧,有事我再联系你。"连烬指尖都在抖,被抛弃的失落感再次如潮水般涌至,他被她丢下过很多次,从小到大,次次如此,他本来都习惯了的。

又一道熟悉的身影出现,乔纪年步态慵懒:"连部长,忙完了?"

"嗯,都安排好了,游客都下船了。"连煜从口袋里拿出一块酥糕,揭开裹纸,把酥糕掰扯开,大的一块塞进自己嘴里,小的一块递给乔纪年。

乔纪年接过,自然而然地放进嘴里,和她勾肩搭背着走了。

邵淮来到办公室待了没多久,敲门声响起,进来了一个穿着薄款黑色冲锋衣的男人,口罩严严实实捂住脸,额前碎发散着,眼睛也隐在阴影中。

邵淮抬头,瞳孔中闪过异样的光芒,很快认出是连烬:"有事?"

连烬摘下口罩:"我姐到底怎么了?"

邵淮拿过一份文件,慢条斯理地打开:"脑子撞坏了,失忆了。"

"真的失忆?"

"不知道。你既然上来了,怎么不自己去问她?"

连烬拳头捏紧:"为什么不联系我过来接她?当初和你说过的,一找到她的下落,立马通知我。"

"不通知又怎样,你要杀了我吗?"邵淮放下文件,眸色微漾,黑睫垂下,似笑非笑地看着他,"杀"字在齿间加重,别有意味。

邵淮不止一次地怀疑,连烬杀了他自己的爷爷奶奶。

这姐弟俩的母亲连嘉宁原先是一名引水员,在港口工作,并不出海。父亲赵源倒是有点产业,是赵家家族企业——谷盛海运集团的小股东,谷盛海运集团是江州市扬名在外的企业。

赵源在赵家中只算个旁支,没捞着太大好处,靠着股东分红,也算有笔足以支撑小康家庭的收入,但进不了真正的掌权圈子。

赵源认识连嘉宁后,不知怎么的,夫妻俩开始自己出海跑船。

邵家也是当地有头有脸的家族,和赵家走得近,一来二去,在几个亲戚聚会上,邵淮认识了连煜和连烬姐弟俩。邵父说自己和赵源是老朋友,让邵淮多照顾点姐弟俩。

邵淮点点头,后来带连煋和连烬去游乐园玩过几次。他印象比较深的是,连煋对连烬很凶,总是骂他。但连烬没什么脾气,被骂了也不在意,整天讨好地黏在连煋身后。

他后来得知,大概是爷爷奶奶重男轻女,偏心孙子,连煋受委屈了,这才不喜欢连烬。

他二十岁那年,连煋十五岁,连烬十二岁,姐弟俩周末要和爷爷奶奶去爬山,连煋提前一天问他要不要一起去,他答应了。

到了山脚下,连煋不愿意和连烬一起走,拉着邵淮走另一条路。连烬难得的没缠着姐姐,老老实实背着包,和爷爷奶奶走另一条路。

邵淮和连煋到了山顶,刚坐下没多久,连煋接到奶奶方长英的电话。方长英声音很急,在电话里大喊:"元元,快跑,快离开这里!"

刚喊了这么一句,通话就断了。连煋回拨,显示无人接听。

两人一块儿往连烬他们那条路线走,打算去看看情况,半途遇上跑得上气不接下气的连烬。连烬跑来抱住连煋,哭得喘不过气来:"姐,我找不到爷爷和奶奶了,他们摔下去了。"

老两口死了,摔下悬崖死的。

那个地方没监控,目击者只有十二岁的连烬。连烬说,山上有棵桂花树,爷爷和奶奶要去摘桂花,然后一起摔下去了。

连烬当时才十二岁,又是备受爷爷奶奶偏爱的小孙子,没人怀疑过他。

在爷爷奶奶的葬礼上,连烬紧贴连煋站着,握着她的手。连煋少见地没甩开他,就这么让他牵着。

邵淮也参加了葬礼。众人在花圈前默哀时,他侧目想看看连煋,却看到了偷偷发笑的连烬,少年稚嫩的眉眼没一丝哀伤,低头牵着姐姐的手,抿着嘴笑。

连煋和乔纪年一起去第六层餐厅吃早饭,这里是服务于游客的餐厅,餐品样式比员工餐厅丰富得多,居然还有国内的米粉,连煋自己吃了一碗,又要打包一份带回去。

乔纪年慢悠悠地喝着豆浆,眼神懒懒地扫过打包好的餐盒。

他大致能猜出,连煋是要带回去给商曜吃,他只是好奇,商曜上船这么些天了,究竟是藏在哪个房间里。他让事务长重新核查了一遍船上的人员,都没发现任何可疑人物。

"打包回去给谁?"乔纪年眉低眼慢,看着连煜埋头吃粉。

"给我朋友啊。"

"哪个朋友?"

连煜:"你不认识的,老是问这些干吗?尊重一下个人隐私。"

乔纪年笑了,拿出纸巾给她擦嘴:"慢点吃,满嘴都是油。"

连煜把打包好的米粉带回宿舍,放到桌上,招呼商曜过来吃:"来来,今天给你换个早餐,是国内的米粉,不是面包和牛奶了。"

商曜放下手机,下了床,走到她身后,从后头环腰抱她,侧脸贴在她后背,能听到她心脏跳动传来的震响。

"我再陪你几天好不好,等到墨西哥了再走,很想你的。"

"整天待在宿舍里,你不闷啊?"

"不闷,不是还有你吗?晚上也能和你睡一块儿,我一点儿也不无聊。"

连煜:"等会儿我去找竹响问一问。这里是人家的宿舍,她要是不同意,咱们也没脸一直赖着。"

"给她钱呗,我在这里又不干坏事,不会连累她的。"

"那我去问问。"

趁着商曜吃粉,连煜带上两个保温杯出门,打算去找竹响商量商曜的事,再去邵淮办公室接两杯咖啡回来。

她把事情和竹响说了。

竹响道:"随便你们啊,只要在旧金山之前离开就可以。我到了旧金山就下船,会有新人接替我的位置。"

"好的,那你要不要喝咖啡,我去给你接。"

竹响躺在上铺玩iPad,把保温杯递给她:"好啊,要加糖加奶。"

连煜把尤舒的保温杯也带上了,左右手各拎两个,一个她自己的,一个商曜的,一个竹响的,一个尤舒的。

连煜从第九层甲板的电梯里出来,走廊里纹理细密的地毯云彩一样铺开,乔纪年就站在地毯那头,背靠着墙,低头垂目玩手机。

连煜走过去,用力拍他的肩:"你怎么天天玩手机。"

"我不玩手机,还能玩什么。"乔纪年收起手机,扫视她的四个保温杯,"这么多杯子?"

"尤舒、竹响、我,还有另外一个朋友的。"

乔纪年眼尾垂下:"哪个朋友,上次来和你打扫卫生的那个?"

"是啊。"

"男朋友？"

连煌嘴角抹开笑，屈起手肘撞他的腰："哪有，我男朋友不是你吗？我在追你呢。"

"就会拈花惹草，满嘴跑火车。"乔纪年搭着她肩膀，和她一起前往邵淮的办公室。

两人打打闹闹进去。黑衣男子背对着门，正在和邵淮讲话，乔纪年提着连煌的保温杯，朝咖啡机走去，眉梢上挑，问邵淮："在谈事？"

邵淮轻描淡写道："没事，弄你的吧。"

看到有客人在，连煌没平时那么横，低头跟在乔纪年身边："竹响的那杯要加糖加奶，我的只放一点点糖，尤舒的不要放糖。"

熟悉的声线琴弦一样绷响，连烬侧目斜睨，连煌就站在离他五步之远，她依旧对他的存在视若无睹。连烬盯着她，他天生眉弓修长，眼睛有种诡异的深邃感，瞳光像个不见底的旋涡，像能把人吸进去。

乔纪年向来对邵淮的客户漠不关心，只是这青年的眼神实在令他如芒在背。他扭头看了一眼，蓦然对上连烬的眼睛。

短暂的对视后，乔纪年迅速移开眼。当年从见的第一面开始，他就不喜欢连烬这小子，疏朗俊隽的一张脸，看起来应当是个挺阳光的男孩，实际上却总是阴恻恻的，眼底藏了万座城府。

他觉得，连烬对连煌好像有种不一般的占有欲。有一次，他和连煌在码头办事，连烬来给连煌送饭。饭后，三人沿着长长的水上栈道散步，他听到连烬问连煌："姐，要是我和乔纪年都掉水里了，只能救一个，你救谁？"

他当时就觉得，这孩子，是不是脑子有病。

乔纪年转而看向邵淮，问道："他什么时候上来的？"

"不知道。"

连煌也注意到逐渐凝滞的气氛，放下保温杯，直起身子看向黑衣青年，想起来，她刚在第四层甲板和那名机工说话时，这黑衣小帅哥也在旁边。

她当时忙，没注意看，这会儿细瞧，小青年高鼻深目，五官立体，非常标致惹眼的一张脸。帅是帅，但不是她喜欢的类型。

她最喜欢的还是邵淮那张脸，外闷内骚，摸他了，他冷眉冷目骂她猥亵他，不摸他了，他反而阴阳怪气地问，为什么不摸了，是不是在外摸到个手感更好的了。

感觉这几人有事要谈,连煜道:"有客人啊,那我先出去了。乔纪年,你煮好咖啡了再叫我。"说完,她挪步出去,几人也没拦着。

等她离开了,乔纪年才又打量了连烬几眼:"怎么上来的?"

"她真失忆了?"连烬问道。

乔纪年:"你可以自己去问问她。"

连烬:"你们现在是个什么态度?"

乔纪年:"没什么态度,什么也没对她说,就当是第一次认识。"

连烬转身就要出去。乔纪年又叫住他:"你要和她坦白?我和邵淮的意思是,等回国了,先带她去医院做个全面检查,再慢慢把事情跟她说清楚。"

乔纪年又弯腰摆弄咖啡豆,担任起和事佬:"当然了,也不用全说出来,以前的事情过去就过去了,什么撞断你的腿了,砍了邵淮的手指啊,这些芝麻绿豆的事情就别整天挂在嘴边唠唠叨叨了。你的腿也好了,邵淮的手指也接上了,整天把这些事情摆出来说,也不好听。"

"我有分寸。"连烬长腿一迈,离开办公室。

连煜靠在外头观景廊的栏杆上,玩弄巧克力的包装纸。连烬缓步靠近,在她面前停下。连煜抬头看了看他,以为挡到他的位置了,转身就要走。

连烬叫住她:"你是连煜,对吗?"

连煜扭头:"有事吗?"

连烬不急着相认,循序渐进地和她拉开话匣子:"是这样的,我也有个姐姐叫连煜,和你同名同姓,长得一模一样。她三年前失踪了,我一直在找她。"

"该不会就是我吧?"连煜瞪大眼,指了指自己。

"我想应该是的。刚才在第四层甲板时,我叫了你,但你没反应,我就没敢认你。"

"我之前脑子撞坏了,不记得以前的事了。"连煜皱眉。面对眼前陌生的青年,连煜保持警惕,她现在什么都记不得,更不能轻易相信别人,"我怎么知道你说的是真是假。"

连烬拿出手机,锁屏就是姐弟俩的照片。柳绿花繁的公园里,连煜看着镜头,连烬侧目看她的脸。

"这是你十八岁,我十五岁时拍的,就在我们家对面的公园里。"

连煜接过他的手机,左看右看,照片上的确是自己的脸,很年轻,微微皱着眉,似乎不太高兴。

"我的身份证号呢,你记得吗?"

"记得。"连烬说了一串数字,还把自己的身份证拿出来给她看,"我是连烬,你是连煜,我们都一个姓。"

连煜掐指算了算,按照连烬所说的身份证号码,那自己现在是二十六岁了。

"那我们家里人呢?"

"爸妈都在家里呢。这些年我们也一直在找你。"

连烬眼睫扇动几下,轻轻握住她的手,没敢说出如今家里只剩下姐弟俩的实情,不敢给她太多信息,怕她一下子接受不了。目前,他的打算和邵淮一样,等回国了再慢慢跟她讲。

他又翻出一些照片,给连煜看了一家人的合照。

连煜脑子里一片空白:"你在这里等一下啊,我去去就来。"

她飞速跑回第三层甲板的宿舍,今天是物资补给日,尤舒被安排去接收物资了。竹响倒是轻松,她看管的是潜水设备、救生工具等,这些东西不需要补充,每到补给日,她基本都在休息。

"竹响,竹响,我弟弟来了!"她冲进去,摇着还躺在上铺的竹响。

竹响玩着平板,头戴包耳式耳机,放着嚣张的重金属音乐。被连煜摇晃了下胳膊,她摘下耳机,嗓门很大:"你刚说什么?"

"我弟弟来了!"

"你还有弟弟呢,在哪儿呢?"

连煜:"在上面的甲板。他来找到我,说是我弟弟,我也不认识他,他这么突然出现,搞得我都不知道怎么办。"

"你自己的弟弟你还不认识啊?"竹响顺着床梯下来,又一拍脑袋,"哦,忘了,你失忆了。"

"对呀,我什么都不记得了,突然冒出来这么个人,也不知道他说的是真还是假。"

竹响弯腰穿鞋:"和你长得像吗?看面相应该能看出来吧。"

连煜头摇得和拨浪鼓一样:"不像,一点儿也不像。"

"走,我也去看看。"

两人再次来到第九层甲板,连煜远远指着连烬:"就那个,他刚和我说他是我弟弟,找了我三年了,你觉得我和他是姐弟吗?"

"我先去看看他的脸。"

竹响做事不拘小节,也没先行打招呼,就直愣愣凑到连烬面前,以一种看热闹的态度审视他的五官。连烬被她看得不自在,碍于这人是和他姐一起来的,也不好摆脸色。

竹响看完了连烬,又扭头看连煋的脸:"长得各有特色,不像是姐弟啊。"

连烬目光转向连煋,语气装得怯生:"姐,她是?"

连煋上前一步,和竹响并肩站立:"这是竹响,我的好朋友。"

连烬点头,朝竹响伸出手,礼貌地道:"你好,我是连烬。"

竹响也没和他握手,继续和连煋咬耳朵:"你这事儿真难办,反正我是看不出来你们有哪里像的。先不要轻信,等回国了,去做个DNA检测再说吧,你现在这情况,万事留个心眼儿比较好。"

连煋也是这么想的,对于过往的事情,她也迫切地想知道。

但她更倾向于回国后去医院,把脑子给治好,自己慢慢想起来,而不是由别人来告诉她,她的过往是什么样的。

她现在脑子就是一片白纸,别人怎么说她怎么信,铁定是不行。

万一这个人今天说,她以前欠了他五百万,明天那个人说她以前欠了他一千万,那这钱,她是还,还是不还?这账是真是假,还有待商榷呢。

商曜嘴里两人甜蜜的恋爱史,她也是左耳进右耳出,稍微信一点儿,也不能全信。过往是如何,得自己去摸索,不能由别人牵着鼻子走。

连煋带着连烬坐在船尾的甲板上,大致问了些家里的事情。

连烬谎称,他们爸妈都是海员,这段时间也出海了,海上没信号,他这几天也联系不上人。连烬还说了些她基本的历程,在哪儿读书、上的什么大学、什么时候开始出海。

连煋没太在意,这些事情商曜也零零散散告诉过她。她比正常人早上两年学,十六岁就上了江州市本地的海事大学,毕业后在国企旗下的集装箱船上当甲板学生。

乔纪年拎着四个装满咖啡的保温杯出来,在连煋耳边打了个响指:"你说,等回国了,我开个咖啡店,会不会生意爆棚?"

"你都煮好了?"连煋先接过竹响的,递给了她。

竹响简简单单朝乔纪年说了声"谢谢",问连煋还有没有事,她要回去打游戏了。连煜让她先回去，自己有事了再联系她。

竹响走后，连煜提着三个保温杯，别别扭扭，拗口地问连烬："弟，你想喝咖啡吗？"

"不用了。"

"那好吧，我先把咖啡带回去给我朋友。"

连煜和乔纪年告别，往电梯方向去，连烬跟在她身后，连煜没说什么。

电梯在第四层甲板停下，连煜按住开门键，生硬地开口："老弟，往下是员工区域，你不能下去，我得把咖啡带回去给我朋友。"

"那你还来找我吗？我想和你待一块儿。"

"嗯，你先在这里等我吧。"

回到宿舍，连煜把咖啡放桌上。商曜正蹲在卫生间洗连煜的衣服，连煜大步进去拉他胳膊："怎么又在洗衣服，衣服都给你洗烂了，你先出来，你小舅子来了。"

"什么小舅子？"

连煜把他拉出卫生间："我弟弟。"

商曜脑中的弦骤然紧绷："你弟弟？"

"对呀，叫连烬，就在船上呢。你认识他吗？"

商曜眼底掠过厌恶，假装糊涂，一个谎言开始了，就跟找不到头的线团，越理越乱，他只能装糊涂。

"好像听说过你有个弟弟，但没见过，没怎么了解过你家里的事。"

连煜两手摊开："唉，说是我弟弟，但我看着好陌生。也不知道我和他以前关系怎么样，愁死人了。"

商曜搂住她，摸摸她的背，轻声安抚。

"不愁不愁，没事，还有我在呢。管他关系好不好，你失忆了，以前的事情就别管了，大步向前看，有我陪着你呢。我这个人不算太好，但也有点闲钱，咱俩好好过日子就行。"

"先走一步看一步吧，你在这里待一会儿，我去给尤舒送咖啡，再和我弟聊一聊。"

商曜帮她拢好垂落的发丝，捧着她的脸，认认真真地嘱咐："什么都别担心，他的话你也别全信，你就听我的，我们家连煜是个特别好的人，阳光向上、乐观开朗。以前活得坦坦荡荡，没欠过谁的钱，也没对不起过谁，就是个三好青年，记住了啊。"

连煜用力地点头:"记住了,我先出去了,等会儿再找机会带你出去透透气。"

"去吧。"

连煜刚出门,商曜用力一拍床杆,立马给连烬打电话:"你上船了?"

连烬声音很沉:"嗯。"

商曜深吸一口气,压制住焦躁:"见到你姐了?"

连烬:"嗯。"

商曜咬牙警告:"不许和她说我坏话,听到没?你要是敢乱嚼舌根,别怪我不客气。管好你那张嘴,你要是敢在她面前胡说八道,我也把你的事儿抖出来,看看你姐是信你,还是信我。"

"我只说了我是她弟弟,你们那些烂事儿,我一个字没提。"

连烬最担心的,就是现在的情况。

连煜不记得了,她身边这些人又都没一个省心的,个个藏着自己的小心思,如果把事情摊开,每个人都和连煜回忆往事,那恐怕邵淮嘴里一个版本,乔纪年嘴里一个版本,商曜嘴里一个版本,还在国内的裴敬节恐怕也是另外一个版本。

他们这几个人,以前钩心斗角就不少。现在连煜失忆了,他们估计得变着法在连煜面前诋毁对方,最后只会让连煜更加辨不明真相。以前的烂账实在太多,也许邵淮的选择才是正确的,先瞒着,等连煜自己去揭开以前的事情。

真正的记忆,她得自己找,而不是别人平白给她描绘出来。何况很多事情,他们也不清楚,没法和连煜明说。连煜老喜欢耍人,坑了大家不少钱,她拿着那些钱干吗了,大家都不得而知。

连煜去给尤舒送了咖啡,又回到第四层甲板。连烬还在原地等她,看到她过来了,赶紧迎上前:"姐,你来了。"

莫名其妙冒出来个弟弟,连煜适应不过来,挺不自在的。她摸摸后脑勺,也不知道该和他聊什么,只能道:"家里都还好吧?"

"都挺好。"

连煜带着走出前厅,来到外面的露天甲板:"家里是个什么情况啊,还有钱用吗?"

"有的,咱家里以前有点小产业,我毕业后接手了,现在扩大了不少,不愁吃穿。你回去后,我把公司转到你名下。"

连煜对这个弟弟多了几分好感:"嗯,可以。我在海上这些日子,证件都没有,过得挺苦,整天就为钱发愁。现在你来了也挺好,给我分担点压力。"

连烬从包里取出一张银行卡递给她:"这里有点钱,你先拿着,等回国了咱们去给你补银行卡。"

"行。"连煜把银行卡收起来。

他们慢悠悠走着,连煜有很多事情想问,又不知从何问起。

"对了,你饿了没?我带你去吃饭吧。"

"好。"

两人的影子在甲板上一点点拉长,连烬低头看她垂落在身侧的手,突然上前握住:"姐,我很高兴。你出海后,海事局那边传来消息,说你所在的货轮出事了,船上的人都遇难了。他们都说你死了,但我不信,我一直找,一直找,终于找到你了。"

连煜觉得别扭,但也没甩开他的手:"挺好,我也没想到自己还有个弟弟。"

来到餐厅,连煜把菜单给他,让他先点。

连烬受宠若惊,以前连煜总是对他很凶,爱搭不理。爷爷奶奶去世后,父母回来了,但他们似乎在外有很多事,还要出海,就让姥姥来城里陪姐弟俩。

姥姥在城里待了一年,后来连煜上大学了,住校了,姥姥说在城里总咳嗽,便回了乡下。

父母暂时把连烬寄养在邵家。说是寄养,也只是让邵淮父母帮忙照看,参加个家长会之类。连烬那时候上初中了,也在学校住宿,只有周末才回邵家。

他初中就学会了做饭,每个周末做几样好菜,装在保温盒里,坐两趟公交车,再转三次地铁来到连煜的大学,到她宿舍楼下给她打电话。

连煜出来后,会带他到食堂去,点两份米饭。姐弟俩一块儿在食堂吃饭,他满头大汗地给她剥虾,好肉都夹她碗里,仿佛在弥补什么。

连煜问:"邵淮家里做的菜吗?"

连烬抬起胳膊擦汗:"不是,我自己做的。"

连煜撇嘴:"不好好学习,整天干这些有的没的。"

他从书包里拿出成绩单给连煜看:"有好好学习的,你看,都是满分,这次考试我还是第一名。"他递上笔,想让连煜在家长那一栏签字。

"给我签干吗?找爸妈啊,你又不是我儿子。"连煜撂开笔。

"爸妈联系不上。"

连煜不耐烦道:"那就找邵阿姨,或者找邵淮,爸妈不是让邵家的人帮忙当你的监护人吗?你有事找他们去,别总是烦我,我也忙呢。"

"哦。"连烬只能悻悻收好成绩单。

吃好饭,两人到洗手池边上。连煜洗好手站在一旁,看连烬熟练地用洗洁精洗保温盒,漫不经心地问:"学校里有人欺负你没?"

"没有。"连烬转过头,稚气地笑出一口白净的牙齿。

"邵家人呢,没排挤你吧,尤其是邵淮,那人挺爱装的。"

连烬笑着摇头:"没有,大家都挺好的,阿淮哥哥也挺好。"

"行,有人欺负你了就和我说。"

连烬把洗好的保温盒放书包里,背着和连煜一起走出校园。

他的学习机坏了,想让连煜去帮他挑个新的。连煜嫌他烦,骂了几句他事多,最后还是带他去了商场。

送他去地铁站的路上,连煜突然在他背后用力拍了一下:"以后走路抬头挺胸,别总是唯唯诺诺,跟个窝囊废一样,别人就爱欺负你这样的。"

"我知道了,姐。"连烬挺直腰杆。他在外面也不唯唯诺诺,只是习惯性讨好她而已。

邵淮让事务长给连烬安排船票和房间,连烬也没告诉连煜,他是偷偷爬上的船,只说是自己买到了船票才上来,上来得急,什么行李也没带。

连煜带他去超市买生活用品,挑最便宜的放购物车里:"这里的东西很贵,能省就省点,别买太多。"

"好,都听你的。"连烬推着购物车,跟在她旁边。

两人拎着东西回到连烬的房间,连烬问她:"姐,你住在哪里?"

"我住在下面的员工宿舍。"

"要不我们去问问事务长,看还有没有多余的房间,你搬上来住吧。"

连煜坐在床边看手机:"没事儿。员工宿舍也挺好,我东西都放在那里呢,懒得搬了。"

连烬把刚买的东西一一归置好,坐到连煜身边,侧目看她的脸。光线从窗外透过玻璃投在她脸上,她皮肤光洁,但看起来很干燥。除了瘦一些,脸部轮廓和当初离开时并没有什么分别,秀挺的鼻梁、晶亮的眼、下颌的小红痣，都和以前一样。

"姐，这些年，你是怎么过来的？"

连煜还在给商曜回消息，头也不抬地道："我都忘了，在东非那边被救上来后，什么都不记得了。"

"姐。"连烬声音涩哑，低声喊了一声，没来由地突然抱住连煜，有力的臂膀紧紧箍住她，脸埋到她颈间，温热的湿意散开，细细泪痕蜿蜒流到连煜的锁骨。

连煜被他吓了一跳，又惊又尴尬。她稍微能接受了自己有个弟弟，但适应不了这样亲昵的拥抱，即便是姐弟，也不该这样。连煜如坐针毡，听到他压抑的抽泣声，有点不知所措，干巴巴地问道："你哭什么呢？"

连烬也不回话，就这么抱着她，两分钟后才抬起头，松开了手，还是靠得很近，肩膀挨着肩膀："我就是太想你了，找了你这么久，现在你在我身边了，我反而觉得不真实。"

连煜伸手把前方桌上还没拆封的纸巾拿过来，丢给他："鼻涕眼泪都擦一擦，别搞得这么矫情。"

连烬拆开纸巾，擦了把脸。

连煜被他刚才过激的拥抱弄得浑身不自在："我先回宿舍一趟，你有事了再叫我，饿了就自己出去找吃的。这么大个人了，也不需要我管吧。"

"那你什么时候过来找我？"

"下午吧。你先睡个午觉，看你这黑眼圈，休息休息吧。"

连煜离开连烬的房间，回到自己的宿舍。商曜焦躁地在宿舍里来回踱步，听到刷卡的嘀声，急速过来拉门，把连煜拉进来："宝宝，怎么样了，你弟弟都和你说什么了？"

"没说什么，就讲了些以前的事。"

商曜急得不行，就怕连烬那小子说他坏话："还有呢，提到我没有？"

"没有，就说了点家里的事情。"

商曜搂着她到床上坐着："那他现在怎么打算的，什么时候下船？"

"他有船票的，说不下船了，就在这里陪着我，跟着船一起回国，等回国了带我回家，然后去补办身份证。"

"那回国了之后，你打算怎么办？"

"还能怎么办，先去医院治一治脑子，走一步看一步吧。"

连煜陪商曜待了会儿，又出门去，来到邵淮办公室，反锁上门，走到他身侧:"告诉你个事情!"

"什么?"

"我弟弟来找我了,就是今早上在你办公室那个穿黑衣服的。"

邵淮仰面看着她,试图从她眼里看出情绪变化:"那你高兴吗?"

"还行吧,也就那样,他对我来说就是个陌生人,相处起来还挺尴尬的。"

邵淮捏捏她的手,把她拉下来,像往常一样,让她坐在自己腿上:"那和我相处,尴尬吗?"

"不尴尬,特别爽。"连煜动手动脚,凑过去要亲他。

邵淮往后仰头,不让她亲,掰正她的肩让她坐直:"你到底是有多喜欢我?"

"很喜欢,特别喜欢,心里都是你,对你一见钟情,日久生情,相见恨晚,一往情深。"她语气夸张地说着,握起他青筋微凸的手,按在自己胸口,"你摸摸,我心里只装着你一个人,你就答应我,和我在一起吧。"

邵淮指尖徐徐收紧,平整的部长制服布料在他指间发皱,酥麻触觉隔着衣料传递,慢条斯理道:"你说你什么都不记得了,万一你还有男朋友,或者老公什么的,等回国后,是想让我当小三?"

连煜想起商曜,按照商曜的说法,她和商曜恩爱有加,两情相悦谈了好几年恋爱,但具体是几年,商曜也说不出来。他翻来覆去给她看的合照也就那么两三张,恋爱细节全是他口述,什么证据也没有。

他这个人很乖顺听话,人也长得不错,连煜也不计较这些细节了,想着和他安安静静过日子也行,不再拈花惹草。

但她想发生点什么关系,商曜又躲躲藏藏,说什么他这个人比较保守,希望留到新婚之夜再做,搞得连煜里外不是人。她算是看出来了,商曜这人光是嘴上骚,内里古板保守。

她只能来邵淮这儿寻点乐子。邵淮和商曜正好截然相反,邵淮这人是嘴上清高得很,实则身体浪得要死,碰他一下他都会喘。

连煜这会儿有点难办,意思是她得在邵淮和商曜之间做个选择,商曜好是好,就是不让碰,邵淮倒是可以碰,但又太装,不愿正儿八经和她在一起,这如何选,根本没法选。

"你都不答应和我谈恋爱,我怎么给你承诺嘛。"连煜嘴巴翘起,嘟囔着道。

"你还是没有回答我的问题，如果你恢复了记忆，发现自己心中另有他人，那是要让我当小三？"

连煜按捺着性子哄他："不会让你当小三的，如果我以前真是朝三暮四的人，那回国了一定断干净，踏踏实实地和你在一起。"

"那就再说吧。"邵淮捏她下巴，"要接吻吗？"

"要！"

邵淮手托住她的后脑勺，吻了下去，吻很深，很用力，热切地勾着她，不像之前只是张着嘴让连煜自己玩。连煜骨子里的血液都在喧嚣，这还是邵淮第一次有来有往地和她接吻。

她靠在他怀里，仰着头，两片嘴唇被他又吸又咬，抱得很紧，耳鬓厮磨，呼吸缠绕在一起。

两人只是接了吻，吻了很久，也没做到最后一步。连煜欢欣雀跃，亲够了塞给邵淮一美元。邵淮也不客气，把钱收了。

灯山号从巴拿马城离开，需要航行六天的时间，才会在下一站墨西哥的曼萨尼略港口停留。

连煜还是要继续负责打扫卫生，连烬神色复杂地看了一眼邵淮和乔纪年，但也没说什么，他跟在连煜身边，和她一起打扫。

刚开始，连烬有去找事务长，私下问能不能不让连煜干保洁了。

事务长根本不明白内幕。当初邵淮只说让她把连煜安顿在船上，她便给连煜排了宿舍、排了职位。

现在听到连烬如此要求，事务长皱眉，如果连煜不干保洁，那又得重新排职位了，这里头的工作排档很繁杂。

事务长索性给连煜打电话确认清楚："连煜，你是不想干保洁了吗？这个你得提前和我说，我这边安排招新海员很麻烦的。"

连煜一头雾水："没有啊，我干得好好的呢，谁和您说我不干的？"

"你弟弟说的。"

连煜："你别听他瞎说，我是要跟完这趟船的，一直跟到回国才会下船。"

挂断电话，连煜跑去找连烬，问他是怎么回事。

"我怕你太累，就想问问，能不能别干了。"

连煜神色严肃："这是我的工作，你别瞎做主。事务长对我很好的，你这不是平白给人家添麻烦吗?"

"姐,我错了,对不起。"

看他这低眉顺目的模样,连煋也不好再发火:"我也不知道以前是怎么回事,你说你是我弟弟,我暂且就认你了。既然如此,你也得拿出弟弟的样子来,以后凡事先问我,别自作主张。"

"姐,是我不好,原谅我一次。"

连煋把话说清楚,带上连烬和商曜一起去打扫卫生,有了这两个青壮年劳动力,连煋小领导气质甩得越发正。这两人,谁清理垃圾桶,谁去拖地,安排得明明白白,还有一个乔纪年,不值班的时候,也得让他帮忙去擦一擦扶手。

至于邵淮,那是放在心尖儿上疼的人,煮一煮咖啡,再抽空伺候伺候她就行了。

商曜自始至终戴着口罩和帽子,但乔纪年和连烬早看出来是他。趁着连煋去上卫生间,乔纪年手臂一抬,假装不经意地打掉商曜的帽子,商曜捡起来,正要戴上,乔纪年又把他的口罩给摘了。

"你到底是什么时候上船的?"乔纪年问道。

商曜抢过口罩,缓缓戴好:"多米尼加。"

乔纪年:"这么久了,你到底藏在哪个地方,我排查了好几次都没发现你。"

商曜笑得有几分得意:"问连煋呗,她把我藏起来了。"

/第十章/
到底还心疼谁

连烬是怎么上船的,这个乔纪年知道,那个帮连烬上船的机工,等回国后大概率是不会用了。

至于商曜是怎么上来的、这些日子又都藏在哪里,他得弄清楚,就算不追究商曜和连煋的责任,他也得知道内情。

查了几次监控,都没发现端倪,乔纪年把连煋找过来。他轻声细语地和她聊,给她剥了一颗又一颗荔枝。连煋塞得嘴里满满当当,还找了塑料袋过来,要带点回去分给朋友。

"最近老和你一起打扫卫生那男的,是谁啊?"

连煋不停地往嘴里塞荔枝,含混不清地道:"你小舅子啊,不是介绍给你见过了吗?那是我弟弟,叫连烬。"

"你弟弟我知道,我说的是另一个,总是戴着口罩和帽子,白天不怎么出来,经常在晚上和你一起打扫卫生的那个。"

连煋装糊涂,神情浮夸:"啊,有吗?大晚上的有人跟着我打扫卫生?没有啊,一直都是我一个人啊,这也太可怕了,是不是有鬼?"

乔纪年把剥好的荔果递到她嘴边:"你别给我装。说实话,你是不是偷偷带人上船了?"

"哪有,我可是老实人,本本分分工作赚钱呢,怎么会偷人?"

"偷人?你倒是自己先承认了。"

连煋急红了眼,头仰得很高,天鹅颈漂亮流畅,嘴唇嚅嚅,着急而委屈:"什么叫偷人,我和你表白你不答应,我找别人玩了,你有什么资格说我偷人,我是光明正大交朋友。"

"好了,不气不气,没说你偷人。"

乔纪年好说歹说,吃的喝的给她塞了一大堆,又塞了两沓现金,威逼利诱之下,连煜总算是松了口。她也没全招,捂得死死的,关于竹响的参与一个字也不泄露,只说在多米尼加的港口时,她下水带着商曜游泳过来。

软梯是她放下去的,商曜穿的保洁服是她去申请拿的,和别人一点儿关系都没有。

"你不是和尤舒住一块儿吗,商曜也和你们一起住?"

连煜低着头,鸦青色的眼睫颤动:"我和竹响换宿舍了。竹响去和尤舒一起住,我带着商曜暂时住在第二层甲板。"

她两只手握住乔纪年的肩头:"竹响和尤舒什么都不知道,我们只是换个宿舍而已。她们不知道我带着商曜上船了,你别去问她们,她们什么都不知道。"

在邮轮上工作严谨,但对于宿舍的混住,却管得很松。

长途航程,海上工作压力大,手机没信号,一眼望去,茫茫大海没个尽头,生活枯燥不可避免。

搭个伴儿消愁解闷也是常有的事。男男女女之间,大家都是成年人,换个宿舍搭伙过日子,不闹出事来,事务部一般不会管。

连煜和竹响换宿舍,并不算什么大事。主要是她在宿舍藏了一个外人,真要追究起来,就不是小事了。

连煜委屈巴巴:"商曜不是什么坏人。我之前问你要船票,你都不给。他只能辗转于各个港口等我,我也没法下船,我们只能用望远镜看一眼对方,我看他太辛苦了,才偷偷带他上船的。"

乔纪年问:"商曜和你是什么关系?"

"他是我前男友。"她扯着乔纪年的袖子,"我很可怜的,谁都不认识,以前的朋友里就只有商曜来找我了,我想知道过去的事,就带他上船了。"

乔纪年双眸深沉,凝重的愁郁在瞳面翻涌:"从多米尼加到现在,快两个星期了,他一直和你住在宿舍?"

"嗯。我保证,商曜很乖的,没做过任何坏事。我出来上班,就把他关宿舍里,我们没有打扰到别人,也没做坏事。"她三根手指竖起,真真切切地发誓。

"所以,你们现在是在谈恋爱?"

连煜瘪着嘴摇头:"没有,他不让我碰他,和你一样清高。"

"哦,为什么?"乔纪年舔了舔嘴唇,尾音在唇间云遮雾罩地转了个圈,也疑惑了,又道,"为什么呢?到底是你不行,还是他不行?"

连煜泄了气:"可能是我不行,我没钱没势,大家都看不上我。"

乔纪年没绷住,笑出了声:"别自卑,应该是他不行。"

连煜转回正题:"你会不会去揭发我?大家都是朋友,你就通融通融吧,我和商曜真没干坏事,我是问过事务长,确定船上没满员才偷偷带商曜上来,多商曜一个人,船也不会超载的。"

连煜也做好了准备,马上就到墨西哥了,要是乔纪年真追究,大不了她带着商曜和连烬下船。商曜和连烬都挺有钱,她还不至于流落街头。

"急什么,不会揭发你的。"乔纪年抬手,指腹按在她嘴角往上扯,"别哭丧着脸了。"

连煜又求他,能不能给商曜一张船票。这次乔纪年爽快地答应了,他也受不了连煜天天把商曜藏宿舍里。

她跑回宿舍,把这个好消息告诉商曜,催促着他收拾东西,搬到第五层甲板船尾的客房。

"说开了就好,也不一定要我搬去客房吧,我在这里住也挺好的。"

商曜磨磨蹭蹭不愿意搬。他走了,谁天天给连煜收拾屋子洗衣服啊,她每天上班那么辛苦,他还想着贴身照顾她呢。

连煜从床底拉出自己的塑料水桶,把商曜的洗漱用品都装进去,絮絮叨叨骂他不懂事:"你又不是员工,怎么能一直住在这里。你到客房去,有了船票,以后想什么时候出门就什么时候出门,不用整天憋在宿舍里,这不挺好吗?"

"我在宿舍一点儿也不闷,晚上还能和你说说话,才不闷呢。"商曜不想走,到上面的客房区了,他就是游客的身份。游客不能随意进入员工区,就代表着,以后不能和连煜一起睡觉了。

"真是不懂事,以后你白天就可以光明正大出去和我打扫卫生了,我们可以一起去餐厅吃饭。我每天打包饭菜带回来给你,跑上跑下也很累的,一点儿也不知道心疼我。"

商曜拉住她的手,纯情地在她手背上吻了吻:"我心疼你的,这世上没有人比我更心疼你。"

商曜的东西不多,洗漱用品和几件衣服就是他的全部家当。

连煌和他一起来到第五层甲板,正好和连烬住在对门。

这里的房间是最便宜的内舱房,看不到海景,一关上灯就是黑的。在船尾偶尔会有轻微晃动,游客在订票时都避开选择船尾的内舱房,空房间就只剩下这些位置不好的房间,事务长只能把连烬和商曜都安排到这里来。

连烬一直在走廊里晃悠,连煌和商曜提着东西进来了,他很快迎上去,接过连煌手里装着商曜衣服的透明塑料袋:"姐,你刚去哪里了?"

"有点事情。"连煌又嘱咐道,"对了,商曜是我好朋友,既然你们住对门的话,以后相互照顾,别总是一有事就找我,我也很忙的。"

商曜大大方方地看向连烬:"我也算是你姐夫了,有事可以找我。"

连煌朝商曜吐了吐舌头,没承认,也没否认。

连烬垂眸跟在连煌身边,每根睫毛都透着漠然,什么也没说。

三人一起进了房间,等商曜收拾好房间,连煌又带他俩去吃饭。

灯山号抵达了墨西哥的曼萨尼略港口,会在这里停靠两天,需要在此补充物资,同时让游客上岸游玩。

竹响提前和连煌打好招呼,说后半夜下水碰碰运气,看能不能淘点金子。

两人配合默契,先把吸泥机搬出来,放到最下方的甲板上,穿好潜水装备,带上金属探测器就下了水。

连煌一路跟着竹响,离开了灯山号二十多米。

她们一直下潜,到达一处珊瑚礁附近,竹响示意从这里探测。连煌手握探杆,探盘贴在沙面缓慢前行,探杆上的主屏幕红光闪现。

连煌调整头顶的潜水灯,凑近想看看情况,手往泥下摸索,摸出个东西来,是一把左轮手枪。连煌吃了一惊,游到竹响面前给她看。

竹响没来得及细究,一股血水从上往下涌来,两人视线顿时模糊。竹响扯住连煌的胳膊,带她往上游。

两人刚一浮出水面,不远处的水面就有两艘游艇在碰撞,火光四溅,枪声四起。

竹响摘了面罩,眯眼看过去:"好像是黑帮在干仗。墨西哥这治安,真是没救了!快,先游过去!"

两人一块儿往灯山号上游去,祸不单行,一个浪花打来,连煌被水流冲走。竹响一头扎水里往灯山号游,根本没发现连煌不见了。

连煜被浪花一路冲着，人的力量根本无法和风浪对抗，即便是看起来很小的一个浪花，人在水里依旧无法脱身。连煜放松身子，不逆着往回游，而是跟着水流漂走，打算等水面平静了再游回来。

耳边的枪声越发震耳，她浮出水面，朝远处看过去。好几艘游艇都在水上漂荡，昏暗灯光下，不少人带着枪站在甲板上，子弹在四面乱窜，血腥味越来越浓。

手腕上的潜水电脑表发出警报，显示氧气不足。

连煜又看到一艘新的游艇开过来，上面的人穿着军装，是墨西哥的海警。

连煜朝海警的游艇游过去，她摘下面罩，用英语喊道："不要开枪，我是灯山号的海员！不要开枪！"

一名海警粗鲁地把她拉上来，连煜呛了不少水，坐在甲板上剧烈地咳着。

"连煜，是你？你还敢回来！"一声粗嗓嘶哑地大喊，从海警的身后出来一个便衣中年男人，他声嘶力竭地指着她吼，"连煜，你真是连煜！我就说你不是个东西，居然还和黑帮混一块儿去了，你真不怕死啊！"

连煜抬起湿漉漉的脸，看向陌生的男人："你认识我？"

"你个二流子，一天天的，心就不在正道上！法外狂徒！"中年男人又骂了她一句，迅速指挥旁边的小弟，"赶紧扣住她，这是连煜，别让她跑了！"

不等连煜反应，两个男人上前抓住她，把她双手扣在身后，死死按住。

中年男人往船舱里跑，急匆匆大喊："裴先生，裴先生！居然是连煜，这小畜生，她居然和墨西哥的黑帮混到一起了，不成器的东西，真是不要命！"

船舱里缓缓走出个身材修长的男人，一张脸映在晃动的灯光里，轮廓深刻，皮肤很白，有点雌雄难辨的妖魅，英气逼人又透出迷离的冶艳。连煜看呆了，水滴淌进眼里都没反应，第一次明白"画中人"是个什么意思。

如果说，邵淮是贴着她的心长，那这男人简直是贴着她的眼睛长，她这会儿都挪不开眼了。

中年男人跟在裴敬节身侧，继续朝连煜骂骂咧咧："你这狂徒，在国内骗钱还不够，又跑国外混黑帮。当初骗了裴先生那么多钱，还不够你花啊。"

中年男人上前一步，咄咄逼人地指着连煜："我就说货怎么突然被劫了，原来是你带人干的！你就逮着裴先生坑是吧，以前坑了他那么多钱，还不够你花啊！赶紧把你的同伙叫出来，我就没见过你这么狂的人！"

裴敬节瞥了中年男人一眼，冷声道："老于，先安静。"

裴敬节来到连煜面前，嘴角抹开玩味的笑，声线和皎洁的月光混为一体："连煜，好久不见。"

竹响顺着绳梯爬上了登艇甲板，扭身正想搭把手把连煜拉上来，定睛一看，万里海面寥廓无际，哪里还有连煜的身影。

远处枪声还未停息，东一响西一噪，啸鸣如鼓点。她喊了两声，没得到回应，端起远光手电筒扫照水面，也没见到连煜的影子。

她拿出腰间用防水袋装着的对讲机，尝试着呼叫连煜，刚一呼叫，连煜那头居然就接了："竹响，你回到邮轮了吗？"

"回来了。你呢，你在哪里，有没有受伤？"

连煜："没受伤，我刚才被浪花冲走了，上了一艘游艇，还有海警在这里，暂时没事。"

竹响也心急："那你还能回来吗？外面这么乱，不知道等会儿事务长他们要不要来查宿舍，万一发现你不在，那可就麻烦了。"

连煜浑身湿漉漉地坐在甲板上，一手拿着对讲机，一手虚掩着嘴和竹响讲话："我尽快回去。如果真查宿舍了，你先回去和尤舒帮我打掩护。我这边情况有点麻烦，好像遇上以前的熟人了，还说我欠他钱。"

竹响："别怕，稳住不要慌，跟他说你现在赚了大钱，让他先送你回来，明天你把钱砸他脸上。"

"好，我想办法尽快回去。"连煜捂着嘴，眼睛乱瞟，扫视围着她一圈的众人，个个凶神恶煞，也不知道她到底欠了多少钱。

竹响又道："你先保护好自己，实在瞒不住了也没事，最坏的结果就是咱俩一起被赶下船呗。你也别太担心，真被赶下船了，我找蛇头带你回旧金山，我在旧金山有房子呢，不至于让你流落街头。"

凉飕飕的夜里，连煜心里却是暖的："好，我想办法回去，你别担心我。"

竹响收好对讲机，先卸下潜水装备，再把吸泥机搬回库房，一路来到尤舒的宿舍。

因为外面的动乱，灯山号上广播声如洪钟，告诉游客们保持警惕，都在房间里待着，不要出门。同时，安保队的人也出来了，穿着防弹衣分散在外围甲板的各个角落。

安保队都没有配备枪械性武器。灯山号是国际邮轮，但船籍国属于中国，国内对枪械管理严格。

这次因为走远洋航线，只有船长许关锦才合法配有一支手枪，这也是灯山号上唯一的一把枪。这把手枪也不能随便拿出来，每次使用都必须有书面说明，特殊情况下还需要向国内相关部门提前报备才能使用。

等航程结束回到国内，许关锦管理的手枪也需要上缴海事局。

墨西哥这边的警卫队也过来了，许关锦和邵淮下船交涉，让警卫队的人必须保证灯山号的安全。灯山号上有三千多名游客，近两千名海员，马虎不得。

许关锦在和警卫队交谈时，邵淮走到一旁给连煜打电话，打了几个，一直显示通话中。他只好找了尤舒的号码，给尤舒拨过去。

尤舒道："我和连煜就在宿舍呢，我们都没出去。"

邵淮："她在你身边吗？让她接一下电话吧。"

尤舒把手机拿远了些，看向竹响，竹响指了指卫生间。尤舒这才回邵淮的话："连煜在上厕所，等会儿她出来了，我让她给您回电话，可以吗？"

邵淮："好的，麻烦了。"

连煜摘下脚蹼，跟着裴敬节回船舱，一边走，一边拿着手机骂骂咧咧。从她把手机从防水袋拿出来后，铃声就没停过，邵淮、乔纪年、商曜、连烬不停地给她打电话。

她这会儿心惊胆战的，也不知道到底欠了裴敬节多少钱，更不知道外面局势如何，这几个男人不停地给她打电话，她都烦死了。

她刚应付完乔纪年和商曜，耐心所剩无几，接到连烬的第二个电话，劈头盖脸就骂："问问问，问什么啊，我能有什么事啊，就知道烦我。"

连烬愣了下，以前连煜也老这样凶他，每次他给她打电话，她就骂他烦。

"给你打电话一直不接，我担心。"他低声道。

连煜："我没事，就在宿舍呢，管好你自己就行。"

连煜挂断电话，看向裴敬节："对了，你刚才骂我干什么呢？"

裴敬节拿了一条毛巾给她："我没骂你。"

连煜扯过毛巾擦脸上的水："你的手下骂我可难听了。我欠了你多少钱，你直说就行，把欠条拿出来，我肯定会还钱的。但你要先送我回灯山号去，我的钱都在船上呢。"

裴敬节又倒了一杯温水给她："你不是说在船上当海员吗？大晚上的下水干吗？"

"我当然是有事情，水手长让我下来检查螺旋桨呢，刚一下来，到处都是枪声。我被水冲到这边来，看到你们的游艇上有海警，就赶紧求助了。"

连煜一口气喝完，气势装得很足："我之前撞坏了脑袋，什么都不记得了，但也不是欠钱不还的人，你拿出证据，如果我真欠你钱了，肯定会还你的。"

裴敬节坐到沙发上，把玩着桌上的马克杯，而后从口袋里拿出钱包，翻了翻，取出一张字条给她。

连煜接过来，打开一看，上面的的确确是她的字迹：

今借到裴敬节八千万人民币整，三年内还清，立此字据！

借款人：连煜

身份证号：××××××××××××××××

202×年5月8日

"八千万……这么多。"连煜小声嘀咕，刚打出来的气势顿时矮了半截，心虚地咳了一声，"你确定这欠条是我写的吗？钱真的是我借的？万一是我弟弟借的呢，你没记错吧？"

"不想还？"裴敬节歪头看她。

连煜没底气地咽了口口水："干吗揣测我，我肯定会还的。我现在手头有点儿紧，你宽限几天，等我回国了，查清楚这账是真是假再说。"

"好，不着急。"

连煜把电话号码给了裴敬节，让他回国后联系自己。

透过防弹玻璃看向远处灯火通明的灯山号，枪声已经杳然远逝，另一艘海警艇也离开了，四周慢慢恢复平静。连煜急着下船回去，裴敬节说要送她，被她婉拒："我还是游回去吧，锻炼身体。"

裴敬节也没说什么，送她来到外面的甲板。

连煜重新穿戴好氧气瓶和面罩，又穿上脚蹼，正要跳下水时，忽然想起来关键信息没问。她站在甲板边沿，扭头看着裴敬节那张精致得无可挑剔的脸："对了，我们以前是什么关系啊，我怎么会欠你这么多钱？"

裴敬节随意地站着,修长身影在夜幕下风俊似玉:"前男友。"

连煜刚要跨出去的脚又收回来,笑了:"那我们复合吧,敬节,其实我没忘,我一直记着你呢,心里一直装着你,我爱你,真的。"

"不要。"裴敬节拒绝得干净利落,脸上高傲又端庄。

连煜吃瘪,耸耸肩道:"我就那么一问,你还真当回事了,笑死了。"她跨过栏杆,迅速跳入水中,像一尾灵活的鱼,朝着灯山号游去。

她下水前已经给竹响打了电话,让竹响下来接她。

竹响这会儿在甲板上等着,因为安保队正在上面的甲板巡逻,她也没敢开照明灯,只是用手电筒在船上给连煜引航。

连煜远远就看到上下摆动的手电光,一口气游了过来,顺着竹响放下的绳梯爬上去。竹响将她拉上来:"吓死我了,还以为你中枪了呢。"

连煜的潜水帽摘了又戴的,头发早渗了水。她摘下帽子,头发上的水珠顺着额头淌下:"我被水冲走了,海警把我拉上一艘小游艇,结果遇到个以前的熟人,好像还欠了他钱。"

"欠了多少?"竹响递给她毛巾,收回绳梯,又带她往库房走。

连煜用手比了个"八"。

竹响不当回事:"八万?多大点事啊,跟我混,带你去淘几次金就能还完。"

连煜摇头:"比八万还多点。"

"八十万?"

连煜还是摇头:"八千万。"

竹响脚下踉跄:"谁知道他说的是真是假,先别还,说不定是看你失忆了,想着坑你呢。"

连煜点头:"我也是这么想的,等回国了再说。"

两人去了库房,把连煜的潜水装备卸下,才又回了第三层甲板的宿舍。乔纪年来找连煜了,尤舒正在门口应付他。

竹响让连煜躲在拐角处,远远地朝着乔纪年喊话:"大副,这外面是怎么回事啊?一直听到枪响,我都担心死了。我刚看到船长和邵先生回来了,面色很不好,出什么大事了?"

"船长回来了?"乔纪年大步走来。

竹响点头:"对啊,我刚看到他们上去了。"

乔纪年:"我去问问,没事的,好好待在宿舍别出去。"

趁着乔纪年离开的空当，连煋闪身进了宿舍。尤舒悬着的心总算是落了底："以后还是别大半夜出去淘金了吧，太危险了。"

竹响也进了宿舍，满脸无所谓："富贵险中求。没事儿，干哪一行不危险啊。"

连煋坐在床上，手指在手机屏幕上点点按按，给商曜和连烬回消息，说自己就在宿舍，让他俩安静点，别吵吵。

没一会儿，邵淮又来了，敲响宿舍的门。连煋自己去开门："董事长，怎么了？"

"给你打电话一直不接，没事吧？"

"没，我刚上厕所呢。我手机好像坏了，老是接不到电话。"连煋故意打了个哈欠。

邵淮微微点头，就离开了。

次日天一亮，裴敬节也上了灯山号。

昨晚外头的动乱确实和他有关，有劫匪持武器在港口抢劫了十个货运集装箱，这些集装箱里都是半精炼黄金和银矿石。恰好，集装箱正是裴家的货。

裴敬节刚好来墨西哥出差，就碰上了这事，大晚上亲自跟着海警过来查看情况了。

"集装箱找回来了吗？"邵淮问道。

"还差两个，估计是沉水里了，正在打捞呢。"裴敬节轻抿一口邵淮泡的龙井茶，只是大概说了劫匪的事，并没有提及昨晚遇上了连煋。

"你之前打电话说，连煋失忆了，是真的？"他又问。

邵淮语气很淡："是真的，以前的事都不记得了。"

裴敬节："现在船上都有谁？"

邵淮暗沉的瞳仁郁气越发浓："商曜和连烬都来了。"

裴敬节笑了笑："我、你、乔纪年、商曜、连烬，五个人了，差不多齐全了啊，那开个会呗。"

半个小时后，在顶层的第十三层甲板的一间小会议室里，商曜一进来，脸当即耷拉下来，屋内已经坐了四个男人，邵淮、乔纪年、连烬、裴敬节。

"聚在一起干吗，说我们家连煋的坏话？我和你们这群懦夫没什么好聊的。"商曜迈步进入房间，这几日在连煋面前培养出的乖巧荡然无存，又恢复往日的暴戾,狂躁地拉开椅子,坐姿没个正行。

"怎么这么多男人,男人也太多了吧,能不能死一两个啊。"商曜歪歪斜斜地靠在椅子上,暴躁地环视这几个人,看一眼都觉得厌烦。

五人全部落座,气氛僵滞,几人之间并不好相处,嫌恶、不屑、讽刺如同拧紧发条的挂钟,每转动一下精神就更加紧绷。

大家不由自主地看向邵淮,暗觑他的表态。

毕竟在他们几个人中,要排名论辈,邵淮才是和连煜最紧密的那个。他和连煜正大光明谈过恋爱,和她正儿八经订过婚,是手头上有真戒指的人。这场研讨连煜的局,应当是他这位正夫来主持。

可商曜却是不满的,邵淮算个什么狗屁东西,订过婚又如何,戴过戒指又如何,还不是被连煜砍掉了手指。试问在座的各位,谁才是连煜最疼的那个,那肯定是非他莫属。

他作为连煜心尖上的人,最有资格主持大局。

不等邵淮开口,商曜拿出手机,点亮屏幕,不耐烦地瞧了一眼,很没素质地重重摔在桌面,眉眼间带着燥怒:"要开什么会,骂连煜?你们也就这点本事了,不敢当面问她,连表明身份都不敢,只会在背地里搬弄是非。"

商曜的确是从心底瞧不起邵淮这几人,连煜都站在他们跟前了,他们还唯唯诺诺不敢公开身份。

哪里像他,第一眼见到连煜,就和她说了以前的事,还得了个前男友的称号。虽然说,前男友这个身份有一部分是杜撰,但如果当初没有邵淮的搅局,说不定他和连煜早就修成正果了。

他并不认为自己的不举是不治之症,有时候半夜里想到连煜,他还是有点儿感觉的。等回国了,他找机会和连煜坦明自己的隐疾,说不定在连煜的陪伴下,他就能好了。

商曜眼尾下垂,厌烦地看着几人,又道:"裴敬节,连煜欠了你多少钱?和我说,我来还。还有邵淮、乔纪年,都一块儿说出来吧,我会善后,以后我就是连煜的男朋友了,你们有什么事就冲我来。"

乔纪年嗤笑一声,把手机倒扣在桌上,幽幽地道:"你的表是邵淮的。"

"什么?"

乔纪年下巴抬起,指向商曜手腕上的劳力士金表:"你那块表,是邵淮的。"

"开什么玩笑,这是连煜送我的。"

乔纪年毫不客气地继续揭穿:"是连煜从邵淮那儿拿的。"

商曜神经紧绷,没方才那么嚣张:"不是她偷的吧?"他就怕连煜这段日子穷怕了,一时犯傻,做出什么手脚不干净的事。

邵淮平静地接了话:"不是偷的,是我送她的。"

商曜放心了许多,悠然找出钱包,从里头取出一沓分量不轻的美金,扔到邵淮跟前:"就当是我们小两口和你买的,以后这表归我了。"

这是连煜送他的礼物,他可舍不得还回去。就算是连煜从邵淮这儿拿的,那又怎么样,连煜那么穷,买不起礼物也是正常。她有这份心意就够了,又何必追问礼物的出处。

一沓鲜亮的美金就这么散落在眼前的桌面上,邵淮也不恼,慢条斯理地收好钱,整理整齐,推向商曜的方向:"留着回去给连煜吧。"

商曜一想,确实是这么个道理。在船上取钱困难,连煜买点东西都得精打细算,他可不能为了点面子就浪费钱。

他收回钱,一张不少地塞进钱包里:"表是连煜送我的,以后我就留着戴了。"

邵淮不理他,转而将话题移到正轨:"大家说说自己的需求吧,无非就是钱的事情。还有,我的打算是回国后再和她坦白,你们呢?"

裴敬节白瓷般的指尖转动着一支钢笔:"你们就这么相信她说的话,她说失忆了就失忆了?按她那个性子,保不齐又在耍大家玩呢。"

一直沉默的连烬开了口:"所以呢,你的诉求是什么?我姐到底欠了你多少钱,你倒可以直接说出来,何必拐弯抹角。"

裴敬节:"钱的事情就不提了,我的意思是,这次,你们还要和以前一样相信她?因为她失忆了,就原谅她了?以前的事情一笔勾销,打算从头再来?"

商曜站起来,一脚踢开椅子:"我就说和你们这群人没什么好聊的。"

他正要走,邵淮又叫住他:"商曜,你这段时间一直骗她,说你是她前男友?"

商曜暗自咬牙,转过身来:"什么叫骗?我是不是她前男友,你不是最清楚吗?当初在酒店,不是都被你捉奸在床了,我和她当时在干什么,你不都看到了吗?"

此话一出,乔纪年暗自吸了一口凉气,余光扫向邵淮,裴敬节也瞥向邵淮，颇有点看热闹的意思。连烬则是厌恶商曜总是把这事挂在嘴边，这种事情提来提去，对他姐的名声也不好。

邵淮放在桌下的手，攥紧拳头，也没耐心保持体面了，起身道："等回国了，带她去医院做个检查，之后你们想对她说什么就说什么吧。"

"所以你把大家叫过来开会干吗，就是为了摆正自己的地位？让大家叫你一声大哥？真要溯本追源，你自己也算个小三呢。"商曜吊儿郎当道。

邵淮闭上眼，缓吸一口气才睁开："把表还给我。"

商曜摸着腕上的金表，继续阴阳怪气："怎么能还呢，这可是我女朋友送我的。这表挺不错，以后我就戴着了，你要是想要回去，先去问问连烬吧。"

商曜离开，屋里还剩下四人。

裴敬节道："我没什么诉求，主要是想知道，你们都是什么想法。邵淮，你还想和她继续在一起？"

邵淮默不作声。

裴敬节又看向乔纪年："你呢，你可别说，你对她什么感情都没有。"

乔纪年被戳中心思，站起来否认："我就是个看热闹的，我和她以前就没什么，以后也没什么。"

一个审判连烬的小会，终究还是无疾而终。

裴敬节也留在船上了。裴家势力不小，邵淮也得给他面子，让事务长用钱和原本住在海景房的游客沟通，给裴敬节腾出个套房来。

连烬照常上班，在第六层甲板打扫卫生，看到商曜和连烬过来了，闷声道："你俩干吗去了，到处找不着你们，我一个人干活儿可累了。"

商曜态度切换得很快，接过她的扫把："我肚子疼，刚才在上厕所呢。要不我回宿舍和你一起住吧，以后方便一起干活儿。"

"跟我住干吗，宿舍那么小，你也不嫌挤得慌。"

"那你搬来和我一起住呗。"

连烬："我是员工，又不是和你一样的无业游民，员工就得住在员工宿舍。"

连烬这几天总觉得不自在，总有人盯着她看，要么是邵淮，要么是乔纪年，要么是裴敬节。连烬也是如此，眼神很怪，天天盯着她，跟盯罪犯似的。

连煜看到裴敬节总是心虚,一来,裴敬节拿着货真价实的字据说她欠了他八千万人民币;二来,裴敬节知道她偷偷下船的事,也不知道这人会不会给她捅出去。她最担心的是,裴敬节把这事给说出去了,事务部一查起来,会连累竹响。

她把连烬拉到角落:"连烬,你知道我以前的感情史吗?除了商曜,以前还和谁交往过?"

连烬捏了捏她的手,和她十指相扣:"没有,你和商曜没交往过,只是见过面而已,他胡说的。"

连煜脑子要乱成一锅粥,不对劲儿。

她之前脑子迷迷糊糊,干什么都一根筋,天不怕地不怕,现在一回想,总觉得有诈。邵淮为什么会对她的骚扰一忍再忍?乔纪年为什么总是请她吃饭?

裴敬节说他是她前男友,现在还留在船上了。她观察过几次,裴敬节和邵淮走得挺近,裴敬节是她前任,邵淮以前没理由不认识她啊。

仔细想了想,她觉得,这群人肯定在瞒着她什么,很可能和她失忆前有关系,有可能大家都是老熟人,这些王八蛋看着她现在失忆了,故意装作不认识她,把她当猴耍呢。

连煜想了个招,去超市买了三个信封,回来窝在宿舍写情书:

> 我喜欢你,心里装的都是你,一日不见如隔三秋,我爱你,日日夜夜思慕你,想你,恋你,想和你共度余生,你是我此生唯一。如果你愿意,今晚十一点在第十二层甲板船尾的观景台,我们不见不散。

信的开头处分别填了三个名字:邵淮、乔纪年、裴敬节。

结尾署上自己的大名:爱你的连煜。

竹响跑来串门,看到她在写情书,还写了三封,除了名字,内容一模一样:"哟,你这是干吗呢?"

"我打算表白。"

"一次性表白三个人,可以啊,我支持你。"竹响笑得前仰后合,念着她粗糙的情书。

连煜将三封情书都装进信封,递给她:"竹响,你可不可以去帮我送信,拜托拜托。"

"当然可以，记得请我喝饮料。"竹响收起了信，"不过你也太猛了，时间都不错开的？全部约在今晚见面？"

连煌："我老感觉邵淮和乔纪年以前就认识我，商曜和我弟也有事情瞒着我，裴敬节也是，说话稀里糊涂的，我想试探一下他们到底在搞什么鬼。"

观景台有一面装饰用的磨光钢板，弯月一样的形状，此刻在月辉的照耀下亮堂堂地反着光。连煌躲在弯月钢板后方，定睛凝视前方空地，等待情人们的到来。

晚上十点五十分，乔纪年先来了，手里拎着个透明塑料袋，里头是几瓶饮料和杂七杂八的零食。他看了一圈没看到连煌，在支付宝上给她发消息：我到了，你在哪儿呢？

连煌躲在后方给他回消息：等我一下，马上就来了。

乔纪年等了五分钟，没等到连煌，邵淮出现了，两人四目相对。四面八方涌来的海风冒出点非同寻常的气息，冽冽凉风仍然压制不住暗里雄性竞争的辛辣。

"你来这儿干什么？"邵淮先问。

"上来玩一玩。"乔纪年双目清明，他说话总是这样，半冷半热不着调，"你呢？你上来干吗？"

邵淮环视一圈，没看到连煌的影子，低头给她发消息：我到了。

连煌贼头贼脑地躲着，并没有回复邵淮的消息。

没一会儿，裴敬节从拐梯出来，比惯常的体面还要衣冠楚楚，西装、衬衫、领带招呼了个齐全，黑得如墨染的短发全部梳上去，用发胶固定住，露出一张俊颜俏面来，甚至还带了一束玫瑰花。

三人撞了个正着，眼里疑云似一面铜镜越擦越光可鉴人。不需要说什么，三人心里就明白了个七八成。三人都想给连煌打电话，大海茫茫哪里有信号，平日里和连煌联系，只有对讲机和支付宝。

眼下也没带对讲机，三人都掏出手机点进支付宝，各自的手机亮光映射在三张冷然清隽的脸上。连煌躲在后方，手机调了静音，这会儿屏幕亮起，支付宝上的消息接二连三地弹出。

邵淮：在哪儿呢？

乔纪年：我到了，十二层甲板的观景台，你人呢？

裴敬节：表白还迟到？

连煜一个都没回复，收好手机，躲在暗处继续观看。

裴敬节忽地笑了，问道："你们来这里是？"

"那你来这里又是？"乔纪年反问。

裴敬节什么也没说就走了。

甲板上只剩下邵淮和乔纪年。两人看了看对方，乔纪年问道："也是她约你上来的？"

"你也是？"

一度无话，两人各自从不同通道离开了。

甲板上彻底安静下来，连煜从暗处走出，一个人坐到空地上，前方海面在月辉的照耀下波光粼粼，身后是在风中翻飞的五星红旗。这几个男人嘴太严实了，没打探到太多信息。

但从他们的反应中，可以确定的是，他们肯定早就认识她了。至于邵淮和乔纪年为什么从一开始都装作第一次认识她，以及商曜和连烬都闭口不谈以前的事情，其中肯定有隐情。

连煜决定，从现在开始，再也不相信任何人说的话，哪怕是连烬的话，也不能信。以前的记忆，她得靠自己去慢慢摸索找出来，而不是任由这些人胡说八道。

一袭黑影慢慢延长，连煜扭头看，是邵淮，他就站在她旁边，缄默不言。

"你来这里干什么？"连煜问道。

"不是你约我的吗？"

连煜抬起手，握住他垂放在身侧的指尖，用力往下拉："收到我的信了？"

"嗯。"

连煜问："喜欢我吗？"

邵淮没说话。

连煜站起来："哼，我也没多喜欢你，我心里有人呢。"

从这天起，大家发现，连煜像变了个人似的。

她照样干活，照样跑上跑下忙活自己的小生意，但不像之前一样追人了。她不去邵淮办公室接咖啡；乔纪年请她吃饭，她也不去；连烬来找她，她也骂他烦；看到裴敬节，她直接抬头挺胸朝前走，不和人家打招呼，傲气得很，仿佛裴敬节才是欠她钱的那个。

当然，这堆男人里，她也不是谁都不理，还是像往常一样把商曜带在身边，甚至比以前更疼商曜了。她带他打扫卫生，带他去餐厅吃饭，买一瓶饮料，自己喝一半分一半给商曜，两人在甲板上走动，形影不离。

商曜很乖，连煜远远看到他正同邵淮和乔纪年议论着什么，她在后头喊道："商曜，快过来，不要和他们讲话。"

商曜对她言听计从，很快跑了回来。

连煜问："你和他们说什么呢？"

"没说什么，就随便打个招呼。"

连煜伸手将他拉过来："以后别和他们讲话了。他们不是什么好人，好好和我在一起，我会对你好的。"

"为什么说他们不是好人？"

连煜闷头往回走："没有为什么，就是不喜欢他们，如果你想继续和我做朋友的话，就好好站在我这边，不要和他们讲话。"

"我肯定是站在你这边的。"

两人绕过日光甲板，也没乘电梯，顺着步梯走下去，在拐角处碰到连烬。连烬的目光自始至终放在连煜身上，低声喊了一句："姐。"

连煜不耐烦地"嗯"了一声，拉着商曜的手，扭头就要走。

连烬拦住他们："姐，你吃饭了吗？"

连煜："没有。"

连烬："那你去哪里吃？"

连煜也不看他，语气很硬："我带商曜去第五层甲板吃。"

"我和你们一起吧。"

连煜没答应也没拒绝，任由他在后面跟着。到了餐厅，她和商曜紧挨着坐，连烬坐在他们对面，像是被隔绝在外。连煜只给商曜夹菜，和他低声细语讲话，完全不理会自己的弟弟。

实在是受不了了，晚上打扫完卫生，连烬把她约出来单独讲话："姐，你这两天是不是不开心？"

"和你没关系。"

连烬碰了碰她的手背，见她没有拒绝的意思，顺着她的手腕一点点往上，握住她肩头，如履薄冰地观察她的脸色，最后手臂一揽，直接抱住了她，下巴抵在她肩上："姐，你是不是不要我了？"

"你干什么啊？"连煜要推他，推不动，青年的身躯像铜墙铁壁一样。

连烬两只手籀得她很紧:"姐,是不是我哪里惹你不高兴了?"

"你到底是不是我弟弟?"连煜冷静地问。

"你怎么会怀疑这个?"

连煜:"你分明和邵淮他们认识,但从不和我提及他们,我过去的朋友,你也是一个字都不提。上船这么些天了,到了港口手机也有信号,你也不给爸妈打电话。"

"爸妈出海了,联系不上。"

连煜:"这是理由吗?"

连烬还是抱着她:"我尽快联系,好吗?你别不理我。"

连煜:"我再问你一遍,邵淮和乔纪年,以前和我是什么关系?他们以前肯定是认识我的,别以为我看不出来。"

连烬又开始回避话题:"事情很复杂,我也不是很清楚。"

他手上的力度越收越紧,气息逐渐发沉,隐约染上了哭腔:"姐,他们都不是什么好人,我也不知道他们为什么会装作不认识你,我怕打草惊蛇,才没敢和你说清楚。"

"不是什么好人,到底是怎么回事?"

连烬:"爸妈经常出海,你十六岁就上大学了,那时候我才十三岁,爸妈没时间照看我,就暂时让我住到邵家去。我过得很不好,姐,我真的很想你。"

他缓缓放开她,卷起自己的裤腿,露出骇人的疤痕:"十九岁那年,我的腿断了,做了一场很大的手术。"

"怎么断的?"

连烬故意说得模棱两可:"那时候你和乔纪年开车去码头,我去追你们,乔纪年怎么都不愿意停车,情急之下就撞到了。"

连煜看着他腿上的疤痕:"乔纪年开车撞的?"

连烬眼睛很红:"也是我不好,是我的错,我不该去追车的。"他腿被撞断时,乔纪年也在场,这也不算撒谎吧。

连煜又问:"我和乔纪年是什么时候认识的?"

连烬:"应该是你毕业后认识的。他跟着你出海,我那时候还在学校上学,不太清楚你们之间的关系。"

连煜心里不落忍:"那伤现在怎么样了,你平常走路没问题吧?"

连烬摇头:"没什么问题,就是偶尔会疼。晚上疼的时候,我就特别想你。"

连煜摸摸他的脸，心疼了："小可怜，别担心，以后有我在呢。"

连烬又抱住她："姐，以前的事情等我们回国了再慢慢说好吗？现在是在邵淮的船上，我怕我说错了什么，邵淮会对我们不利。"

"没事，不着急。"连煜暂时和连烬关系缓和了些。

刚和连烬依依惜别回到宿舍，邵淮又开始约她。她到了他办公室，横眉冷对："叫我干吗？"

"要喝咖啡吗？"

"不喝。"

邵淮："不是给我送情书了吗？怎么又不来找我了？"

连煜也不和他兜圈子，直接道："你和乔纪年以前就认识我了，为什么我上船后，你们一直耍我玩？"

邵淮握住她的手，带她坐到沙发上，像往常一样把她抱到自己腿上，伸出手给她看无名指上的疤痕："记得我和你说过吧，我手上的疤，是因为手指被切断了，去医院接上了留下的疤。"

"记得啊，你说是你未婚妻切的嘛。"

邵淮吻在她下巴："那是我跟你开玩笑的。那时候我和你打算结婚了，你弟弟不让，发了一通脾气，我的手就这样了……"

当年，连煜切他的手指时，连烬也在场，他这么说，也没直接把罪魁祸首扣到连烬头上，不算撒谎吧。

他继续道："你知道，把一根手指重新接好，有多复杂吗？指骨、血管、肌腱、神经都要对准吻合，接上后要经历无数次修补才能恢复到现在的样子。我以前是小提琴十级，现在再也没法演奏了。"

连煜心疼了："这是连烬干的？"

"不说了，都过去了，他也不是故意的，小孩子不懂事。"他故意含糊地引导，"连烬一直说，找到你后，不让我们公开身份，他总是很疯，我怕他又做出什么事来，才没对你说实话。"

连煜心疼他，摸摸他的脸："唉，真可怜。"

次日，裴敬节又约了连煜，在第十二层酒吧的角落里。他把那封情书当着她的面打开："给我送了情书，怎么又失约了？"

"我去了啊，没找到你，以为你不喜欢我，我就走了。"她倒打一耙。

211

"你喜欢商曜？"他突然转了话题。

"为什么这么问？"

裴敬节："知道你为什么要借我八千万吗？"

一提到这个，连煜就烦："我哪里知道，别老是提钱，多伤感情。"

裴敬节继续道："当初你说商曜得了绝症，要借钱给他治病，我借了，商曜非但不感恩，还把我打进了医院。"

连煜："我怎么知道你说的是真还是假。"

裴敬节点开手机，找到一张警方的调解记录，上面明确有裴敬节和商曜的签字。他还给她看了验伤报告，不得了，他被商曜打断了两根肋骨。

连煜心疼了："商曜为什么这么干？"

裴敬节："你可以去问问他。"

连煜跑回去找商曜，商曜支支吾吾，言辞闪烁，给她看了一份他被拘留十五天的派出所证明，红着眼睛看她。

"你光是心疼他们，也不心疼我。我当初不过是去问问邵淮你的下落，邵淮就说我寻衅滋事，报警把我抓了。你知道在派出所的日子有多难受吗？你光心疼别人，一点儿也不心疼我。"

连煜慌里慌张地给他擦眼泪："我哪里不心疼你，但是，你怎么会被关了十五天啊，你就没错？"

"我有什么错，我还不是想要找你。你出海后就没了消息，我担心得要死，邵淮他们几个袖手旁观，我去问线索，反而被他们颠倒是非，说我闹事，报警把我给抓了。"

看他这小模样，连煜不好怪他，抱住他的头："不哭了不哭了，我最心疼的还是你。"

从房间里出来，连煜揉揉太阳穴，这下子，也不知道到底该心疼谁了。

/ 第十一章 /
祝连煜生日快乐

到底是谁撞断了谁的腿、谁砍了谁的手指、谁把谁的肋骨打断了、谁害得谁被拘留了，连煜回到屋里捋了好一会儿，才捋清这些杂七杂八的关系。

连煜去问乔纪年："你干吗撞断连烬的腿？做人怎么能这样呢，伤了人家，至少也得给个好脸色吧。连烬上船这么久了，就没见你主动和他说过话。"

乔纪年脸上青一阵白一阵："他说他的腿是我开车撞断的？"

"对呀，他还给我看他的腿了，可吓人了。"

乔纪年眉头皱了又平，平了又皱，终究是什么也没说出来，总不能和连煜说，连烬的腿是她这个做姐姐的给撞断的吧。他头扭向一侧，目光游移不定，硬生生背下这口莫名其妙的黑锅。

连煜又道："连烬已经和我说了，你和邵淮老早就认识我，你们为什么故意装作不认识我？"

乔纪年在脑海中丝丝缕缕地过了一圈，将责任推到连烬身上："去问你弟弟吧，他不让我在你面前闲言碎语，说要杀了我。"

连煜倒是气头上来了，连烬这小子，小小年纪就口出狂言，总是喊打喊杀，成何体统。她揉揉乔纪年的脸："怕他干什么，以后有我在呢，我看他敢对你动手！"

乔纪年微启的眼睑露出精亮的光，故作惊恐之色，一把抱住连煜："那你以后可得保护我，不仅是连烬，还有商曜。商曜也不是个好人，他总威胁我说要弄死我,你要保护我。"

连煜对这几个人的话,信任度薄如蝉翼,愠怒摆上脸来:"连烬说要杀你,商曜说要弄死你,你就没错?"

乔纪年声音沉痛凄楚,哀声意切,令人顿生怜悯:"你怎么能这么说,总不能恶人先告状你就站在他们那边吧。反正我没做过什么对不起他们的事情,你要是这么误会我,我也只能忍着了,反正你也不心疼我。"

"你都把连烬的腿撞断了,还说没有对不起他?"

乔纪年索性不反驳了,只是在心里愤慨道:明明是你撞断的,当初劝你开车慢点,你还吼我。

连煜又去把连烬和商曜训斥了一顿。

半个小时后,连烬沉着脸来到邵淮的办公室,目如点漆:"你和我姐说,你的手是我砍的?"

邵淮淡定自若,不疾不徐地道:"难道我还能把真相告诉她,说是她砍的?"

"你可以说是自己不小心砍的。"连烬冷冷地丢下一句,步子恍若踏在雪窝子上,一步比一步冷,一步比一步硬。

商曜最是坐不住,风风火火,怒火节节攀高地来找裴敬节,张嘴便是破口大骂:"你和连煜说,你的肋骨是我打断的?你可真有脸说,狗嘴里吐不出象牙来,是我打的吗?分明是……"

尾音未出,裴敬节打断他的话:"那你要让我怎么说,说是连煜弄的吗?"

"那你也不能说是我打的呀,连煜都来骂我了,这让我怎么和她解释?"商曜怒气和委屈参半。

当年,商曜是在邵家第一次见到的连煜。

那时候连煜二十二岁,刚出海回来,带了一堆特产,还有个小黄毛。小黄毛头发染得很嚣张,手臂上青龙白虎大花臂,开着一辆油门声像坏了的哨子一样的摩托车。

商曜有事情去找邵淮,开着一辆劳斯莱斯幻影,在邵淮家别墅门口和摩托车蹭了个正着。摩托车上的连煜和小黄毛一块儿栽下来,后架绑着的行李箱也落了地,里头的东西散了一地。

小黄毛先把连煜扶起来,气势汹汹地过来盯着商曜。

商曜从车上下来,身量高挑修长,端的是贵家公子的作风。他那时候脾气还没这么暴躁,和颜悦色地道:"抱歉,但也不能怪我,这儿是盲区,你们怎么把摩托车往这儿开啊。"

连煜蹲在地上捡散落的行李,扭头道:"怎么不能往这儿开,我回家不往这儿开,难道还往你家开?"

邵淮和连烬也出来了,连烬匆匆去帮连煜捡行李:"姐,怎么这么快就到了,不是说让我去港口接你吗?"

"等你来黄花菜都凉了。"

邵淮和商曜介绍,说连煜和连烬是他叔叔赵源家的孩子,这些年一直和他们一起住。

商曜也帮忙去捡行李,一个劲儿说"对不起"。

大家一起进了邵家。小黄毛显然和这里格格不入,嚣张的大花臂进入别墅后都失去了光彩,低眉垂目跟在连煜身边,手足无措,不敢抬头看人。

后来商曜才知道,小黄毛是连煜以前在乡下的玩伴,一块儿玩泥巴长大。人家那头发天生就黄,不是染的,大花臂是因为手臂上有疤,老是自卑,连煜才带他去文身。

小黄毛也不是什么俗不可耐的非主流,把头发翻上去了,长得很不错,眉清目秀,五官周正。别看人家弄个跩上天的大花臂,其实人很害羞,一块儿在邵家吃饭时,菜都不敢夹,说话轻声细语,只会半捂着嘴和连煜交头接耳。

小黄毛说,他是连煜的男朋友,连煜也没否认,整天和小黄毛开着摩托车出去玩。

以至于后来,商曜觉得,邵淮是把小黄毛给绿了,当了小三才和连煜在一起的。

连煜和邵淮的关系一直都是雾里看花,不清不楚。邵淮大大方方地说他在和连煜交往,但连煜总是不承认,她又经常出海,离开一次就是一两个月,大家也没法问她。

商曜觉得她很有趣,开玩笑说要追她。连煜说让他等等,等她和邵淮分手了再说。

有一次,连煜出海回来,商曜提前到港口等她,两人打打闹闹,商曜说话没个正经:"邵淮比你大了五岁,老黄瓜了,要不和我在一起吧?"

"他是老黄瓜,你是什么,腌黄瓜?软了吧唧的。"

"软不软你看看不就知道了。"

"给我看看。"连煜手里拎着矶竿和渔线，抬脚开玩笑似的往他裤子上踢过去。她穿的是高帮渔夫雨靴，鞋头很硬，这一踢就把他踢坏了。

商曜蹲在地上，捂住那里疼得大叫。连煜起先以为他是装的，发觉不对劲儿才带他上医院。医生说，踢的角度太刁钻了，估计不好治。

连煜又带商曜找了几个名医，还是不行。商曜日渐暴躁，但有连煜压制着，他尚且还能收敛些。

他不知道连煜在干什么，钱总是花得很快，无底洞一样，她从邵淮那里拿了不少钱，不够，又去问裴敬节借。

裴敬节问她借钱干什么，她言辞闪烁也说不出个所以然，正巧这段时间带着商曜到处找医生，便随口说是商曜得了绝症，要借钱给他治病。

裴敬节将信将疑，借了连煜八千万。在某次聚会上，裴敬节碰到了商曜，随口问商曜的病怎么样了。

商曜并不知道连煜找裴敬节借钱了。裴敬节这么一问，他以为是裴敬节打听到他不举一事，故意讥笑他呢，当场气不打一处来，和裴敬节打了起来，打进了警局。

商曜对裴敬节动手不算重，就是点皮外伤，二人你来我往，他自己也受了伤。

裴敬节断的两根肋骨，实际上是连煜弄的。

两人从警局出来后，商曜左右还是委屈，等连煜出海回来，立马告状。连煜本着公平公正的原则，带商曜去找裴敬节，调解了两句，说各打五十大板得了。

所谓的各打五十大板是，她拧了下商曜的耳朵，也往裴敬节胸口捶了一拳。好巧不巧，他们站在森林公园的斜坡上，连煜这一拳让裴敬节脚下不稳，顺着石阶摔滚而下，胸口砸向底下的石墩，断了两根肋骨。

后来，只要有人来问，这伤是怎么弄的，裴敬节永远是那句话：商曜打的。

灯山号顺着太平洋东线往上，离开了墨西哥，来到美国洛杉矶。在洛杉矶停靠两天，再继续北上航行一天一夜，就到达旧金山，竹响要在旧金山下船离开。

连煜舍不得竹响，还想和她一起下水淘金。竹响说，她先在旧金山打听打听，看看能不能弄到一条正经的淘金船，之后带连煜去白令海淘金，白令海才是真正淘金热的宝地。

连煋欣然答应,和她约好一起发大财。

竹响离开的前一天,连煋和尤舒帮她打扫好宿舍,帮她收拾行李。竹响的东西很乱,三人拾掇了两个多小时,才把宿舍里里外外弄得洁净如新。

三人来到第四层甲板的事务大厅,连烬就在那里等着了,走过来站到连煋身边,接过她手里提着的水桶:"姐,你吃晚饭了没?"

"没,我要和竹响、尤舒去第九层的皇家梦幻餐厅吃。"连煋挽着尤舒的手臂,又对连烬道,"你帮我把这水桶提上去给商曜,里头是我的衣服。"

连烬问:"你的衣服怎么给他?"

连煋:"拿去给他洗啊,我的衣服都是他洗的,反正他天天闲着也没事干。"

"我也天天闲着没事干……"

连烬提着水桶回到自己的房间,并没有交给商曜,而是进了卫生间自己抢先洗了起来。他很小就帮连煋洗衣服做饭了,这些事情本该是他的福分才是,现在却总被商曜抢了去。

因为竹响明天就要离开,连煋破费邀请竹响和尤舒在最贵的餐厅吃饭,还问了秦甄要不要一起来吃,秦甄慨然应允。

四人坐在靠窗的位置,连煋让她们随便点,说自己请客,还要了一瓶葡萄酒。她喝得微醺,话匣子也敞开了:"你们也知道我失忆的事情,我是真的什么都不记得了,以前认识我的人在我面前胡说八道,我都分不清真假。"

竹响啃着一只梭子蟹:"那不挺好。欠了钱可以不用还,反正都记不得了。"

秦甄和尤舒都笑了起来,秦甄道:"就当是重活一次呗,分不清真假就谁都不要信,只信自己。"

吃过饭,连煋和竹响贪杯,喝得有点上头。秦甄和尤舒扶着她俩出来,连烬在外面站着,快步上前从尤舒手里接过连煋:"姐,你喝酒了?"

"一点点,不碍事。"

连烬说让尤舒先带着竹响回去,他会照顾他姐的。连煋拉着竹响和尤舒的手依依不舍:"我找不到我的家人了,尤舒,竹响,你们两个就是我的家人。"

连烬站在旁侧一声不吭,他不知道自己这是怎么了,为什么连竹响和尤舒都去嫉妒。他痛恨自己总是这样扭曲,嫉妒连煌身边的每一个朋友,不论男女。

秦甄回了自己的套房,尤舒也带着竹响走了。

连烬扶着连煌坐在露天甲板的长椅上,让连煌靠着自己的肩:"姐,你爱我吗?"

"我都不认识你,为什么要爱你。"

"我是你弟弟。"

连煌低着头:"但我不认识你,我忘记了。"

连煌用力搓了把脸,站了起来:"我去找一下邵淮,你先回房间休息吧。"

"你去找他干什么?"

"大人的事情,小孩子别管。"

连煌脚步虚浮地前往邵淮的办公室,一把推开门,走到他身边,朝他伸出手,手心里躺着一颗从餐厅拿的薄荷糖:"好久没送你礼物了,给。"

"你喝酒了?"邵淮把薄荷糖放桌上,握住她的手,"为什么要喝酒?"

"和朋友一起喝的,我心里高兴。"她歪歪斜斜地半撑着身子往邵淮身上靠。

邵淮托住她的腰,把她抱到腿上,嘴唇贴在她脸侧:"脸很热,喝了多少?"

"没多少,一点点而已。"

连烬顺着门缝窥探里头的一切,都不知道连煌和邵淮已经这么亲密了。他移开脚步,到走廊尽头,给商曜发消息:我姐在邵淮办公室,他们这是复合了吗?

连烬本想挑拨离间,让商曜上来闹一闹。

没料到,商曜上来就骂他:关你什么事?她爱干吗干吗,和你有关系吗?整天跟个鬼一样盯着她,她玩个男人而已,又不是玩你,你天天盯着人家干吗?你是她弟弟还是她爹啊?滚滚滚!

商曜不介意连煌到底是去玩邵淮还是乔纪年,抑或是裴敬节。他给不了连煌的,连煌自己出去找乐子也无可厚非。他自卑得魔怔了,就怕混乱中连煌一摸他,发现他不行,那可就糟了。

他宁愿装作纯情保守的大男孩,也不愿意冒一点点风险。他害怕,怕连煜嫌弃他、不要他。至少现在自己是连煜最疼爱的人,连煜说过会一辈子对他好,这就够了。

连煜和尤舒一起送竹响过了舷梯,目送她过了安检区才回来。商曜也跟着连煜,他也要上岸一趟,说要去买点东西,拉着连煜的手左问右问:"宝儿,你有什么要买的,我都给你带上来。"

"不用,你给自己买两身衣服就行,都没换洗的了。"

商曜心里像埋了颗火种,越烧越暖,搂着连煜抱了又抱:"只有你最关心我,咱俩要相互心疼对方,坚持互帮互助,等回到国内就能过上好日子了。"

连煜点点头,嘱咐他:"买衣服别买太贵的,能穿就行,别浪费钱。"

"我知道了,我穿破烂点,钱都留给你。"

"嗯,快去吧。"连煜朝他挥手,"快去快回,我在船上等你。"

连烬也说自己要下船一趟,问连煜有没有东西要带的。连煜说不用,让他别乱花钱,人在异乡,干什么都得眼光长远些,把钱留着傍身才是正事。

连烬和商曜都走了,邵淮和裴敬节也先后说自己要下船一趟,同样是先来问连煜有没有东西要买。连煜倒是奇怪了:"你们怎么都要下船,旧金山这么好玩的吗?"

邵淮:"他们应该是去买东西,我是下去有点事情要办。"

连煜道:"那你去吧,回来给我带点吃的就行。"

邵淮下了船,一路来到加利福尼亚大学的旧金山分校。他和助理在校外的咖啡店等着,助理打了个电话。

半个小时后,一个穿着白大褂戴着眼镜的年轻人匆匆赶来,是个眉目清秀的东方面孔,头发棕黄色,举手投足间身上的白大褂窸窸窣窣响动着,隐约能看到左手手腕往上的大片深色文身。

"哥,怎么有空来这里?"许正肃来得急,额间跑出一层细汗。人如其名,他的的确确是个规规矩矩,正派不阿的人,可一头的黄发和手上的文身也盖不住身上的正直。

邵淮抿了一口咖啡,问道:"最近学习怎么样?"

"挺好,这段时间在忙毕业论文。导师很好,同学们都很不错。"许正肃很有礼貌,斯斯文文地回话。

邵淮："今年六月份是不是要毕业了？工作呢，怎么打算的？"

许正肃："打算回国内。有学长介绍了一家研究所，我联系过了，他们说等我毕业后就去面试，大概率能成。"

邵淮半合着眼点头，沉默了片刻才又开口："连煜找到了。"

许正肃蓦地瞪大眼睛，压制不住惊喜地站了起来："找到元元了！她在哪里呢？怎么样？有没有受伤？这三年她都是在哪里过的？"

"你先坐下。"邵淮道。

许正肃意识到失礼，赶紧安静下来，还是无法淡定："元元她现在怎么样了？"

"在灯山号上。但她失忆了，也没证件，没办法下船。"

"失忆，怎么会失忆呢？是不是受伤了？"

邵淮："不知道。是从东非那边的海上救起来的，醒来了就什么都不记得了，船医给她做过基本检查，说身体没什么大碍。她没证件，上岸很麻烦，当时又是在非洲，当地医疗水平不行，我们打算等回国了再好好带她去医院看看。"

"我能上船去看看她吗？"许正肃提出要求。

"等回国了再见吧，也不着急，暂时不要刺激她了，她现在什么都不记得。"

许正肃："能不能让我和她打个电话？"

邵淮："想到以前的事情她总是头疼，先不要打扰她了。"

许正肃只能无奈地应下："那好吧。"

许正肃是当年一直跟在连煜身边的小黄毛，连煜失踪后，他自己出海找了好几次都没找到。邵淮让他别找了，免得耽误了学业，后来又资助他到美国读研究生，学的生物工程学。

话题停顿下来，许正肃摸不清邵淮在想什么，只能陪着他沉默。

直到过了五分钟，邵淮才再次出声："当年凌迅集团告连煜盗走了他们的船舶技术资料，还说她挪用了公款，给他们公司造成非常大的损失，这事你知道吗？"

"不可能，元元就不是那样的人，这中间肯定有误会。"许正肃一脸肯定地说。

"我也不相信她是那样的人。"邵淮转了转大拇指上的扳指，语气很平淡，"但如果她就是那样的人，也没什么，知错能改就好，当然，不改也没事。"

许正肃仔细看邵淮的脸色:"哥,您是什么意思?"

邵淮缓缓抬起眼看他:"凌迅集团一直在查这件事,这次连煋回去了,免不了他们又要旧案重提。如果说,我的意思是如果连煋当年真的做了什么错事,你能不能帮帮她?"

许正肃是个有些死板的读书料子,听不太懂邵淮的言下之意,略微困惑地看着他。

邵淮将话挑明:"凌迅集团指出连煋盗取资料那段时间,你一直和她在一起,如果这事是真的,那你也不清白吧?你也知道,连煋在国内名声很不好,万一这事真落实的话,估计有不少人趁机落井下石。"

许正肃算是听明白了,邵淮这是希望,他给连煋背黑锅。

见他不说话,邵淮又道:"这只是最坏的准备。当然,我们都不希望凌迅集团说的是真的。但如果属实,我们不得不提前做准备。"

他静静盯着许正肃纯净的眼睛:"你放心,如果是真的,我会给你找最好的律师团队,该赔的钱我这边都会赔。"

许正肃知道凌迅集团那个案子,他有查过资料,如果连煋真盗取技术机密和挪用公款,这已经涉及经济犯罪了,起码得判个五年。他不相信连煋会做那样的事情,可大家都说连煋很坏,欠了很多钱,他又不得不担忧。

邵淮拿出一张银行卡,放在桌上,指腹压在卡面推到许正肃跟前:"这里有点钱,你也快毕业了,用钱的地方也不少,拿着吧。"

"元元是清白的,以后也会一直清清白白,我会帮她的。"许正肃把银行卡推回给邵淮,"哥,这钱就不用了,我有在兼职,钱还够。"

"收下,以后工作了再还给我也不迟。"

"谢谢哥。"

和许正肃谈完,邵淮去了一趟超市,边给连煋打电话:"要礼物吗?我在超市。"

"你看着送呗,要送礼物还提前问,没诚意。"

"哦。"他买了个水桶,让助理提着,又去了一趟银行。

连烬、裴敬节、商曜也都下船了,邵淮是最早回来的人,他直接来到连煋的宿舍。每到靠港日连煋都要安排拎包服务,游客上岸后,她基本有一天的休息时间。

尤舒今日也轮休,和连煋各自躺在自己床铺,对面的桌子上放着笔记

221

本电脑,正在播放一部美剧,两人都趴在床上看得津津有味。

邵淮在门口敲门,尤舒去开门,看到是他,愣了下才道:"董事长,您是来找连煜吗?"

"嗯,她在吗?"

连煜瞬间从床上跳下:"我在我在,你要给我送礼物吗?"

邵淮站在门口也没进来:"来看看吧。"

连煜走到门口,看到邵淮手里拎着个水桶,大声道:"你给我买桶干吗?我现在不缺桶,早知道让你给我买个洗脸盆了。"

"那等会儿给你在船上买。"

连煜接过水桶,桶里还塞着不少东西,上层是衣服和水果,底下是崭新的现金,美金和人民币各占一半,差不多占据三分之二的桶身。连煜看得眼里冒星光:"这都是给我的?"

"嗯。"

"我以为你自私自利,一毛不拔呢。"连煜蹲下来,生怕邵淮拿假钱诓她,取出一沓美钞仔仔细细点验手感,发现都是真的,站起来摸他的手,"我喜欢你,我最喜欢你了,爱你,我这辈子只爱你!"

"你之前给我写的情书,都是真的?"

"肯定是真的啊,一日不见如隔三秋,我从没给人写过情书,只给你写过!"连煜提着水桶跑回宿舍,推到桌子底下,找出一块柿子饼给他,"送你的,这个可好吃了。"

"谢谢,今晚来办公室找我。"邵淮吻在她耳垂上,暧昧地咬了一下。

连煜嘻嘻哈哈地推他:"死鬼,知道了,记得打扮得好看点。"

邵淮在她腰间捏了下:"我先走了。"

下午太阳快落山时,连烬也回来了,拉了个行李箱回来,里头也是吃的和穿的,还有一个塞满美金的信封。他把行李箱和信封都给了连煜:"姐,我给你买了点东西,你回去看看喜不喜欢。"

连煜喜欢拆礼物,迫不及待地在走廊里就打开行李箱:"喜欢,都喜欢,谢谢你。"

连烬也蹲下来,握住她的小拇指揉了揉:"姐,今晚八点,你来我房间找我,好吗?我想和你谈点家里的事情。"

"现在也可以谈啊。"

"我还没准备好,等我回去捋一捋思路再好好和你谈。今晚八点,来

222

我房间,好吗?"

连煋应付着点头答应:"好好好,我知道了,今晚见。"

商曜也回来了,他带的东西最多,装了个二十五寸的大行李箱。连煋到舷梯入口接他,他累得瘫在她肩上:"累死我了,都是给你买的,上次在墨西哥没能下船,都没法给你买东西,这次买了个齐全。"

他捧着连煋的脸,左右揉得滑稽:"我家宝宝受苦了,这段时间都没新衣服穿,心疼死我了。"

"我可没那么矫情,你给自己买了没有?你也该买两身新衣服的。"连煋打开行李箱,查看里面的东西,各种大牌日用品,塞得满满当当。

商曜下巴抵在她肩上:"买了,我给自己买了身特帅的。宝宝,今晚来我房间,我穿给你看。"

"你直接穿不就好了,干吗还让我去看?"

商曜缠着她:"就是想让你来看嘛,今晚八点半,来我房间好不好,我带你去吃好吃的。我特怀念和你一起住在宿舍的那段时间,今晚你来,我们像之前一样一起看电影,好不好?"

"好好好,我知道了,今晚不见不散。"

连煋带着商曜给她买的东西刚回到宿舍,尤舒也拎着个大号编织袋进来,对她道:"连煋,有个叫裴敬节的,让我把这个给你,说是给你买的。"

"我看看。"

连煋把袋子打开,也是些吃的和穿的,还有一封信,上头写着:今晚八点,第十二层甲板船尾观景台,不见不散,谈一谈你欠我的八千万,谈得顺利的话,这笔账今后一笔勾销。

连煋收拾着今天收到的东西,全部分类好,分给尤舒不少东西。她叹气道:"竹响应该晚两天下船的,不然就可以从我这儿蹭点好东西了。"

"我对你的身世越来越好奇了。"尤舒也蹲着帮她一起收拾。

"我也很好奇。但这群男人说的话,我是一个字都不敢相信。"连煋站起来,拿起一条珊瑚红的连衣裙在身上比画了下,"你看看,你说我穿这件去约会怎么样?上船之后,都没穿过裙子呢。"

"可以啊,很好看。"尤舒上手帮她摆弄裙子的下摆,"对了,你要去和谁约会?"

连煋发蒙,一拍脑袋:"对哦,我今晚到底要去和谁约会啊!"

乔纪年在驾驶舱赶完了入港手续文件,忙碌到下午才有了点空暇,拿出手机，犹豫了一会儿，在微信上建了个群，把邵淮、裴敬节、商曜、连烬都拉进群，在群里问道：今天是连煋生日吧，你们有打算吗？

裴敬节率先回复：你们还打算给她过生日？不怕又被骗？

邵淮：没打算。

商曜：建群干什么，一起犯贱？有病！以后搞这种小团体欺负人的事情，别拉我进群，恶不恶心，我和你们这帮人没什么好聊的，滚滚滚！

骂完之后，商曜顺手把群给投诉了，以"传播谣言信息"为理由投诉的。乔纪年在群里发了一串省略号，把商曜给踢出群聊。

连烬自始至终没在群里发言，商曜被乔纪年踢出群后，他也退出群聊。紧接着，邵淮也退出，裴敬节也退出。乔纪年长叹了声，揉揉眉心，把手机倒扣在桌上。

连煋仔细一琢磨，这几人同时约她，恐怕有诈，得提防着点，小心使得万年船。可转念寻味，万一有人约自己出去是要送礼物，她失约了，岂不可惜。

思来想去，连煋决定速战速决，错开时间，每个人都去瞧一眼，看看这些人又在耍什么坏心眼。

她没穿挑好的那条粉红裙子，而是穿上先前自己买的那套劣质运动服，口袋里揣了个大号黑色塑料袋，打算去装礼物。

她提前给几个人发消息排好时间，乘兴而去，第一站先应裴敬节的约，来到第十二层甲板船尾的观景台。男人已经站在那儿了，穿着藏蓝色的西装，衣服纹理淌着细光，发型精致，一看就是个极其注重穿搭细节的雅士。

连煋昂首阔步地走去，在身后拍他的肩。裴敬节淡定自若地转身，溢着清光的眼睛上下掠视她的装扮，目光停在她胸口的品牌标志上，嘴角噙着笑："Abibas，谁给你买的这衣服？"

"我自己买的。"

"品位不错。"裴敬节笑着点了个头，迈步往旁边走，"和我来吧。"

连煋跟在他身后追问："不是说要聊我欠你钱的事情吗？快点聊吧，我忙得很呢，没时间多待。"

"你今天不是休息吗，忙什么？"

"还得继续安排拎包服务呢。你以为我是你呀，吃穿不愁，每天游手好闲也能有饭吃。"

连煋和他走了几步。在观景台最右侧的角落里，有个白色小桌子，桌上摆着两份牛排,还有一个不小的生日蛋糕,欧式烛台上烛光柔黄绚丽,一束艳红的玫瑰芬芳馥郁,颇有烛光晚餐的意味。

"为什么有个蛋糕?"连煋走过去,端详铺满水果的蛋糕,垂涎欲滴,不自觉地咽口水。

裴敬节绅士地拉开椅子让她坐下:"这是生日蛋糕。"

连煋坐下来,口袋里塞着的黑色塑料袋随着她的动作簌簌作响,目露疑云:"今天是你生日?叫我干吗啊,我现在穷得要死,可没钱给你买礼物。"

"你的生日。"裴敬节在她对面坐下。

"我的生日?"

连煋恍惚了几秒,方才反应过来。连烬和她说过她的身份证号码,如果身份证上的年月日没错的话,今天确实是她的生日。

连煋总算是明白,为什么这几人都前后约她今晚不见不散了,原来是要给她过生日。连煋暗自羞愧,还以为这帮人没安好心,的确是自己过于揣测了。

裴敬节从桌子底下拿出一个天蓝色礼盒,放到桌面:"打开看看喜不喜欢。"

连煋解开盒子上系着的彩带,未见庐山真面目,先嘴甜道谢:"喜欢喜欢,只要是你送的,我都喜欢。"

她拆开来看,是一艘纯金铸的古代船舶模型。船帆飞展高扬,缆绳索具根根分明,首舷船舵镶有碎钻,整个模型大概一般西瓜大小,做工细致,栩栩如生,金子分量很足,就算是融了拿去卖也是一笔不小的钱。

"喜欢,我太喜欢了,太会挑礼物了,我好喜欢,谢谢你!"

裴敬节眼尾上扬:"该吹蜡烛许愿了。"

蛋糕外罩的盒子还没打开,他取下盒子,插上蜡烛,金属打火机一甩,火焰凌空摇曳,点燃了蜡烛。连煋心底涌过暖流,双手交叠握拳,闭上眼在心里默念:"希望将来成为世界上最优秀的船长,拥有一条世界上最坚固的船,能抵御所有风浪。"

她睁开眼,亮晶晶的眸光半垂,吹灭了蜡烛:"好了,我许完愿望了。"

裴敬节帮她切牛排,连煋吃得很快,急着赶下一趟,几分钟就吃完了,起身从口袋里拿出黑色塑料袋,把鎏金的船舶模型收进去,又将蛋糕装进盒子中,重新封装好:"蛋糕你也不吃吧,我带回去当夜宵。"

"你这就回去了？"裴敬节显然没想到连煜走得这么快，从她来到现在，都没待够二十分钟。

"不然呢？让你和我复合，你又不愿意，这不是白白吊我胃口嘛。"

裴敬节："你一定要这么着急，不能循序渐进？"

"那你让我亲你一口？"连煜探身凑近，就要上手摸他下巴。

裴敬节偏了脸，冷声道："不要。"

"谢谢你给我过生日。"连煜转身走了两步，回想起什么，扭头问道，"对了，你不是说让我上来谈话，谈得顺利的话，那八千万就不用还了，这事怎么说？"

"没谈好。欠债还钱，天经地义，等着还钱吧。"裴敬节从容地端起酒杯，喝了口红酒。

连煜也没当回事，嬉皮笑脸："如果我欠你八万或者八十万，那我肯定得恭维你，处处讨好你。但现在我欠了你八千万，就该是你恭维和讨好我了，不然我要是牛皮泡冷水不愿还，你的损失可就大了。"

"就会扯嘴皮子。"

连煜带着礼物和蛋糕离开，迅速乘电梯回到宿舍，尤舒不在，去餐厅补班了。她把蛋糕和礼物放桌上，急匆匆继续赶下一场。

她来到连烬的房间，房间被他布置成一片蓝天碧海，也不知从哪里弄来那么多蓝色纸带，几乎将整个房间包裹了。这是个内舱房，面积不算大，也就十六平方米，走进去像是进入了一片海洋世界。

"姐，生日快乐，在这里没法给你弄个正经的生日宴，回国后一定补上。"连烬双手捧住蛋糕，蜡烛已经点燃了，在昏暗的房间里，微弱烛光像萤火虫一样发光。

连煜挺感动，漂泊近三个月，稍微有点儿回家的归盼。她笑了笑，笑容在烛光的映照下像初阳一样柔和又蓬勃："那我许愿了啊。"

"好。"

连煜双手合十，闭上了眼，愿望和之前的大差不差："希望成为一名优秀的船长，有一艘坚不可摧的大船，永远能扬帆起航，不怕任何狂风巨浪。"

"好了，我许完了。"她睁开眼，如豆的烛焰在瞳仁里跳跃，像灿星落进眼睛里。

"许的什么愿？"连烬柔声问。

"希望我和我弟弟今后一帆风顺,日子越过越好,相亲相爱。"

连煜吹灭蜡烛,眯起眼笑。正所谓事以密成,语以泄败,真正的愿望和目标要存埋心底的,轻若鸿毛的花言巧语要常挂嘴边。嘴甜心硬,方能成大事,这个道理她还是懂的。

"我也希望我们姐弟俩永远不分开,永远在一起。"

连烬放下蛋糕,正准备切,连煜拦住他:"这么好的蛋糕,切了咱俩也吃不完。别切了,等会儿我带回去和室友一起吃吧。"

"生日蛋糕怎么能不切呢。"连烬执意要切。连煜拗不过他,只好让他切了一小块,两人分着吃。

连烬又拿出饭盒,他借餐厅的厨房弄了几样菜,食材和调料都不齐全,只能弄几个简单的家常菜,水煮鱼、炝炒菜心和芦笋炒肉,不算丰富,但有家的味道。

连煜吃了个饱,握住连烬的手说了几句好话:"小烬,咱俩现在在别人家的船上,算是寄人篱下,今后只能相互依靠了,你要是遇到什么难处,就和姐说,姐一定站在你这边。"

"姐,我很爱你。"连烬凝视她的眼睛。连煜以前从没这样对他说过话,他恍惚间存有私心希望连煜不要恢复记忆,一切从头开始,也许能更美好。

"我也很爱你,心疼你得很呢。"

连煜从不吝啬甜言蜜语,说完站起来,把蛋糕装入盒中,将连烬送的一对玉镯也收起来:"好了,咱们也不矫情了,我走了啊。你好好把房间收拾一下,别搞得乱七八糟的,当心被扣钱。"

"你这就走了?"连烬始料未及连煜离开得如此干脆。

"对呀,我累得慌,明天游客还要上岸玩,拎包服务还没弄好,我也是忙得脚不沾地,心疼心疼我,好吗?"

"我帮你弄呗,要做什么,你和我说。"连烬上前握住她的手腕,不让她走。

"暂时不用你帮忙,平时你帮我去打扫卫生就好了。"

连煜脚下生风地离开,回到宿舍放好蛋糕和礼物,累得满头大汗,到卫生间用冷水冲了把脸,继续赶下一场,这次来到邵淮的办公室。

门反锁着,连煜习惯性用力推,没推开,这才屈指叩响门板,语调像只狐狸:"死鬼,开门,我来了。"

门内皮鞋踏地声响起,邵淮开了门,只拉开了一条门缝:"怎么这久才来?"

连煜挤进去,一把抱住他的腰:"我忙得很,又不像你,整天只会在办公室玩电脑。"

邵淮把门反锁上,带她进来。

办公桌上规规矩矩摆放着生日蛋糕,还有一个小礼盒。连煜这都走了第三遍流程了,许愿、吹蜡烛、拆礼物一气呵成。邵淮送了她一枚铂金戒指和两根金条,戒指到底什么寓意,他也不说,只说是觉得好看就买了。

连煜照单全收,搂住他的脖子,亲了上去,并非蜻蜓点水,她吻得深入,像是在解馋。邵淮只能依她,放开了让她亲,将她托抱起来,抱到沙发上去,让她压在自己身上。

亲了好一会儿,连煜跳出温柔乡,想起自己还要赶下一场呢。她起来擦了擦嘴:"好了,不能亲太久,会腻的,我先走了啊。"

"现在就走?"邵淮没反应过来。

"是啊,我忙得很,谢谢你给我过生日。"连煜捧住他的脸,又用力亲着,含混不清地说着话,"你真帅,我爱你,你是我此生唯一,我要和你白头偕老,恩爱一辈子。"

邵淮被她亲得发蒙:"有什么事这么着急回去?"

"搞拎包服务呢。明天船开了我就轻松点了,到时候我再来找你,你先忍忍啊,好事多磨,别着急。"

邵淮不知该说什么。

连煜如法炮制,先把蛋糕和礼物带回宿舍,又前往商曜的房间。商曜等得都着急了,一见到她,耷拉着脸:"这么久,去哪里野了?"

连煜摸摸他的脸:"别垮着脸,今天我生日呢,给我点面子。"

"你知道我要给你过生日?"商曜带她进门。

"我这么聪明,什么猜不到啊,以后别想瞒着我,我什么都知道。"连煜环视房间,商曜把房间布置得比连烬还骚包,到处是粉红色气球。他打扮得很帅气,没了平日的懒散颓废,可窥见当年霞姿月韵的贵公子光景。

蛋糕、礼物都摆在桌上,商曜的打算是在房间里吃了蛋糕,再去上面的餐厅吃饭,他都预订好位置了。

连煜有自己的小计划,商曜在她心里终归是特殊的,她想自己给自己过生日,也把商曜给带上,道:"宝贝,我们不在这里过生日了,我再叫上自己的几个朋友,一起热闹热闹如何?"

商曜以为连煜要叫上邵淮等人，当即不悦："你要叫邵淮和乔纪年他们？那你叫吧，你把他们都叫去，我就不去了。"

"不叫他们，他们天天骗我，我才不跟他们玩呢。我只叫你、尤舒、严序、秦小姐，还有事务长他们，他们都是我失忆后新认识的朋友，不是以前的人。"

商曜脸色这才阴转晴，又发起了愁。

连煜想要多请一些朋友一起过生日，他肯定要满足她。可他只买了一个小蛋糕，只够两个人吃。就算在陆地上，要买好点的蛋糕也得提前预订，更何况在邮轮上，这么短时间内肯定买不到蛋糕。

"但这蛋糕这么小，不够大家吃啊。这都是我白天上岸买的，船上都买不到，蛋糕要提前预订的。"

连煜朝他眨眼睛，拍拍他的头："我这么聪明，会搞不定这些。我早准备了好几个蛋糕了。"

"你哪里弄来的？"

连煜笑得神秘："从垃圾桶捡来的。"

两人分工迅速，商曜去超市买水果和零食，连煜回到宿舍。这个时候尤舒也回来了，她看到桌上三个生日蛋糕，惊讶地问："连煜，你哪里弄来这么多蛋糕？"

"这是我的生日蛋糕！"连煜挽住她的手，兴奋地道，"尤舒，今天是我的生日，我想简单过一过，咱们叫上几个朋友热闹热闹吧。"

连煜和尤舒把蛋糕都提到第四层甲板事务厅后方的休闲区。这个休闲区基本是员工专用，有人过生日，或者小团体聚会都会来这里，陈设简洁，就一张桌子和一排塑料椅子。

她们把蛋糕放好，兵分两路去叫朋友。

连煜上船后交了不少朋友，尤其是拎包员们，多亏大家的理解和支持，她的拎包服务才能顺风顺水。

尤舒按照连煜给的名单，去叫了十个海员。连煜则去上层甲板邀请秦甄和几个老客户，顺带叫了船长许关锦。许关锦居然答应了，说自己把文件收一收就下来。

连煜一共叫了十六个人，桌上大小不一的四个蛋糕，每人也都能分上一块。商曜忙得团团转，给大家切水果，分蛋糕，贤内助气质拿捏得稳稳当当。

乔纪年本想单独约连煌过生日，忙完事情给许关锦汇报时，许关锦说她来给连煌过生日，让他把文件放船长办公室就行。

乔纪年吃了一惊，姗姗来迟地提了蛋糕过来，走到连煌面前："我不请自来了。"

"来就来，还带什么礼物啊。"连煌今日高兴，欣喜地接过他的蛋糕。

商曜不屑地哼了一声，冷着脸切蛋糕。

众人真心实意唱着《生日快乐歌》，轻快的声调起起伏伏，连煌透净的笑容在歌声中绚烂盛放。

许关锦送了她一个航海指北针："记不起以前的事情也没关系，过去的都过去了，以后还有更宽阔的海洋等着你呢。"

连煌开心地收下："没事，失忆而已。我会挣钱，会交新的朋友，会开辟新的生活，我还会自己给自己过生日，会自己给自己快乐。"

大家都是被连煌临时邀请来的，除了秦甄送了连煌一条项链，其余人都没来得及准备礼物。连煌提前说了不用送礼物，但大家最后还是每人写了张贺卡送给她，连煌一张张收下。

这是最好的礼物，也是她漂泊了这么久，给自己的礼物。

大家吃完水果和蛋糕，一起收拾垃圾，把桌椅放回原位，才各自散去。

乔纪年回来时，在休闲区廊道尽头的拐角看到了邵淮，他道："来都来了，刚才怎么不去？"

邵淮："她没邀请我。"

乔纪年："我也没被邀请，还不是去了。"

灯山号从旧金山离开，北上在阿拉斯加停留了两天，继而南下向日本大阪航行。

从阿拉斯加到大阪需要耗费将近两个星期的时长。

这两个星期里，邮轮都不会靠岸，提前补充了大量物资，但到后期新鲜菜类已经所剩无几，几乎都是冷冻品。旅行也进入尾声，游客们大多疲惫不堪，基本都在房间睡觉。

连煌倒是一点儿也不累，打扫卫生的任务减轻了很多，整天和商曜形影不离，趁着没人带商曜到顶层甲板露天泳池去玩，背靠背在甲板上看日出日落。

两人逐渐发展成奇妙的纯爱关系，不是朋友，也不是恋人，更像是激情褪却了的老夫妻，相互搀扶着走在黄昏下，没有激情但又深爱。

商曜对她偶尔会去玩一玩邵淮这件事，也知情，他从来不拦她，也没多问，只当作没看到。

不过，他对旁人嚼舌根却是睚眦必报，连煜有次去找邵淮，待了挺长时间，出来时嘴巴水红，显然是亲得狠了。裴敬节见了，讪笑着问她和邵淮是不是复合了，连煜支吾着不说。

裴敬节还想再问时，商曜给了他一拳，骂他多管闲事。

抵达日本大阪前一天，邵淮把连煜叫到办公室："明天到大阪，我就要下船了。"

连煜坐在他腿上，玩弄商曜给她编的手链："跟我炫耀啊？我又不能下去，记得给我买点好吃的上来。"

邵淮下巴抵在她肩头，顺着她耳垂往下吻："我下去了，就不上来了。"

连煜这才起了点反应，抬起头和他对视："什么叫下去了就不上来了？"

"我下船后，直接去机场，然后飞回国内，不跟着船了。"他也玩起连煜腕上的红绳手链，指尖顺着垂落的穗缨一圈一圈绕着玩。

连煜急了，脱口而出："那你走了，以后我找谁……"

邵淮剑眉压低，轻弹了下她脑门："粗俗。"又吻在她额间，将她按在怀里，柔声细语道，"船从大阪回国，也就五天的时间，五天后你就可以在国内见到我了，忍一忍。"

"我也没那么想要，才五天而已。"连煜枕在他胸口，"你提前回国干什么？"

"工作上有点事情。"

晚上，连煜在邵淮办公室里待了很久……

这是这趟行程最后一次安排拎包服务了，连煜熟练地做好最后一次工作，一切都安排妥当。

同时，她窝在宿舍里数钱，将自己这段时间赚的钱，以及几个男人给的现金，一一进行清点。一共有十二万美金，以及三万多人民币，大头都是从这几个男人身上榨出来的。

除此之外，她还有邵淮送的两根金条和裴敬节送的鎏金船舶模型，估计也值不少钱。她身上还有两张银行卡，一张是商曜给的，一张是连烬给的。

连煜担心回到国内会有变故，自己也没证件，于是把银行卡密码告诉尤舒，拜托她下船上岸后帮她取钱，都取美金，能取多少取多少。

尤舒回来时，一脸疲惫地把皮包给她。

"一共才取到一万五千美金，好几个银行取大额现金都是要预约的，很麻烦。我只能先去取款机取了日元，又去柜台换美金，附近的银行都跑遍了，最后只能取到这么多。"

"没事没事，能取多少取多少。"连煜把钱叠得整齐，装进水桶里，又拿出一沓美金递给尤舒，"送给你的。这段时间你帮了我太多了，你和竹响是我最好的朋友！"

尤舒瞧着连煜手里那沓美金，估摸着得有小一万，她没敢要："没事儿，举手之劳而已。你自己留着吧，你现在什么都不记得了，留点钱傍身比较好。"

连煜强塞给她："你拿着，这钱都是干净的。我刚上船那段时间那么难，一直跟着你蹭吃蹭喝，要是没有你借给我护照，我也没法弄拎包群。"

尤舒拗不过她，把钱收下了。

邵淮走了，连煜说不上失落，但会有点儿寂寞。她喜欢玩邵淮，这种感觉对商曜的纯爱不一样，对于邵淮更多是来自身体上的悸动，是在海上枯燥生活下压制出的欲望，就想玩一玩他。

邮轮从大阪离开那天晚上，邵淮在支付宝上给她发消息：我到家了。

连煜：我想你。

她直白地说：你会让别的女人玩你吗？你看起来好像很随便的样子。

邵淮：你允许吗？

连煜：什么？

邵淮：你允许别的女人玩我吗？

连煜：不允许。

邵淮：那只给你一个人玩。

连煜躲在被窝里闷笑。她最喜欢邵淮这点，在外道貌岸然，私底下浪得要死，嘴上说她在猥亵他，实际上她摸他的时候，他心里高兴得要命。

五天过后，灯山号在中国江州市凤泽港停泊。

在许关锦的指挥下，十万吨的邮轮由着拖轮的牵引缓缓驶入泊位，顺利完成了抛锚，这一趟四个多月的环球旅行圆满结束。

从早上八点钟开始,游客们陆续排队下船。游客需要在中午十二点之前全部离船,海员们还需要做最后的清扫工作。

商曜找到连煜,问她该怎么下船。连煜道:"事务长给了我一份证明,让我下船后去和海关说清楚情况,她提前和海关那边报备过了,他们应该会给我弄个临时身份证。"

"那我能跟着你吗?"

"有我弟作为家属委托人跟着我呢,估计你不能和我一起。你先下去吧,等我办好手续了,就去找你。"

"那好吧,我就在航站楼外面等你啊。我叫司机来了,你出来后直接上我的车,今晚去我家住。不怕,什么都不要担心,有我在呢。"

连煜:"你不用等着我,我要和我弟一起回家的,我爸妈肯定都等着急了。"

"你爸妈?连烬和你说你爸妈在家等你?"商曜脸上闪过异样。

连煜点头:"是啊,怎么了?"

商曜揉揉她的肩:"没事,我就在航站楼外等你,到底回哪里住,等你出了港口再说吧。"

邮轮靠港需要各种手续,乔纪年忙得脚不沾地,也没顾得上连煜,只是在前一天晚上和她说了上岸后怎么找海关办理手续,还给了她一个地址,以及门锁密码,让她如果比他先出港的话,先回他家。

"我和我弟弟回家。"连煜道。

乔纪年眸光暗下:"你之前不是和我说,回国后到我家住吗?"

"那时候我弟还没来,我怕回国了没地方住就先问,现在我弟来了,他会带我回家的。"

乔纪年还是把写了地址的字条塞给连煜:"那有空的时候,来我家玩呗。"

尤舒要去做清洁工作,大早上就离开宿舍了。而连煜是临时工,不用参与这些,事务长给她用现金结了工资,就让她在游客们下船后,也赶紧下船去办理入境手续。

工资一共八千二百美金,连煜把钱收好,都没来得及和事务长道谢,事务长又去忙别的事情了。

她回到宿舍拿行李,将为数不多的家当装进连烬之前给她买的行李箱。钱一部分放进水桶,自己提着;一部分装进皮包挂在脖子上;一部分藏在行李箱里。

连烬帮她推行李箱，她则是提着自己的水桶。

他们顺着舷梯往下走，先经过体温检测区，还要过一遍安检。脚踩在了真真切切的水泥地板上，连煌莫名紧张。她回来了，像漂泊了好几年的海上流浪者，终于踏在了厚实的土地上。

她带着空白的记忆和一水桶的钱，跌跌撞撞挤在人群中。水手回了家，漂荡的扁舟也找到自己的泊位，可她什么都不记得，也不知道自己的家在哪里。

连烬个子很高，一米八五往上，他一手推着行李箱，一手搂住连煌的肩膀："姐，别担心，有我在呢。"

两人按照事务长说的流程，前往办理特殊情况的窗口说明情况。

工作人员看了连煌给的那份证明，上面清楚写着几月几号几点几分，灯山号在什么位置把连煌救上船，以及做过入境传染病检测等情况，上面有船长的签字和盖章。

"是江州市本地人吗？户籍地址和现在的家庭地址提供一下，还有身份证号。"工作人员道。

连煌记不得什么地址。

连烬道："现住的地址是江州市德林区科麦路高峪公馆6号。"

同时，他把自己的身份证和写着连煌身份证号的字条递给工作人员："我是她弟弟。她的户籍地址和我身份证上的一样，字条上的是她的身份证号。"

工作人员拿起连烬的身份证，摆出笑脸："原来是连先生。这就是你姐姐吗？终于找到了啊，恭喜恭喜。"

"是的，找到了，谢谢。"

连烬现在将他父亲家族那边的企业全部收入囊中，势头不小，算是江州市的商业新秀。当年他发布过很多寻人启事，很多人都知道他在找他姐姐。

工作人员先给连烬进行人脸识别，进入户籍系统找到她的身份信息，又在海关内部的国际出行疫苗网站里，输入她的身份证号进行查询，找到连烬早就打过黄热病疫苗、霍乱疫苗、流脑疫苗等记录。

所有国际船员必须打的疫苗，连煌都打过了。

连煌三年前离开后，就没回过国，又是国际海员的身份。海关这边需要查她三年里大致都走了哪些航线、在船上是干什么工作,可偏偏,连煜什么都不记得了。

尽管连烬有点关系,但等手续还是要花费很长时间,工作人员需要一步步核查连煜的具体身份。

姐弟俩坐在等候区,工作人员给他们送了两份盒饭,吃完了还得接着等。

港口的航站楼空调开得很低,连烬打开行李箱,取出毯子盖在连煜身上:"姐,你要是累了,就靠着我睡一会儿吧。"

连煜眼皮直打架,搓了把脸,干脆躺在连烬腿上睡觉。

邵淮打来了两次电话,连煜睡得熟,没听到。

连烬接了电话,到了陆地,不用看邵淮的面子,他说话也硬气了:"从今以后,我姐和你再也没关系,别再骚扰我们了。"

他们中午十二点就来办手续,直到下午五点多才走完流程。

工作人员给了连煜一份盖章的临时身份证明,让她拿着这份证明过海关,并嘱咐让她明天去派出所报备情况,并补办身份证,等拿到身份证后,让她再拿着身份证去找海事局补办海员证,重新录入她的海员信息。

姐弟俩拿着证件,又是经过一番检查,终于出了港口航站楼。来到外面的停车场,邵淮和商曜都在外面等着,还带了不少保镖,隐约在防着什么。

连煜刚想和邵淮打招呼,商曜却如猛豹一样冲过来紧紧搂着她:"终于出来了,他们没为难你吧?"

"没有,挺顺利的。"连煜拍抚他的背,让他放松些。

第十二章
久违的家

邵淮和商曜都来了,连煋四面环顾,前方停了三辆豪车。邵淮盯着她的眼,瞳仁有种奇异的深邃感,似乎在引诱她上车。

连煋犹豫不决,连烬已将他们的两个行李箱都提上了后备厢,又来提她手中的塑料桶,没给她选择的机会,径直问道:"姐,这桶是要放后备厢,还是直接放座椅上?"

连煋的视线从邵淮脸上移开,漫不经心地回着连烬的话:"放座椅上吧。"

商曜挽着连煋的手臂:"走走走,咱们回家,都饿坏了吧?"

连烬也过来拉她:"姐,先回家吧,姥姥在家等我们呢。"

听到"姥姥"两个字,连煋记忆里尘封的大门恍若有了微启的趋势。她在商曜手心里按了按:"商曜,我先和我弟回家,你也先回自己家休息,明天我再去找你玩。"

"那我也跟着你回你家,我去你家做客。"

连烬的脸色冷了下来,过去拉开后座的车门:"姐,上车吧。"

连煋拉起商曜的手:"行,那你和我一起走吧,先去我家吃饭,明天再去你家玩。"

"好,就这么办。"

商曜和连煋一起上车,他俩肩并肩坐在后座,连烬坐在副驾驶座,面无表情地望向窗外。

黑色的宾利缓缓驶离港口,沿着海岸线平稳地行驶,海风丝丝缕缕顺着车窗微开的缝隙泻进车内。连煜扭过身子,外面的风景一帧帧闯入眼帘。

远处的山头像个做工粗糙的三角草帽,尾端拖出长长一条绿脉,山上的悬铃木、樟子松、柠檬桉漫天匝地铺满山间沟谷,郁郁葱葱,生机勃勃。

连煜看什么都是陌生的,她和陆地阔别太久,看什么都有种虚幻感。在海上是虚浮的,顺水而漂,顺风而乘,和陆地上脚踏实地的牢固感全然不同。

她遥望远处山陵的横疏斜影,定睛细看,发现山上缀满了灯,这会儿天还没黑,山脚的灯已经稀稀落落亮了起来。她好奇地问:"山上好多灯,是景区吗?这是谁的主意?"

商曜的双眼迸射出利刃,用特别瞧不起的语气咬牙切齿骂道:"不知道是哪个傻瓜弄的,搞这么多灯干吗?原本这山就挺好看,瞎摆弄这么多灯,画蛇添足,破坏环境,天杀的,迟早要遭报应。"

连煜摸了下他的后脑勺,像给发癫的小公狗顺毛:"别这么说话,被人家听到了,骂我们没素质呢。"

夜幕画卷一样铺开,黄昏最后一丝光亮溺死在海天一线的分界点,车轮滚滚碾过柏油路面,港岸风景被甩在后方,车子正式进入市区。

高峪公馆位于市中心,是江州市最贵的楼盘之一,配备了私人电梯、无际泳池、地下车库等高端设施,均价达到三十万每平方米。

连煜提着水桶下车,她把大部分钱都放在水桶里,上层用衣服和一瓶没用完的洗发水压着。她没银行卡,钱都在这里了,也不敢随便给人帮忙提自己的小金库,自始至终自己提着,从不让人碰。

这套大平层两百二十平方米,是三年前连烬买的。那时候连煜还没离开,连烬也还没毕业,姐弟俩基本上是住在邵家,但连煜大半时间都在出海,几乎不回来。

连家自己那套房子自从连烬被寄养在邵家之后,很久没人回去住了。后来,连煜缺钱,把房子租出去了。三年前,连烬有预感连煜要离开,他迫切地想要离开邵家,单独有一套属于他和连煜的房子。

他到处筹钱买了这套房子放在连煜名下,说以后他们就有自己的家了。

可房子还没装修好,连煜就离开了,谁也联系不上她。直到半年后,海事局传来海难的消息,说连煜在货船上出事了,船上的海员包括船长在内全体遇难。

连烬刚要用指纹开锁,门便从里头打开了,姥姥拉开了门缝,人未见声先响:"元元,是不是你回来了?"

连烬先答话:"是,姥姥,我姐回来了,我带她回家了。"

门彻底打开,连煜看过去,老太太的脸上皱纹很深,头发全白了,但双目还很清明,不算太憔悴。

连集英一眼认出连煜,一看到她便哭了,泪眼婆娑,几乎要站不住,嗓子里迸出沧桑的哀号,一把抱住了连煜:"元元,你可算是回来了,姥姥想你啊。你这孩子,走了那么久也不给姥姥打个电话……"

连煜终于舍得放下自己的水桶,抱住眼前的老人。从没人和她提过"元元"这个昵称,连烬在船上也从没这样叫过她。可这一瞬间,她就是知道,"元元"是她的小名:"姥姥,没事啊,不哭了,我回来了。"

连集英手背发颤地抹了抹眼泪,牵着连煜的手进门。连煜连忙提起水桶,跟上她的脚步。

"元元,你到底去哪里了?连烬说你出海了,出海哪能去那么久啊。村里人都说你死了,姥姥一个字都不信,每天给你打电话,但你这孩子从来都不接。"

连煜握住老人的手:"姥姥,我在海上没信号呢。不哭了啊,我已经回来了。"

絮絮叨叨说了会儿话,连煜简单和姥姥解释自己失忆的事情。

姥姥起身,盘着她的脑袋心急地检查:"怎么会这么严重?都撞到哪里了呢?给姥姥看看,这脑瓜子没破吧?"

连煜被小老太这认真的模样逗笑了:"没破,就是撞了下,什么都不记得了。"

姥姥长吁短叹,担忧不已,盯着连煜的脸左瞧右看:"那还能正常吃饭吗?拿筷子手抖吗?说话不结巴吧?"

村里有个挺年轻的小伙子,摔坏了脑袋,人都傻了,筷子也不会拿,就会眼歪嘴斜流口水。姥姥就怕连煜摔着了脑袋,也会变成那样子。

连煜笑着道:"没有,我正常得很呢。医生说只是小伤,以后慢慢恢复就能想起来了。"

姥姥放心了许多,又安慰她:"实在想不起来也没事,咱也不着急,姥姥现在年纪大了,也总是想不起来以前的事情。没事,只要会吃饭,下雨了知道往家里跑就行。"

商曜也坐到姥姥身边,热情地自我介绍:"姥姥,我是元元的男朋友,您的孙女婿,您叫我小商就行。"

商曜心弦密匝匝地绷紧,草木皆兵。

也不知道有没有人偷偷给姥姥看过他骂连煊的朋友圈,要是姥姥知道他以前天天骂连煊,骂到被警局拘留,那他得完蛋。

好在,姥姥并不认识他,也不知道他干过的那些荒唐事。她笑眯眯地应他的话:"小商啊,长得真俊,怪不得招元元喜欢,元元就喜欢俊俏的人。小邵也是标致得很,把我们家元元迷得不得了哟。"

家里现在除了姐弟俩和姥姥,还有一位住家保姆。姥姥平时也不住城里,都在乡下养老,这次是连烬说找到连煊了,才把她接来城里。

连煊和姥姥说着话,连烬让保姆先做饭,自己则推着行李到主卧室帮连煊铺床,整点行囊。

半个小时后,连煊来到卧室门口。连烬察觉到她的视线,扭过头来:"姐,怎么了?"

连煊站着,什么也不说。

连烬放下手里的被套,朝她走来:"姐,怎么了?"

"爸妈失踪了很久是不是?姥姥都告诉我了,当年我还没离开时,爸妈就失踪了。"

连烬其实早就猜到些许端倪,还在船上时,每次问起父母,连煊总是藏着掖着,让他打电话给爸妈,他也总说打不通。

"对不起,姐,我是想着回家了再和你说的,在船上时怕影响你情绪。"他握住连煊的手,大拇指指腹在她手背上轻轻摩挲,"我这些年一直在找,终于把你找到了,总有一天也会把爸妈找回来的。"

一起吃过饭,连煊让商曜先回家去,她明天再去找他。

临走前,商曜暗中警告连烬,让他别说自己的坏话,连烬烦躁地"嗯"了一声。

连煊实在是累得慌,在海上都没这种感觉,现在一踏上实心地面了,疲惫感来势汹汹。她匆匆去洗了个澡,然后倒头就睡。

一夜无梦,邵淮给她打电话她都没听到。

次日,又是席不暇暖,连煊早上先去派出所报备情况,补办身份证。

中午,他们在外吃了个饭,连煊带她去医院做身体的全面检查,着重做了脑部CT。医生说没什么大碍,之前估计是因为撞击导致脑部有点小血块,也不严重,这种程度的血块不需要手术,等着血块自己消散就好。

至于失忆的问题,从头部扫描的情况来看,也不是血块压迫神经导致的,应该是受到刺激导致的短暂性失忆。医生给开了点保健药,让连煋回去好好休息一个月,如果还是什么都想不起来,就来复查。

从医院出来,连烬开着车,连煋坐在副驾驶座给尤舒打电话,问她到家了没有。尤舒说昨晚上就到了,还问她有没有去医院检查脑子。

连煋:"我这刚从医院出来呢,没事,医生说回去好好休息一段时间,估计就能想起来了。"

尤舒:"那挺好,过两天咱们约一下,一起出来吃饭。"

"行。"

刚挂了尤舒的通话,邵淮又打来了:"怎么样了,还在医院吗?"

"已经出来了。"

邵淮:"医生怎么说?"

连煋把和尤舒说的话,又跟他重复了一遍。

接着,连煋去补办手机卡,终于能登上以前的微信号了。奇怪的是,微信好友不多,都不到一百人,她翻看了一圈,聊天记录早没了,只能随便看看联系人,都是些陆地上的朋友。

连煋觉得自己肯定还有另外的手机号码和微信号,可能小号才是自己跑船常用的号码,但她死活想不起来小号,拿着身份证号去查也查不到。

她问了连烬,连烬说他只知道这个号,不清楚她的小号。

连煋在家待了两天,精气神总算是恢复了过来,商曜似乎也在忙,会给她发消息,但没有时时刻刻来找她了。

邵淮也在忙,听说是工作上的事情。

最闲的是乔纪年,乔纪年下船后就休假了,他约连煋出来吃饭,问她接下来有什么打算。

连煋道:"先等身份证办下来了,先去海事局补办海员证,查一下之前跑过的航线。我也没什么特长,估计还是继续出海跑船吧。"

"那带上我呗,还和以前一样,我以前经常和你一起跑船。"乔纪年戴起一次性手套,自然而然地给她剥虾,"那你弟怎么说,他现在生意做得挺大的,你不想插手公司的事?"

"我让他给我转点股份,这样我也能跟着赚点钱,他说在弄合同了,不知道什么时候弄好。"

连煜闲了下来，到处走走逛逛，还和在美国的竹响联系了。两人商定着弄一条淘金船，买点专业的淘金设备。等连煜下个月去复查脑子，要是没问题的话，等到五月份她们就开船去白令海淘金。

当了几天的街溜子，连煜有点想邵淮了，想约他出来。

邵淮说他在参加个宴会，问她想不想过来玩。连煜答应了，穿着一身休闲服空着手就去了。她去了才知道，这是上层圈子的交际会，大家打扮得体，推杯换盏地谈生意。

连煜如今心态很稳，也不在乎这些有的没的，进去后找到邵淮："你这日子真滋润，天天就是出来玩呢。"

邵淮打扮得很帅，袖扣都散着精致的流光，朝她眨眨眼，拉她坐到自己身边的沙发上："也没天天出来玩，回国后第一次呢，这不是赶紧把你也叫过来一起玩了嘛。"

连煜给自己倒了一杯红酒："唉，我现在不管去哪里，总有种虚无缥缈的感觉，好像和你们不是一个世界的人，没法在陆地上生活了，跟个街溜子一样。"

"没法在陆地上生活了，那你该在哪里生活？"秦甄走过来，拿着一杯冰可乐，冰了一下她的脸。

连煜抬起头："秦小姐，你怎么也在这里？"

"我这不是刚回国嘛，总得来拓展交友圈子。"

连煜和秦甄聊了起来，也没聊什么实质的东西，就问问对方的近况。

秦甄很好奇连煜以前是什么样的人。她一直在国外生活，不了解圈子里这些乱七八糟的八卦，这次回来了，才隐约听到一些闲言碎语，似乎连煜的名声不太好。

秦甄有试探着问，但连煜都不记得了，邵淮也总是故意避开这些话题，秦甄也索性不问了。

有生意上的合伙人经过，和邵淮搭了几句话，问起连煜是谁。

邵淮笑了笑，简单地回一句："女朋友。"

话渐渐传开，大家都知道连煜回来了，就是邵淮以前那个闹得沸沸扬扬的未婚妻，据说坑了邵淮不少钱。钱的事情众人不好评价，但砍了邵淮手指一事，的确是闹到了警局。

有人私下议论，但看在邵淮的面子上，也没真在连煜面前瞎嚷嚷。

宴会结束，邵淮问连煜要不要和他回家看一看。她和连烬以前也是住在邵家,去看看能不能想起什么。

邵家位于城南的富人别墅区,欧式建筑风格,非常气派。

两人打打闹闹进去,邵淮以为家里没人,爸妈早就和他分开住了,这别墅里长期都是他一个人住着。

他搂着连煜的腰,咬她耳朵:"瞧你这点出息,就是想让我伺候你,才来找我的是不是?"

"不然我还来找你谈天论地啊?这些天没人摸你,你可难受死了吧。"连煜攥着他放在她腰间的手,掐了一把,"老不正经,一把年纪了天天勾引小姑娘,老流氓。"

邵淮按下门锁密码,开门进去,屋里却是亮堂一片,父亲、母亲都在,就连年岁已高的爷爷也在。

两人站在原地愣怔住,连煜小声问:"你不是说家里没人吗?"

邵淮还没回话,父亲陆洲已是气血翻涌,怒气冲冲地过来,脚底下都要擦出火星子。他盯着邵淮怀里的连煜,目光毫不掩饰地叫嚣着愤怒和嫌恶,继而又看向邵淮,抬起手,巴掌就要呼向儿子的脸。

邵淮冷静地攥住父亲的手腕:"爸,我心里有数。"

陆洲近乎瞋目切齿,满腔怒火迸发成山,咬牙狠狠骂道:"邵淮,你贱不贱!你这辈子就栽在这个坑里出不来了,是吗?"

母亲邵沄同样怒容满面,但勉强保持理智,走过来,说道:"老陆,都别说了,我们现在哪里管得了他。"

陆洲并没有平静下来,忍无可忍地继续骂邵淮:"事不过三,人犯贱也得有个度吧。我就想不明白了,你非得黏着她不放吗?你是不是受虐狂啊,没人坑你你就难受是不是?"

邵淮握着连煜的手越来越紧,沉默地接受父亲的怒火和谩骂,最后开了口:"爸、妈,我打算和连煜结婚。"

陆洲那一巴掌终究是落了下来,狠狠地砸在邵淮脸上:"好,我们就当没你这个儿子,你想怎么样就怎么样吧。好言难劝该死的鬼,我们管不了你了。"

说着,陆洲拉起妻子的手腕,就要带她离开:"阿沄,走吧,不管他了,丢人现眼的东西。"

连煜始终愣在原地,还不清楚到底是什么情况。

第十三章
劣迹斑斑

屋内一片寂静,邵淮父母走了,爷爷也走了,偌大的别墅只剩下两人。连煜侧头看邵淮,水晶吊灯耀眼的光打在他侧脸,白皙面颊上的红印清晰可见。

在连煜的印象里,邵淮喜欢保持过度的体面,运筹帷幄,事事在掌控中,几乎不会露出半分让人拿捏的破绽。哪怕是在海上时,她轻佻地调戏他、骚扰他,他依旧容止可观、进退有度。

现在眼睁睁看着他被父母这样责贬,连煜总觉得心里怪怪的,说不上是为什么。

"你爸妈不让我们在一起?"连煜问。

邵淮捏紧她的手,勉强挤出笑容:"不是,他们误会了。上楼吧,带你去看看你以前的房间。"

连煜怕邵淮尴尬,没再拔树寻根,默默和他上楼。

也没什么可看的,连煜父母当初把姐弟俩交给邵家照看时,连煜已经上大学了,她一直都住校,放寒暑假了,大部分时间也是在港口混经验,要么是回乡下找姥姥。她在邵家待的时间不长,几乎没什么家当,后来她失踪了,连烬搬出邵家,把她的家当也都搬到新房子去了。

逛了一圈,邵淮想让她留下来。他尽量语气轻松,想抹去方才的不愉快,但连煜没那个心情了,对他道:"我先回去了,改天再来找你吧。"

"对不起,是我没处理好家事就带你回来。"

连煜也没放心里去。她现在看得开,情爱欢愉就是调味剂,调得不好那就算了，她也没真打算和邵淮长久发展。

结婚的话也就是说着调情乐一乐，她是要做海员的，出海一趟就是两三个月，万一她这一出去，邵淮在家独守空房，哪天把她绿了她都不知道。

"那我就走了啊。"连煜准备下楼。

邵淮拉住她的手："你就不想问以前的事情吗？"

连煜无所谓地道："懒得问了，反正你们的话我也不相信。"

邵淮搂住她的腰，平淡地和她对视。

片刻后，连煜主动吻他，像以前一样深吻。不知怎的，今晚的吻一点儿也不甜，没了在海上那段时间的激情。邵淮继续往下吻，干燥的嘴唇贴着她的下巴，又流连在脖子上。

连煜却觉得没劲儿了，推开邵淮，说："那个，我今天实在没那个兴致，我们改天再约吧。"

邵淮本就低落的情绪，这下子更郁气横生了。

连煜看了眼墙上的挂钟，快晚上十点了："我先回家，改天再约吧。"

她顺着旋梯下楼，来到客厅，前脚刚跨出玄关，邵淮下来了，手里拿着车钥匙："我送你回去。"

"也行，现在估计也打不到车。"

邵淮开着车，送她回到高峪公馆。

一路过来，两人都没交流。直到连煜要下车了，邵淮才缓声道："你之前说的那些话，是真的吗？"

"什么话？"

"说想和我谈恋爱，要和我结婚。"他单手放在方向盘上，侧头看她，"还说要和我白头偕老，那些话是真的吗？"

"笑死了，你还当真了啊？"连煜不当回事，笑着解开安全带。

邵淮握着方向盘的手逐渐收紧："你说让我给你玩，你就一辈子对我好。"

连煜摇摇头，以为他是在和她开玩笑："我现在对你不好吗？好得很呢，放心吧，以后还是会一直对你好的。"

她下了车，步伐很自信，腰背永远挺得笔直，快速往6号楼走。

邵淮坐在车里，点了一根烟缓缓抽起来。他没有烟瘾，但偶尔情绪上来了会来上一根，隐藏得很好，连煜至今都不知道他有抽过烟。

连煜回到家，姥姥和连烬都没睡，还在等她。

"元元，你上哪里玩去了，也不回来吃晚饭。"姥姥面露担忧，絮絮叨叨地说着，"你脑子不好，又不记事儿，以后还是别晚上出去玩了，万一找不着回家的路怎么办？"

"哪有那么夸张，我就出去见个朋友而已。"

连烬给她端了热茶："喝点吧，暖暖身子，外面还挺冷的。"

"好。"

连烬又问她："姐，你出去见谁了？"

连煜大大咧咧地道："去找邵淮玩了。"

连烬眼底闪过不悦："怎么又和他玩到一起去了？"

连煜对他的语气不太满意，刚想训他，姥姥便先接话道："小烬，元元是你姐，她比你大，终归是比你有见识得多。她想和谁玩，心里都有数呢，别这么和她说话。"

连烬道："没事了，姥姥，你也该早点睡了，时候不早了。"

连煜约了尤舒几次，都没约到，尤舒说家里有点忙，等忙完了就来找她吃饭。

又过了两天，连煜终于把尤舒约到了。这是回到江州市后，连煜第一次见尤舒。尤舒看起来精气神比在船上好很多，没那么疲惫。

现在三月底的天气，还是有些凉意，连煜想去吃火锅，尤舒带她去城北的一家川式火锅店，味道很不错。

连煜之前在海上馋坏了，现在老觉得菜不够，点了又点，尤舒都拦不住。菜全部上齐后，看着满满一桌，连煜才懊悔要吃不完了。

尤舒道："我把我妹妹叫过来吧，她正好在附近和同学玩呢。"

"行行行，你快把她叫来，不然咱俩肯定吃不完。"

半个小时后，一个初中生模样的小女生进来，背着书包，手里还提着个很大的袋子，长得和尤舒很像，非常漂亮，留着齐刘海的学生头，粉雕玉琢的一个小姑娘。她估计是来得太着急了，额前刘海翻飞上去，露出一张干干净净的小脸。

尤舒帮她卸下书包，让她坐在自己身边，介绍道："小念，这是连煜姐姐，之前和你说过的。"

尤念很有礼貌地和连煜打招呼："连煜姐姐好。"

连煜用新碗新筷夹了刚煮熟的肥牛卷，推到她面前，招呼她吃菜："你好你好，快点吃，不够了我再给你煮。你这个年纪的小孩子，就是要多吃肉才能长高。"

"谢谢姐姐。"

三人从下午五点吃到晚上九点多，勉强将点的菜都吃完了。这是连煜回国后最开心的一天，和尤舒聊海上的生活，聊去淘金的事，期间还给竹响打了视频电话。

接下来几天，连煜等身份证补办等得无聊，天天约尤舒出来玩，按网上的推荐到处找美食店。

邵淮等人约她，她都不当回事，全程和尤舒一起闲逛。

过了一个星期，尤舒突然道："连煜，我后天要走了。"

"走了？去哪里？"

"去意大利热那亚，签了新合同，这次是地中海航线，不算久，也就十七天而已。"

海员属于接单式干活，跑一次船签一次合同，完成一次合同，下次什么时候接活都看自己的打算。尤舒是老海乘了，只要她接单子，面试基本都会通过。

连煜惊讶道："这么快你就签合同了，这都休息不到半个月，会不会太累了？起码也得下个月再去吧。"

"还好，也不是很累，我都习惯了，邮轮公司已经给订好机票了。"

现在的邮轮公司福利和制度都很完善，外地海员前往港口城市的机票都由邮轮公司负责。

这天，尤舒第一次带连煜回她家。

连煜总算是知道，之前在灯山号上，连烬还没上船时，她想着回国后在尤舒家借宿几天，尤舒为何总回避这个话题了。

尤舒家住在城北的城中村，是租的房子，要走十多米的巷子。家里五口人，尤舒和妹妹、母亲，还有姥姥、姥爷。

家里很小，看着格局原本应该是个大单间，被房东隔成两室一厅，姥姥、姥爷住一个房间，另一个房间是母亲和妹妹住。

这次尤舒回来了，小小的客厅里加了张折叠床，晚上妹妹暂时睡在折叠床上，尤舒和母亲一起睡房间里。

尤舒家里条件并不好，妹妹还在上初中，姥姥腰部瘫痪需要一直坐轮椅,平时姥爷照顾着姥姥,姥爷身体也不好,需要长期吃药,尤舒的母亲在附近超市当保洁。

这一家子的开销,差不多都由尤舒来承担。

房子很干净,但空间到了捉襟见肘的地步,一家子住在这里,转身都困难。进了客厅,妹妹尤念热情地从卧室里提出一个有靠背的椅子来给连煌:"连煌姐姐,你坐这里,我妈妈在厨房做饭,很快就好了。"

所谓的厨房,不过是在客厅朝阳方向隔出的一条过道,尤舒的母亲正在做饭,看起来有些局促,但还是笑得很开心:"连煌,你先坐一会儿吧,我家小舒难得带朋友回家做客,阿姨给你们炒几个好菜。"

尤念也去厨房洗菜了,尤舒和连煌在客厅聊天。

家里来客人了,姥爷特地换了身老干部装,又帮老伴换了身衣裳,帮她梳理好头发,推着轮椅出来。姥姥坐在轮椅上笑容慈祥:"小连,家里比较小,你别介意啊。"

连煌赶忙回话:"也不小啊,我和尤舒在船上工作时,宿舍比这里还小呢,卫生间连个桶都放不下。"

姥姥和姥爷都笑起来。姥爷又问:"在船上工作是不是很辛苦?小舒说她又要走了,唉,又得好久不见了。"

尤舒回话:"也没多累,这年头赚钱干什么不累,当海员工资算是比较高了。"

尤舒母亲在厨房探出头说话:"主要是出海危险。你每次出去,我们在家都担惊受怕的,想给你打电话又打不通。"

"哪里用得着这么担心,现在邮轮安全性都很高,出事的概率比飞机还低呢。"说这话时,尤舒看向连煌,"连煌,你说是不是啊?"

连煌忙不迭点头:"对对对,邮轮还是很安全的。"

聊了一会儿,连煌想去厨房帮忙。但厨房太小了,她根本进不去,只能作罢。

家里没有固定的餐桌,只有一个折叠的桌子,平时吃饭就拿出来展平放开,吃完了得收回角落里,不然占地方。

尤舒妈妈尤兰静做了一桌子的好菜,啤酒鸭、红烧鱼,还熬了鸡汤,很丰盛。饭桌很小,根本坐不下,姥爷往碗里夹菜,大大方方地笑着:"没事没事,你们好好坐着,我带老伴上屋里吃去。"

他夹好菜,先放在桌上,就准备推着坐在轮椅上的姥姥回卧室。

尤兰静道:"哎呀,你俩一块儿去太麻烦了,让小念去屋里吃吧。她屋里有书桌,她去屋里吃方便些。"

尤兰静拿过尤念的碗,把鸭腿和鸡腿都捞进她碗里,每样菜都夹一点:"小念,你到屋里吃去,等会儿妈妈再给你盛碗鸡汤。"

尤念被教育得很好,开开心心地捧着碗,对连煜道:"连煜姐姐,那我去屋里吃了。你多吃点,我妈妈做的菜可好吃了。"

"好,你去吧。"

屋里的灯不是很亮,侧卧的门微敞,连煜看过去,能看到尤念自己在书桌前吃饭的小小身影。

一家人很热情,不断地给连煜夹菜,让她多吃点。

饭后,连煜和尤舒一起在厨房洗碗。尤舒主动提及她父亲:"你不好奇我爸去哪里了吗?"

"啊,去哪里了呢?"连煜进门时就想问了,但怕不合适便没开口。

"他是水手,有次出海遇上风暴,船翻了,再也没回来。"

连煜沉默了一会儿:"我爸妈也是出海了,就再也没回来。"

尤舒:"对不起。"

连煜笑了笑:"没事,我已经能接受了。"

尤舒送连煜来到路口,连烬开着车在路灯下等她。连煜和尤舒告别,坐上了车。

尤舒去热那亚时,连煜闲得没事做,送她到机场。直到她进了安检区,连煜才返回来,正好去派出所取身份证。

连煜买了点水果去尤舒家。

尤兰静上班去了,家里只有尤念和姥姥、姥爷。姥爷打算带姥姥去外面晒太阳,这是个不小的活儿,楼里没电梯,得慢慢扶着姥姥从五楼走下去,再上来拿轮椅。

连煜到的时候,姥爷和尤念正扶着姥姥出门。有人左右扶着,姥姥也能走一走,但基本得三步一停。

连煜把水果递给尤念:"小念,你放家里去,我背姥姥下楼吧。"

姥姥和姥爷一阵推托:"哎呀,不合适,扶着就能下去了,不用背。"

最后,连煜还是背着姥姥下楼去了。

这次出去的目的也不全是晒太阳,尤念背了个大包,里头装了一条毯子和一些小饰品。到了公园外面的小广场,姥姥坐在一旁,姥爷和尤念熟练地摊开毯子,摆上小饰品开始摆摊。

连煜想到在海上自己去帮人拎包跑腿的日子,心里特别不是滋味。

她去了一趟枫叶路的老房子,连烬还没寄养到邵家时,连家一家子都住在这里。这套房子当年被连煜租出去了,连煜失踪后,连烬又把房子收回来,这些年一直没人住。

连煜从连烬那里拿了钥匙,回来打开屋门,屋里落了一层灰。

按照姥姥和连烬的说法,她是八岁时才从乡下来到城里,后来一直在这里住到十六岁。

十六岁,她去上大学,连烬就被父母送到邵家去。之后这套房子就空着,直到连煜毕业后缺钱,才把房子租出去,等她失踪了,连烬又收回房子。

连煜在屋里看了一圈。这里是老小区的房子,但装修都还很好,在角落里找到大合照,有她和连烬、父母、姥姥姥爷、爷爷奶奶,应该是她小学时照的,脖子上还戴着红领巾。

她进了自己的房间,因为租出去过,她曾经生活过的痕迹已经完全被抹除。虽然是老小区,但房子面积不小,四室一厅,厨房很宽敞,还有个小阳台。

连煜找人过来将积灰的房子里里外外打扫一番,去超市找到正在打扫卫生的尤兰静。尤兰静手里的拖把水渍滴答,她显得稍许窘迫:"不好意思啊,我这身上都是清洁剂的味道。"

连煜乐呵地笑着:"我最熟悉这味道了,我在船上也是干保洁,咱俩是同行了。"

尤兰静的尴尬瞬间被瓦解,也跟着她笑起来。

连煜言归正传:"阿姨,我下个月也要出海了,我这一走,我家里就没人住了。隔壁邻居老是把东西往我家门口堆,我想找人帮我看着房子,所以想和您商量一下,要不我把这房子租给您呗。"

"租给我?"

连煜用力地点头:"我家的房子还不错,挺大,咱们先去看看。"

连煜带尤兰静去看了房子。尤兰静看到房子这么宽敞,迟疑不定:"小煜,这房租,阿姨恐怕有点儿难办。这样吧,你要是想租出去,阿姨帮你联系,找找人脉,你这地段不错,很好找租客的。"

连煜道:"房租呢,就按照你们现在租的那个价位给吧。不给其实也没事，我就是图有人能帮我看房子，不然我出海了，邻居又要在我家门口堆东西，烦人得很。"

见尤兰静还在犹豫，连煜又接着补充："那点房租我也不在乎，我就是想找个信得过的人帮我看房子。我不常在家，租给别人，别人把房子糟蹋坏了，我也不知道。我和尤舒是好朋友，你们住这里帮我看着房子，我放心。"

好说歹说，尤兰静暂时应下，不过得等明天打电话给尤舒商量一下，才能做最后的决定。

连煜提前和尤舒打过招呼了，这事差不多定下了。

回家时，连煜一个人走在人行道上，心情都轻快了许多。自从上岸后，自己东逛西逛像个漫无目的的街溜子，这会儿总算是找着了点在陆地上生活的踏实感。

连煜总觉得身后有异样，轻微的脚步声若有若无，猛地回头看，什么都没有。她继续朝前走了几步，拿出手机假装拍照，打开前置摄像头，果然看到一个鬼鬼祟祟的身影。

她收起手机，两手插兜，镇定自若地往前走，拐进了一条巷子，能明显感觉到身后的人一直在尾随她。

巷子直走进去就是死胡同。这里是老城区的改造项目之一，人迹罕至，巷道墙壁斑驳，碎裂的砖块歪七竖八地散落在墙角。

连煜加快步伐，踩着墙角累叠的废砖，两手攀住上方灰尘纷披的墙头，利落地翻过去，踩在墙背面的碎石堆上，匿影藏形，只在墙头沿面露出一双眼睛，屏息凝神等待着。

几分钟后，三个年轻的男人不出所料地跟进来了。

看到是死胡同，为首的男人前后环视，嘀咕道："奇怪了，怎么跟丢了，这是去哪里了？"

"要不要打电话给邵先生汇报情况？"他身后的一人问道。

男人轻微摇头："先在附近找一找，找不到了再说。"

这时，连煜从墙头上跃下，脚下尘土飞扬，她拍落满手的灰尘，在三个男人的后方冷不丁地开口："你们在找我？"

三个男人闻声转过头，看到连煜后，面面相觑，尴尬地笑了两声。领头的一挥手，对两个愣怔的小弟道："撤了。"

连煜拦在他们前面。她认得出来，领头的那男人是邵淮的跟班，她之前还在灯山号上见过，好像叫什么曹三。

曹三低着头想要绕开连煜走，又被连煜给拦住："给你们老板打个电话，我和他聊一聊。"

"姑娘，你说什么呢，我都不认识你。"曹三还在装糊涂，闷头就想走。

连煜拿出手机，对着他拍了两张照片，转手在微信上发给邵淮，问道：你的小弟？

消息一发出去，邵淮那边就回复了：不认识，怎么了？

连煜讪笑，直接给他打语音："不是你的人的话，那我给扔海里了啊。"

邵淮："嗯？"

连煜："这几人在跟踪我，被我抓到了，已经把他们都捆起来了，打算等会儿扔海里去。"

邵淮："你在哪里？"

连煜："在码头呢。哎呀，杀人容易抛尸难，先挂了啊，我忙着呢。"

邵淮不相信，但明显是急了："我去找你。"

连煜："已经处理好了，你在公司吧，我去找你。"

邵家的生意链中主要以邮轮公司、旅游开发和海运为主，他家老一辈那代一直做的是海运，后来到了他爸妈手里，才拓展出邮轮服务和旅游开发。

连煜来到邵氏集团的总部大楼，一整栋二十五层楼高的写字楼都是邵淮公司的，她站在楼下，仰视耸立的大楼。连煜倒是没什么羡慕，在她眼里，这样一幢大厦还不如一艘大船的诱惑力来得大。

她进入一楼大厅，和前台说了自己的身份。前台立即明了，很快带她坐私人电梯上去。

到了第二十三层，前台送她到董事长办公室就离开了。

连煜站在办公室门口，隐隐找回了点和邵淮的激情。想起自己在船上整天欺负邵淮的日子，她欲抬手敲门，里面的人好像有预感似的，在她敲门之前先把门给打开了，邵淮衣冠楚楚地出现在她面前。

两人隔着一扇门的距离对视。对连煜来说，她对于邵淮更多时候是陌生的，虽然做过很多亲密的事，抱过、亲过，但这种仅限身体上的接触，并没有加深思想上的交流。

更何况，连煜和他的交流不算多，在船上去找他时，来来回回都是那点勾当。

两人蓦然这么对视,连煜竟然还有点儿尴尬。她打断和邵淮的对视,移开目光,顺着他的肩头看向办公室内部的格局,将垂落的发丝拢到耳后,问道:"你在上班呢?"

邵淮侧开身子,让她进来,语气轻松道:"没,在玩电脑呢。"

"你怎么学我说话?"

邵淮装得很无辜:"在船上时,每次我说我在上班,你都说我是在玩电脑。"

他握起她的手,毫无章法地在手心揉按:"你不是说你在码头吗?回来得这么快?"

连煜言归正传:"对了,我还没问你呢,你让人跟踪我干什么?都盯我好几天了,捉奸呢?"

"你现在还没恢复记忆,担心你一个人出去逛,万一出事了怎么办?"

"能出什么事情,瞎担心。"连煜没责怪邵淮。这段日子,她的确是发现除了邵淮的手下,似乎还有别的团伙在盯着她。连煜心里发毛,猜测自己以前是不是得罪人了,但问了连烬,连烬又说没有。

邵淮试图将气氛拉回如同海上时的暧昧,不着痕迹地搂住她的腰,带她坐到沙发上:"你最近都在忙什么呢,约你出来吃饭也不来。"

"你不是都派人跟着我了嘛,还在这儿装呢。"

邵淮吻在她下巴:"也不是真的跟踪,就是远远看着,保证你有危险时能随叫随到。"

连煜不以为意:"就曹三那个脑子,还随叫随到,开玩笑。你找几个有真本事的来当我手下行不行,这样我出去也有面子。"

"正大光明地跟着你?"

连煜用力地点头:"让一群穿黑西装的保镖跟着我,我出去别人就不敢惹我了。"

"好,我尽快给你安排。"

连煜想了想,又问:"咱俩以前应该挺熟的吧,我有没有得罪过人,我以前不是坏人吧?"

邵淮把玩着她的手指:"不是,我家连煜是个特别好的人。"

"我才不信。你带我回家,你爸妈都气成那个样子了,我能看出来,他们不喜欢我,不同意我和你在一起。"邵淮父母暴怒的原因,连煜不想多问,主要是问了也没用,这些人嘴里没一句真话,就算是她最疼爱的商曜,同样对她谎话连篇。

邵淮盯着她清澈的眼睛:"他们发火,那是他们坏,不是你坏。"

邵淮和连烬千防万防,还是出现了纰漏。连烬当年到处跑,他们不清楚连烬到底在干什么,更没法对她的仇家了如指掌。

连烬去补办海员证,来到海事局提交了基本材料,工作人员录入信息后,让她回去等着,大概等一周到两周的时间,办好了他们会打电话通知。

连烬从海事局出来,日头西沉,金辉在远处的海面一点点消散。

她接到个陌生电话,对面是个沙哑的中年男人的声音:"连烬是吧,我听说你回来了,真的假的?"

"真的,我回来了,我就是连烬,你是?"

男人道:"我是钱旺年啊,不记得我了?"

连烬:"不好意思啊,我这刚出海回来,脑子有点儿迷糊。"

男人:"哎呀,你可真是贵人多忘事,我是钱旺年,龙头造船厂那个。你当年在我这儿订了一艘单甲板干散货船,定金都交了,我这边船给你造出来了,就是联系不上你,这事儿到底怎么办啊?"

听到是以前的朋友,连烬精气神一下子上来了:"不好意思啊,我当年出事后遇上事情了,一直漂在海上没能回来。这船我还是要的,你现在在哪里?我去找你。"

"就在码头这边,B18号泊位这儿,那你过来吧,咱们当面聊。"

"好嘞。"

连烬打车过去,越发亢奋。

到达码头时,最后一丝黄昏已经埋进了云层,海风呼呼作响。她找到B18号泊位,给钱旺年打电话。

钱旺年很快从避风屋里出来,整个人矮胖敦厚,晒得很黑,面相还算温和:"连烬,好久没见你了,这都有三年了吧,我还以为这船你不要了呢。"

"要的,要的。"连烬一边和他朝前走,一边迫切地问,"我有点儿记不太清楚了,这船是我什么时候订的啊?"

"三年前订的啊,你自己给了我图纸,让我按图纸上造,我这边给你造好了,你人就没影了。"钱旺年走得很快,"你先和我过来吧,我把图纸和当年的合同全找出来给你看，免得你不认账。"

走了十来分钟，他们来到一个集装箱的仓库间。连煜站在仓库门口，犹豫着要不要进入，后面一只手用力推了她一把，将她推入仓库，"哐当"一声巨响，门从后头关上了。

仓库内部漆黑，透不进来一丝光，连煜什么都看不到，下意识地摸向口袋里的折叠军刀。这是之前乔纪年用来开古布阿苏果的那把折叠刀，她很喜欢，乔纪年就送她了。

随后，"啪"的一声脆响，整个仓库亮堂起来。

连煜面前坐着一个二十八九岁的女人，女人旁边站着一个戴着眼镜斯斯文文的男人，这两人身后还围着一群壮汉。从这群壮汉风吹雨打的外貌上来看，像是出海多年的水手。

"你们是谁啊？"连煜喊道，回音在空旷的仓库里阵阵回响。

女人歪了下头，似笑非笑："连煜，你居然还敢回来，不要命了？"

"我不认识你，你们找错人了吧。"

众人虎视眈眈地盯着她，以为她又在耍花招。

连煜紧张地咽了咽口水："那个，我出海时撞坏脑子了，失忆了，什么都不记得了。你们要是有什么账，可以去找我老公和我弟弟，以前的事情都是他们指使我干的。"

"你老公和你弟弟？"

连煜面不改色："对呀，我和我老公可恩爱了，我弟弟也很好，你们先放我回去，我去找他们借钱还给你们就是了。"

女人狐疑了下，又问："你弟弟是连烬，你老公又是谁？"

连煜："邵淮啊。"

女人听到这话，大笑起来："你要说是别人给你兜底，我还能信。你拿连烬和邵淮出来说事，你觉得我会信吗？你都开车把你弟弟腿给撞断了，又砍了你老公的手指，当年卷了他的钱就跑，让他差点坐牢。他们现在还愿意替你还钱，开玩笑呢？"

连煜头皮发麻，还是强装镇定："不是，我老公不是邵淮。我和邵淮离婚了，现在已经二婚了，现在的老公是裴敬节，他也很有钱，你们找他要钱吧。"

女人身侧那斯斯文文的男人扶了下眼镜，慢条斯理地道："找谁也没用，你这劣迹斑斑的狂徒，还有谁愿意给你擦屁股呢。好好配合我们，争取把当年那批货找到,不然把你扔海里。"

连煜手心都在冒汗:"货在我的二婚老公那里,我让他藏起来了。你们先让我给他打电话,然后带你们去找。"

四周一圈人盯着她,安静地听她满口胡言乱语。他们越是沉默,连煜越是心里没谱,这些人看起来对她知根知底,显然是知道她张口就来的性子。

"再问你一遍,货在哪里,不说清楚,等会儿把你扔海里去。"女人再次冷声开口,已是动了怒,没有耐心继续和她瞎扯。

连煜自己也是稀里糊涂:"姐,我是真失忆了,以前的事情都不记得了,要不您给我点提示吧?"

看她这赖皮的模样,几个身强力壮的水手浓眉紧锁,暴怒呼之欲出,个个目露凶光。连煜后脊发冷,她有理由相信,这些人真能干出把人扔进海里的狠事。

她只能偷隙安慰自己,要是真把她扔海里了,说不定她还可以游泳回家。

坐在前方正中央的女人眯细了眼审视连煜,缓慢起身朝她走来:"不记得了,那以前的事情就可以一笔勾销?"

"肯定不是啊,欠债还钱,天经地义。"

连煜心里打鼓,胡思乱想着,自己应当不是什么穷凶极恶之辈,顶天了就是贪点钱,谋财但不害命,犯不了什么逆天大罪吧。

姜杳轻声嗤笑,语气尤为不屑:"的确是欠债还钱,天经地义,但你有钱还吗?"

"我是没有,但我可以借呀。"

连煜回得胸有成竹。漫天阴沉的黑云层中又泻下了一丝生机的柔光,邵淮那帮男人诓她骗她,让她在船上当清洁工,她现在找他们借点钱,这帮死男人总不至于隔岸观火、袖手旁观吧。

邵淮、裴敬节、商曜、连烬、乔纪年个个人模狗样,装得一副腰缠万贯、高高在上的样子,是时候让他们展现一下自己的实力了。

"哦,借钱?你这劣迹昭著的性子,到处坑蒙拐骗,还有谁愿意借你钱,又有谁愿意和你做朋友呢?"

连煜被她说得臊红了脸:"我哪里有坑蒙拐骗,我朋友可多了,我现在打电话摇人,马上有一大堆朋友倾囊相助!"

姜杳眼中疑云不散:"你到底是不是真的失忆了?"

"肯定是啊,我骗你干吗,我这儿还有病历呢。之前去医院看了,医生说我撞坏了脑袋,现在脑子里还有血块呢。"连煜怕她不信,点开手机就想要给她看病历。

姜杳耐心逐渐耗尽:"我不管你是真失忆还是假失忆,总之那批货要是找不到,你就可以实现你的理想了。"

"什么理想?"

姜杳皮笑肉不笑:"你不老说自己是海的女儿吗?我把你沉海里去,让你真正当一回海的女儿。"

连煜暗骂自己是乌鸦嘴。

不过对这女人的身份更为好奇,"海的女儿"这句话她是会挂在嘴边,但也只和亲密的朋友多次絮叨,这女人能够下意识拿这句话要挟她,说明女人和她以前至少是有一定密切关系的。

连煜迫切地想要知道自己的过去,道:"我是真不记得了,你得先把事情告诉我,给我指点迷津,说不定你这一说我就想起来了。老藏着掖着,我也不知道你们在说什么货。"

姜杳凌厉的眼风瞥向一旁的斯文男人:"阿瞒,跟她说一下。"

阿瞒扶了下眼镜,打开手里的纸质笔记本,轻咳一声,大致和连煜说了以前的事情。

姜杳手底下有个打捞公司,主要做沉船沉物打捞,以及港口航道工程施工的水下爆破、水下地形勘探等。她的公司偶尔也会去找一找海中宝藏,搜寻以前的古沉船。

三年前,连煜自己找到姜杳寻求合作,说她在东西伯利亚海发现了一艘十六世纪的沉船,船骸就卡在海沟里,她想和姜杳合作,把船里的东西捞上来,大家一起发财。

姜杳答应了,花费了大量人力和物力,和连煜一起去了东西伯利亚海,确实找到了沉船,打捞上来六十多吨黄金、银锭和各类珠宝。

打捞过程艰辛,内讧不断。

公海打捞沉船的归属权很复杂,至今全世界内也没有统一的管理规定。我国的《民法典》只规定了我国海域内的沉船财产属于国有,对于公海的沉船宝藏并没有详细的律法规定。而对于以美国为首的美洲国家,则遵循"先占"原则,谁先发现宝藏,谁就有占有权,但打捞上来的东西需要缴纳10%以上的税收。

对于英国等欧洲国家而言,他们认为在公海上打捞上来的东西应当属于船籍国所有,打捞者只能获取一定的打捞费。联合国曾针对公海沉船宝藏,出具了一份《水下遗产保护公约》,但这份公约并不是每个国家都同意签署的。

当时,众人将大量黄金打捞上来后,有人认为该上交给国家,有人认为只需上交涉及文物部分,金锭和银锭应该私分。

但问题又来了,他们的打捞船的船籍国是巴拿马,倘若要上交国家,按照欧洲那边国家的规定,也应该是上交给船籍国巴拿马。而从沉船残骸的痕迹来看,像是美洲那边的船。

当时的情况便是,一群中国人驾驶着一艘船籍国为巴拿马的船,打捞上来了一艘美洲沉船。

大家都想做到利益最大化,到底要把宝藏怎么处理,成了一个难题,整日内讧,尔虞我诈不断。

当时风浪很大,姜杳决定先把打捞上来的东西运回港口再处理,期间,团队里出现了叛徒,叛徒联系了海盗过来劫船,情况越发糟糕。

混乱中,姜杳把船长的手枪给了连煜,让当时只有三副证书的连煜担任船长,叫她带上一名轮机长和六名水手,把载有几十吨金银珠宝的散货船开走。

而姜杳自己则是开着另外的打捞船,去引开海盗的火力。

姜杳联系上了俄罗斯的海警,解决了海盗,之后在原定的海域等待连煜。然而,等来的只有轮机长和六名乘着救生艇的水手。轮机长告诉姜杳,说他们被连煜给骗了。

连煜带他们开船走了两个小时,船身突然颠簸振动,烟囱冒黑烟,轮机室的主机和副机发出异响,主机温度急遽攀升。连煜说是因为螺旋桨缠上了渔网导致,情况严重,轮机室随时可能会起火爆炸。

她放下救生艇,让轮机长带着水手先下船离开,她自己则留在船上,说要先倒几次船,把渔网给甩掉。

一艘船舶中,船长具有最高指挥权,加之一路上,连煜都显得经验老到,轮机长毫无怀疑,当即听从连煜的命令,带着六名水手转移到救生艇上。

大家眼看着连煜把船越开越远。轮机长用对讲机联系她,问她要开多久。她说再开十分钟，十分钟后就倒船回来，这样才能甩开渔网。

轮机长又等了十分钟，远处的船舶在风浪涌起的海面，逐渐变成一个小点。轮机长察觉到不对，继续联系连煜，然而二者的距离，已经超出对讲机的呼叫范围。

轮机长这才意识到，他们被连煜骗了，连煜自己将载满六十多吨金银珠宝的远鹰号给开走了！

不过，连煜还算是良心未泯。

两个小时后，附近一艘渔船来到快艇跟前，说是远鹰号的船长连煜发出了求助，让他们过来把轮机长等人送到港口去。

…………

简单听完男人的叙述，连煜反而有一丝否极泰来的庆幸，她现在身上背负着六十多吨的金银珠宝，姜杳再生气也不可能把她沉海。

她要是死了，以后谁带他们去找远鹰号？

一想到自己曾经还干过这等胆大包天的事，连煜自己在自己心中的形象瞬间伟岸，她这样的人才，当真是世间罕见。

连煜按捺不住心动，想要知道过去究竟发生了什么。

那艘载满宝藏的远鹰号，被她开去了哪里呢？这是个了不起的过往，她失去的那段记忆可谓重逾千金！

她正了下衣领，朝姜杳伸出手："我确实失去记忆了，什么都不记得，怎么称呼？"

"姜杳。"姜杳冷冷地回了一句。

"姜小姐，你好，既然事情是这样，那我们就继续合作。医生说我这是短暂性失忆，过段时间肯定能想起来，等我想起来了，我就带你们去找远鹰号。"

这套说辞对姜杳并不管用，她将刚过肩的短发撩至脑后，戴上一顶棕色瓜皮帽："等你想起来，那得等到猴年马月。走，现在就出海！"

"现在就走？"连煜被打了个措手不及，没想到姜杳如此急促就要带她出海。

她正愣怔，姜杳已经走出仓库。两个水手分别将连煜的手扣在腰后，押着她一块儿出去，仓库里只有沉重的脚步声在踏响。

连煜在恍惚中，被押上了一艘名为"银天鹅号"的打捞工程船。船体长五十五米,有两层甲板,共分为六个船舱,在后甲板上配有吊机、起重机等打捞设备。

连煜怎么也没想到,姜杳动作如此迅速,快到她都没反应过来。

船舶要出海,需要和港口进行报备,上报船舶信息、航线、船员名单等,港口还会派检查人员上来检查。

连煜被收走了手机,暂时被藏在最底层放置电焊切割装置的船舱里。检查人员上来时,并没有发现她。

船长还在办理出海手续时,连煜环顾四周,舱门被从外面锁上了。舱门厚重,锁道复杂,没有钥匙很难打开。

但连煜知道,这样子的船舱里都会有一个小救生门,救生门通常设置在舱门下方,或者在舱壁角落。救生门只是一个方框形的门洞,需要匍匐着爬出去,门外就连接着救生通道和救生梯。

连煜找了一圈,终于在右侧舱壁下方找到了救生门,因为船还没开动,救生门是关闭的。

她在舱室里找到一把扳手,撬开救生门备扣的连接槽,丢下扳手,爬进里,出来就是救生通道。

她顺着救生通道一路小跑,来到尾舷的甲板上,救生梯就挂在船壁上。

现在应该是晚上九点多,这块区域是作业型工程船的泊位,来往的船舶不算多,四处光线很暗。连煜也不顺着救生梯往下爬,脱下外衣和鞋子,扔进水里,人便跳下了水。

四月初的天气,就算是江州市这样的海滨城市,夜里水还是很凉。

连煜往岸边游,游至防波堤,远处的灯桩照不到这里,她脚踩在消浪孔上,手攀着凸石黑灯瞎火爬上去。

她爬了五米,终于要到岸头了,一只手握住她的手腕,也不拉她,就这么握着。

"谁呀,你不拉我上去,我就拉你下水了啊!"

那人打开手电筒,直接照亮连煜的脸。连煜被晃得刺眼,偏头躲开耀眼的光芒,用余光看到,岸头上的人竟是姜杳,她身后还站着那个叫阿瞒的斯文男人。

连煜干笑着:"我没想逃,我就是来游泳的。"

姜杳坚韧的手臂用力往上一拉,将浑身湿漉漉的连煜拉上了岸,声音很冷硬:"给你一个月的时间,你要是还想不起来,我们就直接出海。"

"下个月才走,那你刚才把我弄上船干什么?"连煜坐在地上,两只手绞着湿发,水滴顺着她发尾滴落。

"吓唬一下你而已。记住了,下个月五月一号出海,如果找不到那批宝藏,你就等着。"姜杳摘下自己头上的瓜皮帽,精准地扔在连煜头上,又把手机还给了她。

连煜焦急地追问:"姜杳,你可以告诉我一些我的过往吗?我什么都不记得了,身边也没一个人告诉我。"

姜杳的眼睛在手电筒光芒的反射下,明亮似火焰。她道:"邵淮他们没和你说?"

"没有,谁都不告诉我,故意耍着我玩呢。"

姜杳想了想,稍微捋了下思绪。

"我只知道你把你弟弟的腿撞断了,这事儿是当年你自己和我说的;你绿了邵淮,还砍了他的无名指,无名指这事是他爸妈闹到警局去我才知道的;你还坑了裴敬节不少钱;你好像还把海运商会会长的一艘货船给弄沉了。"

她两手一摊:"有些是我听人说的,有些是你自己和我说的。你这些破事儿可太多了,我说也说不清楚,你还是尽快治好脑子,自己想起来吧。"

话毕,姜杳和阿瞒往另一个方向走,头也不回地挥了挥手:"再见了,海的女儿。"

连煜在石板上呆坐了一会儿,越想越头疼。

她用姜杳的瓜皮帽擦了擦手,打开手机,现在是晚上九点四十五分,上面未接电话一大堆,邵淮几人追债似的给她打电话。

她翻看了下,给商曜回拨:"喂,你这小子,舍得找我了啊,你这几天都去哪里了?"

商曜这段时间没再天天黏着连煜了,他有事要做,到处找医生治疗隐疾。刚才邵淮给他打电话,问他连煜是不是和他在一起,他都吓坏了,生怕连煜又出事了。

"宝贝儿,你在哪里,有没有受伤?"商曜带着哭腔说道。

连煜:"我在港口。你现在有空吗?能不能找人来接一下我?"

商曜连声答应:"我这就去接你,我的乖乖,你要吓死我了。"

挂了电话,她又看着微信上不断弹出的消息,连煜索性拉了个群,把商曜、邵淮、连烬、裴敬节、乔纪年都拉进群里。

商曜急着出门接连煜,没注意这个群是连煜建的,以为是那几个人又要建群审判连煜,不假思索地在群里发语音大骂:"有病吧你们,天天建群干什么,没事干就去做个阉割手术吧,神经病!"

连煜听了语音,打字回复:@商曜 你在发什么羊癫疯?

商曜脚步顿住,才发现是连煜建的群:"宝宝,我不是骂你,我是骂他们呢,对不起。"

连煜发了个抱抱的表情包,随后@全体成员:一直给我打电话干吗,要债?

裴敬节:[省略号.jpg]

乔纪年:刚才连烬和邵淮说你失踪了,是怎么回事?

邵淮并不在群里回复,而是和她私聊:你去哪里了,打电话一直不接。

连煜不想一一回复,没回邵淮的消息,而是在群里道:我来港口有点事情,已经叫商曜来接我了,都散了吧,别大惊小怪的,我手机要没电了,不聊了。

连烬的电话又打来,连煜接了:"怎么了,别总是找我好不好,我也很忙的。"

"是姥姥在担心你。"他总能找到连煜的软肋。

"等会儿我自己给姥姥打电话。"

连煜先给姥姥报平安,才顺着防波堤朝灯桩的方向走。她浑身都是湿的,还光着脚,身上唯一干的东西就只有手机和姜杳那顶瓜皮帽。

这里人很少,她光脚走了半个小时才来到堆场。从堆场到港口外面的停车场还有很长的距离,连煜走得脚板发疼。

工人问她:"你来这里干什么?"

连煜说自己来找人,结果不小心摔海里去了。

工人见她光着脚,浑身都是湿的,又问:"你来找什么人?"

"钱旺年,他也在这里工作。"

工人点点头,让她上了一辆运货小叉车,把她送到港口外面的停车场。

连煜在停车场的角落等了快两个小时,商曜才开车来到港口,一见到连煜这样子,心疼坏了:"怎么搞成这样?衣服怎么都湿透了?鞋呢,你的鞋呢?"

"没事,先上车吧,冷死我了。"

商曜拉开车门,开了空调暖气,皱眉道:"不行啊,你这衣服都是湿的，会生病的。"

"现在也没衣服可以换啊，先回城里。"

商曜身上只穿了长袖薄衫和一条休闲裤，他脱下上衣递给连煜："你先把湿衣服都脱了，穿我的，可不能继续穿湿的了，会生病的。"

"那你不穿衣服开车没事吧，会不会被交警骂？"连煜比较担心这个问题。

"交通法有规定必须要穿着衣服开车吗？没事，你快换上我的。"

连煜钻进后座，将黏在身上的湿衣服都脱下来，内衣也脱了，用纸巾擦了擦，换上商曜的薄衫。

商曜生怕她会感冒，又问："裤子呢？裤子也脱了吧，穿我的。"

"我不穿你的裤子，就这么着吧。"

商曜赤着上身拉开副驾驶座，目视前方，依旧放心不下，脱了自己的裤子往后递："你不穿也没事，用来盖着腿。先把你的湿裤子脱了，不能这么捂着，海水不干净，这样捂着要生病的。"

连煜觉得有道理，当初她把商曜悄悄带上灯山号，两人窝在宿舍住了那么久，她的内衣内裤都是商曜手洗的，宿舍那么小，两人换衣服也不怎么避着对方，没什么可避讳的。

她将湿裤子全脱了，拿商曜的裤子盖在腿上，总算是暖和了些。

她探头朝前张望："商曜，你只穿着内裤开车，真的没问题吗？"

"没事，再开过去二十分钟有个小集市。我刚过来的时候看到集市里灯还亮着，到那里了再买几件衣服。"

"好，我刚应该让你直接从城里带干衣服过来的，忘记了。"

商曜就这么坦坦荡荡地坐在前面开车，身材健实强壮，转动方向盘时手臂肌肉跟着绷紧，线条完美，蓄满了健壮的力道。

劳斯莱斯幻影在夜色中急速驰骋，凉气沿着流畅的车身化为风线，将棕榈树斑驳的影子甩在后头。

来到集市外头，商曜停了车，准备下去买衣服。连煜匆匆将他的裤子递过去："你出去好歹把裤子穿上，只穿着内裤，等会儿被人揍呢。"

"还是你最关心我。"

他接过裤子，坐在座椅上穿起来，空间太小，没法伸直腿，裤子卡在膝盖上不上不下。外面也没人在走动，商曜索性推开车门下车，站在外头将卡在膝盖处的裤子往上提。

连煜趴在车窗上看他,觉得有点儿丢脸,眼巴巴地催促:"你快点穿,有人来了,等会儿人家连我一块骂怎么办?"

"人家看不到你。没事,我穿着内裤呢。"

有两辆车在黑夜中穿梭,径直停在商曜的劳斯莱斯跟前,黑色宾利的车头大灯将他照了个透彻。

商曜裤子是提上来了,但还没扣好,他手忙脚乱拉上拉链,皮带都没扣上,就指着宾利大骂:"有病啊你,没看到我在穿裤子吗?碍着你了?你非得照我?"

宾利驾驶位的车门开了,连烬从车上下来,怪异地看着上身赤坦、下身裤子尚未安顿好的商曜。紧接着,邵淮和乔纪年从旁侧的迈巴赫上下来,目光同样诡异。

商曜这会儿才觉得不太体面,背过身去整理裤头。

乔纪年笑得怪腔怪调:"商曜,你在干什么?"

"关你屁事。"商曜将裤子整理好了,这才转过来。

邵淮定睛看过去,能看到坐在劳斯莱斯后座的连煜。连煜穿着商曜的上衣,头发半干半湿,一缕缕搭在头上,能看到她光着腿,座椅上还有不少散着的白色纸巾。

邵淮的目光转移到商曜脸上:"连煜在你车上?"

"你不都看到了吗?烦不烦。"商曜往回退两步,坐回驾驶位,扭头看连煜,"宝宝,邵淮和你弟弟他们来了,怎么办?"

连煜摸摸发热的耳垂:"来都来了,就打声招呼呗。"

连烬大步走过来,弯身查看车里的情况,敲了敲车窗:"姐,你怎么样了?"

连煜降下一点车窗,说:"我能有什么事啊,不小心掉水里了,衣服都湿透了,商曜把他的衣服给我穿了。他正要去集市里买新衣服,你们就来了。"

"你下来吧,坐我车上。"连烬道。

"我现在不太方便,我先坐商曜的车,他会送我回家的。"

邵淮双眸暗沉,眼底看不出情绪,朝集市走去。

这是附近渔民的小夜市,吃的不少,也有卖衣服的摊子。他在摊子上买了几件衣服,又到小超市里买了一次性内裤和卫生巾。

邵淮速度很快,回到商曜的车子旁,将一个袋子丢给还在驾驶位的商曜，另一个袋子顺着半开的车窗递给连煜，嗓音很低："这里买的一次性内裤不知道干不干净，先用卫生巾垫着。"

"我知道。"连煜嘀咕着回话。

商曜打开袋子，里面是一件地摊货的男式白衬衫，他将白衬衫胡乱套在身上，又扭头看连煜："宝贝儿，他给你买了什么？"

"就是衣服。你先下去，把门关上，我换衣服。"

连煜先把卫生巾垫在一次性内裤上，穿好了，又翻找袋子，里面还有一条运动裤、一件背心、一件T恤。她只穿了运动裤，上衣还是穿商曜的，穿戴完毕，光着脚从车上慢吞吞下来。

"你们一块儿来找我干什么？"

连烬担忧地问道："姐，你怎么会掉水里了，来这里干什么？"

"我想了一些事，记起来我在码头好像有条船，就过来找一找，不小心就掉水里去了。"

连煜不打算把姜杳的事情公之于众，打捞宝藏这事，越少的人知道越好。

更何况，从姜杳那里得知，她当初撞断了连烬的腿，砍了邵淮的手，似乎还绿了邵淮，还坑了裴敬节，弄沉了海运商会会长的一条货船。

在众人看来，她就是个劣迹斑斑的罪人，她现在不能将什么事情都全盘托出给这几个男人知道，保不齐这些人都在心里憋坏要报复她呢。

连煜有点儿避着邵淮和连烬的意思，看向他俩时，高悬的路灯倒映在她眼里，灯影在眼里跳跃。她眨了眨眼睛，眼底倒映的光一闪一灭，不容置疑地道："我坐商曜的车，大家都先回去吧，别在这里待着了。"

连烬还想说什么，连煜转头又坐上商曜的劳斯莱斯后座，语调亲密："商曜，我们走了。"

商曜上了车，系好安全带，启动了车子，转动方向盘，车轮不疾不徐地转动，碾过地上的砟硌碎石。车子要拐走时，连烬乍然握住车门把手，跟着车子跑："姐，我也要上去！"

商曜紧急刹车，头伸出车窗破口大骂："小畜生，不要命了？碰瓷呢！"

连烬用力拍打连煜这面的车窗，哀切可怜的眼睛牢牢盯着她："姐，我要和你一起，让我上车吧，求你了。"

商曜嘴里骂个不停："有病啊你，这么大个人了，天天盯着你姐干什么，再不滚我开车撞死你。"

"姐,你就让我上去吧,求求你了。"连烬还在祈求,眼圈红得要滴血,一张脸近在咫尺地贴在玻璃上,俊朗的五官隔着一层玻璃,恍若画中人。

连煜眉头皱得很深,终究还是抵不过他这可怜兮兮的样子,推开车门让他上来。连烬上了车,紧紧贴着她坐,和她肩膀贴着肩膀,脱下自己的外套,往她身上盖:"姐,你冷吗?"

"不冷。"车里开了暖气,连煜身体早已回温,把连烬的外套拿下,搭在他腿上。

商曜扭过头,嫌恶地瞥了一眼连烬:"可以走了吗?"

"走吧。"连煜回道。

商曜重新开动了车子。他特地透过后视镜左右观察,生怕邵淮或者乔纪年也一样来碰瓷追车,还好,那两人比连烬正常些,只是站在原地目送他们。

连烬看向连煜光着的脚,将刚脱下的外套折了折,弯身把衣服往她脚下垫:"姐,你踩着这个吧,这样舒服些。"

连煜不拒绝,就这么踩着了。

连烬追着车跑一事让她不悦,她又想起姜杳对她说的话,说连烬的腿是她撞断的。不知不觉,一道诡异的鸿沟陡然在心中横生而起,将她和连烬隔开了。

"连烬。"车里一阵令人窒息的沉默中,连煜的声音打破了平静。

连烬压抑的情绪随着连煜的出声而泛起波澜,他微微偏过头,低下头靠近她:"姐,怎么了?"

连煜目光向下游移,落在他的腿上,因为是坐着,裤脚往上跑了一小节,露出的小腿肌肤还能看到一条骇人疤痕蜿蜒而下的尾巴。她弯身,手伸下去,扯住连烬的裤腿往上扯,疤痕显露的扭曲触目皆是。

"姐,一点儿也不疼了,都好全了,你别担心。"连烬握住她的手,不着痕迹地放下裤脚,往下扯了扯,将露出的疤痕遮得严严实实。

"谁把你的腿弄成这样的?"连煜抬头,对上他的眼睛。

连烬言辞闪烁,遮遮掩掩,语气故作轻松:"就是之前和你说的,是乔纪年撞到的,不过也不能全怪他,也是我不好,是我没注意看路。"

商曜在前头草木皆兵,警惕地竖起耳朵听姐弟俩讲话。

商曜赶紧接了连烬的话,和连烬心照不宣地将责任推到乔纪年身上:"就是乔纪年撞的,那孙子专门喜欢玩阴的。不过,连烬你也不是个好东西,当时你就不该追车,你要是不追车人家能撞你吗?你俩算是狗咬狗了,谁也别怪谁。"

面对商曜的指摘,连烬头一回没反驳,反而是态度端正地承认自己的错误:"确实是我不好,以后不会再犯了。"

"光会嘴上说说?那你刚才追我车干吗,又想碰瓷?当年你就是故意碰瓷的。"

连烬暗里恶狠狠剜了他一眼,没再开口,担心连煜是不是回忆起了什么,又看向她:"姐,你在想什么呢?"

连煜疲惫地将头往后靠,模棱两可地道:"没什么,我还以为你的腿是我撞的呢。"

连烬和商曜浑身绷紧,眼神露出异样,不敢轻易开口,静默地等着连煜的下一句。

但连煜没了下文,她只是闭上了眼睛,转移了话题:"连烬,你上来这车了,你的车就放那里了?"

"车上还有个助理,让助理开回去就行。"

进城后,商曜把车停在路边,让连烬下车帮连煜买鞋袜。等连烬走了之后,他扭过头恶作剧地对连煜道:"宝贝儿,我们现在直接开车走,把你弟弟扔在这里怎么样?"

连煜当然不同意:"干吗要这样,不要干这种败坏道德的事情。"

"哪有,我开玩笑的,咱俩关系这么好,我怎么可能干这么下作的事,这不是坏你的名声嘛。"

商曜嘴皮子利索,心底却慌得没边儿。

他们这一圈人中,最会败坏连煜名声的就是他,如今恨不得给自己一巴掌,当初怎么那么想不开,天天在朋友圈骂连煜呢。

他当年那些话肯定被人截图了,要是有人拿给连煜看,他还怎么面对连煜?

正胡思乱想着,连烬带着新鞋和新袜子回来了。连烬坐在连煜身侧,自然而然地抬起连煜的脚放在自己腿上,就要帮她穿袜子。

连煜莫名起了鸡皮疙瘩,猛地收回脚,抢过连烬手里的袜子,自己穿了起来。

连烬窘迫地回正身子,弯下身整理新鞋的鞋带,当作无事发生。

商曜一直开车送姐弟俩回到高峪公馆,连煜下了车,又趴在车窗上和他说了会儿话,才和连烬一起上楼。

都晚上十二点多了,姥姥还没睡,一直在等连煋。看到连煋平安回来,姥姥拉着她左看右看,确认她没事才放下心来。

姜杳的话盘旋于心,连煋对姜杳有种直觉性的信任,觉得姜杳的话比起邵淮等人的可信度要高得多。

连煋这几日心里堵着一块巨石,郁闷突然间砸门破窗而来,不想见到邵淮等人。

她砍了邵淮的手,还绿了他,卷走了他的钱;连烬的腿并不是乔纪年撞的,而是她撞的;此外,她还坑了裴敬节不少钱,裴敬节口中的那八千万,估计就是她以前坑的钱。

又联想到那艘载着六十多吨黄金的远鹰号,连煋思虑重重,越深思越难受——

她以前真是那么坏的人吗?是不是真的劣迹斑斑?到底谁的话才是真的?

如果她真的干过那些事,邵淮几人是不是恨透了她?

这几个男人到现在还瞒着她,是不是暗地里组成了复仇者联盟,偷偷在筹谋着什么针对她的惊天复仇计划?

连煋的思维如脱缰的野马,撒野似的狂奔,一会儿考虑和竹响去淘金,一会儿思量和姜杳去北冰洋找远鹰号,一会儿又在揣摩邵淮等人的"复仇者联盟"。

果然,人知道得越多,心事反而越重了。

乔纪年给她发消息,她也拖拖拉拉不回复。还记得在邮轮上时,乔纪年说过,以前有个和她同名同姓的人骗了他五百万。

现在细思,乔纪年那五百万,应该就是她骗的。

这些事情盘踞脑中,愁思闷绪挥之不去,连煋整个人精气神下降了不少。她也没再去找邵淮了,甚至在家里,也刻意避开连烬。

连煋盘算了一圈,真正的朋友就只有商曜了。

商曜总是事事为她着想,她把他藏在灯山号的宿舍里时,他一整天都闷在小小一隅天地,肯定是辛苦的,可他从来不抱怨。

这么看来,她以前应该没做过什么对不起商曜的事,不然商曜也不会这么温顺地和她同甘共苦。

连煋这些日子忙着补办各种证件。她作为甲板部的高级船员三副,等海员证补办下来后,还要再去补办船员服务簿、专业四小证、雷达两小证、GMDSS 适任证书(无线电操作证书)等。

除了这些专业性证书,健康证、国际疫苗接种证书、车辆驾驶证、护照等证件,也得一一去补办。

在等待各种证书补办期间,她还要去帮尤舒一家人搬家。尤舒出海工作了,算起来她家里现在就只有尤舒妈妈一个正经的劳动力。

连煋忙里忙外地帮他们搬家,置办新家具。因为她的驾驶证还没补办好,没法开车,出门每次都带上商曜,让商曜当司机。

商曜家里还有一个哥哥和一个姐姐。

商曜家里的企业都是姐姐和哥哥在管理,他如今就是个无所事事的纨绔子弟,除了四处找名医治疗不举之症,剩下的时间都和连煋到处跑。

商曜要跑医院,连煋也得跑医院,两人不是一家人不进一家门。

商曜去的是男科,而连煋去的是神经科。

那晚吓唬了连煋一通后,姜杳就出海了。姜杳公司接了打捞任务,她得跟着一起出海指挥。姜杳走后,让手下阿瞒留在江州市看着连煋。

阿瞒也不是跟在连煋身后盯梢,而是天天押着连煋往医院跑,接二连三找医生来给连煋治病,甚至把美国一个专门治疗失忆的医生请了过来。

一帮人围着连煋转悠,想方设法地让她恢复记忆。

连煋不堪其扰,躲在家里不想出门。阿瞒在楼下给她打电话:"我在楼下呢,今天该去复查了,下来,我带你去医院。"

"没用的,你就让我休息一下吧,我现在估计是营养不良才想不起来,等身体恢复了,应该就好了。"

"我给你煲了补脑汤,下来喝。"他强硬地下命令。

连煋听得头疼:"我不想喝,求你了,给我点时间吧。"

男人说话像个机器人一样毫无感情:"六十多吨的黄金,你当是开玩笑呢。少废话,赶紧下来。"

连煋挂了电话,懒懒散散地从沙发上起来,胡乱地套上外套,踩着拖鞋就要出门。

今天是周末,连烬也在家。他正在厨房做饭,听到客厅的响动后,手里还拿着刚洗的西红柿就出来了:"姐,你去哪里?"

"我下楼扔个垃圾。"

姥姥正在垃圾桶前剥橘子，扶着老花镜往垃圾桶里瞧："没啥垃圾啊，不用扔。"

"躺得我脚麻，我到楼下溜达一圈就回来。"

连烬焦急地叮嘱："那你快点啊，二十分钟后就能吃饭了。"

连煜已经走到门口，朝他挥挥手："我知道，马上就回来了。"

连煜来到楼下，身穿黑衣、头戴渔夫帽的男人提着保温盒在等她了。阿瞒冷漠地盯着她，将其中一个保温盒递给她。

连煜都习惯了，阿瞒除了不间断带她去看医生，还天天给她煲汤，盯着她喝完才行。

这让她越发犯怵，这些人费尽心思地想要她恢复记忆，这万一她一直想不起来，一直找不到远鹰号，这些人会不会恼羞成怒真把她扔海里。

连煜不想这么站着吃东西，她提着保温盒，带着阿瞒绕过绿化带，蹲在一株榉树后方，打开保温盒，闻了下，问道："这是什么汤？"

"莲子八宝乌骨鸡汤，补脑的。"他说完，顿了片刻，又补充道，"全部喝完。"

汤的味道很不错，连煜喝完了汤，用汤勺捞出鸡腿吃："这些汤到底是谁做的，厨艺还行。"

"我做的。"阿瞒又打开另一个保温盒，"这份是绞股蓝红枣汤，也得喝完，我先给你吹一下。"

"行。"

两人这样蹲在角落里吃东西，着实怪异，一袭黑色影子在地面不断延伸，最终定在连煜跟前。裴敬节双手插兜，歪头看他们："为什么要蹲在这里吃饭？"

连煜抱着保温盒站起来："你来这里干什么？"

"来要债啊，你欠我的钱，到底什么时候还？"

连煜别开脸躲避他的审问，含混不清地回话："我还没去查账，等我查到了账，确定我是真的借你钱了，肯定会还你的。"

裴敬节嘴角挂着淡笑："哦，那怎么不回我消息，也不接电话，我以为你是不想还钱了。"

连煜喝完两份汤，把保温盒还给阿瞒。阿瞒只是告知了她一句："后天去医院，我来接你。"他自始至终没正眼看过裴敬节一眼，提着保温盒目不斜视地离开了。

"去什么医院？"裴敬节问。

连煜找出纸巾擦嘴，迈着大步往回走："去医院看脑子啊，还能干什么。"

裴敬节跟上她的脚步："医生怎么说？"

"说让我静养，好好休息，不要刺激我。尤其是不要催债，越催我越慌，越是想不起来。"

裴敬节上前一步，横在她面前，拦住她的去路："之前在墨西哥的时候，你说想和我复合，我现在答应了，要不要和我谈个恋爱？"

"你当时不是拒绝了嘛，我才不吃回头草呢。"

"跟我复合，钱就不用还了。"裴敬节不正经地挑眉，像是在引诱她，"男朋友的钱可以随便花哦。"

有了前车之鉴，连煜可不吃这套。裴敬节看起来就是一肚子坏水的小人，嘴上说着男朋友的钱可以随便花，然后等分手了，立马把前任告上法庭要求还钱。

连煜讪笑："谁敢和你谈恋爱，谈完了不怕被你追着要债啊。"她现在的打算是，既不复合，也不还钱，看他怎么办。

裴敬节和连煜一起上楼。他有事要找连烬，好像是生意上的事情，进门后便和连烬到书房谈话了，连煜也没多问，自己和姥姥待在餐桌上吃饭。

裴敬节和连烬谈完事情就要离开，连烬送他出门。连煜坐在沙发上瞥了一眼裴敬节，故意道："连烬，咱家以前好像是欠了裴先生一点儿钱，你问一下他具体情况，该还的钱就赶紧还了吧，省得人家说我们是老赖。"

连烬疑惑的目光投在裴敬节脸上，眼神询问他的意思。

裴敬节用往常一样含笑的眼风隔空和连煜对视，朝她挑眉，而后回正视线回答连烬："欠钱？没有的事，连煜脑子不清楚，记错了。"

"哦，是我记错了啊，我真的没有欠你的钱吗？"连煜拿着手机，走过来道。

"没有。"

连煜朝他扬了扬手机："我已经录音了啊，可别总是趁着我不记事，就胡乱往我头上添债务。"

裴敬节笑着："你这么聪明，谁敢坑你？"

一个星期后，连煜去海事局拿补办的海员证，回来的路上遇到了邵淮。

也不是偶遇，邵淮专门在路口处等她。路边停靠着一辆崭新的保时捷

911，他站在车身左侧面，微微靠着车，低头看手机，侧脸在树缝洒下的细碎金光中，棱角分明，成为街道上惹眼的一道风景。

连煜远远看着他，潜藏的悸动飞速疯长。她还是喜欢邵淮这款，肩宽腿长，英俊疏朗，外表气质凛冽，内心却很闷骚。

感情的事情不好说，但邵淮的外在，是真合乎她的心意。

连煜悄然走过去，蹑手蹑脚到他身后，踮起脚蒙住他的眼睛，故意压低嗓子在他耳边道："长这么帅，还出来抛头露面，你老婆应该把你锁在家里，省得你天天出来勾搭良家妇女。"

"那你买锁了吗？"邵淮一早就猜出是她。听到连煜这熟悉的调戏语调，他豁然放松了许多。

"什么锁？"连煜放开手，跃步跳到他面前。

邵淮眼中含笑，潋滟流光在瞳孔中闪烁："不是说要把我锁在家里吗，那你买锁了吗？"

连煜笑得前仰后合，捧住他的脸，狠狠亲了两口："等会儿我就去买，等我出海了，就把你锁在家里，省得你给我戴绿帽。"

"好啊。"邵淮从口袋里拿出保时捷的车钥匙，在她眼前轻轻晃动，"刚在路上捡到了把钥匙，挺好看的，送你当礼物要不要？"

连煜粗鲁地扯过车钥匙，蹙眉冷目，怨道："好呀你，开始学我了是不是，这是准备报复我了？我当初是因为没钱，才从垃圾桶里翻东西送你的，才不是故意送你垃圾。"

她将车钥匙扔在地上，转身就要走："小气鬼，就会以眼还眼以牙还牙，我才不要从垃圾桶里翻出来的礼物。"

邵淮弯腰捡起车钥匙，拉住她手腕，将她扯到自己怀里。他搂住她的腰，轻柔的吻印在她光洁的额间："不是捡的，给你买了一辆车。"他下巴一抬，指向旁侧崭新的保时捷。

连煜顺着他的目光看过去。黑色车身线条流畅，泛着金属冷光，当之无愧的豪车。她不禁在心中懊恼自己以小人之心度君子之腹，嘴角咧开笑，推开邵淮，绕到车头摸了摸车标："真的是给我买的吗？不是你从垃圾场捡来的吧？"

邵淮走过来，又搂住她的肩，哭笑不得："哪个垃圾场能够捡到这样的车？"

连煜笑容越发灿烂："我的意思是，你是全款买的吗？该不会让我还车贷吧？还有，是不是自愿赠予的？赠予协议也要出示一下。"

有了裴敬节这个心机男的前车之鉴，现在不管谁送她东西，她都得好好问清楚，是不是真的自愿赠予，免得以后又莫名其妙背上了债务。

"当然是全款的。你想要赠予协议的话，我明天让秘书弄一下。"

连煜催着他："别等明天了，今天就弄吧。这种事情宜早不宜迟，拖着拖着哪天就忘记了。"

"行，知道了。"邵淮拿出手机，在微信上给秘书发消息要求弄个赠予协议，将聊天界面给连煜看，"这样放心了吧。"

"这就对了。送东西就得这样，才能表现出送礼人的心意，也能让收礼人安心。"连煜笑得憨气，又捧住邵淮的脸，暖心地用力揉搓，"你真是我最贴心的小宝贝。"

"那是唯一的小宝贝吗？"邵淮傲娇地抬高下巴，不让她亲。

"肯定是啊，就是我唯一的最贴心的小宝贝。"连煜推着他的后背往车门方向走，"来来来，先看看我的新车。"

邵淮拉开驾驶位的车门，让她坐进去："试试看。"

连煜坐进去，系好安全带，欢欣雀跃地准备启动车子，忽而想起来，她的驾驶证还没补办好。她无奈地丧了脸："哎呀，烦死了，我的驾驶证还没补办下来，不能开了。咱们是正经人，可不能无证驾驶。"

"那我来开吧，先出去逛一圈。"

邵淮开着新买的保时捷，一路来到城里有名的豪华小区，带连煜进去，坐电梯来到十六楼。这是他新买的婚房，是套大平层，特地选了较高的楼层，连煜喜欢站在高处，她曾说过，站在顶楼往下俯视时，会有种回到海面的错觉。

进入屋内，装饰还不是很齐全，但贴了几个滑稽的"囍"字。

"这是谁的房子，要结婚吗？"连煜问道。

"对，是准备结婚了，这是你的房子。"邵淮握住她的手，带她走到落地窗前，拉开厚重的窗帘往下看，底下车水马龙，川流不息，"站在这里往下看，有没有觉得自己像个船长？你可以把流动的车子当成是小船，把行人当成是鱼。"

"这区别可太大了，海上哪有这么拥挤。在海上大部分时间里，一眼望去，什么都没有。"

连煜侧头看他："这房子到底是什么意思？"

"送你的礼物,也是我们的婚房。"邵淮站在她跟前,缓缓单膝跪地,手里不知何时出现了一个戒指盒。他打开戒指盒,露出里头熠熠生辉的钻戒,"连煜,我们结婚吧,我们以前本来就订过婚的,但你都不记得了。"

连煜垂眸盯着戒指看,一时之间手足无措,嘴唇动了动,终究还是没说出话来。

"连煜,过去的事情,既然你不记得了,那就让它过去吧,我们重新开始。"

连煜的视线从钻戒转移到他的无名指上,即便他一直在想方设法除疤,但毕竟是重新接上的手指,疤痕不可能完全抹除。连煜伸出手,没有摸上戒指,指腹轻轻磨蹭过他的无名指:"你的手到底是怎么回事?"

"没事啊,之前不小心受过伤而已。"

"是我切了你的手指,对吗?"连煜语调很沉、很慢,模糊碎片的画面在脑海中一闪而过,同样耀眼的钻戒,邵淮依旧是跪着,一把寒光凛凛的潜水刀,连烬的抽泣声,以及接踵而至的风浪声……

她想起了什么,又抓不住飞速消失的画面,脑子莫名充了血,太阳穴一下一下鼓动,疼痛顺着脑神经呼啸,惊得她出了一头的汗。

邵淮看她脸色不太对,匆忙起身摸她苍白的脸:"怎么了?是不是想起了什么?"

"你的手指,到底是谁弄的?"连煜再次恍惚地问。

"不小心受伤的,没什么大事,都接上了,没事的。"邵淮抱住她,抱了很久。

连煜没答应邵淮的求婚,随便找了个理由,说他爸妈不接受她,结婚以后也是一地鸡毛,还不如不结,闹心。

第二天,连煜和阿瞒去医院复查回来。回到家里,连煜发现邵淮的母亲邵沄竟然在她家里,正和姥姥眉开眼笑地聊天,仿佛换了个人,和那天晚上怒骂邵淮时天差地别。

见到连煜回来了,邵沄起身和她亲昵地打招呼:"连煜,你终于回来了,阿姨都等你好久了。"

连煜把刚买的水果放到茶几上,有些尴尬地和她打招呼:"阿姨好,您怎么过来了?"

邵沄牵着她的手坐下,脸上笑意不减:"那天晚上吓着你了吧,真是不好意思。邵淮他爸精神有点问题,就喜欢在家里大吼大叫,阿姨已经教训过他了。"

"没事,我也没那么容易被吓到。"

邵沄:"听小淮说,你之前受伤了,脑袋失忆了,有去医院看了吗?医生怎么说?"

"去看了,医生说脑子是没什么大问题的,但能不能恢复记忆,这个有点悬,得看后续情况吧。"

邵沄在她手背上拍了拍:"你和小淮也算是一对苦命鸳鸯,经历了这么多波折,以前恩恩爱爱的,后来你在海上出了事,可把我们大家都急坏了。小淮呢,也是个痴情种,一直在找你,现在可算把你给找到了。"

邵沄说了点以前的事情,说连煋一直在和邵淮谈恋爱,已经到谈婚论嫁的地步了,连煋突然失踪,对邵淮打击很大,他得了抑郁症,差点还自杀了,深情得很。

最后,邵沄还说,希望他俩结婚,以后和和美美过日子。

连煋安静地听着,一个字都不敢相信。

邵沄离开后,连煋在沙发上坐了一会儿。姥姥问道:"元元,你要结婚啊?"

"没有的事。"

随后,连煋接到了竹响的电话。竹响在那头很兴奋,"连煋,你的脑子怎么样了?有没有问题啊?"

"去检查过了,但还是什么都想不起来。"

竹响那边风很大,呼呼地响,她放大嗓门对着电话喊:"那你这脑子,还能出海吗?还记得我们的计划吗?要去白令海淘金呢,淘金船我都准备好了!"

连煋的郁闷一扫而光,眼睛瞬间亮起来:"出海肯定没问题啊,什么时候去?"

"五月份。我这边直接开船从旧金山出发,横跨太平洋去接你,需要二十天,去接了你,咱们就出发往白令海。"

"好好好!我就在江州市等你!"

两人聊了好久,连煋和竹响说了点最近的事,说总感觉邵淮他们都在骗她,自己以前好像做错了很多事,欠了不少债。竹响不当回事:"就为这点事你还郁闷呢,别管欠了什么债,等咱们出海了,有谁能找到你,让他们去海里找你要债吧!"

挂了电话,连煜心情好了不少,又接到了邵淮的来电。她笑意盈盈,按下接听:"喂,深情哥,有什么事吗?"

邵淮在手机那头顿住,迟疑须臾,才问:"为什么要这样叫我?"

"刚才你妈妈过来我家了,一直和我说你是如何如何深情,我觉得她口才很好,我都要感动了,就这么叫你了,深情哥。"

邵淮假装不知情:"我妈去找你了?她去找你干什么,怎么也不提前和我商量一下,我都不知道。"

"原来不是你叫过来的啊,我还以为是你让你妈过来催婚的呢。"

"不是,我就不知道这事儿。再说了,我结不结婚也和他们没关系。"

连煜心情舒畅,也不钻牛角尖寻根问底。

"对了,你打电话给我干吗?"

"就是想和你说,车子和房子的赠予协议弄好了,你什么时候有空,我们去公证处签署协议。"

说到这个,连煜兴致高涨,连声应下:"什么时候都可以。我现在就是个无业游民,游手好闲的,有的是时间。"

"那明早我去接你?"

"好呀。"

连煜回房间找出一份航海地图,铺在茶几上研究。现在是四月初,竹响从旧金山穿越太平洋来到中国,需要二十天的航程,如果顺利的话,她和竹响的约定就是五月份去白令海淘金。

不过还有个问题,姜杳也说五月份要带她出海,北上去东西伯利亚海寻找远鹰号。

连煜分析自身情况,觉得光靠四月份一个月的时间,她完全不可能恢复记忆,姜杳要带她这样一个脑袋空空的人到茫茫大海中,去寻找丢失了三年的船舶,无异于驴生戟角,难如登天。

她暂时摸不透姜杳的心思。姜杳手底下那帮水手个个凶神恶煞、面露凶光。阿瞒也是,眼里时常藏着一把冷刃,看她时,近乎是咬牙切齿。她总有预感,若是她没办法带他们找到远鹰号,阿瞒会在汤里给她下一包毒鼠强。

连煜想丢掉一切恩恩怨怨,丢掉往日的"劣迹斑斑",甩开所有烂债和烂桃花,直接和竹响去白令海淘金。竹响的淘金船是她自己用散货船加上淘金设备，改装成的淘金船，船上连 AIS 定位装置都没有，等她们一出海，水鬼都找不到她们。

连煜反复研究航海图，但又不太敢真甩开姜杳，偷偷和竹响走。

看来看去，她似乎还有一个两全其美的法子。

东西伯利亚海和白令海，都是要顺着太平洋北上而去，从江州市出发，先向东航行抵达日本，再继续北上进入公海就能到达白令海，而白令海和东西伯利亚海是由白令海峡连在一起的。

也就是说，要去东西伯利亚海，也得经过白令海。

反正都是顺路，是不是就代表着，出海后，她可以先和竹响在白令海淘金，淘完金了，再跟着姜杳的船继续北上，穿越白令海峡，前往东西伯利亚找船。

如果能把姜杳也拉入淘金团伙，那简直是一举两得。

连煜有了这个想法，先给竹响打电话："竹响，我们的淘金队伍有几个人啊，如果我想再叫个朋友入伙，可以吗？"

"我这边还有另外一个白人女的，叫琳达，加上你，一共就三个人。你还想带谁啊，男的女的？"

远鹰号的事情过于扑朔迷离，连煜在没弄清楚状况之前，也不好和竹响明说，只是道："是个女的，她手下有个非常专业的打捞团队，五月份我要和她去一趟东西伯利亚海打捞点东西，反正去东西伯利亚海也得经过白令海。我的想法是，问问她愿不愿意和我们一起淘金，她愿意的话，咱们就顺路一起干。"

竹响问道："那女的是谁？你先说名字，江州市专业的打捞团队，我基本认识。"

"姜杳。她手下有条打捞工程船，叫银天鹅号。"

竹响惊喜道："姜杳啊，我知道，几年前我还在她的打捞船上打过工呢！不过我没和她说过话。"

"那可太好了，大家都是熟人！"

竹响沉吟片刻，又道："你先问问吧。我们去淘金是小生意，我猜姜杳可能看不上这种小钱，她那个打捞队，接一次单子打捞费都是一百万起步的。"

"好，那我先问问。"

连煜知道姜杳现在在海上，普通手机没信号，她回房间找出自己刚买了几天的卫星手机，给姜杳打了电话。知道姜杳时间宝贵，她没弯弯绕绕，开门见山说出自己的意图："姜小姐，我想去找远鹰号的路上，顺便在白令海淘金，和朋友们约好了，想邀请你一起，好不好？"

姜杳拒绝得干脆："不要，淘金能挣几个钱。"

"那反正都是顺路，我能不能和朋友提前出发，先在白令海一边淘金一边等你，等你们到了，我再和你们一起去东西伯利亚海？"

姜杳淡淡吐出几个字："一起走就行。"

"什么意思？"

姜杳："我们的打捞船会在白令海停留一个月，帮人打捞一艘潜水艇，等打捞作业结束了再去找远鹰号，那个时间段你想去淘金就去淘金吧。"

连煋眼里的光越发炯炯明亮，万万没料到事情如此顺遂，她这一趟出海，既应约了竹响，也不失约于姜杳，当真两全其美，皆大欢喜！

如此更是坚定了连煋要出海的心，只要一选择出海，便是时运亨通。在陆地上，反而干啥都不痛快，她天生是被大海眷顾的人。

连煋放下航海图，再望向窗外。外头煦色韶光，春和景明，天空似乎更明亮了。

姥姥坐在沙发上，戴着老花镜纳鞋底，扶着眼镜望向笑容不止的连煋："元元，你今儿个这么高兴啊，都和谁打电话呢？"

"姥姥，我想出去远航，和我朋友一起。"

"又想出海啊？"

连煋用力点头："是的。"

"要不，还是别去了吧。这万一去了，又不回来，姥姥可怎么办？"姥姥放下手中的针线活儿，哀婉的目光扫着她，眼底瞻顾两难，"真这么想去啊？"

"嗯，我想去，我这样的人就得在海上干大事。"

姥姥想了很久，连煋要做什么，她都支持。她知道连煋喜欢大海，不愿拒绝她，只是叮嘱："那离开之后，能不能每天给姥姥打电话报平安啊，姥姥实在是担心你。"

"到时候我给你买个卫星手机，每天给你打电话！"连煋黑白分明的眼珠子转了转，"姥姥，我要出海这事儿，你别说出去，不然连烬肯定要阻挠我，那小子不想让我出海呢。"

"姥姥知道，咱们不和他说。"

敲定了计划,连煜心里亮堂。今天是四月七号,她还有二十多天的时间做出海前的准备工作,可以先放松放松,犒劳犒劳自己。

这次一出去,也不知道什么时候回来,从江州市出发到白令海,也得半个多月的时间,她先在白令海和竹响淘一个月的金子,竹响离开了,她再跟姜杳的打捞船前往东西伯利亚海。姜杳说,如果在东西伯利亚海找不到远鹰号,就继续往北冰洋走,找不到就不回来。

虽然连煜知道姜杳可能是在吓唬她,但按照行程,至少也得找两三个月。

作为离别前的享乐,连煜这些天不再避着邵淮几人了,管她以前欠了什么债、撞了谁的腿、砍了谁的手指、卷走了谁的钱,反正都要离开了,乐得几日算几日。

邵淮带她去约会,她爽快应约;乔纪年约她吃饭,她也去;连烬带她去玩,她也去,还把商曜带在身边,整日吃喝玩乐,醉生梦死。

邵淮最近要往婚房添购家具,叫上她一起,连煜乐乐陶陶赴约。两人在店里选床垫,邵淮很挑剔,左挑右选,什么都要精益求精。

连煜看上一款进口天然乳胶床垫,她上手用力按了按:"这个不错,要不就要这个吧,感觉睡起来对腰好。"

邵淮也摸了摸:"尺寸是不是有点儿小了?"

"还好吧,我睡觉又不折腾,咱俩一块儿睡正合适,要那么大干吗,你在上面装深情呢?"

邵淮笑意抹开,暗暗往她腰上掐:"我可没装深情,就要这款吧。"

当天晚上,邵淮就让店员把床垫送到了新家。他铺上新床单,精洗后又经过暴晒的被子散着阳光的气息。等他把床铺好时,连煜趁他不备,从后头将他扑倒在床上,坐在他腰上,趴在他胸口,手指戳他的脸:"大帅哥,你以前和我订过婚?"

邵淮拿出手机,找出两人以前的婚纱照给她看:"我还能骗你不成?"

"你本来就一直在骗我。在船上时,明明早就认识我,还不认我,我工作那么累,你都不认我。"本来快要放下的事,连煜想想又不甘心。邵淮这小肚鸡肠,就算是她砍了他的手,卷走了他的钱,用得着这么故意报复吗?有本事他也砍她的手啊。

邵淮抱着她,什么都没说。他是存有私心故意对她袖手旁观,他质疑她的失忆,怕再落入她的陷阱。他其实很怕她,害怕那种被耍得团团转,又得挣扎于一次又一次原谅她的痛苦中。

他不想解释，一旦解释，就得牵一发而动全身说出来。他不愿再提及订婚前一天，他在酒店里抓到她和商曜在约会，商曜当时还脱着裤子；他不想再回忆起，当救生艇只能救一个人时，她义无反顾地放弃了他；他不愿再提及，她都答应和他结婚了，却用潜水刀切了他的无名指……

太多事情，他没法提，也不想再提，一问下去，自己不好受，连煜也不好受。

他觉得连煜的失忆或许是上天的意思，一切都重新开始，是上天对他俩的眷顾。

"邵淮，如果我是个坏人，那你也不是好人。我这么喜欢你，你也不拒绝，那你和我就是一丘之貉，狼狈为奸。"连煜指着他的胸口说，"你是个坏人，所以我才不愧疚呢。"

"你不是坏人，我也不是。"邵淮吻住她，在新买的床垫上拥抱、亲吻。没做到最后一步，因为商曜打电话过来打断了他们，说他肚子疼得厉害，不想一个人去医院，也没人陪他。

连煜放开邵淮，对商曜骂骂咧咧："怎么没人陪你，你的小弟不是一大堆吗？就会麻烦我。"

她嘴上骂着，但穿上衣服就要走。

"你要去看商曜？"邵淮坐在床上问道。

"嗯，他说他肚子疼，我得去看看。"

邵淮没起来送她。连煜走到门口时，他才问道："把这里当我们的婚房，你喜欢吗？"

"喜欢啊，我喜欢死你了。你放心，等以后结婚了，我这心啊，就定下来了。主要是现在朋友多，多个朋友多条路，我这个人讲义气，不能耍朋友玩。"

邵淮笑了下，阴阳怪气地道："多个朋友多条路，多个老公多个家。"

连煜有种原形毕露的尴尬羞躁，指了指他："就瞎说，恶意揣测我，我走了啊，明天再来找你玩。"

邵淮在床上坐了很久，试图开导自己，只要她愿意留在陆地上，还有什么不可原谅的呢。他最怕的是，她觉得陆地没意思，又要倒腾着想出海，如果有商曜能够牵制住她，那也没什么。

连煜开着崭新的保时捷去商曜家。商曜围着围裙在做饭，连煜走过去，从后面不轻不重地给了他一脚:"不是肚子疼吗?吃饱了撑的?"

"就是想让你回来吃饭而已,省得你在外面泡男人。"商曜用汤匙从砂锅里舀了一勺浓郁的排骨汤,吹了几口送她嘴边,"尝尝咸淡,小心点,别烫着嘴了。"

连煜喝了一口:"还可以。"

连煜和商曜在家吃过饭,临时起意去KTV玩,正好乔纪年也给她打电话,约她去音乐酒吧玩,她索性让乔纪年跟着她和商曜去KTV。

三人点了一大堆东西,在KTV里疯玩。商曜唱歌很好听,拿着话筒唱《漂洋过海来看你》,和连煜深情对视,把自己都唱哭了。

乔纪年推开商曜的话筒,贴着连煜的耳朵问话:"你有要出海的打算吗?如果去的话,带上我,咱俩和以前一样做搭档。"

商曜拿着话筒嗤笑:"带上你干吗,我家连煜只会带我。"

连煜笑着说好,说一块儿带上,叫他俩都跟着她混。实际上,她不可能拖家带口,姜杳也不允许她带闲人。姜杳对远鹰号的保密性很强,多个人知道就多个人分钱,还多一份风险。

连煜和乔纪年、商曜玩到凌晨。连烬过来接她,眼神恶毒地扫过乔纪年和商曜,扶起喝了点酒的连煜,把她背起来,一步步带她下楼。

"姐,永远不许离开我。"他背着她来到停车场,偏头贴着她的耳朵说话,"求你了,不要离开我。"

连煜迷迷糊糊地趴在他背上睡着,呢喃了几声,叫了一句"妈妈",之后就睡着了。

四月二十七号,竹响来了,她提前给连煜打电话,说她和琳达把船停靠在凤泽港的B12号综合散港,正在办上岸登陆手续,让连煜赶紧来接她们。

连煜开着保时捷去了。竹响和琳达面色疲惫地站在她面前,竹响跑过来没骨头似的搭着她的肩,重量都压在她身上:"我俩自己开船从旧金山过来的,穿越了太平洋啊,半条老命都没了。"

"太辛苦了!我给你们订好酒店了,等会儿带你们去好好休息!"

竹响拉起连煜的手腕:"走,先带你看看我自己改装的淘金船,那是我们发财致富的利器!"